MIENTRAS CREZCA

A Hayao Miyazaki, que forjó mi imaginación.
A Ali Al-Tantawi, que revolucionó mi imaginación.
Y a todos los que amaron, perdieron y murieron por Siria.
Algún día volveremos a casa.

Editorial Bambú es un sello
de Editorial Casals, SA

Título original: *As long as the lemon tree grows*

Casp, 79 – 08013 Barcelona
editorialbambu.com
bambulector.com

Ilustración de la cubierta:
Diseño de la colección: Estudi Miquel Puig

Primera edición: septiembre de 2022
ISBN: 978-84-8343-805-3
Depósito legal: B 11169-2022
Printed in Spain
Impreso en Anzos, SL
Fuenlabrada (Madrid)

El papel utilizado para la impresión
de este libro procede de bosques
gestionados de manera sostenible.

MIENTRAS CREZCAN LOS LIMONEROS

ZOULFA KATOUH

Traducción de Roser Vilagrassa

كل ليمونة ستنجب طفلاً ومحالٌ أن ينتهي الليمونُ

نزار قباني

Cada limón engendrará un hijo
y los limones jamás se extinguirán.

Nizar Qabbani

1

Tres limones arrugados y, al lado, una bolsa de plástico con pan de pita más seco que mohoso.

Es todo lo que ofrece este supermercado.

Me quedo mirando los víveres con ojos cansados antes de cogerlos. Me duelen los huesos con cada movimiento que hago. Doy otra vuelta por los pasillos con la esperanza de haber pasado por alto algún alimento. Pero solo encuentro una intensa nostalgia. El recuerdo de los días en los que corría al supermercado con mi hermano al salir de la escuela y cargábamos con bolsas de patatitas y ositos de gominola. Entonces pienso en Mama y en su forma de mirarnos, moviendo la cabeza, conteniendo una sonrisa al ver a su hijo y a su hija sonrojados, ingenuos, intentando camuflar el botín en sus mochilas. Después nos solía cepillar el pelo...

Sacudo la cabeza.

Para.

Cuando compruebo que los pasillos del supermercado están realmente vacíos, me dirijo al mostrador, agotada, para pagar los limones y el pan con los ahorros de Baba. O cuanto pudo retirar antes del fatídico día. El propietario, un anciano calvo de unos sesenta años, me sonríe con lástima antes de darme el cambio.

Fuera del supermercado me espera un panorama desolador. Aunque no me amilano, porque estoy acostumbrada al horror, agrava mi angustia.

La carretera agrietada, el asfalto reducido a escombros. Edificios grises y huecos que se deterioran a medida que los elementos erosionan la destrucción que iniciaron las bombas de las fuerzas armadas.

Poco a poco el sol disipa lo que queda de invierno, pero aún hace frío. La primavera, símbolo del renacer de la vida, no llega a Siria. Y menos a mi ciudad, Homs. La miseria reina entre las grandes ramas secas y los escombros, y la población la soporta únicamente por la esperanza que alberga en su corazón.

El sol está raso en el horizonte, a punto de retirarse, y los colores pasan lentamente del naranja a un azul profundo.

–Margaritas. Margaritas. Margaritas. Dulce olor a margaritas –susurro.

Fuera del supermercado hay varios hombres de pie, con rostros demacrados, afectados por la malnutrición, pero sus ojos brillan con luz propia. Al pasar por delante, oigo partes de la conversación, pero no me quedo. Sé de qué están hablando. De lo que todo el mundo habla desde hace nueve meses.

Acelero el paso, no quiero oírlos. Sé que el asedio militar al que nos han sometido es una sentencia de muerte. Que los alimentos son cada vez más escasos y que estamos muriendo de hambre. Sé que cualquier día de estos, los medicamentos pasarán a ser un mito en el hospital. Lo sé porque hoy he operado a varios pacientes sin anestesia: la gente se está muriendo de hemorragias e infecciones y no tengo manera de ayudarlos. Y sé que todos sucumbiremos a un destino peor que la muerte si el Ejército Libre de Siria no es capaz de frenar los avances militares en la antigua Homs.

De camino a casa, la brisa es más fría, de modo que me ajusto el hiyab alrededor del cuello. Soy muy consciente de las manchas de sangre seca que se me han colado por las mangas de la bata. Por cada vida que no consigo salvar en mi turno, una gota de sangre es una parte más de mí. Por mucho que me lave las manos, la sangre de nuestros mártires penetra en la piel, en las células. A estas alturas ya debe de estar codificada en mi ADN.

Y hoy, el vaivén de la sierra que el doctor Ziad ha usado para la amputación que he presenciado como suplente, me ha quedado grabado en la mente, y resuena en bucle.

He crecido y cultivado mis sueños en Homs a lo largo de mis diecisiete años: licenciarme con una nota media alta, obtener un puesto excelente en el Hospital Zaytouna como farmacóloga y poder viajar, por fin, fuera de Siria, conocer el mundo.

Sin embargo, solo uno de esos sueños se ha hecho realidad. Y no de la forma que yo esperaba.

Hace un año, después de que la Primavera Árabe se extendiera por toda la región, Siria aprovechó la esperanza que aquella despertó en las masas para exigir libertad. La dictadura respondió desatando un infierno.

Los médicos se convirtieron en blanco de las fuerzas militares hasta que empezaron a escasear más que la risa. E incluso cuando acabaron con todos, siguieron cayendo bombas. El Hospital Zaytouna estaba en las últimas y necesitaba toda la ayuda posible. Se llegó incluso a ascender al personal de seguridad al cargo de enfermeros. Yo había estudiado un año en la Facultad de Farmacia, de modo que era lo más parecido a un médico experimentado. Y cuando el último farmacéutico quedó sepultado bajo los escombros de su casa se agotaron las opciones.

Daba igual que yo tuviera dieciocho años. Daba igual que mi experiencia médica se limitara a los libros de texto. Y se solventó el día que me pusieron delante al primer cuerpo que suturar. La muerte es una excelente maestra.

A lo largo de los últimos seis meses he participado en más operaciones de las que podría contar, y he cerrado más ojos de lo que jamás pensé que podría cerrar.

Mi vida *no debería* ser así.

El camino de vuelta a casa me recuerda a las fotografías en blanco y negro que aparecían en mis libros de historia de Alemania y Londres después de la Segunda Guerra Mundial. Casas arrasadas, con el interior de madera y cemento desparramado como intestinos perforados. Y el olor de los árboles quemados hasta ser solo ceniza.

El frío punzante traspasa mi desgastada bata de laboratorio, y la aspereza del tejido me da escalofríos.

–Matricarias –murmuro–. Parecen margaritas. Se utilizan para tratar la fiebre y la artritis. Matricarias. Matricarias. Matricarias.

Cuando por fin diviso mi casa, siento que mi pecho se expande. No es la misma en la que solía vivir con mi familia; es la que Layla me ofreció cuando una bomba cayó sobre la mía. Sin ella, estaría en la calle.

La casa de Layla –o, en fin, nuestra casa– es una vivienda de una planta, adosada a otras iguales. Todas tienen las paredes decoradas con agujeros de bala, como una composición artística macabra. En todas reina el silencio, la tristeza y la soledad.

Nuestro barrio es el último que todavía tiene casas casi intactas. En otros, la gente duerme bajo techos destrozados o en la calle.

La cerradura está oxidada, y chirría cuando giro la llave y anuncio:

–¡Ya he llegado!

–Estoy aquí –exclama Layla a su vez.

Llegamos al mundo juntas, en un hospital donde nuestras madres compartían habitación. Es mi mejor amiga, mi pilar y, también, mi cuñada, porque se enamoró de mi hermano Hamza.

Y ahora, con todo lo que ha ocurrido, es también mi responsabilidad y la única familia que me queda en el mundo.

La primera vez que Layla vio esta casa se enamoró al momento por su estética pintoresca, así que Hamza se la compró en ese mismo instante. Dos habitaciones era lo ideal para una pareja de recién casados. Layla pintó una pared con ramas de vid verdes del suelo al techo, grabó flores de lavanda azuladas en otra, y cubrió el suelo con gruesas alfombras árabes que le ayudé a comprar en el zoco Al-Hamidiya. Pintó la cocina de blanco para que contrastara con las estanterías de madera de nogal, que llenaba con toda clase de tazas que ella misma diseñaba. La cocina da al salón, que solía estar abarrotado con su material artístico hasta el último rincón. Por todo el suelo había papeles con borrones de colores que pintaba con los dedos, y restos de gotas de pintura de los pinceles. Muchas veces me dejaba caer por su casa y me la encontraba despatarrada a los pies del caballete, con su melena castaña esparcida en el suelo como un abanico, contemplando el techo, murmurando la letra de una antigua canción árabe.

La casa encarnaba el alma de Layla.

Pero ya no. La casa de Layla ha perdido la vida que desprendía, los colores se han desvanecido del todo, en su lugar solo queda un triste tono gris. Ahora no es más que el vestigio de un hogar.

De camino a la cocina, me encuentro a Layla tumbada bocarriba sobre el sofá estampado de flores del salón. Dejo la bolsa de pan de pita sobre la encimera. En cuanto la veo, mi cansancio se desvanece.

–Voy a calentar la sopa. ¿Quieres un poco?

–No, gracias –responde.

En su voz –no como en la mía– se percibe el vigor de una promesa de vida, que me envuelve como una cálida frazada de agradables recuerdos.

–¿Cómo ha ido lo del barco? –me pregunta.

Mierda. Hago como que estoy ocupada vertiendo en el cazo la aguada crema de lentejas y luego iniciando la aguja de ignición de la cocina de gas portátil.

–¿Seguro que no quieres un poco?

Layla se incorpora, su barriga de siete meses abulta bajo el vestido azul marino que lleva.

–Cuéntame cómo ha ido, Salama.

Sin apartar la vista de la crema parduzca, me concentro en el siseo de las llamas. Desde que me instalé en su casa, no ha dejado de insistir en que hable con Am, que ronda por el hospital. Ha oído que algunos sirios han encontrado refugio en Alemania. Yo también lo he oído. Porque algunos de mis pacientes han conseguido cruzar el Mediterráneo de forma segura con la mediación de Am. De dónde saca los barcos, no tengo ni idea. Pero con dinero, todo es posible.

–*Salama.*

Suspiro y hundo el dedo en la crema para comprobar que está tibia. Pero mi pobre estómago gruñe, no le importa si no está del todo caliente, así que retiro el cazo del fuego y me siento a su lado en el sofá.

Layla me mira con paciencia, con las cejas levantadas. Tiene unos ojos azules como el mar, increíblemente grandes, que casi ocupan todo su rostro. Siempre he pensado que es como la encarnación del otoño: su pelo castaño de tonos rojos y dorados, su tez pálida, salpicada de pecas. Incluso ahora, a pesar del sufrimiento, parece una criatura mágica. Pero no paso por alto que sus codos sobresalen de una forma extraña, y que sus mejillas regordetas ahora están hundidas.

–No se lo he preguntado –digo al fin, y me meto una cucharada de crema en la boca, preparándome para oírla protestar.

–¿Y por qué no? Si tenemos algo de dinero...

–Sí, dinero que necesitaremos para sobrevivir cuando lleguemos allí. No sabemos cuánto nos va a pedir. Además, las historias que...

Layla niega con la cabeza y unos mechones de pelo le acarician la mejilla.

–Vale, sí –reconoce–. Hay mucha gente que no... llega a tierra, pero ¡la mayoría sí! Salama, *tenemos* que tomar una decisión. ¡Tenemos que irnos! Y antes de empezar a dar el pecho. –No ha terminado, le cuesta respirar–. ¡Y *ni se te ocurra* sugerirme que vaya sin ti! O subimos a un barco juntas, o no sube ninguna. No pienso estar vete a saber dónde, asustada y sola, sin saber si estás viva o muerta. *¡De ninguna manera!* Y no podemos ir andando a Turquía, tú misma lo has dicho. –Se señala la barriga–. Por no hablar de los guardias en los controles de fronteras y los francotiradores que están por todas partes, como las hormigas: nos dispararían en cuanto saliéramos de la zona del Ejército Libre de Siria. Tenemos *una* posibilidad. ¿Cuántas veces tengo que repetirlo?

Toso. La crema se desliza garganta abajo y se desploma como una piedra en mi estómago. Tiene toda la razón. Está en el tercer trimestre; ni ella, ni yo podemos andar seiscientos cincuenta kilómetros sin correr riesgos, esquivando la muerte en el trayecto cada dos por tres.

Dejo el cazo sobre la mesa de centro de madera de pino y me miro las manos. Las cicatrices de cortes cruzados que las cubren son marcas que dejó la muerte cuando intentó arrebatarme la vida. Algunas son tenues, plateadas, mientras que otras son más profundas, y la carne renovada aún parece reciente pese a estar recuperada. Son un recordatorio de que hay que trabajar más deprisa, superar los límites del agotamiento y salvar otra vida más.

Me dispongo a estirar las mangas para taparme las manos, pero Layla me cubre una con la suya delicadamente. Levanto la cabeza y la miro.

–Sé por qué no se lo preguntas, y no es por el dinero –me dice.

Mi mano se crispa bajo la suya.

La voz de Hamza susurra en mi cabeza con desasosiego. «Prométemelo, Salama. Prométemelo.»

Agito la cabeza para acallar su voz, y respiro hondo.

–Layla, soy la única farmacéutica que queda en tres barrios. Si me voy, ¿quién los va a ayudar? Son niños desconsolados. Víctimas de francotiradores. Hombres heridos.

Se agarra al vestido con fuerza.

–Ya lo sé. Pero *no pienso* renunciar a ti.

Abro la boca para decir algo, pero me contengo cuando Layla hace una mueca de dolor y cierra los ojos con fuerza.

–¿Te está dando patadas? –le preguntó enseguida, acercándome a ella.

Aunque intente disimular mi preocupación, no lo consigo. Con el cerco a la ciudad, las vitaminas prenatales escasean, y se hacen muy pocas revisiones médicas.

–Sí, alguna que otra –reconoce.

–¿Te duele?

–No. Es solo incómodo.

–¿Puedo hacer algo?

–Estoy bien –me dice, negando con la cabeza.

–Sí, claro... Detecto a la legua que me estás mintiendo. Date la vuelta –le digo, y se ríe antes de ponerse de espaldas a mí.

Masajeo las contracturas que le detecto en los hombros, hasta aliviar la tensión. Casi no queda grasa bajo la piel, y cada vez que deslizo los dedos del acromion a la escápula, me da un escalofrío. Esto..., esto es una injusticia. Layla *no debería* estar aquí.

–Ya puedes parar –me dice a los pocos minutos, y me mira con una sonrisa complacida–. Gracias.

Intento devolvérsela.

–Dáselas a la farmacóloga que llevo dentro. La necesidad de curarte reside en mis huesos.

–Ya lo sé.

Me inclino para tocarle la barriga, y noto una patadita del bebé.

–Te quiero, cariño, pero tienes que dejar de hacerle daño a tu mamá. Necesita dormir –susurro con dulzura.

Layla sonríe más aún y me da una palmadita en la mejilla.

–No te conviene ser tan adorable, Salama. Un día de estos, alguien te echará el guante y no volveré a verte.

–*¿Casarme yo?* ¿Y con la situación económica actual? –resoplo, pensando en la última vez que Mama me dijo que una tía vendría con su hijo a tomar café.

Lo gracioso es que nunca llegaron a venir, porque justo ese día fue cuando se produjo el levantamiento. Pero recuerdo que la idea de la visita me entusiasmaba. La idea de que podía enamorarme. Ahora, al mirar atrás, me veo como otra chica con mi mismo rostro y mi voz.

Layla frunce el ceño y dice:

–Podría pasar. No seas tan pesimista.

Me río de su gesto ofendido.

–Sí, claro.

Esa parte de Layla no ha cambiado. Aquella vez, cuando la llamé para contarle lo de la visita, se presentó en mi casa al cuarto de hora, con una bolsa enorme de ropa y maquillaje, chillando como una loca.

–¡Esto es lo que te vas a poner! –anunció, tirando de mí para ir a mi habitación, donde desplegó su caftán azul celeste.

Era de un tejido rico y, al ponérmelo, se deslizó con suavidad sobre mis brazos. El dobladillo estaba bordado en oro, igual que el cinturón, y la tela caía a los lados desde la cintura como una cascada. El color me recordaba al mar que forma la lluvia en El viaje de Chihiro. *Es decir, un azul mágico.*

–Combínalo con un lápiz de ojos azul y ese chico te suplicará que volváis a quedar –dijo, guiñándome un ojo con una risita–. ¡Estás guapísima con lápiz de ojos azul!

–Ya, ya lo sé –reconocí, moviendo las cejas–. Las ventajas de ser morena.

–¡Yo, en cambio, parezco un cadáver amoratado! –exclamó, enjugándose unas lágrimas imaginarias con la mano donde relucía su anillo de matrimonio.

–No seas tan dramática, Layla –respondí entre risas.

Su sonrisa se volvió perversa; sus ojos se iluminaron.

–Tienes razón. A Hamza le gusto. Y muchísimo.

Me tapé los oídos con las manos.

–¡Ay, no, qué asco! No me hace falta oír nada de eso.

Me tiró de los brazos para incomodarme aún más, pero al ver mi gesto de bochorno, el ataque de risa le impidió encadenar dos palabras con sentido.

Oigo suspirar a Layla y salgo de mi ensueño.

–La vida es mucho más que simplemente sobrevivir, Salama.

–Ya lo sé –respondo.

Se nos han quitado las ganas de bromear. Me mira a los ojos, seria.

–¿De verdad que lo sabes? Porque veo cómo actúas. Te dedicas en cuerpo y alma al hospital, al trabajo y a mí. Pero *en realidad* no estás viviendo. No te planteas el porqué de esta revolución. Parece que no *quieras* ni pensarlo. –Guarda silencio un momento, mirándome detenidamente, y noto que se me seca la boca–. Es como si te diera igual, Salama. Pero sé que no eres así. Tú sabes que esta revolución se está haciendo para poder recuperar nuestras vidas. Que no es una cuestión de supervivencia, sino de lucha. Si no eres capaz de luchar aquí, no serás capaz de hacerlo en ninguna parte. Ni siquiera si cambiaras de opinión y consiguiéramos llegar a Alemania.

Me pongo de pie y señalo la pintura desangelada, desconchada, de la pared. La nada.

–¿Luchar *contra qué*? Tendremos suerte si lo peor que nos pasa aquí es morirnos, y tú lo sabes. Si no nos detienen los militares, nos matará una bomba. No hay nada por lo que luchar, porque *no podemos* luchar. ¡Nadie nos está ayudando! Soy voluntaria en el hospital porque *no soporto* ver cómo se muere la gente. Y *no hay más*.

Layla me mira sin enfadarse. Solo siente compasión.

–Mientras estemos aquí, tenemos que luchar, Salama, porque es nuestro país. Es la tierra de tu padre, y la de su padre. Tu historia está arraigada en su suelo. Ningún país del mundo te querrá como te quiere este.

Las lágrimas me escuecen en los ojos. Sus palabras son una réplica de lo que leíamos en los libros de historia en la escuela. Llevamos el amor por Siria en la sangre. Está en nuestro himno nacional, que cantábamos todas las mañanas desde el primer día de clase. Entonces solo eran palabras. Pero ahora, después de todo lo que ha ocurrido, se han hecho realidad.

Nuestro espíritu es desafiante, nuestra historia, gloriosa,

y las almas de nuestros mártires, formidables guardianas.

Evito la mirada de Layla. No quiero que me haga sentir culpable. Ya he sentido suficiente culpa.

–He perdido demasiado en esta guerra –le digo con amargura.

–No es una guerra, Salama. Es una revolución. –Su voz es firme.

–Que sea lo que quiera.

Dicho esto, vuelvo a mi habitación y cierro la puerta para poder respirar. Lo único que me importa ahora, lo único que me queda en el mundo, son Layla y el hospital. No soy un monstruo. Hay personas que sufren, y yo las *puedo* ayudar. Por eso quise ser farmacéutica. Pero me niego a reflexionar sobre *el motivo* por el que acaban en el hospital. Sobre por qué está pasando esto. Porque *ese motivo* se llevó a Mama. Todavía recuerdo sus dedos fríos contra los míos. Y ese mismo motivo se llevó a Baba y a Hamza Dios sabe adónde. No quiero vivir en el pasado. No quiero llorar pensando en que voy a acabar mi adolescencia con la esperanza agotada y los sueños plagados de pesadillas. Quiero sobrevivir.

Quiero a mi familia conmigo. Solo quiero recuperar a mi familia.

Aunque eso que dice Layla *sea* la verdad.

Me pongo el último pijama que me queda: un jersey negro de algodón y unos pantalones. Es razonablemente digno si alguna vez tengo que huir de noche. En el baño, paso por alto mi vana reflexión, me seco el pelo; es castaño y lo llevo por debajo de los hombros. Abro el grifo por costumbre. Nada. No hemos tenido agua ni electricidad en el barrio desde hace semanas. Solíamos tener suministros de manera irregular, pero desde el asedio se han interrumpido del todo. Por suerte, la semana pasada llovió, así que Layla y yo sacamos cubos para recoger agua. Cojo un poco entre las manos para las abluciones y los rezos.

Los débiles rayos de sol que alcanzaban las tablas de madera arañada del suelo de mi habitación ya han desaparecido, y el oscuro manto de la noche cae sobre Homs. Mis dientes se echan a castañear con la idea de lo que pueda suceder. Aprieto los labios y trago saliva con fuerza. Todo el control que emano durante el día flaquea en cuanto se pone el sol.

Me siento en la cama, cierro los ojos y respiro hondo varias veces. Necesito serenarme. Debo concentrarme en algo que no sea el miedo y el dolor arraigados en mi alma.

–Flor de miel. Dulce como su nombre –murmuro, rezando para no perder los nervios–. Pétalos blancos. Se utiliza para aliviar el dolor. También para tratar resfriados, dolores abdominales y la tos. Es dulce. *Dulce.*

Funciona. Mis pulmones empiezan a distribuir el oxígeno con normalidad por toda la sangre, abro los ojos y contemplo el espesor de nubes grises a través de la ventana. El cristal está resquebrajado a los lados de la vez que estalló una bomba cerca de aquí, y el marco está astillado. Cuando me instalé en casa de Layla, tuve que limpiar manchas de sangre del cristal.

A pesar de que las ventanas están bien cerradas, la habitación está fría, y tiemblo, porque sé qué está a punto de pasar. El horror que presencio a diario no se limita al hospital. Mi terror ha mutado en mi cabeza, tiene una voz y vida propias que me visitan todas las noches.

–¿Cuánto tiempo vas a estar ahí sentada sin hablarme? –La voz cavernosa procedente del alféizar me pone los pelos de punta.

Su voz me produce la misma sensación que el agua helada que uso para lavarme al volver a casa empapada en la sangre de los mártires. Como piedras pesadas sobre el pecho, que me hunden a lo más profundo de la tierra. Es pesada como un día húmedo, y ensordecedora como las bombas que las fuerzas armadas nos lanzan. Está en el material sobre el que se levantó el hospital, y en los sonidos que hacemos sin pronunciar palabra.

Me vuelvo hacia él poco a poco.

–¿Qué quieres ahora?

Khawf me mira. Lleva un traje impecable y limpio. Aunque las manchas rojas de los hombros me desasosiegan. Siempre han estado ahí, desde que nos conocimos, pero no me acabo de acostumbrar a verlas. Tampoco me gusta mirarle a sus ojos de color azul glacial. Su pelo negro como la noche hace que no parezca humano, aunque supongo que esa es precisamente su intención. Es lo más parecido que puede a un humano.

–Ya sabes lo que quiero –dice con una voz vibrante, y siento un escalofrío.

2

En julio del año pasado lo perdí todo.

Todo, en cuestión de una semana.

En aquel momento estaba convaleciente en una cama de hospital, los cortes del rostro me escocían cuando lloraba en silencio, el muslo derecho me dolía de la caída, y las magulladas costillas protestaban cada vez que respiraba. Tenía las manos envueltas con tantas capas de venda que parecía que llevara mitones. La metralla había cavado agujeros en mis manos; la sangre fluía a borbotones. Pero todo eso era llevadero.

La única lesión grave que sufrí fue detrás de la cabeza. La violencia de la explosión me expulsó de espaldas, y me golpeé la base del cráneo contra el cemento. Me dejó una marca para toda la vida. El doctor Ziad me suturó la herida. Fue el día que lo conocí. Me dijo que podía sentirme afortunada de haber salido de allí con una sola cicatriz. Creo que trataba de consolarme por el hecho de que Mama hubiese corrido peor suerte, ya que la bomba la había arrancado de mi lado y nunca volvería a abrazarla.

Aquel mismo día, algo más tarde, cuando Khawf apareció y me dijo su nombre, me costó entender que solo yo lo veía. Al principio creía que los medicamentos me provocaban visiones, que desaparecería cuando dejaran de administrarme morfina. Pero se quedó conmigo, susurrándome cosas horribles, mientras yo lloraba por Mama. Pero cuando el dolor remitió, las costillas sanaron y las heridas de las manos cicatrizaron, tampoco se desvaneció. Tan pronto asumí la visión como una certeza, me invadió el pánico.

Aquella alucinación estaba allí para quedarse. Una alucinación que ha ido sonsacando mis miedos, dándoles vida, a lo largo de los últimos siete meses.

No hay otra explicación. Reducir a Khawf a un hecho científico es el único modo que tengo de hacerle frente.

–Quiero ofrecerte cualquier cosa que te haga sentir mejor –me dice con una sonrisa perversa.

Me froto con los dedos la cicatriz de la cabeza y noto su rugosidad callosa.

–Margaritas –susurro–. Margaritas, margaritas.

Khawf se aparta el pelo de los ojos y, del bolsillo de la camisa, saca una cajetilla de tabaco. El paquete es rojo, siempre del mismo tono que las manchas de los hombros. Coge un cigarrillo y lo sostiene entre los labios antes de encenderlo. El nudo se enciende, consume el papel que lo rodea, y Khawf da una larga calada.

–Quiero saber por qué no has hablado con Am –me dice–. ¿No prometiste ayer que lo harías? ¿Como me lo prometes todas las noches? –Tiene la voz grave, y no hay duda de la amenaza que envenena cada palabra.

Así empezó: un comentario insidioso aquí y allá, induciéndome a pensar en salir de Siria, hasta que un día decidió que debía pedirle un barco a Am. Y, desde entonces, no hay día que no me lo exija. A veces me pregunto cómo es posible que mi mente haya conjurado a alguien así.

Una gota de sudor frío se desliza por mi cuello.

–Sí –consigo contestar.

Da un golpecito al cigarro, y la ceniza cae para desaparecer justo antes de tocar el suelo.

–¿Qué ha pasado?

Una niña de cinco años y pelo castaño rizado ha muerto de un disparo al corazón de un francotirador mientras yo salvaba a su hermano de sepsis. Aquí *me necesitan.*

–Que..., que no he podido.

Entorna los ojos.

–Que no has podido –repite con sequedad–. Es decir, que quieres acabar aplastada bajo esta casa. Viva, con los huesos rotos, desangrándote. Sin que nadie venga a ayudarte, porque ¿cómo iban a hacerlo? Unos músculos atrofiados por la malnutrición como los tuyos apenas si pueden levantar un cuerpo, y mucho menos cemento. O a lo mejor es que quieres que te arresten. Y que te lleven donde tienen a tu Baba y a Hamza encarcelados. Y que te violen para obtener respuestas que no tienes. Que los militares te den muerte como recompensa y no como castigo. ¿Eso es lo que quieres, Salama?

Todos mis huesos tiritan.

–No.

Lanza una última bocanada de humo antes de restregar la colilla contra la suela de su zapato Oxford. Luego cruza el umbral y se queda de pie delante de mí. Alzo la vista para mirarlo. Tiene unos ojos fríos como el río Orontes en diciembre.

–Entonces, decir que *no has podido* no sirve –añade–. Me prometiste que hoy preguntarías a Am por el barco. Lo has visto pasar tres veces y *no se lo has dicho.* –Sus labios se vuelven una línea fina, aprieta fuerte la mandíbula–. ¿O quieres que me retracte del trato que hicimos?

–¡No! –grito–. *¡No!*

Con solo chasquear los dedos, Khawf podría alterar del todo mi realidad, y desatar una serie de alucinaciones seguidas, y todo el mundo vería que la fachada que he construido son frágiles ramitas contra un vendaval. El doctor Ziad no me dejaría seguir trabajando en el hospital. Me consideraría un peligro para los pacientes. Y necesito el hospital. Me hace falta para olvidar el dolor. Mantener las manos ocupadas para que mi cabeza no estalle en alaridos hasta perder la voz. *Salvar vidas.*

O peor, trasladaría más preocupación y ansiedad a Layla, y eso afectaría a su salud y a la del niño. *No.* Aguantaré lo que haga falta por ella. Lloraré a mares y entregaré mi alma a Khawf, si así, sabiendo que estoy bien, puedo mantener a salvo a Layla.

Así que me ha prometido no aparecer durante el día y limitar a la noche los horrores que me revela. Lejos de las miradas de todos.

Levanta sutilmente los labios con una sonrisa desagradable.

–Es tu última oportunidad, Salama, y te juro que si no se lo pides mañana, acabaré con tu mundo.

Entre el pulso del miedo asoma la rabia. Puede que mi subconsciente me tenga atada de pies y manos, pero es *mi* subconsciente.

–No es tan fácil, Khawf –le suelto entre dientes, tratando de borrar de mi cabeza la mirada de aquel niño con el cuerpecillo de su hermana en brazos. Tan *pequeño*–. Am tal vez no tenga un barco. Y aunque lo tuviera, sería tan caro que no lo podríamos pagar. Y entonces, la *única* manera de salir sería andando hasta Turquía. Seríamos un blanco perfecto para los militares. ¡Y eso *si* Layla lograra sobrevivir al trayecto a pie!

Levanta las cejas como si lo que he dicho le hiciera gracia.

–¿Por qué prefieres romper la promesa que le hiciste a Hamza de sacar a Layla del país? Los sentimientos encontrados que tienes sobre el hospital te descolocan. La cuestión es que hiciste unas promesas, y ahora te estás echando atrás. Toda esta cháchara no son más que excusas para ahuyentar la culpa. ¿Qué precio estarías dispuesta a pagar por mantener a salvo a Layla?

Aparto la mirada y me meto las manos en los bolsillos a la vez que me hundo en el colchón.

–Si tienes presente esa promesa –dice, irguiéndose con una sonrisa de satisfacción–, reforzarás tu decisión.

Y antes de que yo pueda gritar, chasquea los dedos.

Me llega el denso aroma a menta y canela de un guiso de yogur y carne, y la nostalgia me invade. Dudo antes de abrir los ojos. Y al instante, ya no estoy en un cuarto con olor a humedad, sino en mi casa. En *mi* casa.

La cocina es exactamente como la recuerdo. En las paredes de mármol, de color beige y marrón de cedro, hay cuadros con caligrafía árabe y dibujos de limones dorados. Bajo la encimera hay un estante muy bien ordenado con ollas y cacerolas. La cocina de la mesa está cubierta con un mantel blanco de satén, con azucenas bordadas. Alrededor de la mesa hay cuatro sillas de madera y, encima de aquella, un vaso de cristal con brotes de orquídea. Orquídeas azules que compré con ocasión de la visita que esperábamos recibir más tarde aquel día..., hoy. Siempre compraba orquídeas cuando teníamos invitados.

Entonces me vuelvo hacia Mama, que está de pie a mi lado, pendiente del *shish barak* que hay en la cacerola, removiéndolo con una cuchara de madera, mientras musita una oración.

–Mantenlos a salvo –susurra–. Mantén a mis hombres a salvo. Devuélvemelos hoy sanos y salvos. Protégelos de quienes les desean el mal.

Clavada en mi sitio, el corazón se me parte en dos.

Mi madre está a mi lado.

Las lágrimas se deslizan en silencio por mis mejillas, y me invade la necesidad de arrojarme a sus brazos. Quiero a mi madre conmigo. Quiero que aplaque mi tristeza y me dé besos mientras me dice *ya omri* y *te'eburenee.* «Mi vida» y «entiérrame».

Pero me limito a darle un golpecito en el brazo. Levanta la mirada con los ojos rojos, distraída, y luego sus labios dibujan una sonrisa, y me doy cuenta de que esta guerra la ha cambiado drásticamente. Su rostro, que parecía haberse quedado en los treinta y cinco, está agotado por los nervios, y las raíces de su cabello castaño oscuro son grises. Nunca se dejaba las canas, siempre tenía un aspecto arreglado y pulcro. Sus huesos sobresalen con dureza, y ahora unas sombras oscuras tiñen la piel bajo sus ojos.

–*Te'eburenee,* todo irá bien. *Insha'Allah* –susurra, rodeándome los hombros con el brazo y apretándome hacia sí–. *Entiérrame antes que yo a ti.*

Y así fue.

–Sí, Mama –consigo decir a duras penas, fundiéndome en su abrazo.

–*Aw,* Saloomeh –saluda Hamza al entrar con Baba desde el comedor, y casi grito. Están aquí.

Los ojos de color miel de Hamza rebosan vida y reflejan los de Baba. Los dos llevan abrigos, y la bandera de la revolución siria sobre el hombro. Esa misma tela podría retorcerse y hacer las veces de soga.

–¿En serio te vas a poner a llorar? –me dice.

No le pregunto a Hamza por Layla, porque sé que está en su casa, esperándolo. Pero hoy no volverá.

–Hamza, no te metas con tu hermana –dice Baba, dirigiéndose a Mama.

Ella lo abraza inmediatamente y le murmura algo al oído.

No soporto la escena, y me aparto.

–¿Os vais ya? –pregunto a Hamza con la voz quebrada.

Tengo que alzar la barbilla para mirarlo. Hacía siete meses que no lo hacía.

Me mira con una sonrisa dulce.

–La manifestación empieza después de la oración, así que tenemos que llegar pronto.

Me contengo para no soltar un gemido. Mi hermano tenía los veintidós recién cumplidos, acababa de licenciarse en la Facultad de Medicina y hacía nada que había solicitado la residencia en el Hospital Zaytouna. No sabía que iba a ser padre. De haberlo sabido, ¿habría evitado asistir a las protestas?

–No..., no vayas –balbuceo.

Quizá esta alucinación pueda acabar bien. A lo mejor soy capaz de cambiar las cosas.

–Por favor, Hamza, Baba, no vayáis. ¡No vayáis hoy!

Mi hermano me sonríe.

–Dices lo mismo todos los días.

Lo agarro con fuerza del brazo, y mis ojos memorizan su barba incipiente y el hoyuelo que asoma en una de sus mejillas cuando sonríe. Este es el último recuerdo que tengo de mi hermano. Con el tiempo, los recuerdos se distorsionan, y sé que olvidaré sus rasgos precisos. Olvidaré el pelo castaño con canas de Baba, y el sutil brillo de su mirada. Olvidaré que Hamza casi me saca dos cabezas y que compartimos el mismo tono de pelo castaño. Olvidaré los hoyuelos de las mejillas de Mama y su sonrisa, que ilumina el mundo. Nuestras fotos de familia están enterradas bajo los escombros de este edificio, y jamás las recuperaré.

–Ugh, Salama, ¿por qué estás tan rara? –me dice, y luego mueve la cabeza al ver que lloro, y añade, con cariño–: Te prometo que volveré.

Mis pulmones se contraen. Sé lo que va a decir a continuación. He reproducido en mi mente esta conversación en bucle hasta confundir las palabras.

–Pero si no vuelvo... –Respira hondo y se pone serio–. Salama, si no vuelvo..., cuida de Layla. Asegúrate de que ella y Mama estén bien. Asegúrate de que las tres os ponéis a salvo.

Trago saliva con fuerza.

–Ya te lo he prometido otras veces.

Cuando el pueblo salió a las calles para manifestarse por primera vez, Hamza me llevó aparte para hacerme jurar exactamente aquello. Siempre fue intuitivo. Más listo de lo que le tocaba a su edad. Cuando estaba decaída, siempre me lo notaba aunque no le dijera nada. Su corazón, que era delicado como una nube, se prestaba a ayudar a cuantos lo rodeaban. Sabía que por mucho miedo que Mama tuviera, había que sacarla de Siria aunque fuera a gritos, a rastras; y sabía que Layla se reiría si le pedía que huyera sin él. Pero yo debía asegurarme de mantener a las dos con vida. Debía poner la seguridad de mi familia por encima de todo. Sobreviviera quien sobreviviese.

–Vuelve a prometérmelo –me dice con fervor–. Porque no puedo salir a luchar con la conciencia tranquila si no tengo la certeza de que lo harás. Necesito oírlo. –La miel de sus ojos arde en llamas.

–Te lo prometo –consigo murmurar.

En mi vida he pronunciado palabras más intensas.

Entonces, supuestamente, me alborota el pelo antes de salir con Baba... para no regresar jamás.

Pero no lo hace.

En esta ocasión me coge por los hombros.

–¿Lo has hecho?

–¿El qué? –titubeo.

Veo un fuego enfurecido en su mirada.

–Después de que los militares nos apresaran a Baba y a mí, ¿te llevaste a Mama de aquí? ¿Salvaste a Layla? ¿O echaste a perder sus vidas?

Mi cuerpo entero tiembla.

–Salama, ¿me has mentido? –Su gesto es agónico.

Me echo atrás con la mano sobre el pecho.

–¿Has dejado morir a Mama? –me pregunta, subiendo el tono.

Mama y Baba están de pie a su lado; un hilo de sangre cae de la sien derecha de Mama. Cae al mismo suelo de cerámica que limpiaba todos los días. Cada gota es como una puñalada en el corazón.

–Lo siento –le ruego–. Por favor. ¡Perdóname!

–¿Que te perdone? –dice Baba frunciendo el ceño–. Has dejado morir a tu madre. Y ahora estás dejando morir a Layla. Y ¿para qué?

–Puede que Mama te perdone –dice Hamza–. Pero yo no. Si Layla sufre por culpa de las decisiones que tomes, Salama, jamás te lo perdonaré.

Me desplomo en el suelo llorando.

–Lo siento. Lo siento.

–No es suficiente –dicen a la vez.

El suelo tiembla. Una enredadera se enrosca en mis tobillos y me arrastra bajo las baldosas. La cocina y la casa se desmoronan y me precipito, gritando, al tenebroso abismo. Me desplomo de espaldas sobre una losa de piedra, y me cuesta horrores coger aire. Cuando abro los ojos, el humo de un edificio en llamas cubre el cielo.

Me falta el oxígeno, toso y me levanto temblando. Ante mí se alza el edificio de siete plantas que fue mi hogar. En el balcón de la sexta hay ropa colgada, y en el de abajo, exhibida con orgullo en la barandilla, la bandera de la revolución siria. Ondea al viento como si fuera a desprenderse. Pero Hamza la ató bien a cada lado para asegurarse de que no saliera volando. Y después de que él y Baba fueron detenidos, Mama se resistió a descolgarla.

El aire a mi alrededor está muy quieto. Sé dónde estoy sin necesidad de preguntarlo. Khawf me ha arrastrado una semana hacia el futuro, hasta uno de los peores días de mi vida.

Mama.

–No –gimo–. No.

–No puedes salvarla. –Khawf está de pie a poco más de un metro de mí–. Ya está muerta.

Mi edificio está a unos diez metros de allí. Puedo llegar. Puedo salvarla.

–¡Mama! –grito, corriendo hacia ella–. ¡Sal de ahí! ¡Sal, que vienen los aviones!

Pero es demasiado tarde; son más rápidos que mi voz, y a las bombas les da igual que dentro haya personas inocentes.

El agudo zumbido retumba en mis oídos al tiempo que arrasa el edificio en fragmentos ensangrentados. La réplica de la explosión no me arrastra. Destruye por completo el edificio, y yo estoy de pie, ante el cuerpo mutilado de Mama. No llevaba puesto el hiyab; su pelo marrón está cubierto de polvo y tierra, y dobla la cabeza en un ángulo extraño. Y sangre. Mis pies descalzos están cubiertos de sangre. Su penetrante olor metálico me produce arcadas.

Lloro, me dejo caer sobre las rodillas, abrazo con fuerza su cuerpo, acercándolo hacia el mío, con vida. Las manos me tiemblan de forma descontrolada mientras trato de apartar el pelo que se le ha pegado a las mejillas, pero solo consigo embadurnarla con su propia sangre, que me salpica la boca.

–*¡Mama!* ¡Dios mío, otra vez no! *¡Otra vez no!*

Me mira fijamente con ojos brillantes.

–¿Por qué no me has salvado? –me susurra con la mirada vacía–. ¿Por qué?

–Perdóname –sollozo–. ¡Por favor, por favor, perdóname!

Mis lágrimas caen sobre su rostro inmóvil, mis labios le suplican que vuelva, y la abrazo. Pese a estar las dos empapadas de sangre, Mama huele igual que siempre.

–Se ha ido –me dice Khawf desde atrás–. Mira, estás ahí.

Miro hacia donde señala. Entre los escombros y la neblina humeante que ha dejado la bomba está mi yo del pasado. Todavía tiene las mejillas llenas, y sus ojos empiezan a asimilar un dolor que la acompañará para siempre. Solo tiene diecisiete años y acaba de asistir a apenas una muestra de lo que significa el auténtico horror. Tose, con el hiyab rasgado, intenta arrastrarse hacia el cadáver de Mama, pero le fallan las fuerzas y cae al suelo, inconsciente.

La rabia y la tristeza se entrelazan en mi corazón, se aferran a mis malogrados huesos.

–Ya basta –pido con un resuello–. Quiero volver.

Khawf se agacha a mi lado, me limpia una mancha de sangre de la mejilla y sonríe. A su alrededor no hay escombros; su ropa está intacta. Pero las manchas rojas de los hombros de su chaqueta son más grandes, y no sé si es que me lo imagino, pero parecen extenderse hasta las solapas.

Chasquea los dedos y vuelvo a estar en mi cama, sin rastro de sangre ni hollín. Parpadeo y me miro las manos agrietadas, llenas de cicatrices, que tiemblan por la repentina desaparición de Mama entre mis brazos. Las lágrimas que todavía mojan mi rostro son la única prueba de que lo he vivido.

Khawf respira hondo, con satisfacción en cada rasgo de su rostro céreo, y se retira a la ventana.

–Si sigues empeñada, la siguiente será Layla. –Saca otro cigarrillo–. Ya has roto la mitad de tu promesa. ¿Quieres que su muerte sea tu perdición?

Mi cuerpo me traiciona echándose a temblar, y me agarro a la manta raída para disimularlo.

Exhala una oscura nube gris de humo que desciende en volutas hasta el suelo deteriorado para luego desvanecerse.

–Cada día se te mueren más pacientes. Y cada uno es un remordimiento más en tu conciencia. Si te quedas, todo esto acabará contigo aunque Layla sobreviva.

–Vete –lloriqueo, odiando a mi mente por hacerme esto.

–No me gusta que me tomen el pelo, Salama –murmura–. Dame lo que te pido y puede que así te deje en paz.

Tengo la lengua seca, y las heridas con forma de media luna que me he hecho al clavarme las uñas en las palmas de las manos empiezan a dolerme. Pero, en vez de contestarle, le doy la espalda. Noto como si el cerebro fuera a estallarme dentro del cráneo. Clavo los ojos en el cajón cerrado de la mesita de noche, donde guardo mi reserva secreta de comprimidos de paracetamol. Llevo acumulándolos desde julio para el parto de Layla y, por un instante, me planteo tomarme uno. Pero decido no hacerlo. No sé si tendremos acceso a medicamentos allí donde estemos cuando llegue el momento.

–Jazmín. Jazmín. Jazmín... –susurro una y otra vez hasta que consigo olerlo como solía hacer cuando Mama me tomaba en brazos.

3

A la mañana siguiente, beso a Layla en la mejilla y me voy a trabajar. Nunca sabemos si volveremos a vernos. Cada instante es una despedida.

–Habla con Am –me pide con una sonrisa cálida que me hace pensar en Hamza.

Asiento, incapaz de decir nada. Me escabullo y cierro la puerta con llave al salir.

El hospital está a quince minutos a pie de casa de Layla. Hamza la eligió con miras a no tener que usar el coche durante sus estudios de Medicina en el hospital del barrio. Desde el momento en el que aprendió a leer a los tres años, Mama y Baba se dieron cuenta de que su hijo era un genio. Empezó la escuela a una edad muy temprana, cursó sin dificultades la primaria y la secundaria, y pudo permitirse escoger entre varias universidades. Se decidió por la de Homs para estar cerca de la familia, pero yo sabía que en realidad lo había hecho para poder empezar una vida con Layla.

Ahora asumo un trabajo que debería ser suyo. Que dista mucho del mío. Los farmacéuticos recetan medicamentos, no realizan operaciones quirúrgicas. Yo tenía que haberme licenciado y ser farmacéutica. O investigadora. No soy cirujana. No estoy hecha para realizar incisiones, coser heridas y amputar miembros, pero he acabado haciéndolo a la fuerza.

La ciudad de Homs que veo a mi alrededor cada vez que salgo a la calle parece sacada de un libro de historia. Esta misma carnicería se ha visto en tantas otras ciudades a lo largo de los años. Es la misma historia, pero en otro lugar. Estoy convencida de que las almas de los mártires vagan entre las casas y calles abandonadas, y deslizan sus dedos sobre las banderas de la revolución pintadas en los muros. Los vivos se limitan a esperar sentados en sillas de plástico en la calle, tapados con abrigos y bufandas. Hoy los niños juegan con cualquier cosa que encuentran entre las ruinas. Una anciana les grita, diciéndoles que tengan cuidado con los vidrios rotos que lo cubren todo. Cuando me ve con la bata de laboratorio, me sonríe. Le faltan algunos dientes.

–*¡Allah ma'ek!* Que Dios te proteja.

La miro con una sonrisa trémula y asiento con la cabeza.

El hospital no es inmune a la plaga de la dictadura, como lo demuestran las paredes exteriores, de un amarillo y rojo desvaídos. La mugre que se acumula en la suela de mis zapatillas viejas se mezcla con la sangre de los heridos que llegan al centro día tras día.

Las puertas casi siempre están abiertas, y hoy todo sigue igual. El mismo ajetreo de siempre, los quejidos y alaridos de los heridos que retumban contra las paredes.

Siempre faltan instrumentos quirúrgicos y medicamentos, y noto el efecto de esta escasez en los rostros decaídos que yacen en las camas por todas partes. Últimamente estoy usando solución salina con los pacientes, y les digo que es un anestésico, esperando que se lo crean y funcione como un placebo. Recuerdo haber leído artículos sobre placebos durante mi primer año en la facultad, en los que se mencionaba el buen resultado de su uso. Durante esa época en la que me ponía en un rincón de las escaleras que llevaban al edificio de conferencias, con mi termo con té *zhoorat*, repasando las notas que había tomado en clase. Pasaba horas inmersa en mi estudio hasta que Layla aparecía al anochecer y me daba unos golpecitos en la nariz para llamarme la atención.

Pese a la falta de recursos, nuestro hospital está en mejores condiciones bajo la jurisdicción del Ejército Libre de Siria que los que están bajo la de las regiones controladas por las fuerzas armadas.

Nos han llegado historias de personas capturadas por los militares. Los pacientes se mueren, no de las heridas sufridas durante las protestas, sino por las que les infligen en el propio hospital. Mientras nosotros sufrimos los efectos del asedio, a los manifestantes heridos ingresados en esos hospitales les vendan los ojos y los torturan, encadenados a las camas por los tobillos. En ocasiones, hacen lo mismo a médicos y enfermeras.

En nuestro hospital, las camas están unas junto a las otras, y las familias se colocan alrededor de los pacientes, de manera que tengo que abrirme paso entre estas para poder preguntar a aquel cómo se encuentra. El doctor Ziad se dirige a toda prisa hacia mí, sorteando con cuidado los incontables cuerpos repartidos por el suelo: los que están solos en el mundo, los que no tienen familia ni cama. Tiene el pelo entrecano y desaliñado, y las arrugas alrededor de sus ojos marrones están más pronunciadas.

Asumió el puesto de jefe de cirugía al saber que el último que quedaba había muerto en un ataque. En realidad, era endocrino y trabajaba dentro de un horario que él mismo se fijaba, con la idea de jubilarse poco a poco. Cuando empezaron las tensiones, envió a toda su familia a Líbano, y el hospital pasó a ser su casa. Al igual que yo, se vio obligado a ejercer de cirujano.

–Atención, preparaos. Acaban de informar de que ha estallado una bomba en Al Ghouta. Veinte víctimas. Están trasladando a diecisiete heridos al hospital –anuncia.

Como jefe de cirugía, tiene contacto con el Ejército Libre de Siria, que le proporciona cualquier información que tengan para poder salvar más vidas.

Siento por un instante que mi corazón se ensancha de alivio. Ese barrio está justo en el otro extremo de la ciudad. A media hora en coche. Layla está a salvo. Pero enseguida se me vuelve a encoger. Una bomba significa que cualquier cosa puede entrar por esa puerta. Intestinos fuera, o enredados dentro, quemaduras, miembros amputados...

Espero en el vestíbulo con el doctor Ziad, que susurra versos del Corán sobre serenidad y la misericordia de Dios. Apacigua el hilo de sudor frío que me baja por la nuca. Las puertas se abrirán de golpe en cualquier momento.

En cualquier momento.

Khawf aparece junto a las ventanas que tengo delante. Su traje brilla pese a la luz deficiente del hospital. Lleva el pelo peinado hacia atrás, ni un solo mechón fuera de sitio. Me está sonriendo. A Khawf le encanta el hospital. Sabe que mi temor a que Layla sea el siguiente cuerpo mutilado que entierre pondrá fin a mi decisión de quedarme. Que acabaré por querer irme de Siria.

Oímos los alaridos antes de que se abran las puertas, lo cual nos da un instante para prepararnos. Pero por muchas veces que vivas esta escena, nunca estás preparada para ver a un ser humano luchando por respirar. Porque esto no es normal y *nunca* lo será.

–Salama, atiende primero a los niños –me indica con contundencia el doctor Ziad, que se precipita hacia los pacientes–. Nour, asegúrate de que nadie se desangre. Mahmoud, que no se queden sin vendas. Usa las sábanas si hace falta. ¡Venga!

Entran cinco pacientes en camillas y, el resto, en brazos de voluntarios que había en el lugar de la explosión. Una multitud los rodea. El doctor Ziad sigue gritando órdenes al resto del equipo; agradezco por enésima vez que mantenga la calma en medio de tanta atrocidad. Él es nuestro bastión. Él hace posible que podamos salvar vidas.

Mientras Khawf, con toda su imponencia, observa el despliegue caótico con una sonrisa de satisfacción, se pone a tararear una canción. La melodía suena en medio del barullo: «Dulce es la libertad». Es el himno de los disidentes. No tengo tiempo para censurarlo. La muerte no espera por nadie.

Para mí, vendar pacientes, sanarlos, es más ambicioso que limitarme a mantenerlos con vida. En ocasiones, cuando me ven, exigen que les atienda un médico de mayor edad, con más experiencia. Al principio sentía escalofríos, hacía lo posible por evitar temblar y les explicaba tartamudeando que todos los médicos estaban ocupados. Que yo era igual de capaz. Pero ahora, si alguien me hace perder un tiempo tan valioso, les digo sin más que si no los asisto yo, se morirán. Así no tardan nada en tomar una decisión.

Trabajar aquí me ha endurecido a la vez que ablandado el corazón como nunca habría imaginado.

Mientras vendo al quinto paciente, me fijo en un chico muy agitado que lleva a una niña pequeña en brazos. Tiene ente diecisiete y diecinueve años. La niña ladea la cabeza, y de su camisa gotea sangre. Sigo al chico con la mirada, la luz intermitente del hospital rebota en sus despeinados rizos rubios oscuros. Me resulta familiar. Sin embargo, antes de poder identificarlo, el doctor Ziad me llama para que lo ayude con otro paciente. Este superviviente tiene el cúbito fracturado, le asoma por el brazo. La imagen del hueso atravesando la piel me provoca un reflujo ácido que me sube hasta la garganta. Arde. Trago saliva y noto cómo al bajar me irrita la mucosa gástrica. Me concentro en recolocar el hueso en su lugar.

Durante un descanso, tres operaciones seguidas después, veo pasar a Am. Tengo que hablar con él. Hoy. Noto la mirada penetrante de Khawf en la nuca, su amenaza resuena en mi cabeza.

Acabaré con tu mundo.

Su decisión de que abandone Siria es firme y hará todo lo posible para que suceda. Desde que lo conozco, en todos estos meses, no he entendido a qué viene esa fijación. Pero hoy en mi cabeza resuena un susurro. A raíz de la conversación con Layla.

¿Qué hay de malo en preguntar? Solo estás pidiendo información. Solamente para saber cuánto cuesta. Hazlo por ella.

–Am –le digo sin más.

Se detiene y se vuelve hacia mí.

–¿Sí? –responde extrañado.

Es más joven de lo que aparenta, pero con todo lo que está pasando, no es raro que un hombre de menos de cuarenta años tenga canas incipientes.

–Quería..., eh..., quería saber si... –tartamudeo, y me reprocho: tendría que haber pensado en qué iba a decirle.

–Quieres un barco, ¿no, Salama? –me dice sin rodeos, y noto mi propio rubor.

Estrujo con fuerza la tela gruesa de mi raída bata de laboratorio hasta arrugarla. Am está pensando que soy una cobarde. De todas las personas que le piden ayuda para salir del país, yo soy la cobarde. La última farmacéutica que queda en tres barrios a la redonda.

–¿Es eso? –insiste, levantando las cejas.

Entonces me viene a la mente el gesto de preocupación de mi hermano Hamza.

–Sí –le digo.

Y antes de seguir con la conversación, mira hacia un lado para comprobar que nadie nos oye.

–Muy bien: en diez minutos, nos vemos en el pasillo principal.

Dispongo de unos instantes antes de que el doctor Ziad o Nour me llamen. El doctor Ziad siempre insiste en que me tome un descanso. Aun así, las palmas de las manos me empiezan a sudar. En diez minutos pueden pasar muchas cosas. Una insuficiencia respiratoria repentina, un paro cardíaco, otro paciente que empiece a vomitar sangre y bilis... *Cualquier cosa.* Pero se lo prometí a Hamza. Layla es mi hermana, la única familia que me queda. Y está embarazada del hijo de mi hermano. Un bebé del que no sabe nada y al que nunca conocerá. Y yo tengo que averiguar si *al menos* puedo permitírmelo. Tampoco quiero poner a prueba los límites de Khawf. Si cumple su amenaza, hoy podría ser el último día que trabaje en el hospital.

–Lirios de día –susurro de camino al pasillo principal, sin apartar la vista del suelo embarrado–. Alivia los espasmos musculares y los calambres. Puede revertir los efectos del envenenamiento por arsénico. Lirios de día. *Lirios de día...*

El pasillo principal está abarrotado de pacientes, y ahora entiendo por qué Am me ha citado aquí. La conversación será publicidad gratuita para cualquiera que nos oiga. De este modo sabrán quién es Am, a qué se dedica y qué les puede ofrecer: la posibilidad de vivir.

Am pasa todos los días por el hospital buscando a gente a quienes puedan interesar sus servicios. La forma de pago, los ahorros de toda una vida, para salir de Siria en un barco hacia otro continente que muchas personas solo conocemos por los libros. Todo el personal del hospital conoce a Am, incluso el doctor Ziad, que considera que debería haber más gente dispuesta a quedarse en Siria. Bien que nunca impediría a nadie marcharse, ya que él mismo hizo salir a su familia del país. Mientras Am no interfiera en salvar las vidas de sus pacientes, es libre de difundir sus planes. Y es justo lo que hace. No interfiere con los médicos, se centra únicamente en los pacientes. Se asegura de que todos sepan que sus barcos llegan a buen puerto, mostrando a la gente fotografías de aquellos que consiguen alcanzar las costas europeas. A nadie le gustaría correr el riesgo de ahogarse sin antes tener la seguridad de que este sistema *funciona.* O al menos algunas veces. Aunque quizá, aun sin pruebas de ello, la remota posibilidad de sobrevivir es preferible a vivir a merced de un genocidio.

Nadie se hace a la mar en un barco destartalado si tiene una alternativa de vida.

Entre las caras cansadas sobresale Khawf con los ojos brillantes y la sonrisa cómplice.

Lo que lo mueve a socavar mi moral para instarme a subir a un barco quizá tenga una explicación científica: un mecanismo de defensa que ha creado mi cerebro para asegurar mi supervivencia por cualquier medio necesario. Pero mi estómago sigue carcomiéndome con el temor a los posibles horrores que me esperan en sus manos.

Am se presenta a los diez minutos. Se abre paso entre el mar de cuerpos hasta llegar a mí, junto a una ventana medio rota, tapada con una fina sábana blanca.

Mi sistema nervioso se vuelve loco, envía impulsos eléctricos a todo mi cuerpo y no soy capaz de aplacarlo. Se acentúa mi paranoia de que el doctor Ziad pueda aparecer en cualquier momento; hundo las manos en los bolsillos para disimular el temblor. Creo que no podría mantener una conversación con él si me viera aquí con Am. Porque le estoy dando la espalda a mi pueblo.

–¿Cuántos sois? –pregunta Am.

–Dos –digo enseguida. Mi voz suena ajena.

Se me queda mirando un instante.

–¿Esa es toda la familia que te queda?

Siento que mi corazón se resquebraja y se cae a trocitos dentro de mi caja torácica.

–Sí.

Asiente con la cabeza, pero su expresión es impasible. No es nada raro ser una familia de uno.

–Os llevaré en coche hasta Tartús –me explica, como si habláramos del tiempo–. El barco suele zarpar de allí. Un día y medio para cruzar el mar Mediterráneo y llegaréis a Italia. Un autobús os estará esperando para llevaros a Alemania. Pero lo más importante de todo es llegar a Italia.

Mi corazón se acelera con cada palabra. Y a pesar de su tono cortante, visualizo el viaje. El barco meciéndose sobre el mar azul, el agua rompiendo delicadamente contra una costa que promete una vida segura. Layla volviéndose hacia mí, soltando una carcajada franca, diciéndome: «Estamos a salvo». Una sensación de anhelo me desgarra el estómago.

El llanto de un bebé interrumpe mi ensoñación, y los gemidos de dolor de los pacientes son, de pronto, ensordecedores. No. *No.* ¿Cómo puedo pensar en mi seguridad cuando he jurado atender a los enfermos?

Pero Layla está embarazada, y se lo *prometí* a Hamza. Ella jamás se iría sin mí, y no puedo dejarla tirada en Europa cuando apenas si habla inglés, por no decir nada de alemán o italiano. Una chica embarazada y sola sería una presa fácil. Los monstruos no existen solo en Siria.

La indecisión germina en mis vasos sanguíneos como un veneno.

Carraspeo y pregunto:

–¿Cuánto nos costaría?

Am se lo piensa un momento y responde:

–Cuatro mil dólares. Y hay lista de espera.

Parpadeo.

–¿Qué?

–Solo acepto dólares. La lira es floja. Cuatro mil dólares. Dos mil cada una.

Noto la retirada de sangre en mi rostro y la boca seca. No disponemos de tanto dinero. Baba pudo retirar seis mil dólares al principio, pero lo hemos gastado casi todo a medida que el precio de la comida ha ido subiendo. Apenas si nos quedan tres mil.

Am repara en mi cambio de expresión.

–¿Qué te creías, que llegar a Europa sería barato? –resopla–. ¿Que sería fácil? Estamos hablando de trasladar ilegalmente a dos personas a otro continente. Por no hablar de la cantidad de soldados a los que hay que sobornar en el trayecto.

He perdido la sensibilidad de las piernas.

–No, es que..., es que no lo entiendes. La otra persona es mi cuñada. Está embarazada de siete meses. Si da a luz... Necesitamos el dinero para poder sobrevivir. No tengo suficiente. *Por favor.*

Am reflexiona un momento.

–Cuatro mil dólares y os saltáis la lista de espera. Es lo más generoso que puedo ser. No tardéis mucho en decidiros. El barco no espera por nadie.

Y sin más, se va, dejándome allí de pie, mientras Khawf lo mira fijamente con los ojos entornados. Me pregunto cómo reaccionará mi cerebro ante este obstáculo.

4

Cuando el doctor Ziad me encuentra, estoy en el suelo, en un rincón de una sala de recuperación, abrazada a mis rodillas, balanceándome adelante y atrás, temblando y llorando. Delante de mí hay dos niñas tumbadas, inmóviles, con heridas de bala en el cuello. Los francotiradores del ejército se apostan en azoteas de edificios en las delimitaciones que separan los puestos militares de las zonas protegidas por el Ejército Libre. Son dos niñas de unos siete años, tienen la ropa rasgada y las rodillas peladas.

Las víctimas de los francotiradores siempre son personas inocentes e indefensas. Niños, ancianos, mujeres embarazadas... El Ejército Libre explicó al doctor Ziad que, al principio, los soldados disparaban para entretenerse. Hasta Layla fue un blanco fallido una vez, y desde entonces, no le permito salir de casa. Nunca. Al menos sin mí.

El doctor Ziad se agacha a mi lado; tiene un rostro amable, aunque curtido por el dolor.

–Salama –me dice con delicadeza–. Mírame.

Aparto la vista de las caritas con labios amoratados y heridos para mirarlo. Me tapo con fuerza la boca, suplicando que mis labios dejen de temblar.

–Salama, ya hemos hablado de esto. No puedes trabajar hasta acabar en este estado. *Tú* también tienes que cuidarte. Si estás agotada y sufres, no podrás ayudar a nadie. Nadie tendría que hacer frente a esta clase de horrores. Y menos alguien tan joven como tú. –Su mirada se suaviza–. Tú has perdido más de lo que nadie se merece. No reduzcas tu vida al hospital. Vete a casa.

Dejo caer las manos sobre el regazo mientras proceso lo que me está diciendo. A lo largo de los últimos siete meses, ha sido para mí una figura paterna. Sé que una de sus hijas es de mi edad y que la ve reflejada en mí. También sé que nunca le exigiría a ella lo que espera de mí todos los días. Llenarme las manos de sangre de inocentes y volver a introducirla en sus cuerpos. Vivir horror tras horror y regresar al día siguiente. Y una parte pequeña de mí, una parte ínfima, se resiente por ello. Pese a hacer lo posible por velar por mi salud, por impedirme traspasar mis límites.

Me aclaro la voz.

–Aún quedan pacientes...

–Tu vida es igual de importante que la suya –me interrumpe, en un tono que descarta toda discusión–. Tu vida es *igual* de importante.

Cierro los ojos, tratando de aferrarme a sus palabras, tratando de convencerme de su certeza, pero cuando intento retenerlas, se me escapan.

Con todo, consigo ponerme de pie sobre mis piernas trémulas, mientras el doctor Ziad cubre los cuerpos con sábanas blancas.

* * *

Layla no dice nada durante un buen rato después de que yo me haya dejado caer sobre el sofá.

Sin abrir los ojos, la informo de mi conversación con Am. Pero la voz me falla al decirle el precio que nos pide. Lo odio. La vida de inocentes le es indiferente si el negocio le permite llenarse los bolsillos a costa del sufrimiento ajeno. Nadie está más desesperado por huir que esas personas con vidas devastadas. Solo quieren sobrevivir, por precaria que sea la expectativa.

–Di algo –le suplico, y abro los ojos ante su silencio.

Mira fijamente al frente, a la mesa de centro. Está pensando en un plan. Y entonces hace una mueca.

–No tengo nada que decir. –Tiene el ceño fruncido–. A menos que...

–¿A menos que...?

–Podríamos vender el oro –responde, retorciéndose un mechón de pelo con el dedo.

El sol del atardecer que entra por las ventanas inunda el salón, y la alfombra árabe a nuestros pies se transforma en algo etéreo. Observo cómo la luz baila alrededor de mi sombra entre el bosque verde entramado en la tela. Si me concentro en esa imagen, puedo engañarme y pensar que todo lo que existe fuera de ese halo amarillo es como tiene que ser: un lugar seguro.

Vender el oro.

El oro se transmite en nuestras familias. En lo más profundo de su superficie lustrosa, en sus gruesas hebras trenzadas, en él reside nuestra historia, las historias familiares.

Cuando regresé a nuestro hogar demolido por las bombas, no encontré ningún objeto propio. Los escombros de granito garantizaron que así fuera. Mi oro sigue allí debajo, enterrado, pero el de Layla está aquí. Es el oro que Hamza le entregó como parte de su dote.

–¿Quién iba a comprarlo? –pregunto.

Layla se encoge de hombros.

–A lo mejor Am lo acepta en lugar del dinero.

No sé de nadie que haya costeado el pasaje con oro, y seguro que no somos las primeras en pensarlo. Además, no estoy dispuesta a desprenderme del oro de Layla –el oro de mi familia– así como así. Y menos para dárselo a un corrupto como Am.

–No me dijo que podía pagarle con dinero *o* con oro –le digo, tirando de las hebras del sofá–. Si hubiera querido oro, lo habría dicho.

Layla me mira mientras sigo deshilachando el sofá.

–¿Y no quieres proponérselo? –dice al fin.

–Puedo... regatear con él.

Se muerde los labios antes de echarse a reír.

–*¿Regatear con él?* –repite–. ¿Dónde te crees que estás, en el zoco Al-Hamidiya?

Señalo un marco de caoba con una pintura de Layla. Siempre me ha encantado contemplarla. Un cielo azul oscuro mezclado con el mar gris en el horizonte. No sé cómo fue capaz de capturarlo con tanto acierto, como una fotografía; a veces, parece que el agua vaya a salirse del marco y mojar la alfombra. Las nubes son espesas y forman un cúmulo, instantes previos a la tormenta.

–Vamos a ver, ¿quién convenció a aquel hombre de dejarte el marco a la mitad de precio? –le pregunto, cruzando los brazos–. Un marco magnífico como este. ¿Lo convenciste tú?

Layla sonríe.

–No, tú.

–Exactamente. Así que... regatearé con Am.

Pero no añado lo que estoy pensando. Que le estoy siguiendo la corriente. Que me debato entre mi deber para con mi hermano y para con el hospital, que las cuerdas que tiran de mí en cada extremo se están rompiendo... Y no sé qué lado cederá primero.

Pero algo en su mirada me dice que ya lo sabe.

–Hablas de Alemania como si fuera el país donde tus sueños se harán realidad –le digo, y mis ojos vuelven al cuadro–. No hablamos el idioma. De hecho, casi ni sabemos inglés, y allí no tenemos familia. Estaremos desamparadas en un país remoto, y habrá gente que intentará aprovecharse de nosotras. A los refugiados los estafan, los despluman, tú lo sabes. Por no hablar de los secuestros.

Hubo una época, hace muchísimo tiempo, que quería vivir en Europa. Otra en Estados Unidos. En Canadá. En Japón. Quería plantar semillas en todos los continentes. Soñaba con hacer un máster en Herbología y recopilar plantas y flores medicinales de todo el mundo. Deseaba que los lugares que visitara recordaran que Salama Kassab había estado allí. Quería acumular experiencias y escribir cuentos infantiles con páginas impregnadas de magia y palabras que transportaran al lector a otros lugares.

–¿Y tú? –pregunté a Layla un día–. ¿Adónde quieres ir?

Estábamos en el campo, en la casa de verano de mis abuelos, recién terminada la secundaria. Quedaban solo dos meses para empezar la universidad. Los albaricoques estaban maduros, y nos habíamos pasado la mañana entera llenando una docena de cestas para nosotras y los vecinos. Estábamos descansando, tumbadas bocarriba sobre una manta de pícnic, y contemplábamos las nubes. El sol se ocultaba tras estas, y los rayos daban un tono azulado al cielo. Observamos cómo una mariposa revoloteaba y cómo un abejorro se hundía en una margarita. Era un día tranquilo, agradable, durante el que hablaríamos de nuestras esperanzas y sueños, y reviviríamos recuerdos de la infancia.

Layla aspiró profundamente la fragancia de los albaricoques.

–Yo quiero pintar Noruega.

–¿El país entero? –pregunté, riéndome.

Se volvió hacia mí y levantó la mano con la intención de pellizcarme la nariz. Solté un chillido y me la tapé.

–No tiene gracia –se quejó, entornando los ojos, aunque una sonrisa asomaba a sus labios.

–Pero si soy graciosísima –me defendí

Al apoyarme sobre un lado, se me escurrió un poco el hiyab, y el flequillo quedó a la vista. Pero no pasaba nada, porque estábamos lejos de posibles miradas ajenas. Así que me lo quité del todo, y la coleta cayó a un lado.

Layla se incorporó y miró alrededor. Al no ver a nadie, me puso la coleta hacia atrás y me quitó la goma.

–He visto todos los tonos de azul menos el de Noruega –me dijo en voz baja. La brisa se llevaba su voz–. Solo lo he visto en Google, y es impresionante. Pero quiero experimentarlo de verdad. Quiero pintar todos los tonos y hacer una exposición de arte. Que se llame algo así como El azul de todos los ángulos. *No sé...*

Me volví hacia ella.

–Suena de maravilla, Layla. Muy Studio Ghibli.

Sonrió y se puso a trenzarme el pelo. Lo hacía siempre que me veía tensa.

–Los sueños que tengo me alejarán de aquí –aseguró.

Vi la pregunta en su mirada: Salama, ¿pasaría algo si me fuera? Éramos uña y carne desde que nacimos. Era lo más parecido a una hermana que tenía. Como ella era hija única y yo la única niña de mi familia, habíamos forjado una relación solas.

*–¡Salama! –oímos gritar a Hamza a lo lejos–. ¡Layla! ¡*Yalla*, a comer!*

Los ojos de Layla se iluminaron con el timbre de su voz, se levantó de un salto y echó a correr hacia él. Mi hermano la cogió por la cintura y los dos se tambalearon.

Me puse de pie. Al mirarlos sentí como si estuviera al otro lado de una puerta infranqueable.

Layla frunció el ceño.

–¿Qué te pasa?

Al darme cuenta de mi gesto triste, sonreí.

–Nada.

Qué pueriles eran mis preocupaciones entonces. Qué inocentes, nuestros sueños.

Ahora hay sentada ante mí una chica embarazada, con los ojos demasiado grandes para su rostro, y mi estómago retumba como un tambor vacío.

–Salama –me dice Layla, y la miro, saliendo de mi ensoñación–. Hoy has tenido un día muy triste, ¿verdad?

Me toco la manga.

–Todos los días lo son.

Sacude ligeramente la cabeza y da unas palmaditas sobre su regazo.

–Ven, pon la cabeza aquí.

Obedezco.

Layla hunde sus dedos en mi pelo y se pone a hacerme trencitas. Mi hiyab está en alguna parte, tirado por el sofá. Suspiro de alivio al notar sus manos. Su barriga abultada es como un cojín, y noto las pataditas del bebé. Solamente la tela, las capas de piel y el líquido amniótico lo separan de los horrores de este mundo.

–Yo procuro no pensar en la oscuridad y en la tristeza –dice, y alzo la vista hacia ella. Me mira con una sonrisa tierna–. Porque si piensas en eso, no ves la luz aunque la tengas delante.

–¿Qué quieres decir? –murmuro.

–Me refiero a lo que está pasando, que por horrible que sea, no es el fin del mundo. El cambio es difícil, y es diferente según lo que hay que cambiar. Mira, te voy a dar una perspectiva científica. Si un cáncer se extiende, ¿no sería distinto lo que habría que extraer que si fuera, por ejemplo, una verruga?

Estoy a punto de reírme.

–¿Desde cuándo sabes tú de medicina?

Parpadea varias veces.

–Como artista, estudio la vida. Sígueme la corriente, Salama.

–Bueno –digo despacio–, en el caso de un cáncer, hay que operar para extirpar el tumor, pero el procedimiento es complicado. La probabilidad de sobrevivir. La intervención de tejido sano. Hay que tener en cuenta muchas cosas.

–¿Y una verruga?

Me encojo de hombros.

–Solo hay que tratarla con ácido salicílico.

–Y cuando la operación de cáncer tiene éxito, cuando el paciente ha luchado por vivir, ¿no mejora su vida?

Asiento sin decir nada.

–¿Tú crees que la dictadura siria es más como un cáncer que se ha desarrollado en el cuerpo de la nación durante décadas, y que la intervención, pese a los riesgos, es mejor que sucumbir a la enfermedad? Con algo tan profundamente arraigado en nuestro pueblo, el cambio no es fácil. Hay que pagar un precio muy alto.

Guardo silencio.

–Hay esperanza, Salama –prosigue–. A pesar de la agonía, somos *libres* por primera vez en cincuenta años.

Noto el peso de sus dedos en mi pelo.

–Hablas como si quisieras quedarte –le digo.

Me mira con cierta solemnidad. Como si supiera exactamente qué oculto en mis adentros.

–La lucha no está solo en Siria, Salama. Está en todas partes. Como he dicho, la lucha empieza aquí. No en Alemania, ni en cualquier otro lugar.

Escoge con cuidado las palabras, y cada una de ellas se abre paso por mi canal auditivo, retumba en mi tímpano, derechas a mis neuronas. Y allí se instalan, como semillas, entre las células.

–¿Por qué no estás tan resentida como yo? –bromeo sin mucha convicción, pero me sale sin más y suena más cierto de lo que me gustaría.

Cuando arrestaron a Hamza, Layla sufrió dos cambios importantes. Durante las cinco primeras semanas, era inconsolable. Sollozaba hasta quedarse ronca, dejó de comer y de ducharse. Y un día, de pronto, volvió a ser la misma de siempre. Una persona serena y cariñosa con una sonrisa que podría dar energía a toda la población de Homs.

–Para empezar, no somos perfectas –dice, y por fin me saca una sonrisa. Satisfecha con esto, añade–: Porque veo lo mucho que me quieres. Veo tu sacrificio y tu bondad. Prefiero pensar más en la esperanza que en las cosas que he ido perdiendo. Me queda amor gracias a ti. Gracias a todo lo que me ayudaste cuando..., cuando se lo llevaron.

Una lágrima le brota en un ojo, se desliza por su mejilla, y la intercepto antes de que alcance la barbilla. Perdió a su padre y a su madre en cuanto empezaron los bombardeos. Y entonces, mientras lloraba la muerte de su familia, en cuestión de una semana, perdimos a Mama, Baba y Hamza. Lo peor es que no sabemos si ellos dos están vivos.

Preferiría pensar que han muerto. Y sé que Layla también. La muerte es un final bastante más compasivo que vivir a diario en agonía.

–Ojalá todo el mundo fuera como tú –susurro.

Suelta una risa débil y le cojo la mano con firmeza. Pero un estruendo procedente de fuera nos hace saltar. La agradable sensación que sentíamos se esfuma, y el aire vuelve a ser frío. Layla me aprieta la mano con los ojos cerrados. Rezo con ella por que no sea nada. «Por favor, Dios mío, que no sea nada. ¡Que no sea un bombardeo! ¡Por favor!»

Durante unos instantes, tengo el corazón en un puño, pero al no oír gritos en la oscuridad, Layla relaja la mano.

–Creo que solo es lluvia –susurra, tratando de disimular el miedo en su voz.

–Pues vamos a por los cubos.

Me levanto del sofá y otro trueno sacude la noche. La cabeza me da vueltas al faltarme el apoyo del regazo de Layla.

–Y no te olvides de rezar. Las oraciones reciben respuesta con la lluvia –me recuerda.

Cuando abro la puerta de la galería para dejar los cubos fuera, entra una corriente de aire fresco a la casa.. Refresca la piel acalorada, y el corazón recupera el lugar que le corresponde en mi pecho. Aspiro todo el aire posible contenido en estas nubes bajas. Son grises y densas y, con suerte, nos protegerán de los aviones de combate que podrían acabar con nuestras vidas.

Luego ayudo a Layla a prepararse para ir a la cama. Ya no duerme en su habitación. Hay demasiadas cosas que le recuerdan a Hamza. Yo no he puesto un pie allí desde el día en el que me instalé en esta casa. No quiero ver la ropa de mi hermano colgada en el armario, ni su reloj favorito en la mesita de noche, ni la foto de él sonriente, besando a Layla el día de su boda.

Así que Layla duerme en el sofá. Lo preparo con almohadas y mantas. Tiene los ojos llorosos y una expresión ausente. Reconozco esa mirada. Está en el pasado, y no quiero sacarla de su ensoñación. Aunque los recuerdos duelan, es la única manera de visitar a nuestros seres queridos: reproducir palabras que nos dijeron y que nuestra imaginación magnifique o suavice sus voces a su antojo. Layla se mueve solo por memoria muscular, luego se echa sobre las almohadas.

Al fin, sus ojos se aclaran y me mira.

–Salama –me dice, como si no supiera que he estado allí todo este rato.

–¿Quieres agua? ¿Paracetamol? Ahora que estás en el tercer trimestre podemos usarlo.

–No, gracias. Hoy el bebé se está portando muy bien.

–La pequeña valora los sentimientos de mamá.

–¿La pequeña? –repite Layla en voz baja, y se le ilumina la cara.

Asiento con la cabeza.

–Es una niña. Lo presiento.

–¿En serio? –El comentario le hace gracia y pone los ojos en blanco–. ¿Eso forma parte de tus habilidades de detección médicas?

–Cuando llevas tantos años en esta profesión, desarrollas un sexto sentido sobre estas cosas. –Le guiño un ojo–. Confía en mí, soy farmacéutica.

Layla sonríe.

–Te confío mi vida y la de mi bebé.

–¡Eso es mucha responsabilidad! –exclamo, fingiendo que me derrumbo, y ella se ríe–. ¿Has pensado en nombres?

–Bueno, cuando solíamos barajar nombres para un futuro hijo, Hamza solo proponía masculinos. Siempre quiso un niño. Me dijo que se ablandaría demasiado si nuestro primogénito era una niña. Que sería incapaz de negarle nada.

–Las dos sabemos que Hamza sería literalmente una alfombra para que su hija la pisara.

–Por eso tenemos que irnos de aquí –me susurra–. No podemos permitir que nazca en Siria. Si solo fuéramos tú y yo, Salama, no dejaría a mi marido atrás. Pero... es la criatura. Es mi *bebé.*

Me cuesta respirar y cierro las manos en puños.

«La lavanda posee propiedades antisépticas y antiinflamatorias. Pétalos violáceos. Puede usarse para tratar el insomnio. Lavanda. Lavanda, Lavanda. Lav...»

–Me... ¿me estabas diciendo nombres para el bebé? –suelto de golpe, y agacha la vista.

–Sí –responde un minuto después–. Si es un niño, Malik, y si es una niña...

–Salama –la interrumpo.

–¿Cómo lo sabías? –dice con un grito ahogado.

–¿Cómo? No, te lo decía de broma –replico, incrédula.

–¡*En serio*, si es una niña, la llamaré Salama!

–Claro, ¿por qué no? Salama es un nombre precioso –le digo, con una sonrisa de oreja a oreja.

Layla se ríe.

–Totalmente de acuerdo.

Me agacho y le susurro a la barriga:

–Más vale que seas una niña. Te quiero, pequeña Saloomeh.

Casi no hay rastro de dolor en la mirada de Layla, aunque no se ha disipado del todo. Suficiente para sentir las espinas de la culpa en mi corazón. Inspiro hondo y espiro.

–Buenas noches.

Le acaricio el pelo y la arropo con la manta.

Me responde estrechándome la mano.

Mientras ella se rinde al sueño, yo dejo asomar el miedo: las palabras de Layla se repiten en bucle en mi cabeza.

«Te confío mi vida. Y la de mi bebé.»

5

—¿Qué piensas hacer? –pregunta Khawf desde un rincón oscuro, sobresaltándome.

Me llevo una mano al corazón.

–¿Qué?

Sale de la penumbra, las sombras se deslizan por su cuerpo, sus ojos brillan.

–¿Qué piensas hacer respecto a lo de Am?

–No lo sé.

–Eso significa que no vas a hacer nada.

–Significa que no lo sé. –Trago para aliviar la ansiedad–. Déjame en paz.

Se muerde la mejilla, escrutándome de la cabeza a los pies, y yo aprieto las rodillas contra el pecho en un intento de hacerme más pequeña.

–He hecho lo que me pediste –le digo–. Le he preguntado a Am. ¿Acaso es culpa mía que pida tanto dinero?

No me contesta, simplemente coge un cigarrillo y se lo lleva a los labios. Los gestos que hace al fumar me recuerdan a mi abuelo. Cuando le preguntaban algo, Jedo –que en paz descanse– no respondía hasta que no había dado una calada. Pero Jedo tenía una sonrisa amable y una manera de mirarme con orgullo, y Khawf no tiene nada de eso. Nada.

–No, no es culpa tuya. Pero me da la impresión de que te has rendido. ¿No le has dicho a Layla que regatearías con él?

Me encojo de hombros y él me mira fijamente.

–Aunque tu entusiasmo aparente es admirable –dice con desdén–, no es suficiente. *Tienes* que coger ese barco.

–Estoy en las últimas. ¿Qué quieres, Khawf? –le digo con la energía agotada.

Y, oculto tras una columna de humo plateada, responde con una sonrisa:

–Que estés a salvo, naturalmente. ¿Verdad que crees que soy una suerte de mecanismo de defensa?

Resoplo con cierto patetismo.

Se pone delante de mí y, por instinto, me echo atrás.

–Salama, a estas alturas ya deberías saberlo. A diferencia de ti, yo no me canso, no siento dolor, y no pararé hasta obtener lo que quiero. Oponiéndote a mí, oponiendo resistencia a *tu mente*... –mueve los dedos y mi pulso se acelera a medida que una profunda oscuridad nos envuelve, hasta que solo se ven sus glaciales ojos azules y el destello de sus dientes blancos–, no vencerás.

No veo nada. Tampoco oigo las remotas voces de protesta en la calle. Solo existimos Khawf y yo en un agujero negro. Extiende la mano hacia mi barbilla. Me encojo de miedo, pero no llega a tocarme. Pero tiene tanto poder sobre mí que alzo la vista para mirarlo, temblando, paralizada.

–Yo soy infinito y tú no –murmura.

Pasa un dedo sobre el recodo de mi garganta y, aunque no lo noto, mis dientes castañetean como si me tocara con el filo de una uña.

–Busca un modo de conseguir el barco.

* * *

El sol de la mañana se extiende sobre mi cuerpo trémulo. Me visto, tratando de pasar por alto la carga que es la presencia de Khawf en mi vida. Mi estómago gruñe de hambre; me duelen las extremidades. Pero mi dolor es indiferente si hoy puedo salvar vidas. Si puedo compensar mis fallos. Las vidas que ayer no pude salvar.

El año que pasé en la Facultad de Farmacia no me preparó para nada de esto. Ni aunque hubiera llegado a licenciarme. Mi trabajo nunca debió consistir en lo que hago ahora. Las clases del primer año eran, la mayoría, teóricas, y las prácticas de laboratorio consistían en mezclar fórmulas sencillas, una base sobre la que desarrollar estudios posteriores.

El primer día en el hospital fue como si me hubieran tirado en la parte honda de una piscina sin saber nadar. Aprendí sola a patalear y a flotar antes de que el peso de las olas me arrastrara al fondo.

A mediodía, el desastre se produce en forma de lluvia de metralla sobre una escuela de primaria cercana. Sobre la población infantil.

Cuando entran en las camillas, el mundo se desacelera. Mis piernas se hunden en la sangre pegajosa que mancha mis zapatillas. Estoy de pie en medio de una carnicería mientras se despliegan ante mí situaciones entre la vida y la muerte. Mis ojos captan cada lágrima que cae y cada alma que asciende para encontrarse con su creador.

Veo a un niño llamando a su madre, a la que nadie encuentra.

Veo a un niño de no más de diez años callado, blanco como el papel, con una pieza de metal grande clavada en el brazo derecho. Hace muecas de dolor, pero no se queja lo más mínimo, por no asustar a su hermana pequeña, que lo coge de la otra mano mientras grita *te'eburenee*.

Veo médicos, los últimos que quedan en Homs, ante cuerpecillos frágiles y exhaustos, que mueven la cabeza con resignación para, a continuación, atender al siguiente.

Veo a niñas pequeñas con las piernas torcidas en posiciones antinaturales. Su mirada expresa la magnitud de lo que está a punto de sucederles. Una amputación.

En ese momento pienso que ojalá estuvieran transmitiendo en vivo estas escenas en todos los canales y *smartphones* del mundo, para que vieran lo que se está permitiendo que suceda a los niños de este país.

Un niño pequeño se pone a cantar mirando al techo con ojos vidriosos. Tiene el torso descubierto y el pelo negro y fino. Jadea cada vez que respira; le cuesta llenar de aire los pulmones. Distingo bien sus costillas, las cuento una por una. Canta una de las muchas canciones de libertad que han escrito los rebeldes. El tono de su tierna voz es bajo, pero fuerte. Arrastra consigo el caos, que se incrusta en las paredes del hospital. Si estas paredes pudieran hablar, imagina qué dirían. Me dirijo hacia él en estado de trance, guiándome únicamente por la canción. No hay nadie a su lado. Tiene los brazos y las piernas enteros. De su boca no sale sangre, y tampoco de su cabeza. No es un paciente prioritario. Aun así, cojo sus manitas en las mías. Las tiene heladas.

Su abrigo ha debido de quedarse en la escuela, enterrado bajo los escombros.

–¿Estás herido? –le pregunto con lágrimas invisibles.

Él no deja de cantar, pero ha bajado la voz. Le tomo el pulso; es lento y poco natural. Pero no veo heridas.

–¿Estás *herido*? –le vuelvo a preguntar con apremio: a este ritmo, el corazón se le parará.

Se vuelve hacia mí.

–Me llamo Ahmad. Tengo seis años. ¿Puedes ayudarme a encontrar a mamá? –me dice muy bajito. Sus ojos, de un azul profundo, están tan hundidos en el cráneo que temo que desaparezcan.

«Está en estado de *shock*.» Me quito la bata y lo tapo. Le caliento las manos con las mías y se las beso.

–Sí, *habibi*. Encontraré a tu madre. ¿Puedes decirme si te duele algo?

–Me encuentro raro.

–¿En qué parte?

–En la cabeza. Noto como si... tuviera sueño –tose con brusquedad–, y el pecho..., no sé.

«Es una hemorragia interna.»

Llamo a gritos al doctor Ziad. Este acude corriendo y le toma el pulso. Luego, mientras le examina la cabeza, Ahmad le dice que tiene sed. La sed extrema solo puede significar una cosa. Con un profundo suspiro, el doctor Ziad niega con la cabeza.

–¿Qué significa eso, doctor? –le exijo–. ¿Va a renunciar a salvarlo?

–Salama, no tenemos neurocirujano. Aquí no hay nadie que sepa operar una hemorragia intracerebral. –Su tono es grave, pesaroso.

–Entonces ¿qué? ¿Vamos a dejarlo...?

Resoplo sin poder pronunciar la horrorosa palabra. No quiero que Ahmad la oiga.

El doctor Ziad le aparta el pelo de la frente. Está cubierta de gotas de sudor. Trago la bilis que me sube a la garganta.

–¿Te duele algo, hijo? –pregunta.

Ahmad le dice que no con la cabeza.

–Entre la adrenalina y el estado de *shock* no necesita morfina. No podemos hacer nada salvo aliviar sus últimos instantes.

–Voy a hacerle una transfusión de sangre.

Doy media vuelta y me dirijo allí donde guardamos el equipo. Como o negativo, soy donante universal. Tenemos un aparato manual que el doctor Ziad fabricó para donar sangre a los pacientes, porque las máquinas de aféresis no siempre funcionan. Sobre todo con la escasez de electricidad.

–Puedo darle mi sangre. Le daré...

–No servirá para nada –dice en un tono triste.

–Doctor Ziad...

Levanta una mano y me interrumpe:

–Salama, no. Si pudiera dar mi vida para que este niño estuviera sano y salvo, lo haría. Pero no puedo. No soy capaz de ayudarle. Pero sí que puedo intentar curar a esa niña que tiene los intestinos desparramados por el suelo. No podemos salvar a todo el mundo.

Se marcha antes de que pueda gritarle.

–Tía... –empieza a decir Ahmad despacio, y hace una pausa para coger aire.

–¿Sí, *habibi*?

Me doy la vuelta y vuelvo a cogerle las manos. «Si sobrevives, me ocuparé de ti –le juro–. Pero vive. Por favor. Vive.»

–¿Me voy a morir? –me pregunta.

No veo miedo en su mirada. «¿Todos los niños de su edad saben qué es la muerte? ¿O solo los que viven la guerra?» Me tiemblan las manos.

–¿Te da miedo la muerte? –le pregunto.

–Pues... –Tose, y unas gotas rojas caen de sus labios. «Dios mío».– No lo sé. Baba se murió. Mamá dice que está en el cielo. ¿Yo también iré al cielo?

Suspiro y me da un escalofrío.

–Sí, irás al cielo. Y allí verás a tu baba.

Ahmad sonríe con dulzura.

–*Alhamdulillah* –susurra–. ¿Y qué puedo hacer en el cielo, tía?

¿Cómo un niño puede mantener tanto aplomo a las puertas de la muerte?

Contengo las lágrimas, ahogándome por dentro.

–Te pasarás el día jugando. Hay juegos y comida y chucherías y juguetes y todo lo que quieras.

–¿Y también podré hablar con Dios?

La pregunta me coge desprevenida.

–Claro..., claro que sí, *ya omri.*

–Qué bien.

Mientras permanecemos sentados en silencio unos minutos, escucho el esfuerzo que hace al tomar aliento. Empieza a desenfocar la mirada, la respiración es cada vez más superficial.

Rezo por su alma y susurro versos del Corán.

–Tía..., no llores... Cuando vaya al cielo..., se lo contaré todo a Dios... Todo... –dice, y se atraganta.

Lo miro y veo un rostro inmóvil. Y unos ojos vidriosos con estrellas contenidas en sus iris azules.

6

No me separo del cuerpo de Ahmad durante un buen rato. Ni siquiera le suelto las manos. Me las llevo a los labios, quiero infundirle vida. El ruido de fondo suena apagado. Solo oigo «Se lo contaré todo a Dios», como una cinta en bucle.

Se me han puesto los pelos de punta y el frío me cala hasta los huesos. Casi como si esperara que la ira de Dios nos azote.

Noto unas palmaditas en la espalda, pero no hago caso. Ni siquiera oigo lo que me dicen.

–*¡Oye!*

Las palmadas son más fuertes y empiezan a molestarme. Estoy llorando la muerte de un niño al que no conocía, un niño al que he fallado.

–*¿Qué?* –exclamo, dándome la vuelta.

Es un chico. Es de mi edad o algo mayor. Tiembla y respira entrecortadamente. No puede contener el temblor de las manos, que se pasa por la cara y entre los rizos, de color rubio oscuro. Sus ojos verdes están desorbitados. Su cara me suena y tardo un poco en darme cuenta de que es el mismo del día anterior, el que llevaba a la niñita en brazos.

–Por favor..., *¡por favor!* Tienes que ayudarme –dice atropelladamente, con los hombros trémulos.

Su tono me devuelve a la realidad de golpe. Ahmad se ha muerto, pero los vivos siguen aquí. Aparto el dolor a lo más profundo de mi mente. Lidiaré con él después.

Me levanto de un salto.

–Sí. ¿Qué ha pasado?

–Mi hermana..., *por favor...*, ingresó ayer en el hospital por la bomba... Tenía metralla en la barriga..., se la extrajeron... La llevamos a casa..., en el hospital nos dijeron que no había sitio..., nos dijeron que estaría bien... Por favor..., *solamente...* –tartamudea, incapaz de seguir hablando de puro terror.

Chasqueo los dedos delante de él.

–¡Oye! Tienes que tranquilizarte. Respira hondo, vamos, respira.

Se calma e intenta respirar, en vano, incapaz de retener el aire suficiente tiempo.

–Mi hermana –prosigue en un tono forzadamente sosegado. Una vena palpita con fuerza en su cuello–. Anoche tuvo fiebre, y no le ha bajado en todo el día. Ni siquiera después de darle paracetamol. Es grave. Muy grave. Ha vomitado tres veces, y no puedo traerla aquí. Cada vez que intento moverla, grita de dolor. Por favor..., *tienes* que ayudarme.

Sé al instante qué le ocurre. Por mucho que me pese, retiro mi bata de laboratorio del cuerpecito de Ahmad y ni siquiera me despido de él.

Miro alrededor para ver si hay algún médico que pueda ayudar, pero parece que todos están ocupados con algún paciente.

Tendré que hacerlo sola. Hace unos meses, cuando empecé a trabajar aquí, viendo cómo el doctor Ziad hacía más de lo que exigía su obligación para con sus pacientes, yo quería hacer lo mismo.

Y a pesar de mis reservas. Porque conozco muy bien las consecuencias que esa persona sufrirá si no lo hago. He aprendido a extraer metralla, a coser heridas abiertas y a tratar de impedir la muerte por mi cuenta. Me he hecho cirujana a la fuerza. He extraído tantas balas que podría fundirlas y construir un coche con el acero. Cojo la bolsa quirúrgica de emergencia y, con un gesto, indico al chico que me guíe.

–¿Dónde vives? –le pregunto, mientras nos apresuramos bajo la tarde fría.

Tiene la vista entrenada para controlar el cielo y las azoteas: busca francotiradores y aviones.

–Unas calles más allá. Doctora, ¿qué le pasa a mi hermana, por qué le duele tanto? ¿Lo sabes?

Dudo un momento antes de responder.

–No. Con lo saturado que está el hospital, es normal que esto haya podido pasar. Tal vez le haya quedado en el cuerpo una pieza de metralla.

«Espero» que sea una.

–¿Cuántos años tiene?

–Nueve.

«Maldita sea. Probablemente esté desnutrida y sea más vulnerable a sufrir una infección.»

–Tenemos que darnos prisa.

El chico aprieta el paso, y yo lo sigo por las viejas callejuelas de nuestra devastada ciudad. La poca gente que hay en la calle está sumida en conversaciones graves o espera en la cola de la panadería.

–Me llamo Kenan –dice de pronto, y me vuelvo hacia él, distraída.

–¿Qué?

–Kenan –repite, y consigue esbozar una sonrisa.

–Salama –respondo.

Su nombre me resulta familiar, como si alguna vez lo hubiera oído en sueños.

Y antes de poder tirar de ese fino hilo que reconozco, se detiene. Nos hallamos ante un edificio. O lo que queda de él. Al igual que todos los edificios a nuestro alrededor, tiene desperfectos de los abundantes proyectiles y disparos. La pared está desconchada, la pintura se desprende por capas. Un edificio de cinco plantas que antaño debió de ser marrón.

Kenan abre despacio la puerta principal y se vuelve hacia mí con una mirada incierta. Frunzo el ceño sin entender. Cambia por completo de actitud, como si se avergonzara. Subimos las escaleras de cemento con los bordes picados hasta la segunda planta. La puerta de su piso es vieja y de madera, y da al salón, donde parece que hubiera estallado una bomba. Muebles rotos, paredes deterioradas y alfombras polvorientas y rasgadas. Me toma por sorpresa descubrir el estado del balcón, en el lado opuesto. Más de la mitad está destrozado; es evidente que partes de este cayeron a la calle. Un agujero enorme deja pasar el gélido viento invernal para congelar a cualquiera que haya dentro. Si alguien se acerca al borde, corre el peligro de caer.

Kenan llama a alguien, y aparece sin demora uno de sus hermanos, o eso supongo. Es joven, a poco de entrar en la etapa adolescente. Lleva una camisa con un agujero grande en un lado y unos vaqueros muy holgados.

Desde allí oigo gemir a su hermana, que está echada en el

suelo del salón. Tengo que actuar deprisa. Kenan se agacha para ponerse a su lado de rodillas, le pregunta si se encuentra bien y le susurra palabras de ánimo y cariño. El más joven espera de pie junto a la puerta, moviendo las manos con nerviosismo, lanzando miradas inquietas a la niña.

–Lama, es la doctora. Te va a ayudar.

La niña toma aire antes de asentir con la cabeza. Todo su rostro es una mueca de dolor. Me siento a su lado.

–Lama, cariño. Quiero ayudarte, pero antes tú tienes que ayudarme a mí. ¿Vale?

La niña vuelve a asentir.

–¿Le hicieron una transfusión ayer en el hospital? –pregunto a Kenan mientras saco los instrumentos que necesito.

–Sí –dice con un suspiro–. Uno de los médicos donó su sangre. Creo que era o negativo.

Asiento con la cabeza y le desabrocho la camisa. Tiene la piel traslúcida, y sus costillas sobresalen igual que las de Ahmad. No puedo permitir que las lágrimas me nublen la vista, así que contengo las ganas de llorar. Kenan le da la mano y no deja de hablarle para distraerla de su agonía. Su hermana grita de dolor cuando le quito la camisa empapada en sudor. Aprieto la palma de mi mano contra su frente caliente.

–Lama, ¿dónde sientes el dolor?

–En... en el estómago –responde con un grito ahogado, y una gota de sudor le resbala por la mejilla. Con sumo cuidado, corto el vendaje y le digo–: Voy a palparte el estómago. Cuando el dolor sea insoportable, me avisas.

La niña asiente. Kenan observa cada uno de mis movimientos con los ojos llenos de lágrimas. Mi propio aplomo me sorprende. En cuanto le toco el abdomen, grita.

Mierda.

Aplico presión, y grita más fuerte.

«Margaritas. Margaritas. Margaritas», recito para mí, manteniendo la mano firme.

–¿Qué estás haciendo? –pregunta Kenan con la voz ronca.

–Tengo que averiguar dónde está la metralla.

Lama sigue gritando, pero no puedo parar hasta que note el borde de un objeto metálico.

–¡Le estás haciendo daño! –me grita.

Lo hago callar con una mirada que aprendí de Mama.

–¿Tú crees que quiero hacerle daño? ¡Tengo que localizar la metralla!

Guarda silencio, pero sostiene una mirada furiosa.

–Tiene contusiones y puntos por todas partes. No puedo saber qué parte de la metralla le está provocando el dolor. *Por eso* se lo hago.

Kenan asiente con la cara pálida.

–Lama, me tienes que decir dónde te duele más, ¿vale? Eres muy valiente, y sé que también vas a ser muy fuerte. ¿De acuerdo?

Más lágrimas asoman a sus ojos antes de asentir otra vez.

–Muy bien.

Aprieto con delicadeza, siguiendo una línea hasta el estómago. La niña aprieta los dientes y ya no grita, pero respira de manera entrecortada, hasta que llego justo debajo del ombligo.

–¡Ahí! –chilla.

Dejo de apretar inmediatamente. He notado el borde antes de que me lo dijera.

–Muy bien, Lama –la felicito, y respiro hondo, tratando de bajar el tono–. Eres sensacional. Ahora solo tenemos que sacar este trozo de metralla.

–Hazlo –asiente Kenan.

–Tengo que... –Trago el ácido que me ha subido a la boca y lo miro–. Va a ser un poco difícil.

–¿Por qué?

Niego con la cabeza. «¿Cómo le digo esto?»

–Tengo que...

–Tienes que abrirle el estómago sin anestesia.

–Eso es –murmuro.

Kenan se pasa las manos por el pelo y la cara, desesperado.

–Y tengo que hacerlo ahora. Antes de que la metralla se desplace y acabe a saber dónde.

El chico aguanta la respiración un instante y dice:

–Hazlo. No tenemos otra opción. Simplemente hazlo. –Su tono es igual de angustioso que el de su hermana.

–Dale algo para morder.

Se saca el cinturón.

–Lama, lo siento muchísimo. Sé que duele mucho, pero puedes soportarlo. Yo estoy aquí. Tu hermano está aquí.

La niña se echa a llorar.

–Muerde el cinturón –le indico.

Jamás me había imaginado haciendo algo así. Yo tenía que ser farmacéutica, no abrirle la barriga a una niña en su casa.

Las manos me tiemblan al coger el desinfectante y un bisturí. Hasta ahora, las veces que he operado sola ha sido en el hospital, con el doctor Ziad cerca, por si metía la pata. Era reconfortante saber que estaba allí.

Pero aquí, si fallo en algo, si corto una vena o provoco una hemorragia interna más grave, la niña morirá. Y yo la habré matado.

Cierro los ojos con fuerza, procuro controlar la respiración y pienso en las margaritas.

–Oye –me dice Kenan–. ¿Estás bien?

Abro los ojos enseguida.

–Sí –respondo, y me complace advertir que lo digo sin vacilar.

Todas las veces que me he visto obligada a mantener la cabeza fría en el hospital han conllevado un resultado útil. La mirada del chico se suaviza, acaso porque percibe el miedo que intento disimular desesperadamente. Una sombra de duda asoma en su rostro, pero lo paso por alto

Miro a Lama, que tiene los ojos brillantes, arrasados en lágrimas, fijos en el techo. Sus labios tiemblan allí donde muerde el cinturón. Es demasiado pequeña para pasar por esto.

«Dios, por favor, guía mi mano y permíteme salvar a esta pobre niña.»

Desinfecto la piel del vientre y el bisturí, y miro a Kenan. Esto va a dolerle a él bastante más que a ella.

–Cógele la mano –le ordeno.

Asiente sin decir nada, pálido. Aprieto el frío metal contra la barriguita, y Lama hace un gesto de dolor.

–Lama, mírame a mí –le dice su hermano.

Respiro hondo y desplazo el bisturí hacia abajo, realizando una pequeña incisión. Pero que sea breve no evita que Lama grite de dolor. Intenta apartarme dando patadas, pero Kenan la aguanta.

–¡Lama, por favor, tienes que estarte quieta! –digo, operando lo más rápido que puedo.

De la herida que acabo de abrir brota sangre. Introduzco dos dedos para buscar la metralla. La niña solloza, suplicándome que pare. Me siento como un monstruo, pero no hay tiempo para delicadezas. Rozo un borde puntiagudo con el dedo.

–¡Lo he encontrado! –exclamo, pinzándolo con los dedos.

Está alojado en una zona superficial, lejos del intestino grueso. Casi desfallezco de alivio. Aun así, rezo por que no le esté causando una hemorragia interna. Lo extraigo muy despacio. La he salvado por los pelos. Con cuidado, me aseguro de que no queden más restos antes de coser la herida. Cada perforación en su piel es una nueva ola de dolor para Lama, para Kenan y para mí. La sutura es fea y, sin duda, le dejará una cicatriz, pero está viva, que es lo único que importa. Le aprieto el vientre por varias partes para cerciorarme de que no queda nada.

–Ya he terminado.

Jadeando como si hubiera corrido un maratón, me dispongo a envolverla con un juego de vendas nuevas.

El rostro de Kenan se relaja de alivio. Le besa la frente, apartándole el pelo empapado de sudor.

–Te has portado como una campeona, Lama. Estoy *muy* orgullosa de ti. Eres muy valiente.

Las lágrimas de ambos se mezclan. Ella sonríe débilmente con los párpados caídos de agotamiento.

Pero mi trabajo no se acaba aquí. Me levanto para lavarme la sangre de las manos cuando recuerdo que el agua está cortada.

–Toma –ofrece Kenan, que está detrás de mí.

Sostiene en las manos un gran cubo de agua, que probablemente utilizan para cocinar y beber.

–No puedo usarla. Necesitáis esta agua. Ya me lavaré las manos en el hospital.

–No seas tonta. Toma, límpiate la sangre. Tenemos varios cubos de agua.

«Nadie tiene varios cubos de agua.»

Pero acepto el ofrecimiento. El agua corre sobre mis cicatrices como corrientes que arrastran la sangre.

–¿Te han dado antibióticos en el hospital? –pregunto al chico mientras me seco las manos con mi bata amarillenta.

–Sí. –Los saca del bolsillo y me los muestra.

Cefalexina, 250 miligramos.

–Dale dos comprimidos cada doce horas durante siete días.

Va derecho a su hermana y le hace tomar dos. Lama se queja de que aún le duele el costado, pero se los toma igualmente. Su hermano pequeño aparece por la puerta y se sienta a su lado. La atiende, procurando que esté lo más cómoda posible. Sorbe por la nariz y se frota los ojos, rojos de tanto llorar. Ella le sonríe ligeramente antes de cerrar los suyos. Su agotamiento es tan evidente que hasta puedo notarlo en mi piel.

Miro la hora en mi reloj de pulsera. Son casi las seis de la tarde. Tengo que regresar a casa con Layla.

Kenan vuelve a acercarse a mí.

–Muchísimas gracias, doctora. No sé qué más decir.

Muevo la mano, restándole importancia al esfuerzo.

–No es para tanto. Solo hago mi trabajo. Soy farmacéutica.

–Supongo que esto no forma parte de tu trabajo –dice, mirándome con asombro.

La adrenalina vuelve a dispararse por todo mi cuerpo y aparto la mirada. En sus ojos hay vida. Algo que no estoy acostumbrada a ver en otras personas, aparte de Layla.

–Y además eres joven.

Jugueteo con mis propios dedos.

–No mucho más que tú.

Kenan niega con la cabeza.

–No lo decía en un sentido negativo. Me parece impresionante que seas capaz de hacer todo esto.

Me encojo de un hombro.

–Las circunstancias.

–Claro –dice, y se me queda mirando unos segundos antes de apartar la vista y sonrojarse.

Aclaro la voz y señalo a Lama.

–Tu hermana no podrá comer nada durante unos días. Por eso es importante que tome líquidos. Que beba todo lo que pueda. Sopa, agua, zumo... cualquier cosa vale. Y fruta, si es que encuentras algo...

Kenan asiente a cada palabra que digo para retenerlas. Lo imagino haciendo lo posible por encontrarlo todo. No pasan hambre porque quieren. No le pregunto dónde están su padre y su madre. Si no están con ellos, no es ningún misterio qué les puede haber pasado.

–Estaré en el hospital si necesitas cualquier cosa. Cuando se pueda mover un poco, tráemela para ver qué más puedo hacer.

–Gracias.

Me cuelgo la bolsa quirúrgica al hombro.

–No hay de qué.

Sale conmigo.

–Te acompaño al hospital.

–No hace falta, gracias. De todos modos, me voy a casa. Lama te necesita más.

Parece debatirse entre ser caballeroso y quedarse con su hermana.

–No hace falta –repito con firmeza.

–Al menos déjame acompañarte a la calle –me pide, y asiento sin decir nada.

Bajamos en silencio las escalares. Al llegar a la puerta principal, me vuelvo hacia él y me sonríe.

–Gracias otra vez –repite.

–De nada –respondo, y cruzo el umbral.

–Cuídat… –Pero su voz se disipa cuando unos tiros atraviesan el aire. Doy un giro, aterrada, para ver sus ojos abiertos como platos; me agarra inmediatamente del brazo y tira de mí hacia dentro.

–¡Eh! –protesto, intentando liberarme, pero no se da cuenta y, en vez de soltarme, cierra la puerta de golpe.

Pega el oído al marco metálico, poniéndose un dedo sobre los labios. Espero conteniendo la respiración, rezando por que no sea lo que creo que es. La esperanza se desvanece cuando se oyen más tiros, y en ese momento nuestras peores sospechas se confirman.

–No es seguro –dice al fin.

–Obviamente. Pero tengo que irme.

Me hago a un lado, pero me bloquea el paso.

–Seguro que es un enfrentamiento entre las fuerzas armadas y los manifestantes. Tienes que estar a cubierto hasta que se acabe. Deben de haber apostado francotiradores en todos los edificios.

Aunque es una situación previsible, que puede darse en cualquier momento, empiezo a sentir pánico. Layla está sola. No puedo dejarla así toda la noche.

–Tengo que irme. Layla me necesita –repito.

–¿Quién es Layla?

–Mi amiga. Y mi cuñada también, y está de siete meses. No puedo dejarla sola.

–¿Cómo vas a poder ayudarla si te matan o te cogen? –me dice con contundencia, a la vez que forma un escudo con su cuerpo contra la puerta.

«Maldita sea.»

–¿Puedes llamarla?

–Tenemos teléfonos, pero no los usamos. Me preocupa que el ejército los rastree y sepan que está sola.

Kenan duda un instante y a continuación saca un modelo antiguo de Nokia.

–Esto es como un terminal prepago. Solo se utiliza para llamar a particulares. Puedes usarlo.

–¿Cómo demonios lo has conseguido?

–¿Quieres hacerme preguntas o quieres llamarla?

Me entrega el móvil y se dirige a las escaleras. A medio subir se detiene.

–No te precipites hacia la muerte –me dice.

Asiento con la cabeza y desaparece.

Marco el número y, mientras suena la señal, puedo oír mis propios latidos. Al no cogerme el teléfono, casi me desmayo de pavor.

Tres veces más. No contesta.

Khawf se materializa delante de mí, y la ansiedad abre un profundo agujero negro en mi pecho.

–¿Qué está pasando? –pregunto sin aliento.

–Imagínate que ahora mismo está de parto –dice.

El suelo tiembla bajo mis pies.

–Son las decisiones que debes tomar a diario, Salama. –Se acerca más, mirándome con lástima–. Estás jugando con la vida de Layla. Por no hablar de la de su hija, que aún no ha nacido. Tu *sobrina*. ¿Quién es más importante? ¿Los pacientes o Layla y su bebé?

Oigo cómo los huesos se me resquebrajan bajo el peso de sus palabras. Recuerdo la angustia de Layla cuando se llevaron a Hamza. Pasó semanas enteras gritando, agarrada a su barriga, queriendo morirse, desbordada por su propio tormento, que amenazaba con ahogarla en las profundidades.

Me imagino lo que me diría Hamza si permitiera que le pasara algo malo a Layla.

Si muriera por mi culpa.

7

Abro la puerta del apartamento de Kenan y entro como un ser poseído. Siento que no estoy haciendo bien. Que debería estar con Layla.

–¿Cómo está tu cuñada? –se interesa Kenan, que en ese momento sale de la cocina.

–No ha cogido el teléfono. –Trago saliva con fuerza.

–Quédatelo –sugiere, al notar mi turbación–. Y prueba otra vez.

–Gracias –murmuro.

Asiente sin decir más, y yo me quedo de pie, junto a la pared, tratando de calmar los nervios. El brumoso resplandor naranja del atardecer empieza a desvanecerse. Arrastra una fría brisa al interior del apartamento medio en ruinas de Kenan. Me pongo a tiritar y me ajusto más al cuerpo la bata de laboratorio. Kenan se da cuenta y, con la ayuda de su hermano, cuelga a ambos lados del boquete una manta de lana gris para reducir el efecto del aire glacial.

–Gracias –susurro, y me sonríe, negando con la cabeza.

Se dirige a una de las habitaciones, saca a rastras un colchón viejo y lo suelta en medio del suelo. Su hermano me lanza miradas tímidas, tiene las mejillas hundidas y las muñecas huesudas. Se parece un poco a Kenan, aunque el verde de sus ojos es de un tono más claro y el marrón de su pelo castaño, algo más oscuro. Dos rasgos que comparte con su hermana.

–Pondremos el colchón junto a Lama. He pensado que estarás más cómoda si esta noche no estás sola –propone Kenan, y, como si quisiera soltar las palabras lo antes posible, añade enseguida–: Si quieres, puedes dormir en cualquiera de estas habitaciones. Yusuf y yo pasaremos la noche en vela. Pero si necesitas cualquier cosa o simplemente...

–Tienes razón –lo interrumpo–. Todavía está febril, y prefiero asegurarme de que se pondrá bien. Yo tampoco podré pegar ojo esta noche. Pero tu hermano debería descansar. No tiene sentido que todos estemos despiertos.

Sin replicar, le susurra algo a Yusuf, apartándole el pelo de la cara. Este apenas si le llega a la altura de la barbilla. Antes de retirarse a un dormitorio, lanza una mirada de admiración a su hermano mayor.

Me alegro de que al menos alguien vaya a dormir, porque yo no sé si podré hacerlo estando tan lejos de Layla. Me acerco tranquilamente al colchón y me siento junto a Lama para tomarle la temperatura. Sigue estando demasiado caliente para mi gusto, pero espero que la recuperemos con los antibióticos. Le limpio la frente con un paño húmedo, pensando en cómo Mama solía hacérmelo a mí cuando me ponía enferma. Recuerdo la delicadeza de sus dedos, sus palabras alentadoras mientras me tomaba un vaso de zumo de limón.

–Braco, te'eburenee *–solía decir, mientras me apartaba el pelo empapado de sudor–. Estoy tan orgullosa de ti.* Yalla, *bébetelo todo. Mata todos esos microbios.*

Cierro los ojos con fuerza. «No, no pienso entrar ahí.»

–¿Cómo está? –pregunta Kenan, sentándose al otro lado de Lama.

Consigo sonreír.

–A pesar de la fiebre, respira mejor. Soy optimista.

–*Alhamdulillah.*

Me da un sándwich de *halloumi,* lo cual me sorprende. No es fácil encontrar pan y queso. Reparo en que él no tiene uno.

–Eres nuestra invitada –explica, y no puedo evitar pensar en lo mucho que le costará este gesto.

–No puedo aceptarlo. Dáselo a tu hermano.

–No, él tiene otro. Si no te lo comes, lo tiraré, y entonces no lo aprovechará nadie. Así que, por favor, no te resistas.

Viniendo de cualquier otra persona, podría sonar como una vana amenaza, pero parece que habla en serio. Me mira con insistencia, sin dar lugar a la negociación.

Suelto un suspiro, lo parto por la mitad y le ofrezco el trozo más grande.

–Toma.

Kenan lo rechaza moviendo la cabeza.

–Si no lo coges, lo tiraré ahora mismo, y entonces no se lo comerá nadie.

Se ríe y lo toma.

–No ha sido tan difícil, ¿no?

–Estoy seguro de que las almas de mi padre y de mi madre me están observando desde el cielo por haberlo aceptado. Pero yo jugaba con ventaja –dice, y vuelve a reír.

Desplaza la vista a mis manos, a mis cicatrices, apenas unos instantes. Noto un vacío en el estómago y me las tapo con las mangas. El movimiento no pasa desapercibido, pero Kenan no dice nada.

–Una tiene que ser lista en los tiempos que corren –digo, tratando de dar un tono despreocupado a mi voz.

Con el crepúsculo, un color rosa intenso tiñe el azul del cielo. Cuando acabamos de comer, llama a su hermano y rezamos juntos. Kenan empieza recitando versos del Corán en un hermoso tono melódico. Siento como si cada palabra me hipnotizara, absorbo su significado, transmiten paz y serenidad a cada célula de mi cuerpo y se llevan las penas. No recuerdo la última vez que me sentí tan en paz, casi libre de preocupaciones.

Después de los rezos, vuelvo a examinar a Lama. Sigue igual.

Kenan saca unas velas, las enciende y, gracias a la manta que tapa el agujero, no se apagan. Me excuso para ir al baño para refrescarme e intentar volver a llamar a Layla, pero no hay suerte.

«Layla está bien», me repito mientras me doy un masaje en la cabeza y me echo agua a la cara para sosegarme.

Cuando regreso al salón, Kenan está junto a su hermana, y yo me siento en el lado contrario del colchón. En el suelo, cerca de él, hay un portátil con la pantalla apagada.

–¿Cuándo sabremos que está recuperada del todo? –pregunta tocándole la frente suavemente con un paño.

–La cefalexina tarda entre diez y veinticuatro horas en alcanzar una concentración estable en la sangre. Mañana, *insh'Allah*, estará bien.

Kenan me mira.

–La verdad es que sabes mucho de medicamentos.

Me encojo de hombros.

–Es mi trabajo.

–Sí, pero tienes muy claro el tiempo que tardan en hacer efecto y esas cosas sin dudar. Seguro que eso indica un nivel avanzado.

–Sí –reconozco.

Noto que me ruborizo, y miro hacia una ventana y me concentro en el azul, que está mudando a negro. En ese instante, caigo en la cuenta de que estoy pasando la noche en casa de un chico. Es cierto que las circunstancias son extraordinarias, pero aun así me empiezan a sudar las manos, e intento no imaginarme a Layla abriendo los ojos como platos al oír la suculenta noticia. Lo más escandaloso que he visto fue el beso que Hamza le dio a Layla en la mano después de su Al-Fátiha. Ni siquiera estaban comprometidos formalmente. Fue una fiesta de precompromiso. Yo solía chinchar a Hamza hasta la saciedad con esto, hasta que se ponía rojo y me pellizcaba la nariz.

Y ahora aquí estoy, sentada en el suelo de un salón con un chico a menos de medio metro de mí.

–¿Y te acuerdas de todos esos datos incluso después de licenciarte? –pregunta Kenan de pronto.

Intenta distraer su atención (y de paso, la mía) de lo incómodo de la situación.

Me aclaro la garganta y, en mi cabeza, las voces se apaciguan.

–No llegué a licenciarme. Acababa de empezar el segundo año de carrera cuando..., ya sabes.

No le cuento que dejé de asistir a clase cuando empezaron las protestas en la universidad y el ejército detuvo a decenas de compañeros. No lo conozco suficiente.

–Yo acabé el segundo año de la diplomatura de Ciencias de la Computación el año pasado. Mi sueño era ser técnico de animación. Todo iba de maravilla –dice con aire pensativo, y sacude la cabeza para señalar el portátil–. Lo irónico es que, con todo lo que ha pasado, tengo tantas historias que contar que podrían ser animaciones para películas...

–¿Como las de Hayao Miyazaki?

–Exactamente –dice admirado–. ¿Sabes quién es?

–Estoy *obsesionada* con sus películas.

Kenan se pone derecho, con los ojos brillantes de entusiasmo.

–¡Yo también! Tengo el propósito de llegar a trabajar para Studio Ghibli. Ahí la creatividad y las ideas se desbordan. Crean historias como quien hace magia.

Su entusiasmo remueve algo en mi interior.

–Suena maravilloso –murmuro.

Cierra los ojos y sonríe.

–Algo positivo en perspectiva.

Hay alegría genuina en su voz y, por primera vez, veo su auténtico rostro tras los fragmentos que seguramente haya tenido que recomponer una y otra vez. Parece quebrantado, y eso me parte el corazón.

Sin embargo, su cara me suena *tanto*. Muevo la cabeza y le pregunto sin rodeos:

–¿Nos conocemos de algo?

Abre los ojos con sorpresa.

–¿Qué quieres decir? –responde con calma.

–Puede que me equivoque –juego con el dobladillo de mi jersey–, pero diría que te he visto antes. No por el hospital..., en algún otro sitio.

Arrastro las últimas palabras como una pregunta. Se muerde el labio y no acabo de descifrar su expresión. Su entusiasmo se ha disuelto en otra cosa. ¿Confusión? ¿Incredulidad? ¿Pena? No lo sé.

De pronto, Khawf aparece por la puerta principal y se desliza poco a poco hacia nosotros. Noto el sudor en la nuca.

–No sé... hmmm... –Kenan carraspea, mientras rasca el suelo con la mano–. Nunca nos hemos visto antes.

«Vaya.»

–Serán imaginaciones mías –digo, quitándole importancia como si fuera una confusión habitual, tratando de evitar que la presencia de Khawf me altere–. Será que te pareces a algún conocido o a algún paciente.

Kenan asiente sin decir nada, pero lo veo clarísimo: hay algo más.

–¿Cómo te apellidas? –le pregunto en voz alta, y se sobresalta.

En cierto modo, todo el mundo se conoce en Homs por los nombres de familia. Mi abuela era capaz de recitar la genealogía de una persona si le decían su apellido. Sabría quién era su abuelo, qué había estudiado su tía en la universidad y con qué familias estaba emparentado. Los nombraría a todos, diseccionando la línea cual científico que analiza una célula bajo el microscopio.

Es una especialidad típica de *todos* los sirios.

Sonríe y responde:

–Aljendi.

Aljendi es un apellido conocido, que comparte mucha gente. Me estrujo los sesos, tratando de recordar si Mama mencionó alguna vez a algún Aljendi, pero no saco nada.

Khawf entorna los ojos y, con un movimiento impaciente, se sacude el traje con una mano y, a continuación, saca un cigarrillo. A Khawf le da igual dónde estemos. Solo tengo que ignorarlo y concentrarme en Kenan y Lama y rezar para que no me atormente. No puedo perder el control sobre la realidad con Kenan y su hermana aquí delante. Esta noche no puedo perder la cabeza.

–Tu hermana se ha portado como una campeona –empiezo a decir. Khawf levanta las cejas–. No he conocido a muchas niñas de nueve años que hayan pasado por esto y que aún sean capaces de sonreír a sus hermanos.

–Sí, es de las fuertes –dice y, con cariño, le aparta el pelo hacia un lado–. Siempre lo ha sido. Creo que se detesta por haber gritado tanto, lo cual demuestra lo mucho que le dolía.

Me siento culpable.

–Lo siento.

–¡No te estaba echando la culpa! Para ti también tiene que haber sido duro.

–Pregúntale otra vez. ¿De qué lo conoces? –interrumpe Khawf, soltando una bocanada de humo blanco.

Sigo haciendo como si no estuviera.

–Hazlo y no te molestaré más esta noche.

–*Por favor, vete* –suplico en mi cabeza.

–¿De verdad te satisface esa respuesta dudosa? Cualquier tonto se daría cuenta de que oculta algo. ¿Y si es algo malo? ¿Y si es algo que fuera a perjudicarte?

Le lanzo una mirada furiosa. Pero no lo intimido lo más mínimo.

–Vas a estar aquí sola toda la noche. Aunque Layla supiera dónde estás, ¿cómo iba a poder ayudarte una chica embarazada? Solo tienes el bisturí. –Se pone derecho y mira a Kenan de arriba abajo–. Y a juzgar por su físico, aunque los dos paséis hambre, te inmovilizaría en cuestión de cinco segundos. Tres, si no te resistes.

Empiezo a sudar por la nuca. ¿Por qué me hace esto? Arranca las dudas y temores de mi cabeza hasta que solo soy capaz de oír lo que él dice.

«Kenan Aljendi. Me suena su nombre. ¿Dónde lo he oído antes?»

–Él sabe quién eres –insiste Khawf–. Te ha reconocido. Eso le da ventaja. Seguro que ya sabía cómo te llamabas. Porque no te ha preguntado por *tu* apellido.

«Mierda, tiene razón.»

Aclaro la voz. La parte racional de mi cerebro sabe que Kenan no me hará daño, pero la otra está molesta porque sabe que oculta algo.

–Kenan, perdona que insista, pero estoy convencida de que nos hemos visto antes –digo en un tono que no da cabida a la discusión.

La luz de las velas titila en su mirada confusa.

–Ya te he dicho que no –insiste a su vez.

Me lo quedo mirando con una expresión más fría por segundos.

–Estoy segura de que sí.

Kenan suspira fuerte y se levanta. Mi cuerpo adopta al instante una actitud defensiva, pero la bolsa quirúrgica está un poco lejos para poder alcanzar el bisturí. Y aunque me pusiera de pie, él seguiría siendo mucho más alto que yo, lo cual me enfurece. Debería haber hecho caso a mi instinto y haberme ido a casa a pesar de los francotiradores.

«¡Tranquilízate!»

–Salama, no te engaño al decirte que no nos conocemos. –Se gira hacia mí.

Khawf se está deleitando inmensamente, mirándome ahora a mí, ahora a Kenan.

–Entonces ¿qué? –Me siento vulnerable desde mi posición, en el suelo.

–No nos hemos conocido porque no llegamos a tener la oportunidad de hacerlo.

«¿Sabes qué? Yo también voy a levantarme.»

–Por favor, ¿puedes dejar de hablar en clave?

Me mira con intención.

–Íbamos a quedar para tomar café hace cosa de un año.

Café.

Viernes.

El caftán azul de Layla.

–Dios mío –exclamo, recomponiendo las piezas de un año atrás–. Tú eras...

–Sí, pero la vida dio un vuelco.

–¡Ibas a venir a mi casa para hablar de matrimonio! –suelto al fin.

Khawf suelta un bufido y aplaude.

8

Kenan se me queda mirando con las mejillas y las orejas cada vez más rojas, y yo también lo miro a los ojos, recordando a Mama y el principio del fin.

El día antes de que el mundo se desmoronara, estaba consultando Facebook en mi teléfono. Había puesto en pausa *La princesa Mononoke*, que estaba mirando en el portátil –Layla me había etiquetado en un tutorial de maquillaje–, cuando entró Mama.

–Salama –dijo.

Levanté la vista, apartándome el pelo que me tapaba los ojos.

Con una sonrisa indecisa, pasó los dedos por las hojas del potus que caían en cascada de mi estantería al suelo. La planta fue un regalo de Layla cuando me admitieron en la Facultad de Farmacia, y la llamé Urjuwan. *El nombre era irónico, porque significa púrpura, cuando las hojas de mi planta son de un tono verde muy oscuro. Aun así, me encanta. Me gusta cómo la U, la R, la J y la W juntas forman una palabra melódica con un sonido muy árabe.*

Urjuwan *quedaba muy bien junto a los frascos de hierbas y flores y los dos álbumes de recortes que recopilé, con toda la información posible acerca de flores y hierbas medicinales, a lo largo de los años, con pétalos secos pegados a las pesadas páginas y comentarios a los lados. Dibujos de Layla cuando me echaba una mano. Estaba tan orgullosa de esos álbumes que se los llegué a enseñar a mi profesor, y hasta me felicitó delante de toda la clase. Ese día decidí especializarme en Farmacología.*

Mama se sentó a mi lado en la cama.

–Van a venir mañana.

Estoy segura de que mi madre no pensaba que ese día fuera a llegar tan pronto. Sobre todo, porque apenas si hacía un año que Hamza y Layla se habían casado.

–A las tres de la tarde, después de la oración del viernes –dije como quien recita la historia de los orígenes del cemento–. Ya lo sé.

Mama se mordió la mejilla. La luz del sol acariciaba su rostro y la hacía parecer más joven. Suficiente para hacerse pasar por mi hermana gemela.

–¿Por qué estás nerviosa? –le pregunté, riéndome–. Creía que los nervios eran solo cosa mía.

Mama suspiró. Aunque compartiéramos rasgos y el mismo cabello suave de color castaño rojizo, en nuestros ojos terminaban las similitudes. Así como los míos son una mezcla de marrón y avellana, como la corteza de nuestros limoneros, los suyos eran del mismo azul oscuro que el cielo a la hora del crepúsculo. Y en ese instante me miraban con profundo cariño.

–Como tú no pareces muy nerviosa –me dijo con indignación–, yo lo estoy por las dos. –Después de un breve silencio, añadió–: Quizá podríamos aplazarlo.

–¿Por qué?

Yo había visto su foto en Facebook, y me había gustado. Quería saber si su personalidad era igual de adorable que su cara.

–Después de... –empezó a decir, y calló, respiró hondo y prosiguió en voz baja–: No sé si la agitación de Dara afectará a Homs.

Con «la agitación» se refería al secuestro de catorce muchachos de no más de trece años. Los torturaron, les arrancaron las uñas y los devolvieron a sus familias..., y todo porque garabatearon en un muro «Ahora le toca a usted, Doctor», después del éxito de las revoluciones de Egipto, Túnez y Libia. Con «Doctor» se referían al presidente, a Bachar el Asad, porque era oftalmólogo. La ironía de que un hombre con las manos manchadas de sangre inocente hiciera el juramento de no hacer daño a nadie no me pasó por alto.

Me mordí el labio y aparté la vista. Nadie había mencionado el asunto en la universidad, pero se respiraba tensión en el aire y en las calles. Algo había cambiado. Lo veía en la forma en la que Baba y Hamza hablaban durante la cena.

–Dara está a kilómetros de aquí –dije en voz baja–. Y..., no sé...

–No importa. –Mama tomó mis manos entre las suyas y las apretó–. Si mostramos la menor resistencia... No soportaría que se llevaran a mis hijos...

–Tranquila, Mama –le dije, haciendo un leve gesto de dolor cuando me apretó con más fuerza–. Yo no me iré a ninguna parte.

–Sí, sí que te irás –respondió con una sonrisa triste–. Si lo de Kenan sale bien mañana, mi niña se casará.

Concentré la mirada en el potus, admirando los nervios que sobresalían de las hojas, los detalles intricados.

–¿Tan grave es que haya protestas en Dara? ¿A quién le gusta vivir bajo el control de un gobierno como este? Siempre me has contado cómo se llevaron a Jedee y a su hermano y jamás volviste a verlos.

Entonces Mama fue quien puso una mueca de dolor, pero me volví hacia ella y en su rostro solo había serenidad.

–Sí, se llevaron a mi padre y a mi tío. –Sus ojos crepusculares se empañaron–. Se los llevaron a la fuerza delante de mí, de mis hermanas y de mi madre. Yo solo tenía diez años, pero nunca olvidaré aquel día. Recuerdo que albergaba la esperanza de que hubieran muerto. ¿Te lo puedes creer? –dijo, y guardó silencio con los ojos muy abiertos. Pero no me sorprendí.

Yo solo sabía que hacía quince años que vivíamos con miedo, que no confiábamos en nadie, rodeados de ideas de rebelión. El Gobierno nos lo había quitado todo, nos había arrebatado la libertad y había cometido un genocidio en Hama. Habían intentado desmoralizarnos, meternos miedo con las torturas, pero habíamos sobrevivido. El Gobierno era una herida abierta que desangraba nuestros recursos en beneficio propio con avaricia y sobornos, y, aun así, perseverábamos. Manteníamos la cabeza bien alta y plantábamos limoneros como actos de desafío, rezando por que nos dieran muerte con un tiro en la cabeza si venían por nosotros. Porque esto era mucho más compasivo que lo que aguardaba en las entrañas del sistema carcelario.

Respiró hondo.

–Claro que quiero que se haga justicia a mi familia, Salama. Pero no puedo perderos ni a ti ni a tu hermano. Por no hablar de tu padre o de Layla. Vosotros sois mi vida.

Se le nublaron los ojos.

–Entonces ¿qué? Hmmm..., ¿preparo un knafeh? –pregunté mansamente, intentando animarla.

Mama parpadeó.

–Ah, sí. Knafeh. He comprado todos los ingredientes que te harán falta.

–Me pondré a ello en cuanto acabe con esto –sonreí–. Pero ¿por qué knafeh*?*

Los labios de mi madre guardaban un secreto.

–Porque lo preparas muy bien, y yo creo en el destino.

–¿Y eso qué significa?

Se levantó y me plantó un beso en la mejilla.

–Nada, hayati. *Te quiero.*

–Yo también te quiero.

Kenan se pasa una mano por el pelo, lo miro otra vez y el corazón me golpea dolorosamente la caja torácica.

–Tengo razón, ¿ver... verdad? –balbuceo, notándome acalorada pese a llevar solo un jersey fino y la bata. Kenan aparta la mirada y hace restallar los nudillos–. La propuesta de matrimonio. ¡La que organizaron nuestras madres!

Hace una mueca y vuelve a mirarme.

–Planteado de esta manera, no me parece que suene muy romántico, que digamos.

Me falta el aire. Me dejo caer sobre el colchón y me abrazo las piernas. ¡Layla se va a frotar las manos cuando se entere! Estoy escondida en una casa con el chico con el que podría haberme casado.

Podría.

Qué palabra. Contiene las infinitas posibilidades de una vida que no llegaron a darse. Opciones y opciones amontonadas como cartas a la espera de que el jugador elija una y decida. Para probar suerte. Veo fragmentos de una vida que *podría* haber sucedido. Nuestras almas encajan a la perfección desde la primera vez que hablamos. Las consiguientes visitas prosperan. Cuento los segundos hasta el momento de darnos el «sí, quiero». Compramos una hermosa casa en el campo, bailamos a la luz del anochecer, viajamos por el mundo, creamos una familia, descubrimos nuevas maneras de enamorarnos todos los días. Me convierto en una farmacóloga de renombre, y él, en un famoso técnico de animación. Vivimos toda una vida juntos, cómplices, hasta el día en el que nuestras almas se reúnen con el creador.

Pero la realidad no es así.

El futuro es desalentador. Un piso medio en ruinas y una hermana pequeña que lucha por aferrarse a la vida. Nuestra existencia está hecha de punzadas de hambre, de brazos y piernas inmovilizados, de hermanos huérfanos, de manos ensangrentadas, de metralla antigua, de miedo al mañana, de lágrimas silenciosas y heridas frescas. Nos han arrancado el futuro de las manos.

Desde algún lugar remoto, oigo la célebre canción de libertad. O quizá sea Khawf, que canturrea para sí.

Kenan se toca con nerviosismo los dedos.

–No quería decírtelo, porque no sabía si te acordarías. –Suelta un resoplido–. Imagínate qué extraño habría sonado si te hubiera dicho: «Oye, nuestras madres organizaron una visita social para un posible matrimonio. De ahí que te suene mi cara».

Me froto los ojos y me río en mi fuero interno. Debe de sentirse incómodo y cohibido, lo cual me ayuda mucho.

–No pasa nada. Lo entiendo –sonrío.

–¿Por qué sonríes? –me pregunta, mirándome con recelo.

–Porque es lo último que se me habría ocurrido.

Sigo sonriendo nerviosamente hasta que empiezo a reírme a carcajada limpia. Su sonrisa se ensancha hasta que se echa a reír conmigo. Cada vez que nos miramos, la risa se intensifica. Nunca había sido tan acertado el proverbio árabe que dice que las peores cosas que nos acaban pasando acaban siendo las más divertidas.

Khawf sigue fumando y se retira a un rincón de la sala, al parecer satisfecho con el resultado.

Nos calmamos, riéndonos por lo bajo.

–Ha sido la mejor manera posible de romper el hielo –digo.

–Si hubiera sabido que iba a pasar esto, habría confesado antes.

De pronto, Lama se despierta atragantándose y pide agua. El ánimo cambia al instante. Kenan se levanta de un salto y corre a buscar una jarra. Le vuelvo a limpiar la frente a Lama y me alegra observar que ha seguido sudando.

–Ha empapado la camisa –sonrío.

–¿Y eso es bueno? –pregunta Kenan, con una ceja levantada, mientras la ayuda a beber.

–Es ideal. Lama, bebe más agua, por favor. –Hace lo que le digo–. Es una buena señal. Significa que su cuerpo está sanando. Fíjate, respira de forma constante, y no hay pus alrededor de las heridas. *Alhamdulillah.* Se está recuperando. Mantenedla abrigada y hacedle beber mucha agua.

Kenan vuelve a tener los ojos empañados. Está claro que pensaba que iba a perderla y se había preparado para aceptar la posibilidad de que no volviera a abrir los ojos.

Lama se vuelve a dormir y la arropo con otra manta.

Kenan observa el rostro de su hermana, toma entre las manos una de sus manitas, cubriéndola del todo. Si en algún momento habla, lo hace en un todo de ensueño.

–Es la más joven de la familia. Fue una alegría para todos cuando nació. Recuerdo la voz de Baba, que se echó a llorar de dicha cuando la enfermera le dijo que era una niña. Estaba muy mimada. Que una mariposa le tocara la piel era una catástrofe. Nunca permitíamos que le pasara nada. ¿Cómo íbamos a ser dignos de ser sus hermanos? ¿Sus protectores? Y ahora... está herida por culpa del odio. –Su voz se quiebra, cargada de rabia y frustración–. Le he fallado. No he podido protegerla. Yusuf no ha dicho una palabra desde que mis padres murieron, y se sobresalta al menor ruido que oye. Ella y yo sosteníamos la situación. Éramos los únicos que nos manteníamos enteros. Y ahora... han conseguido hacerla sufrir. Prometí a Baba que los protegería con mi vida... y le he fallado.

Con las manos temblorosas, la arropa mejor con la manta. Pienso en Baba y Hamza. Y en Layla.

«Por favor, que estés bien, Layla –suplico–. Por favor.»

–¿Qué hacéis durante el día? –pregunto, intentando pasar de un tema espantoso a otro un poco menos horrible.

–¿Para conseguir dinero? Tengo familia en Alemania. Nos envían algo siempre que pueden.

Me toco los dedos con timidez.

–A mí, el hospital no me paga nada, pero al menos hago algo para ayudar. No obstante, no sé si voy a estar mucho tiempo más...

Dejo de hablar en seco, y Kenan me mira con el ceño fruncido. No le cuesta nada atar cabos cuando ve mi expresión de profunda vergüenza. Me llevo las manos al pecho, recitando «margaritas, margaritas, margaritas». No sé cómo se me ha podido escapar. *Tiene que ser* por la falta de sueño y por el horror de hoy, que me estarán afectando.

–¿Te vas de Siria? –pregunta.

Sopeso un instante la respuesta.

–No lo sé.

Kenan parece confuso.

–¿No lo sabes?

Me muerdo la lengua.

–¿Tú no te irías si surgiera la oportunidad?

Sus dos hermanos desnutridos son una buena razón para marcharse, ¿qué lo retiene aquí? A mí, lo único que me frena es el hospital.

–No –dice sin asomo de duda, mirándome a los ojos.

–¿Y..., y Yusuf y Lama?

Respira hondo y lanza una mirada a su hermana. Tiene el gesto crispado de dolor, respira con la boca abierta. Con dedos trémulos, Kenan le aparta unos mechones de pelo que tiene pegados en la frente.

–Si..., si fueran a estar a salvo, seguramente... los enviaría solos, pero no es seguro. Yusuf tiene trece años. Ella, nueve. No..., no pueden hacerlo solos.

Me lo quedo mirando.

–¿Y por qué no te vas *tú* con ellos?

La pena de su mirada se desvanece y da paso a una intensidad feroz.

–Siria es mi país. Si huyo..., si no me quedo para defenderlo, ¿quién lo hará?

No puedo creer lo que oigo.

–Kenan –empiezo a decirle despacio, y no sé si es por el efecto de la luz tenue, pero advierto cierto rubor en sus mejillas–. Estamos hablando de la vida de tus hermanos.

Traga saliva con fuerza.

–Y yo estoy hablando de mi país. De la libertad a la que legítimamente tengo derecho. Estoy hablando de enterrar a Mama y Baba y tener que decirle a Lama que nunca volverán a casa. ¿Cómo... –su voz se quiebra–, cómo voy a dejar eso atrás, cuando, por primera vez en mi vida, respiro un aire de libertad en Siria?

¿Cómo puede ser tan terco? Me dan ganas de sacudirlo.

–No lo acabo de entender. ¿De qué manera contribuyes en esta *guerra* quedándote aquí? ¿Respirando *aire de libertad*?

Kenan frunce el gesto por las palabras que he utilizado, pero no hace ningún comentario. Respira hondo y responde:

–Grabando las manifestaciones.

Pierdo toda sensibilidad en las rodillas, y el estómago me da un vuelco.

–¿Que... que haces qué? –pregunto en voz baja.

Siente un escalofrío, y le aprieta la mano a Lama.

–Por eso no puedo irme. Estoy mostrando a la gente..., al mundo..., *lo que está pasando* aquí. –Señala el portátil con la cabeza–. Subo los vídeos a YouTube cuando tenemos electricidad.

Araño el suelo con nerviosismo.

–¿Por qué me cuentas esto? ¿Te das cuenta de que si te descubrieran estarías peor que muerto? Si el Ejército Libre de Siria no consigue defendernos de las fuerzas armadas, te detendrán.

Kenan se ríe.

–Salama, detienen a la gente sin ningún motivo. Me torturarán para obtener respuestas que no tengo, aunque sepan que no se las puedo dar. Y no soy el único que está grabando lo que pasa. Mucha gente lo denuncia, cada cual a su manera. En Daraya hay un hombre, Ghiath Matar, que regala rosas a los soldados del ejército. Combate las armas con flores. Y sé muy bien que lo ven como una amenaza. Cualquier forma de protesta, sea pacífica o no, es considerada un peligro para la dictadura. Así que les da igual si grabo o no. Vivo en un sitio protegido por el Ejército Libre de Siria. Todos corremos el mismo riesgo, porque estamos en la parte antigua de Homs. Yo soy cómplice solo por estar aquí. Y si voy a ser culpable haga lo que haga, prefiero denunciar los hechos.

Me mira las manos y vuelvo a cubrírmelas rápidamente con las mangas. No está lo bastante cerca de mí para que pueda fijarme bien en el destello de emoción que arde en su mirada. Pero parece dolor.

Noto la boca seca, me lo quedo mirando. No me creo que sea tan indiferente al riesgo de ser detenido. Desvío la vista hacia la puerta de la habitación y veo a Yusuf mirándonos entre los mechones de su pelo despeinado. Es un niño de trece años; debería estar a punto de dejar atrás la fascinación inocente de la que disfrutó en la infancia, a medida que la adolescencia moldea su mente y alarga sus extremidades. Pero no veo nada de eso en él. Veo a un niño asustado que retrocede a su etapa infantil. Desesperado por regresar a una época en la que se sentía seguro. En la que su padre y su madre estaban vivos, en la que su preocupación más grave era si le permitirían ver una hora más de dibujos animados. Tiene unos ojos enormes, anegados en lágrimas. Entiende perfectamente las decisiones que su hermano está tomando. Y las consecuencias.

En él veo a Layla. Veo su miedo cada vez que eludo el tema de huir del país.

«¡Dios mío, por favor! Si me pasara algo, sería el fin de Layla. Estaría peor que muerta.»

Me empiezan a temblar las manos, me cubro la cara y me obligo a respirar hondo. ¿Es así cómo me ve Layla? ¿Tan tozuda que no comprendo que mis actos están destrozando a las personas que me rodean? Porque, por honorables que aquellos sean, el daño que causan no es menor.

«Tengo que irme de Siria. Tengo que coger a Layla e irme, o no lo superará. No el embarazo, sino mi muerte. No superará mi muerte. Ni yo la suya.»

Si Layla, el último miembro de mi familia *–mi hermana–*, muriera, me volvería una persona vacía. En octubre estuvimos demasiado cerca. ¿Qué haría yo si ella desapareciera? La risa baja de Khawf me lleva a mirarlo, y él mueve la cabeza, sonriendo, como si aquello le hiciera gracia.

–Ahora lo ves, ¿verdad? –dice.

Me golpeo la frente con el puño, maldiciéndome por lo estúpida e ingenua que he sido. Khawf tenía razón. ¿Qué precio estaría dispuesta a pagar por la seguridad de Layla?

Tengo que irme de Siria.

La decisión me provoca un dolor en el pecho, y aunque me entran ganas de llorar, no quiero verter ni una lágrima. ¿Cómo no lo había visto antes? Alzo la mirada y veo a Khawf de pie detrás de Kenan, apoyado contra la pared con una gran sonrisa de satisfacción.

Me guiña un ojo.

–Ahora solo te queda rebajarte ante Am.

La cabeza me da vueltas.

Khawf se pone derecho, se sacude el polvo de la lustrosa chaqueta.

–Y como tengo palabra –anuncia–, ahora te dejaré sola. Pero volveré.

Parpadeo y desaparece.

Bajo la vista. Kenan me está mirando con timidez mientras juguetea con sus dedos.

–Eeeh..., Salama –dice, tratando cada palabra como si fuera un delicado jarrón que tuviera entre las manos–. ¿Estás bien?

Doy un brinco. No por lo que ha dicho, sino por el tono.

–Sí –respondo demasiado rápido–. ¿Por qué?

Se rasca la nuca.

–No lo sé. Mirabas hacia aquí como si el demonio en persona estuviera detrás de mí, y me da miedo darme la vuelta para comprobarlo.

Lo dice con serenidad, tratando de esbozar una sonrisa para acompañar la broma.

Le devuelvo la sonrisa, pero la mía es forzada.

–Estoy perfectamente, gracias. –Ahora mismo no puedo dar más de mí.

Kenan está desconcertado; caigo en la cuenta de que debo de haber pasado un rato callada. Y al sonreírle después de un silencio largo, debo de haberle parecido bastante inquietante.

Me aclaro la garganta.

–No estoy de acuerdo contigo. En cuanto a quedarnos aquí, quiero decir.

Asimila lo que le he dicho y, a continuación, pregunta:

–¿Acaso tú no eres la farmacéutica del hospital, que venda a los heridos que *sí que están* protestando contra el régimen?

–Esa no es la cuestión. En estos casos mantengo el juramento hipocrático. Tú estás poniéndote a ti *y* a tus hermanos a merced del fuego cruzado.

Se encoge de hombros.

–Supongo que siento tanto amor por Siria que las consecuencias no importan.

Algo reacciona en mi interior.

–¿Y por aconsejarte que te vayas del país, *yo* no siento lo mismo por mi patria?

–¡No! –exclama, alarmado–. ¡No, no es lo que quería decir en absoluto! Yo... Salama, este país es mi *casa*. No he conocido otro en toda mi vida, en mis diecinueve años.... Me partiría el corazón irme de aquí. Este lugar forma parte de mí, y yo formo parte de él. Mi historia, mis antepasados, mi familia. Estamos todos *aquí.*

Su feroz resolución me recuerda a Hamza, y las charlas entusiastas que nos daba cuando volvía de las manifestaciones con Baba. Kenan le habría gustado, sin ninguna duda. Se me encoge el corazón al pensarlo.

Niego con la cabeza, concentrándome en la promesa que le hice a mi hermano. Concentrándome en lo contenta que estará Layla cuando le diga que estaba equivocada y que lo lamento. Que la salvaré, y también a mí misma. Aunque sé que Kenan tiene razón.

El día que me marche, no será fácil. Mi corazón se partirá en pedazos, que quedarán esparcidos por toda la costa de Siria junto a los lamentos de mis seres queridos, que me perseguirán hasta el día que me muera.

9

Me despierto sobresaltada, llevándome las manos al hiyab. Se había enredado y casi se desprende durante la noche. Con una mano en la cabeza, trato de recordar qué sucede. Kenan me ha despertado para la oración del Fajr y me he vuelto a dormir enseguida.

–Uf –gruño, frotándome la frente, mientras me ajusto el hiyab.

Advierto el cuerpecillo de Lama, a mi lado, al cambiar de posición. Me acerco a ella a gatas, le toco las mejillas y suspiro de alivio al ver que le ha bajado la fiebre. Kenan sale de la cocina con dos tazones de té caliente y me ofrece uno. Está despeinado, con el pelo alborotado de dormir. La visión de sus mejillas sonrosadas y su mirada intensa me desconciertan un poco.

«Dios mío, he pasado la noche aquí. En su apartamento.»

–Buenos días –saluda.

–Gracias. –Cojo el té, apreciando el gesto–. Lama está mejor que bien, *alhamdulillah.*

El té está caliente, por lo que me lo tomo a sorbos. «Té de menta. Mmm, a Layla le encanta el té de menta.»

Layla.

Me atraganto, y Kenan me mira, alarmado.

–¿Estás bien?

–Sí, sí –respondo con la voz entrecortada. Me he escaldado la lengua y me escuecen los ojos–. Me había olvidado de Layla. Tengo que irme. ¿Qué hora es? Tengo que ir al hospital. Dios mío, pero ¿cuántas horas he dormido? Es igual. ¡Tengo que volver con Layla! Vigila a tu hermana, ¿vale? Está bien, pero asegúrate de que se tome los antibióticos. Gracias por el té.

Me lo tomo de un trago, haciendo una mueca porque quema, y me levanto de un salto.

–Kenan, ¿qué hora es? –digo distraída, cuando de pronto me veo en el espejo.

«Dios, estoy horrorosa.» Cojo la bata de laboratorio, corro hacia el balcón dañado y miro afuera. Kenan ha retirado la manta para que entre la brisa, y aire fresco es justo lo que necesito para bajar la temperatura de mi cuerpo.

–¿Podemos salir sin correr ningún riesgo? –Me pongo la bata–. ¿Hay francotiradores? Estoy preocupada por Layla. *Más vale* que esté bien. Kenan, ¿qué hora es? Tengo que cubrir un turno en el hospital.

Chasqueo los dedos detrás de mí para llamar su atención, mientras escruto las calles. Están medio vacías, y parece que no hay nadie en ninguna azotea. Entonces reparo en que Kenan no dice nada desde hace un rato. Cuando me doy la vuelta, se está tomando el té mientras presencia mi arrebato, perplejo.

–¿Por qué no me contestas? –inquiero.

Toma otro sorbo y deja el tazón en el suelo.

–No me has dado la oportunidad, con tu monólogo. Y era tan entretenido que no quería interrumpirte –dice, y sonríe.

–Me alegro de que esto te divierta. –Lo fulmino con la mirada, pero no parece molestarse en absoluto.

–¿Siempre eres así?

–*¿Así?* –repito, levantando una ceja.

–Así, ansiosa, y un poquito obsesiva.

–La mayoría de los días.

–Eso es bueno –dice sin dejar de sonreír.

No sé si está siendo sarcástico o no. No lo parece. Sea como sea, no tengo tiempo para analizar su tono ni su carácter.

–Vale. Tengo que irme *ya*. ¿Hay francotiradores?

Estrecho más la bolsa que llevo al hombro. Detesto haber tomado conciencia de mi aspecto, con los labios cortados y el hiyab arrugado.

–¿Cómo lo voy a saber? –responde–. No están siempre a las mismas horas. Y a veces el ELS los hace retroceder.

Suspiro. Voy a tener que improvisar.

–Entendido. Ya me las apañaré –digo con desánimo, y me dirijo a la puerta.

Kenan la intercepta con un brazo.

–¿Adónde te crees que vas?

–Hmmm..., ¿a mi casa?

–¿De verdad piensas que voy a dejarte ir sola cuando podría haber francotiradores?

–¿Tienes un avión secreto invisible para llevarme?

–Ja. Voy contigo –anuncia, poniéndose la chaqueta.

–No, tú no vienes. Tu hermana te necesita.

–Perdona, ¿eres mi madre? –replica–. Yo tomo mis propias decisiones, gracias. Vamos.

–No puedes... –empiezo a decirle, agitando las manos con énfasis.

–Yusuf se puede encargar de todo hasta que yo vuelva. No es incompetente.

No me da la posibilidad de reaccionar antes de cruzar la puerta.

¡Maldita sea! Ahora también tengo que preocuparme por su vida y puede que al final acabe siendo un alma más sobre mi conciencia.

Yusuf, que ha salido de su habitación, me mira con timidez antes de sentarse junto a Lama.

–Cuídala, ¿vale? Y cuídate tú también –le digo.

El niño asiente con la cabeza. Hago caso omiso a la punzada que siento en el estómago al fijarme en su camisa hecha jirones y su figura delgada.

«Kenan tiene que irse –decido–, antes de que estos niños entierren a su hermano también.»

* * *

Echo un vistazo fuera, tan feliz como asustada porque brilla el sol. Por una parte, proporciona calor para afrontar lo que queda de invierno, pero, por otra, brinda las condiciones perfectas a los francotiradores.

Hay unos cuantos hombres de pie frente al edificio de Kenan, con tazas de té desconchadas, inmersos en una conversación, mientras un par de niños corren de acá para allá gritando con entusiasmo. Incluso oigo risas; me aferro a esa pizca de inocencia que sigue viva, bregando, y la guardo, a salvo, en mi corazón.

Avanzamos sobre grava suelta que cruje a nuestro paso. Pasamos por delante de una panadería en ruinas que sigue abierta. Fuera hay una buena cola, la gente se frota las manos para calentarlas y se ajustan bien los abrigos. Esperan pacientemente, aunque hay tensión en sus miradas, por miedo a que el pan se agote y tengan que volver a sus casas con las manos vacías.

A cada paso que damos, confirmo la decisión que tomé anoche. Una decisión que, al amparo de la penumbra, a la tenue luz de una vela, fue fácil de tomar. Un secreto que fui capaz de susurrarme a mí misma. Pero ahora, a la luz del día, siento el alma desnuda, como si llevara el estigma de la culpa.

Miro de reojo la figura alta de Kenan. Ni siquiera la chaqueta amplia que lleva disimula los extremos puntiagudos de sus codos o sus manos huesudas. No debería tener este aspecto. Él, su hermano y su hermana deberían estar sanos, y a salvo, y ser felices. Tendría que estar estudiando japonés y haciendo lo posible por entrar en Studio Ghibli.

«No se puede quedar aquí.»

–¿De verdad piensas quedarte en Homs? –le pregunto en voz baja–. ¿De verdad permanecerás aquí para morir?

Se para en seco y se vuelve hacia mí con un gesto de sorpresa.

–No tengo previsto que me maten –dice despacio.

Niego con la cabeza.

–Con el ritmo que llevas, con tus ambiciones y con tus ideas arriesgadas, *así es* exactamente como acabará tu historia. ¿A tus padres les parecería bien que te detuvieran y tus hermanos se quedaran solos para sufrir y llorar tu muerte? ¿Y la promesa que hiciste a tu padre?

Me mira fijamente, y una profunda tristeza se instala en su rostro.

–Yo era la única chica de mi familia –le cuento–. Tenía un hermano mayor, Hamza. Era mi mundo. Mi mejor amigo. Lo era todo. Un día, él y Baba fueron a una manifestación, y no pudieron escapar cuando los militares arremetieron contra ellos. Una semana después, Mama murió al caer una bomba en nuestro edificio.

–Salama –dice en un tono suave, casi asustado por lo que voy a decir.

Pero prosigo:

–Yo perdí a mi familia, pero tú aún tienes la tuya. Lo veo todos los días en el hospital: la gente vendería el alma por pasar un minuto más con sus seres queridos. Yo misma lo haría.

Me escuecen los ojos, pero me contengo para no desmoronarme.

«Margaritas. Margaritas. Margaritas de dulce fragancia.»

–Intenté visitarlos en la cárcel, pero no me lo permitieron. Estuvieron a punto de detenerme a mí también, y fue un milagro que me dejaran marchar. Me advirtieron que no volviera.

Respira profundamente, agitado. Cuando noto que una lágrima se desliza por mi mejilla, me la enjugo rápidamente.

Lo recuerdo todo: el hedor de la sangre oxidada, los alaridos remotos... Fue unas semanas antes del asedio de la parte antigua de Homs. La prisión no está en esta parte de la ciudad, y aunque conseguí acceder al centro de detención, me temblaban las piernas. La herida de la nuca apenas si empezaba a cicatrizar, y Khawf ya me atormentaba por las noches. Layla no tenía la menor idea de lo que estaba haciendo, porque estaba postrada en la cama afrontando el dolor, vertiendo ríos de lágrimas con la mirada vacía.

–Salama Kassab –dijo el militar, reclinándose pesadamente en la silla mientras hojeaba una lista manchada de café. O yo esperaba que fuera café.

–Sí –respondí, agarrándome a los bordes de un destripado sofá de piel, arrugado y amarillento.

Con un gruñido, empezó a escrutar la lista tras sus gafas de sol plateadas. No le veía los ojos, y eso me desconcertaba.

–Tu padre y tu hermano han causado graves problemas –dijo con parsimonia, pero el tono denotaba una amenaza velada.

–Por favor –dije en voz baja con el corazón a mil–. Por favor, son lo único que tengo. Mi madre se mur..., mi padre es hipertenso. Necesita la medicación, y mi hermano... –Callé: no podía mencionar a Layla. La usarían para castigarlo.

–¿Sabes cuántas veces he oído esa misma historia? –dijo con exasperación–. Por favor, suelten a mi madre, no sabía lo que hacía. Por favor, suelten a mi hermano, es la única persona que tengo en este mundo. Por favor, suelten a mi hija, no se dio cuenta de que estaba cometiendo un delito grave. Por favor, suelten a mi esposo, es viejo y frágil. –Golpeó la mesa con la lista, y yo salté del susto–. No. No los voy a dejar libres. Infringieron la ley. Alteraron la paz con sus ideas.

Se oyó un aullido de dolor. Cerré los ojos con fuerza antes de volver a abrirlos para mirar fijamente al hombre que tenía en sus manos el destino de mis seres queridos. Lo odiaba.

–Yo nunca he asistido a una manifestación, y nunca lo haré. Se lo juro. Por favor, suéltelos. No volverán a hacer nada parecido. Se lo prometo.

Mi voz había adoptado un tono suplicante, que me hizo odiarme también. Me estaba arrastrando ante aquellos asesinos y torturadores. Hacía tiempo que el Gobierno advertía de las con-

secuencias que sufriríamos si nos rebelábamos. Todo cuando se temió durante cincuenta años se estaba haciendo realidad.

El hombre sonrió con todos sus dientes amarillos y se levantó pesadamente de la silla.

–Niña. –Se puso de pie delante de mí, y hundí las uñas en mis manos con una mueca de dolor–. Más vale que te vayas antes de que acabes ahí dentro con ellos.

–Lo siento –dice Kenan en voz baja, y su voz me despierta de la pesadilla que se reproduce en mi cabeza.

–No lo lamentes por mí–digo, y trago saliva–. *A ti* aún te quedan tu hermano y tu hermana. Si piensas quedarte, no eches a perder tu vida.

Contrae los hombros. Y entiendo por qué está haciendo lo que está haciendo. Dios, vaya que si lo entiendo. Pero no así. No después de haber sentido correr la sangre de Lama entre mis dedos como una fuente y de oír a Kenan hablar de la fuerza interior de su hermana. No cuando sé que Yusuf no puede hablar porque ha sufrido un trauma. Necesitan una clase de ayuda que no obtendrán en Homs. Hay que permitirles ser niños.

Sin embargo, por el fulgor de sus ojos y la agonía reprimida en sus palabras, es evidente qué él sabe que, si no se va, le espera un futuro desolador. No es tonto. Pero desborda tanto amor por su país que está dispuesto a ahogarse en él y a arrastrar consigo a sus seres queridos. No es lo mismo oír hablar de la furia del océano que estar en medio de un oleaje feroz.

–¿Qué grabas exactamente, Kenan? –le pregunto, y parece sorprendido.

–Eh..., las manifestaciones, como te dije. Las canciones de la revolución.

–¿Y las muertes?

Hace una mueca.

–Cuando abren fuego, paro y corro.

Pienso en lo que me ha dicho, antes de asentir y avanzar para adelantarlo y poder pensar en algo, pero Kenan carraspea y dice en voz baja:

–Mi madre es *hamwi*.

Me detengo.

–Sobrevivió a la masacre de Hama –añade, y me vuelvo para mirarlo–. Después de aquel ataque del ejército que duró todo un mes y arrasó con la ciudad, ella sobrevivió. Solo tenía siete años, y vio morir a su hermano pequeño de un disparo en la cabeza. Vio su cerebro esparcirse por todas partes. Ella y su familia pasaron hambre. Comían una vez cada tres días. He perdido a familiares incluso antes de nacer, Salama. Solo he conocido injusticia.

Permanece en silencio un momento, suspira y me mira. Sus ojos expresan determinación absoluta. Tanta intensidad casi me provoca un escalofrío.

–Por eso protesto –prosigue–. Por eso grabo. Por eso tengo que quedarme. Por todos esos años antes de la revolución. ¿No has perdido a familiares por la dictadura tú también, Salama?

Ya conoce la respuesta. Ninguna familia siria se ha librado de la crueldad de la dictadura. Los dos perdimos a parientes en la masacre de Hama antes de nacer, pero su pérdida afianzó su determinación desde que era niño. Creció con él. Lo moldeó. A diferencia de mí. Yo obvié las pérdidas hasta que se convirtieron en una realidad.

Se me forma un nudo en la garganta y me cuesta tragar sin echarme a llorar, de modo que me pongo a andar hacia mi casa. Kenan me sigue al instante.

A medida que nos acercamos, me voy poniendo nerviosa. Tengo que tocar a Layla para saber que está a salvo. Debo asegurarme de que el bebé no haya decidido ponernos una traba más por querer salir antes.

Guardamos silencio durante el resto del camino, cada cual sumido en sus pensamientos e inquietudes. Cuando mi casa está a la vista, suelto un breve suspiro de alivio. Mi barrio está tranquilo, y Kenan y yo somos los únicos en la calle. Todo parece normal dentro de lo que cabe, la puerta azul descolorida sigue intacta. Saco las llaves, tanteo desesperadamente la cerradura.

Kenan se apoya en la pared.

–Esperaré fuera.

–¿Qué dices? ¡Entra antes de que alguien te dispare! –exclamo, haciéndole pasar, y cierro la puerta enseguida.

La casa está en silencio. Las ventanas cerradas del salón no dejan filtrarse la luz. Las sombras bailan contra las paredes del pasillo y da la sensación de que hace más frío dentro que fuera.

–Espera aquí –musito.

Asiente con la cabeza y se pone de cara a la puerta, por si Layla aparece inesperadamente sin el hiyab.

–¡Layla, estoy en casa! –exclamo.

No responde. Siento un nudo en el estómago.

–A lo mejor está durmiendo –sugiere Kenan, sin volverse, de cara a la puerta.

–A lo mejor.

Entro a mirar en el salón, donde suele dormir, pero está vacío e inquietantemente frío. Las cortinas corridas cierran el paso a los rayos de sol. La alfombra bajo el sofá es oscura, las espirales son como nubes grises arremolinándose antes de una tormenta. La cocina, que da al salón, también parece apagada, como si alguien hubiera diluido los colores. La ansiedad se extiende como una planta trepadora, enredándose a mi esqueleto.

–*Layla* –repito, y voy hacia el pasillo a zancadas sordas contra la moqueta.

Las sombras envuelven mis pasos, tengo el corazón en la boca, agitado como un pajarillo. La puerta de su habitación está cerrada con llave, y paso los dedos sobre la superficie antes de revisar mi cuarto primero.

Al entrar, la puerta rechina y, mientras suplico a Dios que *por favor, esté dentro,* casi desfallezco de alivio.

Layla está tumbada sobre el cobertor, abrazada a una almohada. Tiene los ojos cerrados y reza moviendo los labios en silencio.

–¡Layla! –exclamo, y abre los ojos de golpe, soltando un grito ahogado.

–¡Salama! –dice con la voz entrecortada.

Salta de la cama y nos chocamos. Los brazos me tiemblan al estrecharla y su pelo se me mete en la boca, pero no me importa. Está viva y embarazada. Su barriga abultada topa contra la mía.

Se echa hacia atrás, me coge por los hombros y me sacude.

–Pero ¿*dónde* estabas? –me pregunta.

–Tuve que operar a una paciente en su casa porque no podía desplazarse. Luego se desató un tiroteo entre el ELS y el ejército y ya no pude salir –le explico entre resuellos.

Tiene los ojos enrojecidos y las mejillas con manchas rojas, pero suspira y dice:

–Vaya.

–El hermano de la paciente me ha acompañado a casa. Está..., eeeh..., está aquí –digo, tratando de sonar natural.

Mira por encima de mi hombro.

–¿Aquí? ¿Aquí, en casa?

Asiento con la cabeza.

Cuando toma conciencia de lo que eso significa, un tono escandalizado impregna sus palabras:

–Ay, Dios mío, Salama. ¿Has pasado la noche en casa de un chico?

Le doy un empujón en el hombro y se ríe.

–Para –le digo entre dientes–. Casi me da algo de lo preocupada que estaba. ¿Por qué no contestaste al teléfono cuando te llamé?

Me mira intencionadamente.

–Ya sabes que no contesto a números desconocidos.

Me paso una mano por la cara y suspiro.

–Vale. Vale. *Alhamdulillah,* estás bien. Eso es lo que importa.

–Sí, estoy bien.

–Tengo que decirle a Kenan que estás bien. Puedes salir a saludarlo si quieres.

Me mira con un gesto exasperado y se señala a sí misma con el dedo: el pelo suelto y sensual, los ojos llorosos, la ropa arrugada...

–¿Que salga a saludar con esta pinta? No, gracias. Prefiero quedarme aquí.

Muevo la cabeza, sonriendo.

Kenan aún está de espaldas a mí cuando salgo. Mis ojos recorren su espalda ancha y su postura relajada, con las manos en los bolsillos, mientras se balancea adelante y atrás sobre los talones de las botas. Me detengo y, por unos minutos, me permito imaginarme nuestra *posible* vida en este recibidor lleno de polvo. Me imagino que vivo en mi propia película de Studio Ghibli. Que en este universo, él y yo tenemos nuestras bromas cómplices, y que en mi dedo anular llevo la alianza de oro que me dio. Siento que las mejillas me arden, pero no me importa. Me lo debo. Al menos me merezco mi imaginación.

–Kenan. Ya puedes darte la vuelta. Layla no va a salir.

Se vuelve despacio sin apartar la vista de la moqueta.

–¿Se encuentra bien? –pregunta, mirándome por fin a los ojos.

Asiento sin más.

Lanza una rápida mirada al decadente estado del pasillo. No dice nada, pero percibo tristeza en su expresión.

–¿Estás segura de que está bien? –vuelve a preguntar–. Puedo ir a buscar algo si hace falta. Como... pan o leche, si les queda en la tienda.

Niego con la cabeza.

–Gracias. Estamos bien. Se encuentra bien.

Suspira y dice:

–Muy bien. Pues supongo... que toca despedirnos.

Me muerdo la lengua, sintiéndome algo abatida por la palabra. La detesto. *Despedirnos*. Pero digo:

–Eso es.

Asiente con la cabeza antes de abrir la puerta, y vuelve a mirarme.

–Gracias, Salama. Por todo. No solo has salvado la vida de Lama, sino también la mía y la de Yusuf.

Y me sonríe, mirándome con sus cálidos y brillantes ojos verdes.

«Por el momento», pienso.

Sale por la puerta, y por fin soy capaz de pronunciar la idea incoherente que estaba gestando en mi pensamiento.

–¡Kenan! –grito, y se detiene a unos pocos metros.

–¿Sí? –pregunta, y juraría que percibo cierta esperanza en su tono.

Me dirijo hacia él frotándome los brazos. Puedo salvarlos a él, a Lama y a Yusuf. Sé que puedo.

–Ven a grabar al hospital –le sugiero cuando estoy lo bastante cerca para distinguir que tiene dos pecas en el cuello.

Parece sorprendido.

–¿Qué?

–Ven al hospital y graba a los heridos. Dices que quieres ayudar, ¿no? Que quieres mostrar al mundo lo que está pasando. Bueno, pues no hay nada que denuncie más esta injusticia que lo que se vive allí. Las manifestaciones suelen ser de noche. Y la visibilidad no es buena porque está oscuro. Pero en el hospital podrías... Será más impactante... –Mi voz se va apagando hasta ser un susurro.

Su mirada se suaviza al oír mi propuesta y se me queda mirando un largo minuto, hasta que dice:

–¿Por qué?

–¿Por qué? –repito.

–Ya has dejado claro que crees que lo que hago es peligroso. ¿Por qué quieres que siga haciéndolo, y además donde trabajas?

Me chasco los nudillos, tratando de atenuar la ansiedad que se acumula en mi sangre.

«Porque cuando veas a personas que se están muriendo, cuando veas a niños mutilados y los oigas llorar de miedo y dolor, entonces, tal vez te darás cuenta de la suerte que tienes. De que puedes salir de aquí.»

Pero en vez de decirle esto, lo miro fijamente, con serenidad, y digo:

–Que piense que es peligroso no tiene nada que ver con el hecho de que amo mi país y no quiero ver morir a más personas.

Sus orejas se enrojecen, se tapa la cara con una mano.

–Per-Perdona. No quería...

Muevo la cabeza.

–No pasa nada. Sé que no querías decir eso. Mira, no te voy a obligar. ¿Quieres hacerlo?

Deja caer el brazo a un lado y vuelve a mirarme con sus intensos ojos verdes.

–Sí –responde, y un escalofrío me recorre la espalda–. Sí, quiero hacerlo.

Suelto un suspiro de alivio.

–Muy bien. Tenemos que pedir permiso al doctor Ziad, pero no creo que le importe. Está entregado a esta guerra.

–A esta revolución, Salama –matiza con una sonrisa triste–. Es una revolución.

Aprieto los labios.

–Te veo en el hospital mañana a las nueve.

* * *

Al entrar en casa, veo a Layla de pie justo en la entrada con la sonrisa más grande que nunca le he visto.

–Así que Kenan, ¿eh? –Mueve las cejas, y refunfuño–. Le hablabas de una forma muy íntima. He estado a punto de abrir la puerta y salir para ver lo que pasaba.

Entro apartándola de un empujoncito, con las mejillas ardiendo, pero es rápida y me coge de un brazo para darme la vuelta.

–¿Por qué te sonrojas? –pregunta.

–No me he sonrojado –balbuceo.

Layla entorna los ojos.

–¿Lo conoces?

–Sí...

–Dios mío, si vas a hacerte de rogar, voy a tener que darte en la cabeza –me dice con una mirada intensa.

–¡Vale! Yo..., él y yo..., era el chico que iba a venir con su madre el año pasado para hablar de matrimonio. –Lo suelto deprisa, como si me arrancara una tirita.

Silencio. Y entonces...

–¡Dios mío!

Es imposible decir una palabra cuando Layla se pone a hablar sin parar. Todo lo que esperaba que diría y lo que aún no se me había ocurrido sale como un torrente de su boca. Que si Kenan y yo estábamos predestinados. Que es el destino. Que esto es amor verdadero. Que voy a ser feliz. Que me casaré. Que seremos una pareja potente. Que ella será una tía adorable. Que esto es genial. Que nuestros hijos crecerán juntos. Que sobreviviremos. Sin parar de hablar, me sigue de la cocina a la habitación, donde me pongo un jersey limpio y luego otra vez la bata –ya llego tarde al hospital– y regreso a la puerta de entrada.

–Layla, todo eso suena muy bonito –digo por fin, aprovechando que calla un momento para coger aire–. Pero hay cosas más importantes de las que preocuparse.

Respiro hondo, preparándome para pronunciar las palabras que serán mi perdición.

–He decidido que nos vamos. Voy a hablar con Am y voy a encontrar la manera de pagar el barco.

Layla se para en seco, boquiabierta.

–¿Qué... qué te ha hecho cambiar de opinión? –dice bajito.

Me rasco una mancha de la manga.

–He visto la realidad.

Layla tiende los brazos, me coge por los hombros y me da un abrazo estrecho.

–Sé lo difícil que te resulta tomar esta decisión. Pero no estás haciendo nada mal, ¿vale?

No respondo, me limito a aspirar su fragancia a margaritas.

–Dilo –me anima efusivamente–. Di que no estás haciendo nada mal.

Suelto una risa ahogada.

–No... no estoy haciendo nada mal al querer salir de Siria.

Se aparta y me acaricia las mejillas.

–Bien.

Antes de marcharme, me coge de la mano, y la miro.

–Salama –me dice con una sonrisa.

Un rayo de sol que entra por una rendija de la puerta le acaricia el rostro y vuelve a tener el mismo aspecto que solía tener antaño: las mejillas rosadas y unos ojos de color azul profundo llenos de vida.

–No te va a perjudicar pensar en el futuro –prosigue–. No tenemos que dejar de vivir solo porque podemos morirnos. Cualquiera puede morirse en cualquier momento en cualquier lugar del mundo. Y nosotras no somos una excepción. Solo que convivimos más con la muerte que otras personas.

Pienso en Kenan y en esa *posible* vida. Sábados por la noche viendo maratones de películas de Ghibli. Acumulando plantas y flores para que nuestro piso rebose vida. Invitando a Layla y a la pequeña Salama a cenar, achuchando a mi sobrina. Hamza y Kenan estrechando su amistad con partidos de fútbol o videojuegos.

Carraspeo un poco fuerte.

–Sí. Nos vemos esta noche, Layla.

Me mira con una sonrisa que refleja la misma melancolía que la de Kenan.

10

—No –rebate Am, y el ácido se me agolpa en el estómago–. No hago excepciones.

Volvemos a estar de pie en el pasillo principal. Tengo las manos pegajosas de la sangre de una mujer a la que he atendido hace veinte minutos. Se le soltaron los puntos de una herida en la cabeza y esto le hizo sufrir una hemorragia y desmayarse. Mientras le curaba la herida, me he preparado lo que pensaba decirle a Am. Pero en cuanto he abierto la boca para hablar, me ha interrumpido.

–No hago obras de caridad, Salama –dice con una mirada dura–. Todo el que solicita mis servicios tiene algún problema. No eres la única. Me vino un padre con tres niños y su mujer enferma. Y así como le negué el barco a él, te lo niego a ti.

Aprieto la mandíbula y me clavo las uñas en las palmas de las manos. Lo odio, y odio cómo se aprovecha de nuestro terror. Sé que puedo usar el oro de Layla para negociar con él, pero el orgullo me traba la lengua. Ahora que por fin he tomado la horrible decisión de abandonar a mis pacientes y honrar los deseos de Hamza, no voy a renunciar a ella por culpa de la codicia de Am.

Se muerde una uña y pregunta:

–¿No tienes nada que decir?

Tengo que ir con pies de plomo. El orgullo no nos ayudará a sobrevivir. Si lo ofendo, podría negarme un barco aunque le ofreciera todo el oro del mundo. Aunque fuera solo por fastidiarme.

–Buscaré el modo de conseguir el dinero –digo, forzando un tono educado–. Pero te pido que lo reconsideres. Layla y yo somos jóvenes y no hablamos alemán. Nunca hemos salido de Siria. Tú y yo tenemos algo en común. Somos sirios.

Am no dice nada, pero su mirada adopta un brillo distinto. Me mira como si lo hubiera impresionado. Al fin, dice a regañadientes:

–Ay, si pudiéramos vivir de la amabilidad... Consigue el dinero, o no hay barco.

Y se marcha sin más.

Cuando se mezclan, la decepción y el pavor forman una amarga píldora de efecto prolongado. El sabor me dura todo el día en la boca, y se acentúa al llegar a casa, exhausta hasta los huesos. Veo desencanto en el rostro de Layla tras contarle lo que ha dicho Am. No me pregunta por qué no le he ofrecido el oro, y me alegro de que no lo haga. Se limita a arroparme en la cama y cepillarme el pelo.

–No pasa nada –susurra–. Saldremos adelante.

Miro al techo y siento un vacío en el tórax. Como si este ya no alojara mi corazón y sobreviviera de los pocos fragmentos que quedan entre mis costillas.

En cuanto me permití pensar en abandonar el país, en mi mente brotaron unas pocas semillas de esperanza que se apoderaron de mi imaginación. Ya no pensaba en una *posible* vida, sino en una vida *real* con Layla y un apartamento en Alemania. Es pequeño, pero no está mal. Nos recuperaremos y lo llenaremos con risas y dibujos de la pequeña Salama. Y un día, hago acopio de voluntad para escribir historias mágicas, sepultadas en lo más profundo de mi mente desde hace tiempo. Y juntas creamos un hogar con la familia que nos queda.

Layla permanece a mi lado hasta que el crepúsculo da paso a la noche.

–Estaré aquí si me necesitas, ¿de acuerdo?

Asiento en silencio.

Cuando cierra la puerta al salir, un silencio espeluznante vuelve a instalarse en su ausencia, y mi ilusa imaginación se reanuda a partir de la última secuencia donde se quedó. En esta ocasión, Kenan está en el apartamento. Así como Yusuf y Lama. Los tres felices, a salvo y bien alimentados. Por un instante, la oscuridad de la noche no parece tan lúgubre.

Hasta que alguien se ríe por lo bajo desde un rincón. Me niego a mirar.

–Si pudiera resumir tu vida en una palabra, Salama.... –Oigo el siseo del mechero. Una profunda inhalación. Una exhalación–. Sería «ironía».

–Que te den –le espeto con la voz ronca.

Noto la presencia de Khawf, que está sentado a mi lado, pero sigo sin volverme hacia él, esperando que desaparezca. Tengo los nervios de acero, pero estoy tratando de recomponer los pedazos de mi corazón para afrontar el inevitable infierno del día siguiente. Sufro pensando en la reserva de paracetamol que guardo en el cajón, y me estoy conteniendo para no tomarme uno. O tres. Ni siquiera Layla lo toma cuando tiene dolor de cabeza. Los guardamos para el día que lo necesitemos de verdad.

Consigo soportarlo.

–Debo decir –prosigue Khawf– que estoy bastante orgulloso de tus progresos. Pero vayamos más allá. Mañana le dirás a Am que le darás todo el oro que tienes. Mejor aún, le dirás que también le darás la casa si la quiere. No es que vaya a poder sacarle mucho provecho, pero aun así...

Me quedo callada y me invade un anhelo por la noche anterior, cuando Khawf se mantuvo al margen. Anhelo volver a hablar con Kenan y ver ese resplandor de vida que arde en su mirada.

–No –dice Khawf bruscamente–. Ese chico solo te traerá problemas. Con lo pusilánime que eres, sus ideas patrióticas te disuadirán de irte. He dedicado demasiado tiempo y esfuerzo en hacerte cambiar de opinión. Vas a...

–A marcharme, ya lo sé –le suelto mirándolo, ahora sí, de frente.

Me mira a su vez fijamente, con desprecio, pero no me importa.

–No te acerques a Kenan –me ordena.

–No te preocupes, la promesa que le hice a Hamza es lo primero –replico–. Más vale que reces por que Am acepte el oro.

Khawf sonríe, mostrando sus afilados incisivos.

–Estoy seguro de que harás todo lo posible para convencerlo.

Dobla los dedos para hacer saltar el cigarrillo entre unos y otros, y las sombras de las paredes y del techo empiezan a transformarse en bocas abiertas y ojos vacíos que me observan fijamente. Acto seguido oigo alaridos de dolor. Me tapo los oídos con las manos y cierro los ojos con fuerza.

–Sabes lo que diría Hamza sobre todo esto, ¿verdad? –ataja la voz de Khawf–. Que le gustaría que salieras del país. Te lo suplicaría.

–Salama –me susurra la voz de mi hermano al oído. Es como un lamento–. Salama, me lo prometiste, ¿te acuerdas? Que salvarías a Layla. Y a ti misma. Que sería una manera de compensar haber dejado morir a Mama. Nunca incumplirías tu palabra, ¿verdad?

Me escuecen los ojos, me giro y me aprieto la almohada contra la cabeza.

–Por favor, *para*.

El silencio se impone en la habitación y, por un instante, creo que ha parado. Pero cuando abro los ojos, Hamza está a los pies de la cama.

Tiene una herida abierta en la frente. Entorna sus ojos color miel con disgusto y se le ven unas manchas amoratadas en los pómulos. Lleva la ropa que vestía la última vez que lo vi, pero está hecha jirones, sucia de barro y sangre.

–*No* –lloriqueo. Este no es mi hermano. Es Khawf.

Sin embargo, sé que en el fondo *es* él. Aunque lo que haya ante mí sea una aparición, Hamza está sufriendo. Eso si no está muerto.

–Salama, si cogen a Layla, ¿sabes qué le harán? –susurra, y de mi boca sale un doloroso quejido–. ¿Y si te cogen a ti? *Nunca* os dejarían morir. Salama, *tenéis* que marcharos. Piensa en Baba. Piensa en mí.

Mis lágrimas arden como ácido sobre la piel y caen sobre la almohada.

–Hamza, *por favor*, te he dicho que lo haré.

Mi hermano niega con la cabeza.

–Entonces ¿por qué no le has dado a Am lo que quería? Salama, sobrevivir lo es todo.

–Lo haré –repito–. Te prometo que lo haré.

Cuando parpadeo, Hamza ha desaparecido y la voz de Khawf vuelve a cernirse sobre el silencio.

–Recuerda las palabras de tu hermano cada vez que las de Kenan te hagan dudar de tu decisión.

–Sanguinaria –digo, como si salmodiara–. Pétalos blancos. Centro amarillo. Segrega un fluido rojo. En bajas dosis, es eficaz contra los trastornos respiratorios. Sanguinaria. Sanguinaria. Sanguinaria.

–Si ese chico te hace cambiar de opinión, Salama –prosigue Khawf–, te hostigaré hasta que no puedas ni recordar qué es una flor.

11

Al día siguiente, el doctor Ziad acude corriendo a mí en cuanto me ve. Sonríe como hacía tiempo que no lo veía sonreír.

–¡Salama! –exclama–. Hemos recibido una remesa de medicamentos. Paracetamol, ciprofloxacina. Acitromicina. ¡Hasta morfina!

Me quedo boquiabierta, mi corazón se eleva hasta que flota entre las nubes. Si la vida fuera normal, parte de mi trabajo habría sido poner al día al doctor Ziad de la reposición de medicamentos. Dispensarlos, asesorar al respecto y hacer inventario sería el trabajo que me correspondería. Reponer sería lo más aburrido de todo, y no precisamente un motivo de celebración.

–¿Y eso?

–El ELS ha conseguido introducirlos de contrabando –explica el doctor Ziad. Se pasa una mano por el pelo, y noto que desprende cierta energía llena de esperanza–. Te hemos dejado las cajas en el almacén de los medicamentos.

Sonrío de oreja a oreja.

–Enseguida me pongo.

Hoy el hospital parece más radiante. Los pacientes, pese a estar cansados y doloridos todavía, parecen algo más contentos. O quizá solo me lo estoy imaginando.

Antes de correr al almacén de los medicamentos, el doctor Ziad me coge de un brazo.

–Ayer te fuiste de repente. ¿Va todo bien? ¿Estás comiendo bastante? ¿Duermes lo suficiente? ¿Necesitas algo?

–Estoy bien –respondo.

Y en ese momento, rodeada de pacientes, no parece mentira. Ahora mismo, estoy bien. Simplemente estoy bien.

Y parece que me cree.

Para cambiar de tema, le hablo de Lama y le cuento que la intervención fue un éxito. Se le ilumina la cara y me felicita por haberlo resuelto deprisa.

–Bien hecho –dice con una sonrisa.

Voy hacia el almacén casi dando saltos; me siento más ligera que antes, no pienso en las pesadillas que me desmoralizaron anoche. Hoy es un buen día. *Será* un buen día, *insh'Allah.*

Las cajas de cartón están arrugadas, las esquinas, aplastadas, pero al abrirlas, los medicamentos están intactos. Están fríos. Cojo una botella de paracetamol infantil en jarabe y la abrazo. Les podremos bajar la fiebre.

–He oído que hemos recibido una nueva remesa –dice una voz desde la puerta.

Me vuelvo y veo a Nour. Su rostro redondo irradia entusiasmo. Nour había formado parte del equipo de mantenimiento durante tres años antes de ser ascendida a enfermera, de un día para otro, cuando los primeros mártires entraron en camillas en el hospital. Ella me enseñó a suturar heridas, a hacer vendas improvisadas y a drenar fluido de los pulmones. Tiene los nervios de acero y un corazón de oro.

Señalo una caja de flucoxacilina.

–¡Has oído bien!

Ulula y se ríe. La alegría se me hace extraña, pero la recibo de buen grado.

–Tengo que ir a examinar a un paciente, pero tenía que ver este milagro con mis propios ojos –sonríe–. Si necesitas ayuda, búscame.

–Lo haré.

Se va. Me dedico a reponer los estantes vacíos durante un rato, luego miro el reloj de la pared. Son las 10.13.

Kenan.

Le dije que estuviera aquí a las nueve, pero no ha venido. Para disipar mi ansiedad, decido dar una vuelta por el hospital. A lo mejor no me encuentra. Voy de una sala a otra como si nada, pero no lo veo por ningún lado, de modo que regreso al almacén. La preocupación vuelve a apoderarse de mí, y trato de no pensar en todos los motivos por los que ha podido faltar a la cita. Su hermana aún se está recuperando y probablemente lo necesitaba. Pronuncio una breve oración para que se mejore. Quizá podría pasar por su apartamento para darles un blíster de paracetamoles. Una parte de mí –una parte ilusa, llena de esperanza, que, no sé cómo, ha sobrevivido a todo esto– tiene ganas de volver a verlo.

Niego con la cabeza. Ahora no es el momento de ser egoísta y pensar en mi *posible* vida y en un chico alto de cálidos e intensos ojos verdes.

–Buenos días –oigo su voz detrás de mí.

Casi me da algo. El corazón me aporrea el pecho. Me vuelvo poco a poco, dándome tiempo para parecer tranquila y serena antes de que pueda verme en la cara lo que estoy pensando.

Al parecer, el frío de esta mañana lo ha inducido a ponerse una chaqueta sobre el viejo suéter. Está apoyado contra el marco de la puerta con los brazos cruzados. Tiene el pelo revuelto, las puntas rizadas alrededor de las orejas y la tez sonrojada por el frío. Lleva al cuello una vieja cámara de fotos Canon, manchada de blanco en los bordes y un poco pelada.

–Buenos días –respondo, procurando que mi voz suene relajada y no demasiado entusiasta–. Has llegado tarde. ¿Va todo bien? ¿Cómo está Lama?

Sonríe, y noto mariposas en el estómago.

–Sí, todo bien, gracias por preguntar. A Lama le ha bajado la fiebre, *alhamdulillah*. Y ahora que está bien, Yusuf también. Han dormido toda la mañana, así que no he podido irme hasta que no se han levantado.

Sostengo con nerviosismo la caja de antibióticos que tengo en la mano.

–Pues me alegro de que estéis bien.

–Sí, estamos bien –dice.

Se me queda mirando unos segundos, y noto el contacto en todas partes. En nuestra *posible* vida, en la que estamos prometidos, estaría delante de mí ahora, con dos *halloumi mana'eeshs* recién hechos en una mano, con la grasa del queso fundido en el pan caliente traspasando el envoltorio de papel, y ,en la otra, dos tazas de té de *zhoorat* con hojas de menta que envolverían el aire con su aroma fresco. Un desayuno rápido antes de salir cada uno a trabajar. Me haría alguna broma y me contaría el sueño de la noche anterior. Y antes de salir, no me daría un beso en la mejilla ni en la mano, porque no estaríamos oficialmente comprometidos, sino que me sonreiría. Pero la sensación sería la misma.

Me pregunto si él también lo estará pensando.

Se aclara la voz.

–Bueno, eh..., ¿dónde está el médico al que tengo que pedir permiso?

Parpadeo.

–Sí, eso...

Dejo los antibióticos y le hago una seña para que me acompañe. Me sigue por los pasillos que conducen al vestíbulo principal, donde suele estar el doctor Ziad por las mañanas.

–Vale, escucha –empiezo a decir tomando una bocanada de aire, y me mira–. Sé que fue idea mía que hicieras esto, pero no está exento de riesgo. Vivimos tiempos peligrosos y no sabemos cómo podría afectarte...

Kenan frunce el ceño.

–¿Te refieres a que alguien podría delatarme?

Asiento con la cabeza.

–Aquí, que yo sepa, todo el mundo comparte tus ideales, pero podrían ser mera palabrería. Así que si no quieres hacerlo, puedes...

–Sí que quiero –me interrumpe–. Le he dado muchas vueltas. Y ya te conté que al ejército le importa un comino si yo grabo o no. O si tú te dedicas a atender a víctimas o no. Nos acabarán tort.... Nos espera el mismo destino a todos. Los dos corremos el mismo riesgo.

Noto un escalofrío. Tiene toda la razón. Como farmacéutica, correría la misma suerte que Hamza. Y el doctor Ziad seguramente peor que nosotros, por ser el cirujano jefe.

–Así que prefiero caer luchando –concluye Kenan–. No permitiré que se adueñen de mis miedos.

Sus palabras me tocan una fibra sensible, y rápidamente miro hacia otro lado para que no vea la expresión de mi cara.

«No permitiré que se adueñen de mis miedos.»

Cuando encontramos al doctor Ziad, está junto a un hombre con los brazos y las piernas profusamente vendados, y un ojo cerrado por la hinchazón. Yace en una cama solo, con la mirada vacía al frente. Esperamos a que termine de examinarlo.

Cuando se da la vuelta hacia nosotros, lo hace con una sonrisa triste.

–Doctor Ziad, ¿tiene un momento? –pregunto, procurando no dirigir la vista al herido.

Me mira, y luego a Kenan.

–Claro –asiente.

Nos lleva a una sala que hace las veces de consulta y de habitación extra para pacientes de alto riesgo. Hay dos camas contra la pared; el escritorio del doctor Ziad está desordenado, con papeles aquí y allá. La luz entra a través de una ventana de cristales teñidos de amarillo.

–¿En qué puedo ayudaros? –pregunta después de cerrar la puerta.

Cojo las puntas de mi hiyab.

–Doctor Ziad, este es Kenan. El hermano de la niña que ayer necesitó mi ayuda.

–¿Cómo está? –le pregunta a Kenan.

–Bien, *alhamdulillah.* Gracias al trabajo de Salama. Es magnífica.

Me mira y sonríe, y mi temperatura interna sube unos cuantos grados.

–Tenemos mucha suerte de contar con ella –concuerda el doctor.

–Sois los dos muy amables –musito algo cohibida, y añado en un tono más firme–: Doctor, Kenan –digo, mirándolo, y él asiente– graba las manifestaciones, y he pensado que podría filmar también a los pacientes que ingresan para documentar sus historias y que el mundo sepa lo que está pasando.

–Me gustaría contar con su permiso para hacerlo, doctor –pide Kenan.

El doctor Ziad parece interesado, y se rasca el mentón mientras reflexiona. Las arrugas alrededor de los ojos se le marcan más cuando se le acentúan las patas de gallo.

–Tienes mi permiso –concede–. Si vas a grabar historias individuales, antes tendrás que preguntar a los pacientes. Pero si nos bombardean y empiezan a traer víctimas, grábalo todo.

Kenan sonríe y le da la mano al doctor Ziad a modo de agradecimiento. El doctor Ziad se despide de nosotros antes de salir para terminar las rondas.

–Me cae bien. –Kenan se queda mirando al doctor Ziad con admiración.

–Es un superhéroe. –No hay palabra mejor para describirlo–. *Yalla*, te enseñaré el hospital.

Los ojos de Kenan se iluminan con la misma proporción de alegría y tristeza, y su efecto menoscaba mi ilusa sensación de esperanza. Mi *posible* vida con él. Escucha atentamente cada palabra que digo mientras le hablo de los distintos departamentos y de cómo organizo a los pacientes según su gravedad. Le comento cuáles son los casos más comunes. A veces, la impresión de ver cuerpos ensangrentados, sobre todo de niños con disparos de francotiradores, me desmoraliza. Omito que esto ha sucedido en muchas ocasiones. Ni que a menudo he tenido que salir corriendo del hospital para vomitar.

Pasamos por la sala de maternidad antes de regresar al vestíbulo principal.

–Aquí es donde están las embarazadas. No podemos darles sedantes, porque no tendríamos bastantes para las operaciones. Hemos perdido... Algunas no han aguantado. Lo peor es cuando la madre muere y el bebé sobrevive. Los niños están ahí –explico, señalando una sala adjunta al pasillo.

Esboza una mueca de compasión y se vuelve para mirar a los bebés.

–¿Son incubadoras?

–Sí... Hmmm..., a mí... no me gusta venir aquí. Verlos tan pequeños y vulnerables... es demasiado. A algunos los han sacado directamente del vientre de su madre y necesitan incubadoras para sobrevivir. Otros tienen pocos meses y están enfermos.

–¿Qué pasa cuando mejoran?

Hago una mueca y digo:

–Los afortunados tienen familia. Los demás, se quedan aquí hasta que un orfanato se puede hacer cargo de ellos... –Noto un escalofrío–. No quiero tener que enterrar bebés...

El corazón se me acelera.

«Loto. De hojas rosáceas. Estabiliza la presión arterial. Reduce las inflamaciones. Loto. Loto. Loto.»

Al ver que se queda callado, le lanzo una mirada. Sigue con la vista clavada en las cajas metálicas que mantienen a las criaturas con vida y, por un instante, veo que se emociona. Aprieta los dientes y se le marca una vena en el cuello.

–Sé que sientes que no puedes hacer nada, Salama, pero... –dice en un tono sereno pero furioso–. Nadie se merece esto.

Aquí hay bebés muriéndose de hambre, mientras en ciudades como Damasco la gente tira la comida que le sobra.

Noto que tiembla sin necesidad de tocarlo. No pienso demasiado en la gente de Damasco, donde el Gobierno aplastó rápidamente las protestas y el pueblo reanudó su vida «normal». Si esa ciudad se liberara de las garras de la dictadura, esta perdería el control de todo Siria. Damasco es la capital. Cualquier decisión que allí se toma tiene un efecto en cadena en el resto del país. Damasco es su bastión. Las victorias que nuestros antepasados obtuvieron a lo largo de la historia están alojadas en su suelo. Pero pertenece a aquellos que entregan su vida para liberarla.

A veces me asombra que Homs y Damasco estén a solo dos horas y media en coche. Mientras en una ciudad se está retirando a personas de entre las ruinas de los edificios bombardeados, en la otra, la población se sienta en las cafeterías a reírse y tomar café.

Trato de no pensar en eso. Allí tengo familia lejana. Como la mayor parte de los habitantes de Homs. Al fin y al cabo, todos estamos emparentados de algún modo.

–No sirve de nada sentir rabia por eso –digo con pena–. Cada uno tiene un camino que seguir. Si sirve de algo, al menos nosotros estamos haciendo las cosas bien.

Se lleva el puño a la frente varias veces.

–Ves a los militares pegándole a la gente en la calle, ves cómo se los llevan a rastras, ves cómo los matan, ves cómo tus hermanos pequeños intentan calentarse para no tener frío por las noches y crees que las cosas no pueden ir a peor. Pero esto, Salama, esto agota toda esperanza. El hecho de que no sepan qué ocurre porque *¿cómo lo van a saber*, si acaban de nacer? Si son bebés...

Y me acuerdo de Ahmad, de cómo su cuerpo se vació como una concha. Su dificultad para respirar y la inmensa calma en su mirada en el momento de aceptar la muerte. Él tampoco no era más que un niño.

Pero Kenan no ha terminado.

–Y eso no es lo peor, Salama. ¿Qué nos garantiza que no bombardearán el hospital? ¿Qué...?

–No –digo en voz baja. Me mira y percibe el terror en mi gesto–. No lo digas.

Siente un escalofrío y simplemente asiente.

Los dos hemos pensado en el mismo horror.

En que los días en este hospital están contados. Que solo el Ejército Libre de Siria de la parte antigua de Homs nos defiende contra el enemigo. Estamos rodeados por todas partes, por tierra y por aire. Cualquier día, los militares podrían lanzar una bomba y destruir este endeble refugio en fragmentos. Que si Layla –Dios no lo quiera– da a luz aquí sin tener acceso a un hospital, tendrá ínfimas posibilidades de sobrevivir. Y esto si no pasa todo lo demás primero.

Mis ojos van de un lado a otro buscando a Khawf, esperando a que me amenace o magnifique mis miedos como castigo por no ir en busca de Am al llegar al hospital esta mañana. Pero no aparece. Kenan sigue mi mirada, y su pena se transforma en desconcierto.

–¿Qué buscas?

–A nadie –respondo demasiado deprisa.

–¿A nadie? –repite, y me reprocho el error.

–Nada –corrijo–, quería decir que no busco nada. –Y antes de que pueda decir algo, añado–: Tengo que irme. Ya sabes dónde están los pacientes.

Abre la boca, se lo piensa dos veces y asiente sin más.

Huyo de su expresión perpleja, alejándome a toda prisa. En vez de regresar al almacén de los medicamentos, me dirijo al vestíbulo principal en busca de Am. Todo está igual que ayer: pacientes tumbados por todas partes, rodeados de los parientes que les quedan. Los que no tienen a nadie me parten el corazón. Busco entre los rostros demacrados, pero no veo a Am.

Suspiro mientras me froto los brazos, y, cuando me dispongo a buscar en otras partes del hospital, unas voces apagadas nos llegan del otro lado de las puertas de entrada. Se me ponen todos los pelos de punta y mi cuerpo se tensa en alerta.

Las puertas se abren de golpe y una avalancha de gente entra en tropel con la ropa empapada de sangre, goteando. Cuerpos inertes entran en brazos de sus rescatadores; gritos y alaridos resuenan contra el techo. Sé que son víctimas de un ataque de francotiradores cuando no veo miembros despedazados, sino sangre que sale a borbotones.

Y son todo niños.

Am entra corriendo entre la multitud con una niña pequeña en brazos. Tiene el gesto desgarrado por la angustia y el miedo.

–¡Mi hija! –grita a quienquiera que lo escuche–. ¡Ayudadme!

Junto a mí está Khawf, apretándome la frente con un dedo que no siento. Y una horrible idea se materializa.

–Hazlo –me ordena, y el rostro de Layla arrasado en lágrimas acude a mi mente como un fulgor.

12

Mis piernas se mueven solas, van directas a Am, que sigue pidiendo ayuda a gritos. La escasez de personal médico juega a mi favor. Con una mano, Am aprieta una camisa sucia contra el cuello de su hija, pero la sangre traspasa la tela y la camisa amarilla que lleva puesta. Tengo que actuar deprisa para no perderla.

–Sígueme –grito, y se fija en mí.

Corremos entre los pacientes que gritan, desparramados por todas partes, y, por fin, encontramos una vieja mesa de operaciones.

–Bájala despacio. –Hay tan poca emoción en mi voz que casi no la reconozco.

Me apresuro a rasgar un trozo de gasa y a apretarla contra la herida abierta del cuello, mientras le tomo el pulso. Lo encuentro, pero es débil. Parece que la bala no le ha alcanzado la arteria por milímetros. Puedo hacerlo. Puedo salvarla. Ya lo he hecho otras veces.

Pero no soy capaz de mover los brazos, la horrible idea que ronda en mi mente me paraliza. Miro alrededor para ver si Kenan está cerca, si está grabando, pero no lo veo. Si esta jugada sale bien, nadie se dará cuenta.

–¿Qué estás haciendo? –me exige Am, casi con un siseo, sin dejar de ejercer presión sobre el cuello de su hija–. ¡Sálvala!

–Dame un barco –le digo en el mismo tono insensible.

–*¿Qué?*

–Dame un barco o... o dejo de apretar. –No puedo creer que esté pronunciando estas palabras.

Abre los ojos como platos y levanta tanto las cejas, que casi desaparecen bajo su pelo. Sus brazos y piernas se echan a temblar de rabia. Avanza hacia mí, pero no me inmuto.

–Tú... –Su rostro se retuerce de furia y se vuelve morado–. ¿Cómo *te atreves*? ¿Y tú te haces llamar farmacéutica? ¿La dejarías morir?

Cada vez me cuesta más oír por culpa de los latidos a mil por hora de mi corazón.

–Estás malgastando su vida con tu rabia. Y no le queda mucha...

No es verdad. Yo sé que miento, pero él no. Tengo que poner a esa niña en riesgo un instante más para salvar a Layla y a su bebé. *Mi* sobrina. Para poder mantener mi promesa.

Su hija empieza a dar sacudidas bajo mis manos, está a punto de llegar al límite. Miro de frente a Am y luego a la gente alrededor, pero nadie se fija en nosotros, cada cual concentrado en su burbuja.

–*¡De acuerdo!* –grita con lágrimas en los ojos–. ¡De acuerdo! Sálvala, por favor.

Percibo la sonrisa de satisfacción de Khawf detrás del hiyab.

Y me pongo manos a la obra, dando las gracias a Dios por que esta sea la enésima sutura que practico en un cuello, porque sé cómo cerrarla deprisa sin que pierda demasiada sangre.

Am se aparta el pelo hacia atrás una y otra vez.

–Estoy aquí, Samar. No te preocupes. Te vas a poner bien.

Nour pasa por delante de mí y le grito que me traiga el dispositivo de donación de sangre que improvisamos.

–Termina tú los puntos –le pido cuando me lo da, y me sustituye.

Inyecto la fina aguja en mi vena, y la otra en Samar. Mi piel es lo bastante traslúcida para acertar sin necesitad de hurgar, y la suya también. La sangre se desplaza a través del estrecho tubo hasta entrar en la niña y rezo que sea suficiente para que se recupere. Para que compense el vil acto que acabo de cometer. Y el que estoy a punto de perpetrar.

–Ya está –anuncia Nour, limpiándose las manos en su bata de laboratorio–. Vivirá, *insh'Allah.*

–Gracias –le digo, pero no me oye porque ya se ha ido para asistir a otro médico.

Empiezo a marearme, así que antes de perder el conocimiento, me quito la aguja del brazo. He aprendido de la peor manera posible cuándo he alcanzado mi límite.

Me vuelvo hacia Am, que me mira con curiosidad. El desprecio que siente por mí no se ha disipado, pero ahora hay algo más. Gratitud. Aunque haga todo lo posible por disimularlo.

Noto la boca seca, pero hago el esfuerzo de hablar.

–Nos conseguirás un barco a Layla y a mí. Y no nos va a costar cuatro mil dólares.

Suelta una carcajada seca.

–¿Qué te hace pensar que pienso mantener mi palabra? Ya le

has salvado la vida. A menos que estés pensando en cortarle el cuello. Aunque no me sorprendería después de lo que has hecho. ¿Qué crees que pensará el doctor Ziad si se entera?

Siento una punzada en el pecho al imaginarlo. Paso por alto los insultos de Am y los aparto al rincón más oscuro de mí. Me comportaré como una cobarde si hace falta para que Layla salga viva de aquí.

Señalo con la cabeza los puntos del cuello de Samar. Su pelo negro está enmarañado, pegado con sangre a la frente.

–Necesita medicación.

Am suelta una carcajada incrédula.

–Y solo me la darás si te consigo un barco.

–Os daremos suficientes antibióticos para que no se le infecte, pero el paracetamol está muy contado. Aquí lo necesita todo el mundo. Yo puedo darte más del que te proporcionará el hospital. Y, créeme, Samar lo va a necesitar. El dolor tardará en remitir.

Tendría que sacrificar las dos cajas de paracetamol que guardo para Layla y para mí. Pero mientras lleguemos a Alemania, no importa. Nada importa.

Aprieta la mandíbula sin perder la rabia.

–No te puedo regalar dos plazas sin más. Necesitan el dinero para el viaje. Ya te dije que tenemos que sobornar a todos los guardias de las decenas de controles fronterizos que hay de aquí a Tartús.

Me tomo un minuto para reflexionar. Tiene razón. Las carreteras están llenas de controles con soldados apostados que pueden detener a cualquiera si quieren.

Avanzo la barbilla.

–Te daré un collar de oro y mil dólares. El collar tiene un valor de otros mil. ¿Eso te valdría?

Cuando lo compramos como parte de la dote de Layla, yo estaba con Mama.

Frunce los labios para sopesar la oferta.

–Sí.

Samar sigue tumbada en la cama, su respiración es lenta. Le tomo el pulso y compruebo que empieza a recobrar la normalidad.

–Ahora mi sangre corre por sus venas –digo en voz baja.

Siento una fuerte náusea concentrada en la lengua. Es un efecto secundario de la donación.

–Ahora formo parte de ella –añado–. Estás en deuda conmigo.

Se deja caer pesadamente sobre una silla de plástico y toma la manita de Samar dentro de su mano áspera.

–Ven mañana a las nueve con el dinero y el oro. –Calla un instante y me mira, medio incrédulo–. Te había subestimado, Salama: eres más mezquina de lo que aparentas.

Hago presión con la mano sobre el pinchazo de la sangradura.

–Nadie sabe nada.

–Evidentemente.

–Quédate aquí. Voy a buscar los antibióticos.

Se ríe con desgana.

–No pienso dejar a mi hija sola, Salama. Y menos si su vida está en tus manos.

Me alejo, enjugándome rápidamente las lágrimas acumuladas en los ojos, y me aprieto las manos trémulas contra el pecho.

«¿Qué he hecho?»

Me lavo las manos antes de ir en busca de las medicinas. Me restriego hasta que el color rojo ya no es de la sangre, sino de mi piel en carne viva expresando su malestar.

Una vez sola en el almacén, me agarro la barriga y me hundo en el suelo. No puedo parar de temblar, y las lágrimas de infinita culpa me nublan la vista. ¿Qué diría Mama? ¿Y Hamza, mi hermano, que iba a formar parte de la residencia en este mismo hospital?

He utilizado la vida de una niña para garantizar mis intereses. He puesto en peligro su salud.

–Has hecho lo que tenías que hacer. –Khawf está detrás de mí–. Y ha funcionado. Hamza lo entendería. Y aunque no lo entendiera, corren tiempos peligrosos. Tienes que vivir.

–Samar podría haberse muerto –sollozo–. Habría cargado con el asesinato de una niña inocente en la conciencia.

–Pero *no se ha muerto* –subraya Khawf–. Está viva, y tú ya tienes el barco. Venga, levántate, suénate y dale a Am los antibióticos que necesita. Recuerda que haces todo esto por Layla.

Layla. ¿Ella lo entendería? ¿O se horrorizaría? No se lo puedo contar.

Khawf golpetea el suelo con un pie.

–Ahora *sí que tienes* que irte. Si corre la voz y el doctor Ziad se entera, ¿qué crees que hará? Mancillarías tu reputación.

Cuando le entrego las pastillas de antibióticos a Am, me mira y mueve la cabeza como si no se acabara de creer lo que ha pasado. Yo tampoco. Me siento como un espectador que sobrevuela mi cuerpo, que observa cómo los músculos se mueven solos.

Me dirijo a toda prisa de vuelta al almacén de los medicamentos y me cruzo con el doctor Ziad, que me sonríe, lo cual me hace sentir aún más culpable. No deberían permitirme estar aquí. *No deberían* confiarme la vida de otras personas.

Una vez sola, en el refugio del almacén con olor a humedad, sollozo en silencio, mientras reúno el resto de medicamentos.

–Margaritas... Ma-margaritas... Fragancia... fragancia dulce. –Se me quiebra la voz, y las lágrimas caen al suelo junto a mis pies cuando me doy cuenta de algo espantoso.

Puede que consiga huir de Siria. Que mis pies toquen la costa europea, mientras las olas acarician mis piernas trémulas y el aire salado cubre mis labios. Estaré más segura.

Pero no habré sobrevivido.

13

Cuando acabo mi turno, me encuentro a Kenan de pie, junto a la puerta de acceso, concentrado con la cámara entre las manos. Me detengo para admirar su gesto, que no trasluce preocupación, dolor ni vergüenza. Un gesto que me recuerda a las últimas tardes de primavera. Algo en su forma de estar de pie, despreocupado, en su suéter de lana, me produce una dolorosa sensación en el estómago por la *posible* vida que me fue robada. Que nos fue robada.

En esa vida, yo haría las prácticas aquí, y él me esperaría en las escaleras del hospital, garabateado en su cuaderno de dibujo. Me invitaría a *booza* en la pastelería de Al-Halabi y me hablaría de la pintoresca ciudad japonesa a la que quiere que vayamos a vivir. Me enseñaría unos cuantos caracteres japoneses y se reiría de mi torpe pronunciación. Pero tendría paciencia hasta que los pronunciara bien, y me miraría con una sonrisa orgullosa. Me haría preguntas sobre el próximo examen de Farmacología, pero enseguida nos distraeríamos y acabaríamos entablando otra conversación. Yo le hablaría de las historias que tengo en mente, inspiradas en las de Studio Ghibli. Y le diría que yo también veo destellos de magia en nuestro mundo, y que los amplifico en mis cuentos.

–Ey –saludo, y él salta, pero sonríe al verme–. ¿Ocurre algo? ¿Necesitas algo?

–No, estoy bien. ¿Ya has terminado el turno?

–Diría que sí...

–Muy bien. –Se endereza, y tengo que echar la cabeza un poco hacia atrás para poder mirarlo a los ojos–. Pues te acompaño a casa.

«Dios mío.»

–No hace falta.

Mueve la cabeza y dice:

–Me queda de paso.

–No te sientas en deuda conmigo por haber salvado a Lama. Acompañarme a casa significa pasar más tiempo en la calle. Como blanco de francotiradores.

La forma en la que me mira hace que empiecen a sudarme las palmas de las manos. Es como si hubiera desconectado a todos los demás y solo quedara yo.

–Salama –dice, y el corazón se me para cuando pronuncia mi nombre con esa delicadeza, con esa calidez–. Te acompaño porque quiero.

«Bueno, si él quiere acompañarte –me susurra mi lado más ñoño–, pues déjale.»

–A menos que te incomode –se apresura a añadir con cara de pánico–. Perdona, ni siquiera lo había considerado...

Muevo enseguida la cabeza y le aseguro:

–No, no me incomodas. Te lo prometo.

Sonríe con cierta indecisión, y todas mis preocupaciones se disipan.

Caminamos el uno al lado del otro, los pasos resuenan sobre la grava, los sonidos se intensifican en mis oídos. El susurro de las hojas muertas, el lánguido canto de un pájaro en lo alto de una rama desnuda y la leve conversación de un grupo delante de sus casas. Oigo cada respiración suya, y noto unos latidos ensordecedores contra los tímpanos.

Doy un vistazo a mis manos, llenas de manchas rojas. Rojas como la sangre de Samar. Reprimo un grito, porque estaba segura de habérmelas lavado bien. He estado diez minutos frotando. Cuando vuelvo a mirar, las manchas ya no están, pero todo a mi alrededor grita: «Asesina».

–*Salama* –oigo la voz de Kenan sobre los gritos, y me detengo, respirando agitadamente.

Cuando asimilo el entorno, me doy cuenta de que estoy sentada en el suelo, y Kenan de pie, delante de mí. Por su ceño fruncido, parece preocupado.

Y caigo en la cuenta: *Preocupado por mí.*

–Salama, ¿te encuentras bien? –Se agacha justo delante–. ¿Te has hecho daño?

No me fío de mi voz, así que niego con la cabeza. Nuestros ojos están al mismo nivel, y tan cerca que me llega su aroma a limón. O a lo mejor también me lo estoy imaginando.

–Pues ¿qué te pasa?

Miro a mi alrededor buscando a Khawf, y lo encuentro a un par de metros detrás de Kenan. Sonríe con suficiencia, satisfecho por los sucesos de la jornada. Cierro los ojos, deseando que desaparezca. Su presencia es como un ancla en mi pecho, que me hunde cada vez más al fondo, que me recuerda lo que he hecho. Todo lo que he perdido, y lo que perderé.

Unos edificios destrozados flanquean la calle tranquila. Estamos a solo unos pocos minutos de mi casa, y ahora mismo Kenan y yo somos las únicas personas que hay en la calle, de rodillas, junto a los escombros.

Pero Khawf sigue *ahí,* y no puedo dejar de pensar en lo que he hecho. La sangre me baja a los talones y me apresuro a decir:

–Cuéntame algo bueno.

Kenan se echa un poco hacia atrás, aún más confuso.

–¿Qué...?

–Kenan, por favor –le ruego, y me obligo a mirarlo a los ojos–. *Por favor.*

Se vuelve para mirar atrás, allí donde yo tenía la vista fija, pero no puede ver a Khawf. Estudio los rasgos de Kenan y musito para mí: «Margaritas. Margaritas de fragancia dulce. Pétalos blancos. Centro amarillo».

Kenan tiene las mejillas demacradas. Es un signo de desnutrición, pero estoy segura de que, si tuviera un peso saludable, aún me daría la sensación de que, si tocara esos pómulos, podrían cortarme. Vuelve la vista hacia mí y veo que se está conteniendo para no hacerme el millón de preguntas que tiene en la punta de la lengua.

Por fin, respira hondo y dice:

–La película de Studio Ghibli que más me gusta es *El castillo en el cielo.* Me hizo ver el mundo desde otra perspectiva. Es una historia tan mágica, Salama... Un niño que sueña con ver una isla flotante. Una niña que es la última de su pueblo. Cómo juntos son capaces de salvar el mundo de la pérfida ambición de un hombre ávido de poder. Aparecen robots y un amuleto mágico, y el tema final es uno de los mejores que se han compuesto.

Se ríe bajito, perdido en sus propias palabras. Mi respiración se calma mientras escucho lo que me cuenta. No recuerdo la última vez que vi *El castillo en el cielo*, pero aún puedo visualizarla con toda claridad en mi mente.

–Hay una escena –prosigue Kenan– en la que Pazu y Sheeta están de pie en la aeronave y es de noche. Aunque sean dibujos animados, el cielo es... infinito. Y hablan de sus miedos y de cómo una serie de acontecimientos desafortunados los llevó a conocerse. Solo tenía diez años la primera vez que la vi, pero esa escena me quedó grabada. Porque era una historia de un niño y una niña de mi edad que, a pesar de tener miedo, hacían las cosas bien. Me inspiraba a ser valiente como ellos. A contar mis propias historias. A crear mis propios mundos. Y pensaba que quizá, algún día, viviría mi propia aventura y conocería a mi Sheeta.

Aunque no ha dejado de mirarme en todo el rato, creo que no me veía. Su mirada ha adoptado un lustre de ensueño, y yo estoy fascinada con la paz que sus palabras han cedido a su expresión.

A nuestro alrededor el mundo está en silencio, la brisa es el único sonido, el único silbido, que pasa entre nosotros. Y así, sin más, mi pánico se disipa y pienso que ojalá pudiéramos quedarnos aquí sentados, en el suelo, eternamente, en medio del refugio que han creado sus palabras.

Pero justo en ese instante vuelve a enfocar la mirada, y cuando por fin me ve, las mejillas se le sonrojan como dos claveles. Tiene la piel más clara que yo, y no es muy hábil en disimular sus expresiones.

Entonces se aclara la voz y se rompe el hechizo.

–Esto... ¿te ha parecido lo bastante bueno?

Asiento con la cabeza y me aferro a este momento, conservándolo en mi corazón para revivirlo cuando la tristeza vuelva a imponerse.

–Estupendo –sonríe.

Nos ponemos de pie y seguimos andando. Doy las gracias por que no me haya preguntado qué me pasaba, pero el silencio resulta incómodo.

–¿Has grabado cosas interesantes? –pregunto, señalando la cámara con la cabeza.

–Sí, sí. He filmado a las víctimas de los francotiradores, y una familia me ha pedido que no difumine sus rostros. Quieren que la verdad salga a la luz.

Noto el estómago vacío. Así que, *en efecto*, ha grabado a las víctimas de los francotiradores. Pensaba que me había cerciorado de que no estaba en las inmediaciones, pero, claro, la adrenalina y los nervios me dominaban, y es posible que no lo viera.

–Vaya –digo con naturalidad–. Y ¿qué tipo de tomas has hecho?

Mueve la cabeza.

–Estaba entrevistando a una familia en una sala cuando entraron las víctimas de los francotiradores. Cuando llegué, no podía moverme entre la multitud de cuerpos, y no quería estorbar. Así que me puse a grabar a quien tenía más cerca, que eran el doctor Ziad y un paciente.

Siento un alivio enorme en el pecho, pero también la acritud de la culpa cada vez que respiro.

–Vi cómo le salvabas la vida a esa niña –dice impresionado–. En un momento dado, levanté la vista y ahí estabas, cosiéndole el cuello. La bala lo atravesó de lleno, ¿verdad?

Intento no flaquear.

–Sí.

Mi casa está a la vuelta de la esquina, a poco más de tres metros.

–De esa forma, también has salvado a su padre –dice sin percatarse, por suerte, de mi evidente turbación.

Pero algo en su tono me obliga a mirarlo y, al hacerlo, casi parece aterrorizado. Cuando nuestros ojos se encuentran, el espanto se disipa y me dedica una sonrisa amable.

–Eres increíble –dice.

El cumplido se me antoja cianuro en la boca, y tengo que tragarme las lágrimas. Dios, no me lo merezco. No merezco su bondad ni sus sueños.

–Ya hemos llegado –dice, cuando vemos la puerta azul de mi casa.

Saco las llaves, las manos me tiemblan un poco.

–Oye –dice, y lo miro, poniendo rápidamente una expresión indescifrable–. Si mal no recuerdo, Layla está embarazada de siete meses, ¿verdad?

–Sí –digo despacio.

Se pasa una mano por el pelo con repentina timidez.

–Ya sé que nos conocimos ayer, pero me gustaría pensar que existe un universo alternativo donde esto –dice, y señala el espacio entre los dos– habría funcionado de manera espectacular. Si tú o Layla necesitáis cualquier cosa, por favor, dímelo.

Pestañeo varias veces.

Al ver que no digo nada, añade, más nervioso todavía:

–Sobre todo porque, bueno, puede haber francotiradores o algo, y Layla no debería salir a comprar en su estado. Y tú tampoco...

–Gracias –interrumpo, y suelta un suspiro de alivio–. De todos modos, Layla nunca sale de casa.

Kenan frunce el ceño.

–Pero ¿tú estás bien?

Asiento con la cabeza con vehemencia, sin dejar de manosear las llaves.

–En octubre se salvó por los pelos del ataque de un francotirador. De regreso del supermercado. De hecho, justo ahí...

Señalo el final de una calle polvorienta, donde hay un gran poste eléctrico partido por la mitad, cuya superficie metálica resplandece a la luz de la tarde. Unas capas de sangre oxidada cubren el asfalto del suelo.

–Los francotiradores se pusieron a disparar. Layla no estaba sola. Aquel día murieron tres mujeres y un hombre. Layla y un niño fueron los únicos supervivientes. Se escondió debajo de un trozo grande de escombro hasta que pasó el peligro. Jamás he sentido tanto miedo como ese día, cuando oí que había un francotirador del ejército en nuestro barrio.

Me fui corriendo a casa, sin considerar el peligro. En mi cabeza retumbaba la voz de mi hermano, suplicándome una y otra vez, como un disco rayado, que salvara a su mujer. Al llegar al escenario de la matanza, la sangre corría calle abajo entre fragmentos de vidrio y escombros. Habían trasladado a los mártires al cementerio. Solo quedaba un silencio desolador, como si la esencia de aquella esquina del antiguo Homs estuviera conmocionada. Apenas me quedaba fuerza en las piernas cuando llegué ante la puerta de casa. Entonces la abrí.

Y allí estaba Layla, sentada en el suelo con la espalda apoyada contra el papel despegado de la pared, sollozando. Tenía la cara empapada en lágrimas y cortecitos en la frente y los brazos. Cuando la abracé, olía a escombros, a sangre y a humo, pero no importaba. Estaba viva.

–Estás viva –alcancé a decir entre el llanto, estrechándola contra mí–. Estás viva.

Ese fue el día que Layla tomó la firme decisión de abandonar Siria.

–Dios mío –susurra Kenan–. Eso es... Ni siquiera me lo puedo imaginar.

–Sí... –respondo, y aprieto las llaves hasta que me empieza a doler–. Sí que *puedes*, Kenan. En esa ocasión le tocó a Layla, y salió ilesa gracias a la misericordia de Dios. Pero hoy, mañana, dentro de dos semanas..., podrían ser Lama o Yusuf. Y podrían correr peor suerte.

Kenan me mira, afectado por mis palabras, pero no insisto. Espero que las víctimas del francotirador, que la familia con la que ha hablado y que, ahora, mi historia, empiecen a socavar su decisión de quedarse. Los temores nuevos requieren tiempo para desarrollarse, para pasar de ser ideas vagas, caóticas, a pensamientos concretos que lleven a tomar decisiones. Y yo solo puedo expresar por él esos pensamientos.

–Yo creo... –digo en un tono de voz alto y claro, y Kenan se pone derecho–. Yo creo que tu aventura no tiene por qué acabar aquí.

Su mirada se suaviza y, alrededor de sus iris distingo un anillo dorado. Nos quedamos mirándonos a los ojos otro instante y, finalmente, me doy cuenta de lo hermoso que es este chico con su suéter viejo y su pelo castaño, alborotado, que va por la vida con el corazón en la mano. Allí de pie, en medio de esta ciudad devastada, desgarrada, es un ser hermoso y *real*.

Me pregunto qué estará pensando. Si completará la frase que me da vergüenza pronunciar. *Que podría encontrar a su Sheeta*. De algún modo, su sonrisa me dice que sí.

–¿Te veo mañana, entonces? –me pregunta con la calidez de una taza de té de *zhoorat*.

Ya no tiene las mejillas sonrojadas, sencillamente nos envuelve la calma, como si no viviéramos con tiempo prestado, sino en una eternidad que se extiende ante nosotros.

–Sí, por supuesto –respondo, sonriéndole.

14

—¿Así que Am, por pura *amabilidad*, ha aceptado mil dólares y un collar de oro? –indaga Layla, apoyada en la entrada con los brazos cruzados–. ¿Para las dos? ¿En plan «dos por uno»?

Me encojo de hombros.

–Pues parece que sí. Le conté que se te hinchan los pies y que pasas hambre. Eres la moneda de cambio ideal.

–Y sabe que estoy embarazada –dice, sin dejar de mirarme con suspicacia–. ¿Eso no debería aumentar el coste?

–Sí, lo sabe –sostengo–. Pero no ha mencionado que vaya a ser más caro el pasaje si una mujer está embarazada. Y pienso aprovechar la ocasión, Layla. Mañana le daré quinientos dólares, y la otra mitad y el collar de oro cuando estemos en el barco.

Suelta un bufido. El pelo se le desprende del moño, y unos mechones castaños caen sobre sus hombros. Sus pecas son casi invisibles a la tenue luz crepuscular que entra en mi habitación.

–No sé, Salama. Estoy preocupada. Quiero decir que hemos oído historias de refugiados que se marchan en barcos. Sabemos que los engañan y que se ahog... que se ahogan. Sabes que en el Mediterráneo hay tiburones, ¿no? Me da que esto podría ser una trampa.

Me muerdo la lengua.

–No lo es.

–¿Y cómo estás tan segura? Tú, que eres la persona más paranoica del mundo.

Me siento en la cama para ponerme los calcetines más calentitos que tengo. El frío nocturno se ha ido colando por las grietas de las paredes y ya nos cala hasta los huesos.

–He visto pruebas de que la gente sobrevive. Existen fotos y vídeos de esa gente en Europa. No es un engaño. Si se murieran, nadie cogería barcos.

Eso no es verdad y lo sé, pero prefiero que Layla se crea la mentira.

–Sigue sin gustarme –dice rotundamente.

–A mí tampoco, Layla, pero tenemos que irnos de aquí –repito sin demasiada firmeza.

Porque si no nos vamos, lo que he hecho hoy no habrá servido para nada. He vulnerado el juramento hipocrático. He quebrantado mis propios principios morales, los he echado por tierra. Los rostros de Samar y Ahmad me vienen a la mente. No soporto la idea de ver a otro niño destrozado. Me froto las manos al notar un hormigueo en las cicatrices. Sé que todo esto está solo en mi cabeza. Lo sé. La culpa se manifiesta en mi dolor imaginario.

–Quiero irme de aquí –susurro.

El tono es lo bastante bajo para que Layla pueda fingir que

no me ha oído. Pero me ha oído. Coge mis manos entre las suyas. Al notar la suavidad de su tacto, el dolor desaparece.

–No pude salvarlos –susurro otra vez, mirando nuestras manos unidas.

En mi habitación me siento segura expresando todo lo que pienso. Aquí no hay nadie que me juzgue. Solo mi hermana.

–No pude salvar a un niño. No pude... –Suelto un suspiro acompañado de un escalofrío, a la vez que reprimo un sollozo–. Se acaban muriendo todos. Da igual lo que haga. Me duele la cabeza. Hace un año que no duermo bien. Tengo la sensación de que grito ante un abismo que lo engulle todo. Y que no tardará en tragarme a mí también.

Levanto la vista, y Layla me suelta las manos para echarme el pelo hacia atrás. Mueve la cabeza con una sonrisa de afecto.

–No te engullirá.

Sonrío, y la miro con los ojos llorosos.

–Tienes más fe en mí que yo misma. Layla, echo de menos no hacer nada. Esos días en los que me echaba en la cama a ver pelis. O a hablar contigo por teléfono durante horas. ¿Te acuerdas?

Layla asiente con la cabeza.

–La dictadura nos hizo envejecer antes siquiera de que estallara la revolución. Pero ahora siento como si tuviera ya noventa años.

–Ojalá yo me sintiera así. Porque *aparento* mil –digo con sarcasmo.

Layla me lanza una mirada incisiva.

–¡Qué va!

Me encojo de hombros y toqueteo las mangas de la bata.

–Bueno, ¿qué collar quieres darle? Yo estaba pensando en ese que tiene el lazo en el centro.

Layla frunce la nariz:

–Me da igual. Elige el que quieras. Nada vale tanto como tú y la pequeña Salama.

Su voz se entristece. No me gusta. Quiero recobrar la desenvoltura que nos merecemos; necesito una evasión de este perpetuo estado de melancolía. Así que le cuento:

–Hoy Kenan me ha acompañado a casa.

–*¿Qué?* ¡Y me lo dices ahora!

Bingo.

Me coge la cara entre las manos, obligándome a mirarla.

–Kenan –dice con solemnidad, mirándome a los ojos, y noto cómo me ruborizo al instante–. ¡Ja! –exclama–. ¡Te gusta!

Me aparto bruscamente.

–*¿Perdona?* En mi *vida*... Bua, es que tú... Como si tú *supieras*... ¡Calla!

Se deja caer en mi cama con una sonrisa.

–Pero ¡mírate la cara! Si estás roja como un tomate.

–No es verdad –replico, corriendo a mirarme al espejo.

Es cierto que parezco horrorizada, pero no en plan «me va a dar algo».

–Nunca te había visto tan nerviosa –se ríe, soltándose el coletero para luego pasarse una mano entre el pelo–. Ni siquiera en la universidad, con aquel chico tan mono de Odontología.

Refunfuño y me dejo caer en la cama, a su lado. Me mira desde arriba, con un brillo en los ojos.

–No, espera, que me acuerdo de su nombre: Sami. –Se da unos golpecitos en la barbilla con un dedo–. Tú le gustabas. –Apoya la cabeza sobre la palma de una mano–. Y a ti te gustaba bastante. Pero no de esta manera, jovencita. No, porque tu corazón estaba esperando a Kenan, ¿verdad?

Aprieto la almohada sobre mi cabeza, y se ríe. Luego canturrea.

–Acepta lo que sientes.

–Aunque sintiera algo –digo con la voz sofocada contra el cojín–, tampoco iba a pasar nada. Él se quiere quedar aquí. Y yo me voy a marchar.

Noto que Layla se levanta, y la miro por debajo del cojín. No parece preocupada en absoluto. Es más, tiene un gesto cómplice.

–De aquí a que nos vayamos pueden pasar muchas cosas –dice, paseándose por la habitación–. Muchos «y si» y «a lo mejor» y «puede que»...

Se detiene y se lleva una mano al corazón. La luz del crepúsculo tiñe su figura de tonos rosados y anaranjados, de un tenue resplandor que la hace parecer etérea. Como si tuviera un pie en el más allá y otro aquí.

–Los sentimientos nos dan esperanza, Salama –sonríe–. ¿No crees que nos iría bien un poco de eso ahora?

Asiento sin decir nada.

–Entonces ¿qué? –Sus ojos azules se iluminan–. ¿Te gusta?

Manoseo el dobladillo del jersey.

–¡La cosa no está para historias de amor, Layla!

Me da un golpecito en la nariz.

–*¡Ay!* ¿Por qué has hecho eso?

–¿Qué te he dicho? –exige–. Que los sentimientos nos dan esperanza. No hay nada malo en buscar consuelo en medio de todo lo que está pasando, Salama.

Me froto la nariz.

–Digamos que me gusta. Tenemos opciones limitadas. ¿Adónde iríamos, Layla? ¿A pasear al mercado en ruinas? ¿O saldríamos de la antigua Homs, al río Orontes a esquivar balas mientras hacemos un pícnic en la orilla? Además, ¡no habría nadie para supervisarnos! Ni mis padres ni Hamza están aquí.

Layla se muerde el labio antes de echarse a reír:

–*¡Nadie que os supervise!*

–¿Qué? –digo indignada.

Se enjuga los ojos sin poder dejar de reír.

–Nada. Es que eres tan mona... –Se sienta a mi lado, colocando los pies debajo del cuerpo y dice–: Cuéntame más cosas más de él.

Cambio de posición mientras me mira.

–Es... honesto. Con todo. Con lo que piensa, con sus gestos... Es amable. De esa clase de amabilidad que no abunda, Layla. Estoy segura de que todavía sueña. Es posible que sea el único en toda la ciudad que aún sueña de noche. Y cuando me mira, siento que... alguien me mira de verdad, y siento que hay... esperanza.

Layla sonríe de oreja a oreja y entrelaza su mano con la mía.

–Eso que sientes... –susurra–. Quiero que te aferres a eso. Pase lo que pase, recuerda que el mundo es algo más que agonía. *Podemos* ser felices, Salama. Puede que no en el formato convencional, pero recopilaremos los fragmentos, y la reconstruiremos.

Siento una punzada en mi corazón herido.

–Salama –prosigue, y me estrecha más la mano–. Mereces ser feliz. Mereces ser feliz *aquí*. Porque si no lo intentas en Siria, no lo intentarás en Alemania. Llegar a Europa no resolverá tus problemas.

Me paro un momento a reflexionar. Nunca había pensado en eso.

–Prométeme que buscarás la alegría. –Sonríe con tristeza–. Los recuerdos son más gratos así.

Sus palabras revelan el mecanismo de afrontamiento que ha estado utilizando desde que se llevaron a Hamza. Conoció a su gran amor cuando era una niña, y estuvo toda una vida con él. El recuerdo de mi hermano es lo que la sostiene en pie; de no ser por eso, la pena habría acabado con ella.

–Te... te lo prometo –le digo con profunda emoción.

* * *

Cuando el sol se pone, acuesto a Layla en el sofá y la arropo bien con la manta para que no tenga frío. Se queda dormida a los dos minutos y, mientras me sonríe, pongo las manos sobre su barriga. Al otro lado está mi sobrina y, si me concentro bien, puedo imaginarme sus manitas contra la placenta, justo donde las mías. Ahora que Layla está en el tercer trimestre, el cerebro y las neuronas de la pequeña Salama están plenamente desarrollados, pero no hay duda de que la desnutrición y el peso inferior al deseable de Layla afectarán a los riñones. La pequeña Salama no sobreviviría ni un duro invierno en Homs. Me maldigo por esos tres meses durante los que dudé de si debíamos irnos o no. ¿Cómo he podido ser tan egoísta?

No.

«¿Cómo hemos llegado a esto?»

Layla ronca suavemente, y yo me lamento en silencio. Pese a mi presencia, está sola. Parece que fue ayer cuando Layla y Hamza volvían de su luna de miel, con los ojos brillantes como sendas luces de ramadán.

Layla apoyó la cabeza contra el hombro de Hamza, sentados donde siempre, en el balcón de casa. Mi hermano se ruborizó, pero parecía contento.

Yo estaba en el salón, observando los secretos íntimos que intercambiaban y que solo las margaritas de las macetas alcanzaban a oír.

Layla me vio y me hizo una seña para que no mirara, con su melena castaña sobre los hombros. Hamza se la apartó para poder verla bien.

–Parece que manteníais una conversación muy profunda –dije con una sonrisa al salir al balcón. La cálida brisa de la mañana se agradecía después de los meses de invierno–. No quiero molestaros.

Los dos negaron a la vez con la cabeza.

–¿Molestarnos? –Layla se rio y me atrajo hacia ella–. Mi hermana nunca es una molestia.

–Pues cuéntame algo sobre el mar Muerto –le pedí, haciéndome sitio entre los dos.

Hamza me lanzó una mirada exasperada. Se desplazó hasta el borde, pero sin soltarle la mano a Layla, entrelazada a la suya delante de mí.

–Es muy salado –declaró Layla inmediatamente.

–Picaba. Y también resquemaba un poco –dijo a su vez Hamza, y Layla se rio.

–Sí, alguien se quedó demasiado tiempo en el agua.

–¡Flotaba! ¡En el agua! ¡Y sin hacer ningún esfuerzo! ¿Cómo no iba a quedarme?

–Todos nos miraban porque Hamza parecía no haber visto nunca el mar –me susurró al oído–. Tuve que hacer como si no lo conociera. No te imaginas la vergüenza...

Me reí, y Hamza puso los ojos en blanco.

–Si vas a comportarte así en mis exposiciones de arte –dijo Layla subiendo el tono–, no te pienso invitar.

Hamza se llevó la mano de su esposa a los labios para rozar sus nudillos con un beso, y yo me lo quedé mirando con incredulidad. Le daba igual que yo estuviera sentada allí mismo, solo tenía ojos para Layla.

–Me comportaré mucho peor, cariño –dijo suavemente–. Si crees que no voy a mostrarme profundamente orgulloso de ti o que no voy a presumir descaradamente de mi mujer, replantéatelo.

Layla se sonrojó, pero sonreía de felicidad.

–Ay, Salama –dijo, negando con la cabeza–, ¿qué voy a hacer con tu hermano?

Suspiro y voy a mi habitación, apartando de mi mente a esa muchacha soñadora que no sobrevivió. Apenarme por ella no me ayuda. No me dará de comer, ni me sacará de Siria.

Khawf me espera fumando, apoyado en la ventana de mi habitación. Miro hacia otro lado y hago como que no está; me arrodillo delante de la cómoda para abrir el último cajón. Al fondo, debajo de la ropa vieja, en la esquina derecha, está el oro de Layla y el dinero que nos queda. Saco quinientos dólares y elijo un collar, que aparto a un lado. Hamza se lo regaló el día de su Al-Fátiha. Es un cordón grueso y elaborado, que pesa al sostenerlo. Se me atraviesa un nudo en la garganta y vuelvo a meter el collar antes de que empiecen a caerme las lágrimas.

–Hoy has hecho bien –murmura Khawf, y suela una bocanada de humo–. Ha ido mucho mejor de lo que esperaba. Ya no tienes motivos para quedarte y seguir curando a los heridos con las manos llenas de sangre.

Me tapo los oídos y muevo la cabeza, tratando de concentrarme en lo que me ha dicho Layla. Esperanza. Buscar el amor y la felicidad que existen por encima de la miseria.

Khawf pone los ojos en blanco.

–Si eso te sirve para meterte en el barco, por mí puedes creer en unicornios, pero, venga ya, Salama, *¿esperanza?* –Mueve un dedo hacia sí, señalándome para que me acerque, y yo accedo–. Mira fuera.

Una pátina negra cubre la ciudad, bajo un cargado cielo gris. La luz de la luna está atrapada tras espesos nubarrones, igual que nosotras lo estamos en la parte antigua de Homs, sin poder cruzar al otro lado. Los edificios que se ven por la ventana son fantasmas, ya no se percibe el titilar de la luz en ninguno. Si cierro los ojos, puedo concentrarme en los sonidos, alcanzo a oír las remotas voces de protesta en otros barrios. Nunca han dejado de oírse, ni una sola noche y, a un mes del aniversario del levantamiento, los ánimos no hacen más que fortalecerse.

–Puede que tengas suerte y esta noche no te mate un bombardeo –dice Khawf, que ahora está de pie a mi lado–. El cielo está encapotado.

–Lilas –. Respiro hondo–. Lilas. Lilas. Lilas.

–Salama –prosigue, pero en vez de observarme a mí, dirige una mirada perdida al mismo horizonte que yo–. ¿Qué felicidad vas a encontrar en este lugar baldío? ¿Eh? Aquí no hay *nada* que valga la pena. Ya no te queda familia. Y Kenan solo te traerá dolores de cabeza si tus sentimientos hacia él crecen. Él no se irá. No hay felicidad entre las ruinas. Pero en Alemania hay posibilidades y –prosigue y, al fin, me mira, y sus ojos me hacen pensar en un lago helado en invierno– es mejor que quedarse aquí. Es mejor que Layla viva. Y la distancia disipará el remordimiento que sientes por lo que le hiciste a Samar. En este lugar solo hay cosas que te recuerdan tus fracasos y la inevitable muerte.

Me toco los dedos con nerviosismo.

–Pero Layla ha dicho que...

–¿Layla? –repite, y arroja el cigarrillo, que se desintegra antes de alcanzar el cristal de la ventana–. Yo te enseñaré a Layla.

Chasquea los dedos y mi desconsolada ciudad desaparece de la ventana al ser reemplazada por un recuerdo. Por un instante, me coge por sorpresa, ya que no es el que esperaba. No es doloroso, al contrario, es uno que conservo con cariño en mi corazón.

La boda de Layla y Hamza.

Es como si estuviera viendo una película, aunque eso no me disuade de apoyar las manos sobre el cristal frío.

La celebración es en la casa de campo de mis abuelos, en los jardines, bajo los limoneros. El lugar está decorado con luces de ensueño, y la música suena en los altavoces. Por todas partes hay invitadas, mujeres que charlan o aclaman a Layla mientras baila en medio de la pista.

El rostro de mi amiga está exento de agonía. Se balancea en su vestido blanco crudo de princesa, que ondea con cada movimiento. Me llega su risa satisfecha y genuina, y me invade con su calidez. La vida le sienta de maravilla. Su largo cabello castaño cae como una delicada cascada de rizos por su espalda, con las rosas blancas y las gipsófilas que yo misma elegí entrelazadas en los mechones.

Cuando veo a Mama de pie a su lado en una *abaya* púrpura, agitando los brazos con alegría, empujo el cristal con fuerza para hacer desaparecer la imagen. Quiero correr hacia ella y echarme en sus brazos. Quiero revertir el tiempo. Khawf nunca me había mostrado a mi madre así. Sana y viva.

–*Mama* –la llamo, con la voz ahogada.

–*Esto* es la felicidad de Layla, Salama. –Khawf está a mi lado.

De pronto, cuando el DJ anuncia la llegada de Hamza, las mujeres se apresuran a envolverse con los hiyabs. Reprimo un gemido al ver a mi hermano, que sonríe tímidamente al aproximarse a Layla. Solo tiene ojos para ella, y brillan como estrellas en el cielo. Cuando está ante la novia, se abrazan a pesar de la falda acampanada del vestido, y la risita nerviosa de Layla resuena contra el cristal de la ventana.

Baba, que viste su mejor traje, entrelaza su mano con la de Mama, y mis piernas desfallecen de añoranza. Siento tal desesperación por abrazarlos que grito.

Mis ojos recorren la escena, absorbiendo este recuerdo como un hombre sediento en un desierto. La gracia con la que Mama mueve las manos al hablar, Baba con su pelo canoso, que se aparta repetidamente hacia atrás, Hamza balanceándose con Layla del brazo para mantenerlo en equilibrio. Por último, me fijo en una mujer con la manicura perfecta en manos y pies. Unos mechones de pelo asoman de su hiyab por la frente. Tiene una cara bonita, con suaves arrugas alrededor de los ojos. Lleva una *abaya* de color verde oscuro, a juego con sus ojos. Ojos de color verde avellana. Suelto un grito ahogado. Reconozco esos ojos. *He visto* esos ojos antes. Son los mismos de un muchacho alto de pelo castaño alborotado.

«¿Empezaría todo aquí? ¿En una boda? Muy típico de Siria.» Casi sonrío al pensarlo.

–Salama –dice Khawf para llamar mi atención, pero me niego a renunciar a esta hermosa ilusión y afrontar su mirada cruel–. *Salama,* no puedes vivir en el pasado. Te estoy recordando cómo era la auténtica felicidad. *Esto* ya no existe. *Esto* no lo vas a encontrar aquí.

–No –gruño, aferrándome a lo que Layla me ha dicho. Hay algo más que horror en esta vida–. *No.*

Suspira y vuelve a chasquear los dedos. La boda se desvanece poco a poco, molécula a molécula, para convertirse en un espantoso recuerdo. Algo que no quiero recordar mientras viva.

Siento como si me hubieran arrancado el corazón de la caja torácica, y gimo de dolor.

Layla, tendida en el pasillo de casa en julio. Su vestido mostaza ha perdido la intensidad y está extrañamente arrugado alrededor de su cuerpo. Sus ojos azul profundo miran al vacío. Las lágrimas caen formando dos manchas en sus mejillas, y las manos le tiemblan, pero no puede evitarlo.

Es el día que se llevaron a Hamza.

Se quedó allí sentada tres días seguidos, sin comer, sin apenas respirar, y sin contestarme cuando intentaba hablar con ella. El pelo se le pegaba a los lados de las mejillas, fino y quebradizo como la paja. Se quedó allí sentada, llorando en silencio hasta tener los ojos rojos e hinchados y, al final del tercer día, en estado de deshidratación y *shock,* se inclinó hacia un lado y vomitó. Luego nos dimos cuenta de que podía tratarse de náuseas.

Así, ante mí, bajo la débil luz del pasillo, está sentada Layla, una muchacha vacía. Una muñeca rota. Más cerca de la vida que de la muerte. Me invade una conocida y repugnante sensación de impotencia y rasco el cristal de la ventana con frustración.

–*Esto* –dice Khawf, dando unos golpecitos con su largo dedo contra el vidrio– es lo que hay en Homs. Es un milagro que Layla superara la depresión.

Me muerdo una uña.

No espera a que le responda:

–Yo creo que Layla se dio cuenta de que eres la única familia que le queda, aparte del bebé. Que decidió recuperarse y ser fuerte por vosotras. Hasta que estéis todas a salvo. Sabía que sucumbir al dolor te haría daño, así que lo reprimió.

–Ahora está bien –digo con los dientes apretados.

Khawf pone los ojos en blanco.

–La Layla que tú conoces *no está* bien, Salama. Está conteniendo el dolor. Languidecerá poco a poco, de aquí a que llegue a Europa. Que allí seáis felices o no *es lo de menos*. Lo importante es que estaréis *vivas* y que habrás cumplido la promesa que le hiciste a Hamza.

Sus palabras se arrastran sobre mi piel, disolviéndose a través de los poros, y me enfrento a él, comprendiendo poco a poco su existencia. Creo que siempre he sabido que está aquí para mantenerme con vida, pero ahora lo veo. No me está prometiendo la felicidad ni un final que me permita pasar página. Alemania no es la respuesta a una vida de alegría garantizada. No es mi país natal. Pero es un lugar seguro. Y eso es lo que Layla y yo necesitamos ahora.

Chasquea los dedos una última vez. La parte antigua de Homs vuelve a observarme desde la ventana con su inquietante mirada. Las almas difuntas y el peso de mi pecado enrarecen el aire.

–Si te vas de Siria, podrás dejar atrás lo que hiciste –susurra Khawf.

Tengo el corazón en la boca.

–Jamás volverás a estar en paz por lo que le hiciste a Samar. Te carcomerá por dentro como un cáncer. De hecho, ya está pasando. Al menos, en Alemania, estarás a miles de kilómetros de todo lo que te lo recuerde. En realidad, Salama, la esperanza que te queda es la supervivencia. No la felicidad.

15

—Pero ¿tú dejas de estudiar alguna vez? –preguntó Shahed, y alcé la vista del libro de terminología médica que estaba leyendo.

Faltaba una semana para los exámenes del primer trimestre de la universidad, y Shahed, Rawan, Layla y yo habíamos decidido acudir a una cafetería del centro después de las clases. Las calles estaban abarrotadas de gente. Las mesas, dentro y fuera de los restaurantes, estaban llenas de familias disfrutando de una cena temprana con todos los platos sirios imaginables. Kibbeh asado al carbón, chuletas de cordero perfectamente ensartadas, tabulé, wara'a enab, *zumo recién exprimido de naranjas del campo... A algunos transeúntes no parecía irles tan bien; harapientos, demacrados, pedían limosna con la mano tendida, pero la mayoría de la gente pasaba de largo sin mirarlos.*

Nos apetecía comer pasteles, así que pedimos dos platos cada uno. La mesa estaba cubierta de postres hasta el último centímetro. Yo pedí un booza *y un* rez bhaleeb. *El* booza *tenía que comerse deprisa, porque el helado empezaba a fundirse a pesar de hacer fresco. El* rez bhaleeb, *un dulcísimo budín de arroz con agua de azahar por encima, era la forma perfecta de acabar un día de clase. La escuela secundaria había sido exigente, pero fue como aprender el alfabeto comparado con mi primer año de Farmacia. La diferencia era abrumadora, y eso que solamente los separaban unas vacaciones de verano.*

–¡En serio, para ya de estudiar! –insistió Rawan, moviendo la cuchara hacia mí–. Disfruta del buen tiempo. De la comida.

Fruncí el ceño.

–No puedo. Tengo un examen el lunes por la mañana, y si no sé distinguir el cúbito del húmero, voy a suspender.

–Yo sí que te voy a partir el cúbito y el húmero... –murmuró Shahed.

Crucé los brazos.

–¡Aprenderse los nombres científicos de las partes del cuerpo es difícil! ¡Voy a suspender!

–Qué dramática eres, drama queen *–dijo Layla, poniendo los ojos en blanco y luego cogió la limonada fría; su anillo de diamantes brillaba–. Siempre dices lo mismo y acabas sacando la mejor nota.*

–Sí, todas dejamos de creerte a los doce años –dijo Rawan, e, imitando mi voz, añadió–: Dios mío. El examen era tan difícil... No he podido contestar nada. No sé si aprobaré...

Me contengo las ganas de reír.

–Yo nunca digo...

–Claro que sí –dijo Shahed con la boca llena de halawet el-jebn*–. Y luego apruebas y sacas matrícula de honor mientras nosotras nos sentamos a pensar en estrategias para asesinarte.*

Cerré el libro de texto, lo solté sobre la mesa de mala gana, y los cuencos de cristal saltaron. También le di un susto a la gente sentada a nuestro alrededor. En concreto, a un chico con el pelo castaño alborotado. Levantó la vista parpadeando. Me puse roja de vergüenza por el escándalo que había armado, y cruzamos una mirada antes de que yo apartase la mía rápidamente.

Eran los ojos más verdes que había visto en toda mi vida.

–Vale –dije–. Dejo de estudiar.

Me pasé el resto de la tarde tratando de no mirar al chico de ojos verdes, ocupado con su portátil. Estaba solo, y en su mesa había un plato enorme con cuatro raciones de knafeh. *Volví a mirar, asombrada de que alguien fuera capaz de comerse todo aquello sin sufrir un coma diabético.*

Al observarlo por enésima vez, de pronto levantó la cabeza y me miró directamente, de manera que nuestros ojos conectaron por segunda vez. Noté que me ardían las mejillas y, en ese momento, me imaginé toda una vida. Había delicadeza en su mirada, sus labios se curvaban hacia arriba de una manera curiosa, y yo...

Me despierto de una sacudida, dando una bocanada. Tengo el pelo aplastado contra el cuello, empapado en sudor, y noto los párpados pesados de haber llorado. Me echo a temblar al salir de la cama, el aire gélido de la mañana cala hasta los huesos.

«¿Eso ha sido un sueño o un recuerdo?» Sacudo la cabeza, sin energía para indagar la verdad. No tengo tiempo. Me visto, y en vez de comerme el pan duro que Layla me pasa, lo introduzco en la bolsa con los quinientos dólares.

Al llegar al hospital, Am va vestido con la misma ropa de ayer y está encorvado junto a su hija, que duerme. El vestíbulo principal todavía aloja a los heridos del ataque de ayer. El hedor a heridas infectadas y sangre oxidada es intenso, pero no me provoca náuseas. Ya no.

–Am –digo sin más, evitando mirar a Samar.

Se vuelve hacia mí. Tiene ojeras y necesita afeitarse. Parece haber envejecido diez años, y yo paso por alto el sentimiento de culpa que me corroe.

–¿Cómo está? –pregunto con la voz ronca.

Me mira con dureza.

–Mejor. Todavía no puede mover el cuello, pero hoy ya vuelve a casa. Aquí no hay bastantes camas.

–Ya... Tiene que aguantar un poco más hasta que podamos quitarle los puntos.

–Lo sé. ¿Lo has traído todo?

Miro alrededor, y no veo al doctor Ziad ni a Kenan, así que saco el fajo de billetes y se lo entrego deprisa. Su mirada se tensa al concentrarse para contar, y entonces se crispa.

–¿A qué estás jugando, Salama? –me pregunta entre dientes–. Aquí solo hay quinientos dólares. Y ¿dónde está el collar de oro? ¿Me estás tomando el pelo?

Me pongo derecha y hundo las manos en los bolsillos.

–No. Te daré el resto cuando nos lleves al barco.

Se me queda mirando un instante antes de soltar una carcajada. Algunas cabezas se vuelven hacia nosotros, y yo me agarro la barriga para contener el pánico. Pero enseguida apartan la vista, demasiado absortos para preocuparse por un hombre que se ríe.

–He vuelto a subestimarte. De acuerdo, dentro de un mes llega un barco. Es una ruta habitual, que se ha hecho varias veces. A través del Mediterráneo hasta Siracusa, desde donde un autobús os llevará a Múnich. Zarparéis cerca de Tartús. Yo mismo os llevaré en coche.

Todo suena bastante sencillo, pero sé que no lo es, ni mucho menos. Tartús, que está en la costa mediterránea, solía quedar a una hora en coche de Homs. Pero eso era antes de que establecieran nuevos controles fronterizos y de que los militares plagaran la ruta como hormigas venenosas. Ahora se tarda horas en llegar. Y todo cuanto sé de Siracusa es que está en la costa italiana, y que Múnich es una ciudad alemana. Y no tengo ni idea de a qué distancia están una de la otra.

–¿Cómo vamos a llegar a Tartús, con todos los controles militares? –pregunto, esperando que mi voz no delate el pavor latente.

Am se encoge de hombros.

–No te preocupes por los militares. Ahí es donde entra el dinero. Nunca me han detenido.

Un dolor de cabeza, consecuencia del estrés permanente, brota en el centro de mi cerebro con una palpitación densa. Parece un viaje imposible. Alemania e Italia parecen imposibles. Hasta el momento, son solo palabras que he leído en libros y que he oído en las noticias. Ni siquiera me las puedo imaginar.

Me aclaro la voz.

–¿Por qué tenemos que esperar cuatro semanas? ¿No hay otro barco antes?

Chasquea la lengua.

–Este volverá dentro de unos días, pero tardará en llegar a puerto. Tienen que comprobar que todo está en orden. Además, no eres la única pasajera. En una semana tendré más noticias. Estas cosas requieren su tiempo.

Impotente. Me siento impotente, sometida a circunstancias que no puedo controlar. Circunstancias que determinan la vida de Layla y la mía.

La puerta del hospital se abre de par en par, y espero de pie, alerta, preparada para presenciar la entrada de otro cuerpo sin vida, pero solo es Kenan. Le brilla la mirada y lleva un suéter distinto bajo la desgastada chaqueta marrón. La cámara oscila, colgada al hombro. Cuando lo veo, mi corazón se inflama.

Sé que no me costaría nada quererlo. En una *posible* vida, con las fantasías que yo misma he orquestado, sería tan fácil enamorarse de su sonrisa asimétrica y sus apasionantes sueños... Pienso en lo que me dijo Layla. Me pregunto si vale la pena intentar ser feliz en Homs antes de irme. O, en caso de que así sea, si esa felicidad derivará en desengaño y perderé a alguien con quien podría querer compartir mi vida.

Por mucho que Layla predique sobre un mundo de color rosa, Khawf y su cinismo son la realidad.

Cuando Kenan se fija en mí, sonríe, su rostro entero se ilumina como un sol en primavera, y el corazón se me acelera.

–Espera un momento –le digo a Am, distraída.

–¿Y mi paracetamol? –protesta.

–Ahora te lo traigo. Un momento –respondo sin apartar los ojos de Kenan, a la vez que me apresuro hacia él.

Sonríe más todavía cuando lo tengo delante, y mi corazón no se aplaca.

–Tenemos que hablar –digo de forma entrecortada.

Se pone serio al oír el tono de preocupación, y me sigue hasta un rincón vacío al otro extremo del vestíbulo. Se mantiene a una distancia respetable de mí, pero lo bastante cerca para no tener que alzar la voz.

Voy al grano:

–Hay una manera de salir de Siria para ti y tus hermanos.

Parpadea, sorprendido, y frunce el ceño.

–Yo... yo voy a salir –le digo.

Han bastado dos palabras para echar por tierra cualquier vana ilusión que nos hayamos podido crear.

–Ah... –dice.

Una sílaba en una voz quebrada es cuanto ha hecho falta para marchitar la esperanza en mi alma. Khawf tenía razón. Aquí no hay cabida para la felicidad.

Se mira las botas con un gesto inquieto, pero sé que no me está juzgando. Entiende el terror. Lo vive a diario.

Me muerdo la mejilla.

–Dentro de un mes sale un barco hacia Italia. Puedo negociar tres pasajes para ti y tus hermanos. No tienes por qué morir por esta causa.

Traga con fuerza una vez. Otra. Una vena palpita en su cuello y una variedad de emociones se entremezclan en su expresión. Tristeza, dolor, culpa, alivio...

Al fin, dice:

–Sé que es mucho pedir, pero me sentiría bastante mejor si enviara a mi hermano y mi hermana solos sabiendo que estarán contigo. No tendrías que hacer nada, solo asegurarte de que llegan a Italia. Una vez allí, mi tío puede encargarse de ellos.

–Kenan, escucha...

Niega con la cabeza.

–Salama, por favor. Por favor, no me pidas que me vaya. Tengo que enseñar al mundo lo que está pasando.

Pronuncia las palabras con determinación, pero en su rostro se ha instalado una única emoción. El miedo. Es evidente que el estrago de la masacre de ayer ha afectado a su resolución más que lo sucedido en un año entero. Ha tomado una decisión, y ha elegido a conciencia dar la espalda a la pavorosa verdad que le costará más que su vida. El conflicto crea un torbellino en sus ojos, y diría que alcanzo a ver la oscura realidad que gira en su epicentro. Quiere irse, pero la culpa se lo impide. Su deber para con su país. Recuerdo la alucinación en la que aparecía mi hermano abatido, y me pregunto en qué momento eso se hará realidad para Kenan.

Por encima de su hombro, veo a Am observándome con interés, pero enseguida vuelvo la vista hacia Kenan. En su postura desanimada veo reflejada la misma pena que yo siento.

–Así cumpliré la promesa que le hice a Baba –musita, y parece hablar más para sí que conmigo.

Respiro hondo.

–No sé quién te habrá dicho que abandonar Siria es un acto de cobardía, pero no lo es. Salvarte de gente que quiere matarte *no es* de cobardes.

Niega con la cabeza.

–Todo se reduce a una única verdad, Salama. Este país es mi hogar. No tengo otro. Irme es una muerte en sí misma.

Cierro las manos en puños. Yo ya estoy muerta. Morí el día que se llevaron a Baba y a Hamza. Morí el día que mataron a Mama. Muero cada día que no puedo salvar a un paciente, y morí ayer cuando usé a una niña de rehén. Quizá en Alemania pueda renacer alguna parte de mí.

–El barco cuesta mil dólares por persona –le explico–. Bueno, serían dos mil, pero puedo negociar. ¿Podrías pagarlo?

–Sí –responde inmediatamente.

Asiento y, bajando la voz, le digo:

–Tienes un mes, Kenan. Si no cambias de opinión, yo me encargaré de que Yusuf y Lama lleguen a Italia, pero ten presente que soy una chica y que el viaje es peligroso. No puedo garantizar la seguridad de nadie.

Dicho esto, doy media vuelta, tras echar un último vistazo a su cara de sorpresa, antes de dirigirme al almacén a buscar el blíster de paracetamol que guardo en la bolsa para dárselo a Am.

–Dos pasajes más.

Am frunce el ceño.

–¿Cómo?

–Necesito dos pasajes más. Dos mil dólares.

Suelta una carcajada breve.

–No. Eso no era parte del trato.

–Ahora sí –le suelto–. Son niños. No ocuparán mucho espacio.

Se me queda mirando, impasible, y yo también a él.

Me cruzo de brazos.

–El collar de oro ahora vale más. Probablemente lo bastante para tres personas por lo menos. Y tú te llevas dos mil dólares extras. Por no hablar del paracetamol. Creo que te estás aprovechando *mucho* de mí.

Tuerce la boca en una mueca de desprecio.

–Vale. Pero te juro por Dios, Salama, que si no mantienes el trato hasta el final, verás el barco alejarse mientras los militares se llevan a tu hermana.

Aprieto con fuerza la bata. No dudo ni un instante que vaya a cumplir la amenaza, y me entran ganas de arañarle la cara por atreverse a meter a Layla en esto. Pero intento responderle en un tono firme:

–Lo sé.

–Bien. Dile a tu amigo que traiga la mitad del dinero mañana.

* * *

Apenas unas horas después, una bomba con metralla cae sobre un edificio, y las víctimas son transportadas al hospital despedazadas. Al poco, el suelo resbala de tanta sangre, y el fresco olor metálico vuelve a imponerse en el aire viciado.

Trabajo ininterrumpidamente, retirando restos de munición clavados entre la carne y el hueso. Vendo y curo. Cierro ojos blancos, lechosos, con dedos trémulos, y susurro oraciones por las almas de los mártires. Trabajo hasta que los brazos y las piernas se resienten por el agotamiento, y entonces es cuando me aplico más todavía. Cualquier cosa para bloquear lo que hice ayer. Cada persona tumbada ante mí es Samar, y cada una que a la que no salve es Ahmad.

Pierdo la noción del tiempo. Hasta que mis músculos braquiales protestan, y entonces, con un fuerte ruido metálico, dejo caer el bisturí en la cubeta quirúrgica y la sangre me salpica la bata. Los brazos me tiemblan y noto el cuello rígido. Al levantar la cabeza, veo doble y basculo un poco.

–¡Uy! –oigo exclamar a alguien, y una mano me coge del brazo antes de desplomarme.

Veo a dos Kenans que fluctúan sobre mí. Su pelo sobresale por todas partes, la frente les brilla de sudor y distingo un velo de preocupación en sus miradas.

–¿Salama? –me preguntan con voces remotas y reverberantes–. Dios mío.

Parpadeo, y consigo enfocar la cara de Kenan. Está cerca, muy cerca. Mira al frente, en busca de ayuda en el vestíbulo y, de pronto, reparo en que carga conmigo a medias, apoyando una mano en mi espalda. Al tocar el suelo con los pies, tengo el apoyo necesario para levantarme y apartarme de él. Todavía noto en la piel el ardiente calor de sus dedos contra mi espalda, a través de la tela.

–Perdona –se disculpa, levantando las manos, ruborizado de vergüenza–. Es que te ibas a caer y...

–No pasa nada –digo con la voz ronca y la garganta áspera de no hablar, o quizá debido a la tensión muscular acumulada durante el día.

Miro alrededor y solo veo un panorama rojo y gris, figuras desplomadas, unas sobre otras, y un ambiente cargado de desesperación. Me noto mareada por la falta de comida y el agotamiento, y vuelvo a tambalearme.

–*¡Salama!* –Kenan extiende un brazo y me apoyo en él, mientras el estómago se me revuelve.

La sangre que cubre mis manos me produce náuseas, y me doy la vuelta para lavarlas. Tengo la ropa pegada al cuerpo como una segunda piel, y necesito que mi cerebro deje de increparme.

–Necesito... –digo, pero las ganas de vomitar me hacen callar.

Kenan asiente con la cabeza y me guía, a través de los pacientes, hasta la entrada principal, donde abre las puertas para poder sacarme. Siento que el frío viento invernal me enfría el sudor del rostro.

Me apoyo en su brazo para sostenerme en pie, agarrándolo con fuerza, tratando de respirar por la nariz y concentrarme en cualquier cosa que no sea el áspero sonido de la amputación de huesos.

«Peonías. Flores aromáticas. El tónico obtenido de los pétalos puede usarse como relajante muscular. Peonías. Peonías. Peonías.»

Mis piernas todavía no me sostienen y casi tropiezo, pero Kenan pasa un brazo por debajo del mío y me levanta, de manera que mi mejilla queda apretada contra su chaqueta. El tejido es suave por el desgaste e inhalo profundamente su aroma. Huele a limones. No sé cómo es posible, pero huele a limones recién cogidos del árbol, un bálsamo contra el pánico que se apodera de mí.

Nunca había estado tan cerca de un chico, y mucho menos de uno que me gustara de verdad. Y menos aún de uno con el que, en una *posible* vida, podría estar casada. Levanto la vista. Está mirando al frente. Una barba tenue de color marrón claro cubre su mandíbula y sus mejillas, y siento un repentino deseo de tocarla. Esta idea me pone alerta, me estabiliza. Aprieto una mano temblorosa contra mi pecho.

«Ay, qué fácil sería enamorarse –pienso con melancolía–. Tan fácil...»

Kenan me mira.

–¿Te encuentras bien?

Se me corta la respiración. Trato de pensar desesperadamente en alguna teoría científica que explique el enamoramiento. ¿Cuánto tiempo de incubación pasa antes de que empiecen a manifestarse los síntomas? ¿Es crónico o pasajero? ¿Son las circunstancias bélicas un factor que acelera el proceso?

¿Me afectará al corazón cuando me separe de él dentro de un mes?

–¿Salama? –vuelve a preguntar, cuando llevo un minuto sin decir nada.

–S... sí... –murmuro.

Estudia mis rasgos, y mis sinapsis disparan un neurotransmisor tras otro. Analiza mi expresión, y cierta emoción arde en su mirada.

La capturo antes de que desaparezca, y la guardo en mi corazón para reproducirla luego, cuando esté sola.

Me coloca sobre los escalones agrietados de la verja del hospital que da a la calle principal. Hay ramitas esparcidas sobre el pavimento agrietado. Estamos lejos de la entrada principal, de manera que no oímos las voces de los que están dentro. Se sienta a mi lado, quedando entre los dos unos centímetros de distancia, y se frota las manos como si tratara de entrar en calor. Tiene unos dedos largos, delicados. Como los de un artista. Los miro e imagino esa *posible* vida: estaríamos aquí sentados, acurrucados, envueltos en bufandas y abrigos. Entrelazaría sus dedos con los míos, y yo me maravillaría de lo inesperadamente grande que es su mano. Me besaría los nudillos, y yo sentiría como si flotara en una nube.

–Perdona –vuelve a decir, mordiéndose el labio inferior–. Sé que no debería haberte tocado. No... no estamos comprometidos, y... –Se pasa la mano por el pelo con un gesto de culpa, y luego por la cara–. No quiero que pienses que me estoy aprovechando de ti ni nada parecido. Salama, yo no...

–No digas nada más –lo atajo, y calla, aunque aún tiene las mejillas sonrosadas por el remordimiento–. No estoy molesta.

Mis dientes castañetean, me tiro de las mangas del jersey para taparme las manos, que están heladas, y me rodeo con los brazos, ajustándome bien la bata de laboratorio.

–Si quieres, puedo dejarte mi chaqueta –sugiere.

Me lo quedo mirando. Está como estupefacto por habérmelo propuesto, pero está decidido.

Asiento sin decir nada.

Al quitársela parece más delgado.

«No, delgado no: escuálido.»

Me la echa sobre los hombros y me fundo con el calor corporal que aún conserva. Limones. Alivia mis remordimientos, acallando los gritos de aquellos a los que no pude salvar, y disipa la imagen de Samar desangrándose en la cama del hospital.

Acerco más las solapas de la chaqueta, concentrándome en mi respiración, a la espera de que las náuseas remitan.

–Salama –dice, y me vuelvo hacia él.

Antes de decirme algo más, juega con los botones y las pestañas de la cámara. Parece que pueda leerme el pensamiento, pero en realidad yo permito que mi rostro refleje lo que siento. Para que se dé cuenta.

–Cuéntame algo bueno.

–¿Por qué? –pregunto.

Me mira con media sonrisa y dice:

–¿Y por qué no?

Quiere ocupar mi mente con algo que no sea el hospital. Esto no le traerá nada bueno a mi corazón, pero ahora mismo no me importa. Kenan está aquí, a mi lado, y me apetece fingir que la realidad no es la que es.

Quiero creer en las palabras de Layla.

Me echo al hombro una punta del hiyab, miro al cielo y observo las densas nubes que anoche se negaban a dispersarse. Parecen la costra de una herida. Hay rugosidades grisáceas entre los cúmulos, y los rayos del atardecer iluminan el espacio entre ellos.

–Yo solía... –callo un momento y me aclaro la voz.

El viento sopla en contra, y una hoja de papel revolotea perdida a lo largo de la carretera. No hay nadie en la acera. Hay un coche abandonado al final de la calle, carbonizado hasta el chasis; las llamas también parecen haber chamuscado la calle de al lado.

Kenan me está mirando. Como no me atrevo a hacer frente a su observación gravitacional, cojo una ramita del suelo y paso los dedos sobre sus protuberancias y rugosidades.

–Solía soñar con el color azul –digo, y noto que se sorprende.

Se inclina un poco más hacia mí, pero diría que no se da cuenta. Las marcas de la ramita son como las de mis manos. Ya incapaces de sustentar vida.

–Una vez Layla pintó un tono azul tan excepcional –prosigo– que pensé que se desteñiría entre mis manos. Era un cuadro de un mar en calma bajo unas nubes grises. Nunca he visto un color igual en mi vida. Y cuanto más lo miraba, más quería verlo en la realidad.

Me muerdo la lengua, concentrándome en la ramita.

–En esa época, Siria se me hacía pequeño. Homs se me hacía pequeño. Y quería ver mundo y escribir sobre el color azul de cada país, porque estoy segura de que, en cada lugar, es especial y diferente a su manera. Que ningún tono se parece a otro. Quería ver el cuadro de Layla en la vida real.

Me viene un escalofrío con un suspiro al volver a abrir el ataúd de sueños que sellé hace mucho tiempo. Suelto una breve risa cuando me doy cuenta.

–Ese algo bueno no está libre de coste, Kenan. Ahora está mancillado de tristeza. Aquí no hay nada azul, o al menos nada digno de inspiración. Solo el que descompone la piel de las víctimas cuando sufren congelación o hipotermia. Todos los colores están apagados y desvaídos, no tienen vida.

Aprieto la ramita con fuerza y miro a Kenan. Me está sonriendo. Es una sonrisa amable que me parte el corazón.

–Aun así, es un sueño muy bonito, Salama –dice–. Un sueño que podría hacerse realidad.

Sin querer, suelto un bufido de desánimo.

–¿Dónde? ¿En Alemania? Creo que ya nunca podré volver a ver los colores como antes.

Y aunque pudiera, la gente como yo no merece verlos. Por mucho que quiera.

Kenan tira de sus dedos, uno a uno, y flexiona las muñecas.

–Puede que al principio sea difícil. Que el mundo sea demasiado chillón o apagado. Que sea brillante como el neón o negro como el carbón, pero poco a poco, volverá a su sitio. Parecerá algo normal. Y entonces verás los colores, Salama.

Separo los labios y un deseo despierta en mi pecho.

–¿Merecemos siquiera verlos, Kenan? –susurro después de un largo instante.

A juzgar por su expresión, sé que ha entendido que ya no hablo de colores. El remordimiento es una segunda piel que los supervivientes estamos condenados a vestir para siempre.

Aparta la mirada apretando los labios, porque no es una pregunta con respuesta fácil. El tiempo es el mejor remedio para cerrar nuestras heridas abiertas y que solo queden cicatrices, para que nuestros cuerpos puedan olvidar el trauma, para que nuestros ojos puedan ver los colores tal como son, pero esa cura no se extiende al alma.

Así es. El tiempo no perdona nuestros pecados, y no nos devuelve a los muertos.

Jugueteo con la ramita.

–No tienes que responder.

Me mira con gesto de culpa.

–Salama...

Niego con la cabeza y digo:

–Quedémonos sentados aquí un rato, ¿vale? Antes de que se desate la siguiente tormenta.

Chasquea los nudillos y, al asentir con la cabeza, unos mechones de pelo quedan prendidos en sus pestañas.

Permanecemos sentados con las manos sobre la acera, a unos centímetros de distancia. No recuerdo la última vez que mi mente estuvo tan en paz, cómoda con el silencio de las palabras que no pronunciamos.

Y en este silencio, recupero la fugaz mirada que me lanzó cuando me sonrió esa tarde.

Siento un anhelo.

16

—Lo que está claro es que necesitaremos una muda –exclama Layla, cruzando el pasillo a toda prisa, de la cocina al salón y de este a mi habitación, y luego de vuelta.

Yo estoy sentada en el sofá con las piernas cruzadas, contando el dinero.

Dos mil treinta dólares.

Quinientos son para Am, que le daremos a final de mes con el collar de oro.

No paro de pensar en planes para sobrevivir en suelo extranjero con tan poco. Porque el hombre que nos lleve a Múnich, ¿nos exigirá también algún tipo de pago? Am dijo que todo estaba incluido, pero nunca se sabe qué pasará cuando hayamos cruzado el mar. La codicia es un mal que no se apiada de los débiles y desesperados.

«Da igual. Lo que importa es que lleguemos.»

Levanto la vista y veo a Layla de pie, emocionada delante de mí, con los ojos brillantes por una nueva ilusión. Ahora tiene un claro propósito a la vista. Algo sólido a lo que aferrarse, en lo que invertir toda su energía.

–Nos llevamos dos sudaderas con capucha y tres pares de vaqueros. ¿Crees que será suficiente?

Yo asiento con la cabeza, pensando.

–Pero nada que pese mucho. Como mantas o algo así. Porque nos agobiará.

Me mira intencionadamente.

–Y será marzo cuando nos marchemos. Es decir, que hará *muchísimo frío.* Podemos llevarnos aunque sea una prenda de abrigo.

Suspiro.

–Vale. Pues un abrigo. Pero ¡una muda de ropa cada una para equilibrar el peso!

Hace un mohín, mirándome con cara triste. Layla solía ser un icono de la moda. Era una obra de arte andante digna de ser expuesta en el Louvre, irradiaba inspiración. Y ahora se ve obligada a renunciar a la identidad que se forjó.

–Ya compraremos más ropa en Alemania –le aseguro, y se le ilumina la cara–. Vaqueros nuevos, blusas. Hasta organizaremos un *moolid* para la pequeña Salama. Una celebración para ella.

La cara se le ilumina con una radiante sonrisa de sorpresa, que se desvanece al instante para dar paso a la culpa.

–No, no pasa nada. No tenemos que... Sobre todo desde que Hamza...

Niego con la cabeza.

–Es lo que él habría querido. Que celebrásemos el nacimiento de su hija.

Le tiendo la mano, y la recibe.

–Eres mi hermana, y te quiero. –Me la estrecha–. Quiero que seamos felices por la pequeña Salama.

Me mira con una sonrisa amable.

–La felicidad empieza aquí, Salama. En esta casa. En Homs. ¿Recuerdas?

Y yo pienso en Kenan y en lo que pasó ayer, cuando nos sentamos en la acera hasta que mi respiración se estabilizó. Recuerdo el anhelo en su mirada.

Su anhelo por mí.

De repente el jersey me da calor, y busco una distracción.

–A ver, ¿qué más necesitamos?

Los labios de la Layla se vuelven una sonrisa cómplice. La miro con desafío, retándola a decir lo que tiene en mente.

Entonces se relaja y comenta:

–Los pasaportes y los certificados de secundaria.

Asiento con la cabeza.

–Eso es lo imprescindible. Piensa, Layla, estamos en un barco en el mar. Hace frío, y tenemos los abrigos ¿Qué más?

–Paracetamol –dice, y se me hiela la sangre–. Por si nos da dolor de cabeza o algo. Aún tienes la reserva, ¿no?

–Sí –respondo enseguida, forzando un tono natural mientras manoseo el dobladillo del jersey.

Seguro que puedo sacar un blíster de aquí al día que nos vayamos. Si hay suerte, con uno nos bastará, y no tiene por qué saber que usé nuestra reserva para negociar hasta que no lleguemos a Italia. Una vez allí, podrá odiarme todo lo que quiera. Y verme como yo me veo al mirarme en el espejo.

Como una asesina.

Se me revuelve el estómago y me levanto de repente, con lo que sobresalto a Layla. Corro al baño en calcetines, consciente del impacto sordo de mis pies contra el suelo enmoquetado, hasta que llego al lavabo y vomito. Mis manos se agarran con fuerza a los bordes, la sangre se retira de los capilares al arrojar bilis.

En los dos últimos días no he comido nada excepto un mendrugo de pan. Cuando levanto la vista al espejo del baño, contengo las ganas de gritar. El sabor amargo me arde en la garganta. Me veo los ojos inyectados en sangre, el pelo aplastado en mechones contra el sudor de la frente. Hay dos sombras oscuras alrededor de mis ojos. La culpa me está deteriorando.

–¡Salama! –La voz de Layla atraviesa el aire denso.

Ahueco las manos y las hundo en el cubo para echarme agua en la cara.

–*Salama* –repite Layla, cogiéndome del hombro para darme la vuelta.

Al verla preocupada, pongo enseguida mi cara de «todo va bien».

Me agarra con firmeza.

–Pero ¿qué *demonios* te ha pasado?

Encojo un poco los hombros.

–Creo que he comido algo en mal estado.

Entorna los ojos.

–Si no has comido nada desde que has vuelto del hospital.

El sabor amargo en mi boca se ha vuelto acre.

–Ha debido de ser allí, entonces –consigo afirmar en un tono convincente.

Antes de que pueda decirme nada más, la aparto y regreso al salón. Caigo redonda en el sofá. Layla aparece un instante después con los brazos cruzados y los labios crispados, intrigada.

–¿Me estás ocultando algo?

Refunfuñando, recojo una sudadera del suelo y la aprieto contra mi cara: huele a humedad de armario cerrado.

–No, no te oculto nada. Layla, no tengo energía para ocultarte nada.

«Caléndula –pienso, recordando la flor seca que puse entre las páginas de mi álbum de recortes con anotaciones al lado–. Radiantes pétalos de azahar. Se usa para tratar quemaduras y heridas. Tiene excelentes propiedades antibacterianas, antivíricas y antiinflamatorias.»

Layla chasquea la lengua, pero cuando la miro de reojo, parece preocupada.

–Estoy bien –le aseguro en voz baja–. Te lo prometo.

Pero no estoy bien.

* * *

Samar no está en el hospital cuando llego al día siguiente, lo que significa que Am se la ha llevado a casa durante la noche. Siento un tremendo alivio por no tener que soportar ese nudo en el estómago cada vez que veo su cuello vendado. Aun así, la culpa corre por mis venas y me envenena la sangre.

Un paciente me llama, quejándose de dolor en una pierna amputada, y me apresuro a atenderlo, lo cual me distrae al instante de mis penosos pensamientos.

Trabajo del mismo modo que ayer, hasta que se me nubla la vista. Y cuando la rabia ya no me ayuda a funcionar, recurro al remordimiento para seguir adelante. Hoy nos ha llegado un aluvión de víctimas de un bombardeo de las fuerzas armadas contra una zona residencial del sur de la parte antigua de Homs.

Justo en el otro extremo de donde está nuestra casa. Un día más, Layla está a salvo.

Los pacientes van de civiles a una pareja de soldados del Ejército Libre de Siria. Con la ayuda de Nour, opero a un hombre cuyo brazo derecho cuelga de unos pocos tendones. Toda su cara es una contorsión de dolor, pero de sus labios no se escapa el menor gemido. Al contrario, en medio de lágrimas mudas y un charco de sangre, canturrea:

–*Qué dulce es la libertad.*

Un músculo desgarrado y ensangrentado se enrosca sobre el húmero fracturado; los tendones son rosas y están tensos como una goma elástica. Siento una arcada, pero contengo las náuseas. Levanto el brazo con cuidado y, cuando miro al doctor Ziad, que está operando la herida que tiene en el muslo el mismo soldado, mueve la cabeza con resignación. El paciente ha perdido demasiada sangre. Ni siquiera las transfusiones manuales servirían, y costaría demasiado tiempo y esfuerzo, que podrían dedicarse para salvar otra vida. Por no hablar del grave riesgo de infección. Este hospital no está preparado para salvar miembros, sino para salvar vidas.

De pronto el soldado deja de cantar y me mira.

–Lo vas a tener que cortar, ¿verdad?

Asiento con la cabeza, los ojos me duelen de tanto llorar. Tiene el uniforme destrozado, y el verde se ha vuelto oscuro por la sangre, que incluso traspasa la bandera de la revolución que lleva cosida al pecho, tiñendo la banda blanca de rojo. No es mucho mayor que yo, tiene el pelo sucio y enmarañado, y las lágrimas hacen brillar sus ojos verde oscuro. En otra vida no debería haber tenido que convivir con la muerte. Se habría comido el mundo como un soñador, se habría aventurado a buscar su lugar en él. Habría leído sobre guerras y revoluciones en los libros de texto, donde habrían permanecido confinadas. Jamás se habrían convertido en una realidad.

Sin embargo, pese a vivir *esta* realidad, su expresión no delata indicio alguno de histeria. Supongo que es por el estado de *shock*, combinado con la dosis mínima de anestesia que le hemos administrado.

–Hazlo –dice apretando los dientes.

De pronto, su brazo se me antoja muy real entre las manos. Normalmente, los pacientes gritan, suplicándonos que los salvemos. Solo tienen consciencia del dolor.

–Pero... ¿cómo lucharás entonces?

Sonríe y señala el otro brazo con la cabeza.

–Aún me queda uno, ¿no?

En esta ocasión, el dolor se transforma en lágrimas que caen por mis mejillas. El soldado apoya la cabeza en la cama, clava la vista en el techo y vuelve a cantar.

El brazo va con el resto de las bajas a que lo entierren en el cementerio.

Pierdo la noción del tiempo a medida que trabajo a contrarreloj para intentar retener el alma de los pacientes y evitar que esta salga de sus cuerpos. Y no paro hasta que el doctor Ziad me quita el bisturí.

–Salama –me dice con una mirada implacable–. Basta. Vete a casa.

Me miro las manos pringadas de sangre.

Las luces del vestíbulo principal son más tenues, los gemidos de dolor, más bajos, y médicos y familias están tumbados en el suelo o contra las paredes para recobrar fuerzas. Los rayos de sol que entran por las ventanas lo tiñen todo de una tonalidad dura. De un rojo despiadado y un gris desolador. Son los matices que surgen cuando el crepúsculo inunda el mundo. Nunca me había quedado hasta tan tarde, pues solía trabajar deprisa, para evitar que sus vidas se escurrieran entre mis manos hacia la nada. El rojo es intenso, lleno de vida, y el gris augura lluvia.

De pronto, el vestíbulo es como un ataúd.

–*Vale* –digo sin aliento–. Vale.

Me lavo las manos, cojo mi bolsa, y el doctor Ziad mueve la cabeza con un gesto reconfortante. Tropiezo al pasar entre los pacientes, arrastrando los pies, hasta que empujo las puertas del hospital, que se abren de par en par. El aire frío me barre de la cabeza a los pies, y respiro hondo, deseando que retire los restos de bilis y sangre de mi boca.

«Margaritas. Margaritas. Margaritas.»

Me quedo quieta, el sol está a punto de ponerse, un naranja miel se apodera del cielo, y el horizonte adquiere una profundidad de color azul marino. Un lienzo para las estrellas.

Es... evocador.

Noto un movimiento y miro al instante al suelo, para encontrarme a Kenan tumbado en las escaleras del hospital, con la cámara sobre el pecho. Tiene sus largas piernas estiradas y resplandece bajo la luz del atardecer. El modo como brillan las estrellas en sus ojos y la breve curva de sus labios hacen que parezca salido de un cuento. A la luz del sol poniente, da la sensación de estar soñando en voz alta.

«Por Dios, qué guapo es.»

Lo observo durante un rato, recordando lo cerca que estuvo de mí anoche, cuando me acompañó a casa. Noto calor en todo el cuerpo.

Enrollo las manos con fuerza en la tela de la bata, la frustración está a punto de partirme el corazón en dos. Se asoma en los momentos de calma, para burlarse de mis años de adolescencia perdidos. Somos tan jóvenes... Demasiado jóvenes para sufrir así. Sé muy bien que me estoy conteniendo para no enamorarme de él, pero su bondad es adictiva. Hay momentos en los que la ansío y me deleito con la imagen que se ha construido de mí. En la mentira: una muchacha que piensa en los demás, dispuesta a salvar a los heridos por encima de su propia vida.

En esa *posible* vida, su anillo resplandecería en mi dedo, saldríamos a cenar un jueves por la noche a un restaurante sofisticado, las calles estarían llenas de gente riendo y parejas celebrando el final del invierno, bebiendo té caliente. Las tiendas estarían abiertas hasta tarde, las luces imponiéndose a la noche, titilando como rayos solares contra muros centenarios. Estaríamos embebidos en nuestro propio mundo, las conversaciones ajenas se acallarían, y las agujas del reloj se desdibujarían, desafiando las leyes del tiempo, hasta el momento de acompañarme a casa. Y bajo los limoneros en flor que crecen frente a mi edificio, con la media luna como testigo, me cogería la cara con las dos manos y me besaría.

Sin querer, suelto un suspiro, y Kenan baja la barbilla; los ojos le brillan al mirarme a contraluz.

–Salama –dice en un tono cálido como un día de verano.

–Kenan. –Saboreo su nombre. Me deja un gusto dulce en la boca.

Se levanta de un salto y estira los brazos sobre la cabeza.

–¿Vamos? –pregunta, y yo asiento con la cabeza, disimulando mi entusiasmo.

Mientras camina a mi lado, me fijo en que lleva la misma chaqueta que me echó sobre los hombros. Muevo los dedos sin querer, deseando pasarlos por las costuras y el cuello.

–¿Has podido...? –empiezo a decir.

–¿Cómo est...? –dice él.

Aparta la mirada, ruborizado, y yo también. ¿Será una señal de que nos estamos enamorando? ¿O de que nos gustamos mucho? Soy plenamente consciente de cada vez que inhala y exhala.

–Perdona. Di –me dice en voz baja.

Me agarro a la tira de la bolsa y respiro hondo. Si esto es una enfermedad, tiene que haber una cura.

–Quería preguntarte si hoy has podido grabar algo.

Asiente con la cabeza.

–Tengo material. He hablado con dos personas de Hama. Me ha hecho ilusión escuchar historias sobre la ciudad de mi madre. Y también sobre lo que está pasando allí. Estoy pensando en recopilarlo todo en un documental y colgarlo en YouTube. Aunque no muy largo. Y que vaya al grano.

Le sonrío.

–Me parece genial.

Se rasca la parte de atrás de la cabeza y luego dice:

–También..., eeeh..., también he traído el dinero.

Me sobresalto. No he visto a Am en todo el día, y sé que nunca perdería ocasión de cobrar. Pero su hija sigue en estado crítico, aunque no pueda quedarse ingresada en el hospital.

–El hombre con el que hablabas ayer es el que consigue los barcos, ¿verdad? –pregunta.

Asiento con la cabeza.

–Creo que hoy no ha venido –respondo.

–Eso parece. Porque me he recorrido el hospital entero grabando y no lo he visto.

–Seguro que vendrá mañana –digo, y me apresuro a añadir–: ¿Lama y Yusuf saben que no los vas a acompañar?

Una sombra de congoja oscurece su rostro y se agarra a la cámara.

–Sí. No... no les ha gustado nada. Lama tuvo un berrinche, y Yusuf... se fue derecho a la cama, no ha vuelto a mirarme desde entonces.

El cielo ha mutado a un tono azulado cuando empezamos a cruzarnos con grupos con pancartas caseras. Algunos llevan la bandera de la Revolución Siria alrededor del cuello. Es una manifestación nocturna. Reconozco a una mujer joven a la que suturé una herida que sufrió intentando huir de unos disparos en otra manifestación. Me sonríe al reconocerme y me suelta un «hola» antes de echar a correr para unirse a los demás.

–Kenan. –Empiezo a notar que el aura que lo rodea se retuerce de aprensión–. Aún estás a tiempo de venir con nosotros.

Su agitación se disipa y suelta la cámara, que cae con un balanceo y le golpea el costado. Desvía la mirada y la concentra al frente. ¿Le da vergüenza decirme que quiere marcharse? Veo con tal claridad las similitudes entre nosotros... Pero así como Layla es mi punto débil, sus hermano son el suyo.

–No puedo –dice a media voz–. Nunca me lo perdonaría.

–¿Y tú crees que yo sí? No es una decisión fácil, pero no es algo malo.

Se detiene y se me queda mirando unos instantes antes de sacar el teléfono. Lo abre, toca la pantalla y lo sostiene delante de mí. Es la sección de comentarios del vídeo de YouTube.

–Mira, Salama.

Entorno los ojos. Hay unos cincuenta comentarios, y en todos rezan por una Siria segura y libre. Algunos usuarios comentan que el canal está transmitiendo mejor los hechos que cualquier otro medio informativo.

–El vídeo es mío. El canal es mío –dice Kenan–. Estoy haciendo algo que no hace nadie. Añado subtítulos en inglés y explico lo que está pasando para que el mundo lo sepa. Los árabes lo saben, pero los demás no. No tienen ni idea de que esto es una revolución. De que hemos vivido bajo una dictadura durante cincuenta años. Las noticias muestran imágenes de un ejército que mata a la población, pero no hablan del Ejército Libre de Siria. Ni de quién representa a las fuerzas armadas. Para ellos, Siria es solo una palabra. Pero para nosotros, es nuestra vida. No puedo abandonarla.

Mi corazón late con tal ímpetu que hasta me duele.

Vuelve a guardar el teléfono en el bolsillo.

–Ayer hablé con mi tío. En cuanto sepamos cuándo sale el barco, se lo diremos, e irá a Siracusa para esperar a Lama y a Yusuf.

Esto no me gusta. No soporto que no se incluya a sí mismo...

–Kenan...

–No hará falta quc vayan en coche a Múnich. Y también os ayudará a vosotras, claro. Se lo he dicho. Se asegurará de que Layla y tú estéis a salvo.

–*Kenan.*

Deja de hablar y de andar, pero la desesperación que hay en sus ojos es desoladora. Es como si se tragara las palabras y los deseos que en realidad quiere expresar. Se aferra a su obligación como a un clavo ardiendo. Hago como que no me importa la puñalada de remordimiento que siento por meterme en esto y me concentro en la convicción de que podría salvarlo.

–El viaje a Siracusa es largo –le digo–. Vamos en *barco*. ¿Eres consciente de eso? No es un crucero de lujo con comidas de cinco platos. Tú mismo los has visto en fotos. Todos lo hemos visto. Son viejos y precarios, y algunos... ni llegan. Van abarrotados. Y en alta mar, en el Mediterráneo, no hay leyes que valgan. La gente solo piensa en sobrevivir, sin tener en cuenta si alguien sufre algún daño en el trayecto. Y habrá quien los *sufrirá*. Lama y Yusuf son candidatos perfectos.

Sus hombros se hunden como si soportara sobre ellos el mundo y los siete cielos. Está cansado, y no lo conozco lo bastante bien como para saber que mi insistencia le hace más mal que bien. Así que decido recurrir a la colección de recuerdos de Layla. Y recordarle qué es la felicidad. Al menos, la del pasado, para que sepa que este dolor no durará eternamente.

–¿Sabes que me acuerdo de tu madre? –le digo en un tono de voz más dulce.

Me mira sorprendido. Está de pie delante de un edificio carbonizado. Tengo que levantar la barbilla para poder mirarlo a los ojos. A esos ojos hermosos, llenos de dolor.

Me reprendo para mis adentros. No puedo pensar en él de esta manera. Porque aunque se esté agarrando a un clavo ardiendo, no parece que tenga intención de soltarlo. Lleva aferrado a ese clavo desde que nació. En cuestión de un mes, zarparé en un barco, y él se quedará en tierra, más y más lejos de mí por momentos. Y al final, será una ensoñación a la que recurriré cuando esté sola en Alemania, lamentando haber perdido esa *posible* vida y visitando obsesivamente su cuenta de YouTube para ver si hay vídeos nuevos, preguntándome si aún está vivo, si todavía es libre.

Cojo un extremo suelto del hiyab y lo aprieto con frustración. Esto no es *justo.*

–Estuvo en la boda de mi hermano y Layla –prosigo–. Recuerdo haberla visto. Tienes... sus mismos ojos.

Esos mismos ojos se enternecen, y da un paso hacia delante.

–¿Sabes?, mi madre me habló de ti esa noche.

El estómago me da un vuelco.

Se ríe de buena gana, y desaparece todo indicio de agonía. No sé cómo somos capaces de pasar de una emoción a otra como una danza coreografiada.

–En serio, llegó a casa hablando de una chica que era pura vitalidad. Que desprendía tal confianza y alegría que contagiaba a todos los demás.

Noto calor en todo el cuerpo.

Echo de menos a esa chica.

–Estaba absolutamente decidida a que nos conociéramos –añade, pasándose una mano por el pelo, alborotándolo más–. Dijo que tú y yo éramos iguales. Yo sentía curiosidad, pero tu madre prefería que te concentraras en los estudios antes de presentarnos. Para ser franco, pensaba que ibas a ser más estirada.

–*¿Perdona?* –farfullo, y se ríe.

Vuelve a reírse, y su risa es celestial, llena de vida. No como la de Khawf.

–Perdona. Te prejuzgué. Primer año de Farmacia, de buena familia, un hermano médico, la única chica, la benjamina... A ver, todo apuntaba a que serías así. Y pensé que alguien como yo no podría estar a la altura.

Parpadeo.

Se chasca los nudillos con cara de culpa.

–Pero, obviamente, me equivocaba –dice con una sonrisa tímida–. Perdona.

–¿Y cómo sabes que no era una estirada y que no he cambiado por todo lo que me ha pasado? –le pregunto, ya que necesito conocer la respuesta porque sigo preocupada.

–No creo –contesta, moviendo la cabeza–. Estoy seguro de que siempre has sido así. Me parecía un poco incómodo que quisieran arreglarnos una cita, así que ponía excusas como esa constantemente.

–Pues para que lo sepas –le digo, sin dar crédito a lo que me dispongo a revelar–, *yo* también habría pensado que no iba a estar a tu altura.

Ladea la cabeza, desconcertado.

–El hermano mayor que carga con la responsabilidad y en vez de escoger el camino seguro de estudiar Medicina (cosa que podrías haber hecho), hizo lo que le dictaba el corazón y se dedicó a su pasión. Es más, incluso después de todo lo que te ha pasado, queda luz en tu mirada. Todavía ríes. Así que puedo imaginarme cómo eras antes. Tu espíritu libre me habría intimidado. Tu manera de ver el mundo y sus colores y los matices de la belleza. Así que me habría preocupado no estar a tu altura.

Dejo de hablar porque su manera de mirarme me pone un poco nerviosa.

–En ese caso –dice instantes después–, nuestro miedo es infundado.

–Su-supongo que sí –musito sintiendo un escalofrío–. Es... una lástima, Kenan.

–¿Qué es una lástima? –Habla en voz baja, y creo que sabe lo que estoy a punto de decir.

–Que no hayamos tenido la oportunidad de averiguar si tú y yo somos el Pazu y la Sheeta del otro.

Como no dice nada, me acerco a él, lo bastante para poder contarle las pecas del cuello. Se le corta la respiración, y baja la mirada a mis labios.

–Ojalá hubiéramos tenido tiempo para averiguarlo –susurro–. De verdad lo creo. Ojalá...

Y callo.

Sigue mirándome los labios, lee las palabras que no me atrevo a decirle:

«Ojalá vinieras conmigo.

»Ojalá pudiéramos enamorarnos.»

17

Khawf no está contento con la conversación que he mantenido con Kenan, pero me niego a dirigirle la palabra. Me limito a echarme en la cama de cara a la pared, pensando en sus ojos y en cómo hemos conectado.

–¿No te preocupa no haber visto a Am? –insiste, poniéndose delante de mí.

Me giro hacia el otro lado para no verlo, pero se me aparece allí también y refunfuño.

–¿Y si se ha largado con tu dinero?

–¿Y adónde iría, si su único medio de vida es meter a gente en barcos? Además, tal como está el precio de la comida, el dinero que le he dado no le va a durar mucho tiempo. Mañana lo veré. Su hija está herida, ¿recuerdas? No va a perder ocasión de conseguir más medicamentos.

Khawf frunce los labios, sus ojos brillan como témpanos en la oscura habitación.

–De acuerdo –dice al fin–. Pero Kenan no te estará haciendo cambiar de opinión, ¿no?

Suelto un bufido.

–No. Layla siempre es lo primero. Antes que nadie.

Khawf sonríe con satisfacción.

–Pero tú también, ¿no?

Frunzo el ceño.

–No has comido nada en todo el día –me reprocha, señalándome.

Aprieto la mandíbula. Qué irritante es mi cerebro, que me tiene a su merced de esta manera.

Antes me he preparado una lata de atún en aceite de oliva y sal para cenar, pero solo he tomado un bocado, porque me han entrado ganas de vomitar. Ya no tengo hambre. Después de lo que le hice a Samar... Layla tampoco ha comido, porque cuando le he preguntado si había cenado algo, me ha dicho que no tenía apetito. Quiere reservar toda la comida posible para el viaje.

La voz de Khawf es letal como la belladona:

–Si no te andas con cuidado, Salama, te convertirás en tu propia destrucción.

–Ya he cambiado mi opinión sobre irme de Siria –protesto–. ¿Por qué me sigues atormentando?

Recoge los labios formando una lenta sonrisa.

–Has cambiado de opinión, pero pueden pasar muchas cosas de aquí a que salga el barco. Y eso no lo puedo permitir. Tú no tienes el control, Salama. Lo tengo yo. Recuerda: si te detienen, no te dejaré en paz, jamás. Te mostraré toda clase de horrores. A Kenan recibiendo una paliza de muerte. A Hamza convertido en un ser hueco.

Se inclina hacia delante, pero yo no me muevo de mi sitio, mientras trato de impedir que me tiemblen los labios.

–Lo interesante, Salama, es que todas esas escenas que describo se te habrán ocurrido a ti. Yo soy parte de tu mente. *Necesitas* estas alucinaciones. Me necesitas a mí.

Hago una mueca de enfado.

–Ya sé que eres mi mente en un intento de protegernos a Layla y a mí. Lo has dejado claro. Pero ¡no por eso tienes que gustarme!

Chasquea los dedos, y Layla aparece en el suelo despatarrada junto a mi cama. Sufre convulsiones a medida que la sangre se extiende por el suelo.

El corazón se me sube a la garganta, y aparto la vista de mi amiga para mirar a Khawf, que estudia mi reacción.

–No es ella –consigo decir con la voz ronca.

–Nunca te olvides de quién tiene el control.

Cierro los ojos y murmuro: «Margaritas». Cuando los abro, la alucinación en forma de Layla ha desaparecido. Pero sigue viva en mi mente.

* * *

Para mi alivio absoluto, Am está en el hospital al día siguiente. Tiene la mirada apagada, y la barba desigual. Su aspecto abatido es la imagen de como yo me siento.

Se detiene al verme y entrecierra los ojos cuando le tiendo la mano con el blíster de paracetamol.

–Toma.

Se muerde la mejilla y abre la mano.

–Kenan llegará más tarde. Te traerá el dinero.

Am refunfuña.

–Quería preguntarte qué deberíamos llevar, qué necesitamos para el viaje.

Se frota la frente.

–Documentos importantes. Comida. Vuestra propia agua. Algo contra el mareo. Nada que pese mucho.

La cabeza me da vueltas.

–Vale. Vale.

–¿Algo más?

Manoseo una punta del hiyab.

–¿Cómo... cómo está Samar?

Me mira con absoluto desprecio.

–Bien.

–¿Los puntos?

–Ya te he dicho que está bien –me suelta–. Mira, esto es una transacción, ¿entendido? Tú me das dinero y yo te doy un barco. No hace falta confraternizar.

Tengo la garganta seca, así que asiento sin más.

Se dispone a irse cuando se detiene un instante.

–Ni se te ocurra pedirme perdón –sentencia.

Y se aleja.

Me arde el estómago por la acumulación de ácido gástrico. Me escabullo al almacén de los medicamentos. Me apoyo contra la pared y me deslizo hasta el suelo. Respiro de manera irregular y siento punzadas en los ojos.

–Olvídate de él –mc dicc Khawf, y me asusto al oírlo.

Está a poco más de un metro de mí, examinando una caja roja de aripripazol.

–Olvídate de lo que te ha dicho, Salama. Es insignificante en medio de todo este panorama. Lo importante es Alemania. Tu nueva vida con Layla y su niña.

«Espino albar. Sus bayas pueden usarse para tratar la tensión baja. Tienen excelentes propiedades antioxidantes y refuerzan el músculo cardíaco. Espino albar. Espino albar. Espino albar.»

Me quedo en el almacén un rato más, hasta que consigo ver los pétalos blancos del espino tras mis ojos cerrados. Luego salgo para hacer frente al nuevo infierno que entrará de un momento a otro por las puertas del hospital.

En esta ocasión, cuando las víctimas de un francotirador llegan al mediodía, me mantengo firme, inhibo el pavor para compensar la vileza de mis actos. Entre cuerpos y alaridos, distingo a Kenan haciéndose a un lado, fotografiando la escena.

Por mucho que intente vencer a la muerte, ella siempre gana. Hoy he cerrado seis pares de ojos. Los de tres niños, una mujer y un joven. Todos tenían la cara embadurnada de sangre, la boca abierta y un gesto de traición grabado para siempre en sus caras.

Recito el Al-Fátiha por sus almas, y noto la presencia de Kenan, que está de pie a mi lado.

–¿Va todo bien? –dice en voz baja.

Niego con la cabeza sin apartar la vista de los cadáveres.

–Salama –dice con delicadeza–. Vamos. Llévame donde Am.

No me muevo.

Con cierta indecisión, me intenta rozar el puño de la bata con los dedos, y entonces inhalo bruscamente.

–Has hecho todo lo que has podido. No es culpa tuya.

Mis labios tiemblan y contengo las ganas de gritar.

–*Yalla* –dice, y accedo a alejarme de allí.

El vestíbulo está lleno de rostros nuevos y conocidos. Encontramos a Am de pie junto a la puerta de atrás, desde donde transportan a los mártires al cementerio.

Ni siquiera oigo la conversación entre los dos: mis pensamientos son cada vez más lóbregos y retorcidos, me culpan de haber sido excesivamente lenta, de ser demasiado patética para salvar vidas.

–Salama. –La voz de Kenan corta el aire.

Levanto la vista. Parece muy afectado por algo. Mientras, Am observa con curiosidad. Bajo la mirada al ver que tenía las uñas clavadas en las palmas de las manos y noto que tiemblo.

–Estoy bien –digo con la voz hueca.

Am dice algo que indica que está descontento y, antes de que Kenan pueda hablarme, anuncia:

–Os proporcionaremos los chalecos salvavidas, pero nada más. Llevad pocas cosas. Todo es reemplazable menos la vida de cada cual.

–Tengo que irme –digo de repente, y Kenan se vuelve hacia mí.

–Vale –dice, y se acerca–. Déjame que...

Niego con la cabeza y levanto una mano en alto.

–Estoy bien.

Doy media vuelta sin más y salgo a toda prisa del hospital, notando palpitaciones en los oídos. No puedo más. No puedo con otro cadáver. No puedo con esta culpa. Estoy cansada, mi estómago se desgarra de hambre. Tengo marcas rojas en las palmas de clavarme las uñas, y cicatrices horrorosas. Necesito respirar un aire distinto. Que no contenga sangre ni bilis ni intestinos. Necesito abrazar a Layla y recordarme que está viva.

Quiero gritar.

Quiero a Mama.

Llego a casa sin aliento, resollando.

–¡Layla! –la llamo, cerrando la puerta de un portazo.

–¿Salama? –contesta con voz sorprendida desde el salón.

Aparece al momento con el pelo suelto sobre los hombros.

Lleva el descolorido vestido mostaza que se ajusta a la altura de su abultada barriga. Voy hacia ella y la abrazo.

–Oye, ¿va todo bien? –Me estrecha entre sus brazos–. Dios mío, ¿ha ocurrido algo? ¿Kenan está bien?

–N-no –balbuceo–. Estoy bien. Todo va bien. Es que necesitaba verte.

Me aparta un poco de sí y me escruta con la mirada.

–Tienes las ojeras más oscuras. –Me coge de un brazo–. Tienes la cara más delgada. Ha pasado algo. ¿Salama?

–Estoy bien –repito con debilidad.

Pero no me cree.

–Son casi las cuatro. Tu turno no termina hasta las cinco.

Me aparto de ella para dirigirme lentamente al sofá y me dejo caer. Encojo los hombros y me quito torpemente la bata y el hiyab, que tiro sobre el brazo del sofá.

–Estoy cansada. Por favor, ¿me puedes tocar el pelo?

Suelta una exhalación y se sienta de modo que pueda poner la cabeza en su regazo. Me desenreda los nudos de la melena con delicadeza. Noto la circulación de la sangre en los vasos sanguíneos de mi cuero cabelludo y suspiro de alivio.

Cierro los ojos.

–Gracias –susurro.

–Si por ti haría lo que fuera, tonta.

Estamos un rato en silencio, y pienso en lo dramática que me ponía cada vez que me salía un granito en la cara. Tenía los estantes llenos de mejunjes caseros que había preparado con todas las hierbas y flores que recogía, perfectamente organizadas, unas al lado de las otras, por orden alfabético. Jarras de mermelada llenas de ramitas de árbol del té, brotes de avellano de bruja o pétalos de rosa secos. Y preparaba una pasta con todo.

–Úntatelo debajo de los ojos –recuerdo recomendarle un día a Layla, que siempre se ofrecía de conejillo de Indias

Estaba sentada en mi cama, tomando café de un enorme tazón azul. Lo dejó sobre mi escritorio y abrió la jarra.

–Hmmm –dijo, y se untó la crema rosa en las mejillas y bajo los ojos–. Qué bien huele. ¿Qué es?

–Sampaguita, margaritas y una pizca de aceite de almendra –dije, leyendo las etiquetas de cada jarra–. En principio, te afina el cutis y te borra las ojeras.

Layla resopló, haciendo como si se ofendiera.

–¿Me estás diciendo que no me cuido la piel?

Me reí.

–Layla, la mitad de tu belleza se debe a mi intervención.

Se sacudió el pelo hacia un lado.

–No pienso hacer ningún comentario al respecto.

Ahora tengo la piel seca y escamosa, los labios cortados y dos círculos negros permanentes alrededor de los ojos. La Salama de antes no me reconocería.

–Salama –dice Layla, y abro los ojos a medias–. Cuéntame qué te pasa.

Reviso los problemas para decidir cuál de todos me distraerá más del dolor y no la agobiará.

–Creo –susurro– que me gusta Kenan.

Sus dedos dejan de moverse y me preparo para oír sus inevitables grititos de alegría. Pero eso no es lo que sucede. Miro hacia arriba y veo una sonrisa triste en sus labios.

–¿Qué vas a hacer? –me pregunta.

–¿Llorar? –bromeo con debilidad, aunque estoy haciendo lo posible por contener la presión de las lágrimas.

Ahora que ya lo he dicho en voz alta no puedo seguir obviándolo. Parece que saldré de Siria con todos los sufrimientos posibles.

–Lo siento –se lamenta.

–Pensaba que ibas a echarte a gritar y a saltar.

Mueve la cabeza levemente.

–Estaba emocionada esperando el día en que te enamoraras, pero nunca pensé que fuera a ser así.

–¿Crees que es normal que lo odie un poquito porque quiere quedarse?

Suelta una breve risita y dice:

–Sí, perfectamente normal.

Refunfuño, frotándome las pestañas mojadas.

–Sé que dentro de un mes nos separaremos, pero, Layla, no quiero dejar de verlo porque creo... creo que cualquier cosa es mejor que nada. Sé lo mucho que voy a sufrir cuando esté en Alemania. Sé que me pasaré noches y días enteros rezando por que esté a salvo. Lo sé, pero, aun así, no puedo..., *no quiero...* parar.

Layla se me queda mirando.

–Eso también es normal, Salama. Te entiendo muy bien. Cualquier cosa es mejor que nada. Te dije que encontraras momentos de felicidad en Homs. Kenan es uno.

Trago con dificultad.

Una llamada en la puerta nos sobresalta. Nos miramos. Me pongo de pie, tapándome la cabeza con el hiyab antes de acercarme de puntillas. A través de la mirilla veo a Kenan. Mira al suelo, con las manos en los bolsillos.

–¿Quién es? –pregunta Layla en voz baja.

–*Kenan* –respondo sin voz, moviendo los labios.

Se queda boquiabierta y se pone a dar palmadas en silencio, toda entusiasmada.

–*Abre la puerta* –articula, imitando la acción de abrir.

Respiro hondo, rogándome a mí misma que mantenga la calma y abra la puerta con una sonrisa natural (espero) que se me hace rara.

–Kenan –digo, y levanta la vista–. Hola.

Parece aturdido, pero se recupera al instante.

–Te has..., hmmm... Perdona que me presente así, pero te has ido del hospital de repente, y quería comprobar si va todo bien.

Juego con el dobladillo del jersey; su preocupación me enternece.

–Sí. Estoy bien. Es que... Estoy bien, te lo prometo.

–Me alegro.

Se rasca la nuca, y el movimiento hace que su suéter se ajuste contra su cuerpo. Se arma de valor, balanceándose sobre los tobillos, y chasquea los nudillos.

–Quería saber si te apetece acompañarme a dar una vuelta.

Oh.

¡Oh!

Layla suelta un grito ahogado desde el salón, mientras yo intento recobrar el reflejo de respirar.

Kenan se horroriza al verme estupefacta.

–Bueno... No pasa nada si no quieres...

–No –respondo demasiado pronto. Me sonrojo y rodeo mi cuerpo con los brazos–. Yo... Sí.

Parece aliviado, su pecho se expande al volver a respirar, y una sonrisa le ilumina la cara. Es como si hubiera un sol ante mí.

–Un segundo.

Corro al salón, donde Layla sigue de cuclillas en el sofá con la boca abierta. Me coge de las manos en cuanto entro.

–*Dios mío* –exclama, sacudiéndome.

Siento como si un retazo de nuestra vida anterior se hubiera colado entre el dolor. Tanta nostalgia casi me desconcierta.

Pero entonces me invaden las dudas:

–¿Tú crees que es buena idea? ¿Me partirá el corazón? ¿Me invento una excusa?

Layla se ríe.

–No, tonta. Eso que te pasa *también* es felicidad. Y tú te mereces ser feliz.

La imagen de Samar tumbada en la cama del hospital me viene a la mente.

–Te lo mereces –repite Layla con firmeza–. Venga, vete.

Asiento con la cabeza y me suelta.

–No llegaré muy tarde.

–Ya lo sé –sonríe.

Lanzo una mirada al cuadro para sacar fuerzas y regreso a la puerta de entrada. Paso por delante de mi reflejo en el espejo colgado en el pasillo y exhalo un suspiro de desaliento. En mi *posible* vida, llevaría mis vaqueros azul oscuro preferidos, una blusa rosa claro con un abrigo de lana a juego y botines. El hiyab estaría planchado y fluiría sobre mis hombros. Era el conjunto informal que Layla y yo teníamos pensado ponernos si surgía una cita inesperada.

Pero el espejo me devuelve a una chica vestida con unos viejos vaqueros raídos y un jersey negro con los bordes deshilachados. Está triste y esquelética, y tiene la mirada sombría por el hambre y la desesperación.

Aparto la vista, salgo de casa y cierro la puerta.

Kenan está apoyado en la pared mirando al cielo en una postura que le marca la mandíbula.

–¿Vamos? –pregunta.

–¿Adónde?

Se aparta de la pared de un empujón. El brillo en su mirada me dice que guarda un secreto. El cielo se ha despejado, y los últimos rayos de color mandarina se cuelan por los huecos de los edificios vacíos de mi ciudad apocalíptica.

–Es una sorpresa –dice, y echa a andar en dirección contraria al hospital.

Me apresuro a seguirlo.

–¿Una sorpresa?

–¿No te gustan las sorpresas? –sonríe.

–Pues... no lo sé.

Se detiene un instante y me mira desconcertado.

–¿No lo sabes?

Me encojo de hombros.

–Antes me gustaban, pero creo que ahora me ponen nerviosa.

–Es normal –asiente con solemnidad–. Pero esta será buena. Espero. –Y añade–: Pero... si estás más cómoda, te la puedo desvelar.

Siento que el corazón me arde.

–No, no me lo digas.

Pasamos por delante de una mezquita que se mantiene en pie a pesar de todo lo sucedido. Le falta un trozo considerable en un rincón destruido por una explosión, y la moqueta verde está sucia de barro. Sobre uno de los muros hay unas letras pintadas con aerosol: «¡ABAJO EL GOBIERNO!».

Por todas partes hay charcos de agua sucia. Nos adelantan corriendo un par de niños andrajosos, con los zapatos gastados. Me gustaría gritarles que se abrigaran, que todavía estamos en febrero.

Al otro lado de la calle, frente a un supermercado, hay unos hombres de pie, enfrascados en una conversación, mientras otros pasan con bolsas de la compra o caminan deprisa hacia alguna parte. Conozco esta zona, y si tomamos la siguiente a la derecha, llegaríamos a mi casa –mi antigua casa– en cinco minutos. Solo he vuelto una vez, cuando intenté recuperar todo lo posible de entre los escombros.

Sin embargo, Kenan no gira a la derecha. Sigue recto y luego, tuerce a la izquierda para entrar en un pasaje. Aquí la calle es irregular. Las plantas de un edificio están derrumbadas unas sobre otras como fichas de dominó volcadas.

–¡Por aquí! –dice al fin, agachándose para entrar en un inmueble.

En el suelo están las puertas, de color rojo, polvorientas, arrancadas de las bisagras. Dudo un instante antes de seguirlo. Sube el primer tramo de unas escaleras de cerámica. Sus piernas son más largas que las mías: me lleva, al menos, cinco escalones de ventaja.

–¡*Yalla!* –grita desde una arriba–. ¡A la azotea!

Calculo que nos quedan unas cinco plantas más.

–¡Lo estoy intentando! –respondo a grito pelado.

Una eternidad después, llego a la azotea, donde Kenan me espera. Me falta el aire y, a pesar del frío, estoy sudando. Tropiezo al salir por la puerta, con el corazón en la boca.

–¿Dónde estamos? –pregunto con la lengua fuera.

Kenan sonríe, fresco como una rosa a pesar de haber subido ocho pisos.

–Este es el edificio donde vivíamos. Aquí es donde venía a la salida del colegio a hacer los deberes.

Miro alrededor. Es una azotea normal y corriente, con el suelo vacío salvo por tres antenas parabólicas rotas, torcidas hacia un lado. Las vistas abarcan la parte antigua de Homs. Ningún edificio la tapa, lo cual permite ver el sol ponerse en el horizonte.

Cuando veo que se sienta en el borde y se pone a balancear los pies, reprimo un grito de alerta. Me acerco a él despacio y, con cautela, al borde, pero no balanceo los pies.

Se vuelve hacia mí con una sonrisa serena.

–¿Cuándo fue la última vez que viste el atardecer, Salama? Que lo viste bien.

Frunzo el ceño.

–No me acuerdo.

–Entre toda la destrucción, es fácil olvidar la belleza. El cielo es tan bonito después de la lluvia...

«Las puestas de sol más bonitas siempre son las de después de que llueva», le dije a Layla en una ocasión, durante una estancia en la casa de verano que su familia tenía el campo. Nos habíamos pasado el día dentro, observando la furia de la tormenta contra las ventanas, sin poder ir a nadar al río que pasaba por los jardines. Layla me tocaba el pelo mientras veíamos *El castillo en el cielo* en el portátil de Baba. Era la película ideal para consolarnos mientras los nubarrones y las gotas de lluvia jugaban a perseguirse en las ventanas.

Y tenía toda la razón.

En este momento, el cielo es de un púrpura y rosa intensos que se extienden sobre un tono anaranjado, y las nubes van adquiriendo un matiz lavanda.

–Me preguntaste si volverías a ver los colores, Salama. Si merecemos verlos –dice Kenan en voz baja–. Yo creo que sí. Yo creo que puedes. Casi no hay color en la muerte. En el dolor. Pero eso no es lo único que existe en el mundo. No es todo lo que hay en Siria. En otras épocas, este fue el centro del mundo. Aquí se inventaron y descubrieron muchas cosas; aquí se construyó la civilización. Nuestra historia está en el palacio Al-Zahrawi, en nuestras mezquitas, en nuestra tierra.

Señala abajo, y me asomo sobre la cornisa, poniéndome tensa por el miedo a caer. Entorno los ojos y veo a dos niños y una niña riéndose mientras juegan.

–Míralos –dice Kenan–. La agonía no les arrebata la inocencia.

Luego señala un árbol situado en un lado de la calle. Tiene tres troncos gruesos entrelazados, las ramas parecen frágiles, y en la corteza asoma cierto tono verde.

–Ese limonero ha estado siempre ahí. Solía subirme a él de pequeño. Creo que existe una foto que mi padre me tomó sentado en la copa con Yusuf colgando al lado.

Guardo silencio y lo miro. Su tono es todo melancolía, mientras que sus ojos capturan la luz dorada.

Suspira moviendo la cabeza para apartar los recuerdos y me mira con una sonrisa.

–Aún queda belleza, Salama. Aún queda vida y fortaleza en Homs. –Señala el sol con la cabeza–. Aún queda *color*.

Con cuidado, dejo colgar las piernas en el borde del edificio, manteniendo unos centímetros entre él y yo. Siento que me sube la adrenalina al estar en equilibrio entre algo sólido y el aire. Una suave brisa me cosquillea la nariz y cierro los ojos para inhalarla profundamente.

Al abrirlos, la magia que se despliega ante mí me coge por sorpresa. Entre las volutas de nubes titilan algunas estrellas. Las adornan como zafiros, preciosos obsequios para los ojos que miren al cielo. A ocho plantas sobre la tierra existe una especie de paz. Una calma que acompaña una noche de finales de invierno.

Es como si flotáramos en el cosmos, como si nos desvinculáramos de cuanto nos agobia.

Es una película de Studio Ghibli.

–¿Ves los colores, Salama? –susurra Kenan.

Es un atardecer hermoso, pero palidece en comparación con él. El resplandor del ocaso es un caleidoscopio tornasolado en su rostro. Rosa, naranja, amarillo, púrpura, rojo..., hasta que al final se asienta en un azul celeste. Me recuerda al cuadro de Layla. Un color tan descarnado que podría mancharme los dedos si lo tocara.

A medida que el sol desciende, durante ese precioso instante en el que el mundo se halla entre el día y la noche, algo cambia entre Kenan y yo.

–Sí –digo, y respiro hondo–. *Sí.*

18

En esta ciudad histórica asolada por las bombas, la vida ha resistido. Lo veo en los tallos verdes, retorcidos, que despiertan del sueño invernal entre los escombros. Los narcisos florecen abriendo sus pétalos tímidamente. Lo veo en Layla, que sonríe más porque yo también sonrío. Al advertir, de camino al hospital, estos sutiles indicios de vida, el corazón me crece.

Sin embargo, hay momentos en los que necesito hacer de tripas corazón para no rendirme a la desesperación. Sigo sintiéndome desgarrada por dentro, obsesionada por una niña a la que amenacé con dejar morir.

Con todo, Am y yo ahora mantenemos una rutina: yo le doy un blíster de paracetamol, y él me tranquiliza poniéndome al día sobre la travesía. Y aunque nunca hay novedades, no pierdo la esperanza.

En cambio, Kenan se desanima a medida que pasa más tiempo en el hospital. Le tiemblan las manos cuando sostiene la cámara, y siempre hay lágrimas en sus ojos. Nunca me olvidaré de su cara la vez que vio a un bebé de siete meses, al que rescataron de un incendio causado por la explosión de una bomba.

Me ha mostrado más comentarios sobre sus vídeos de YouTube. Todo el mundo está horrorizado y reza por nosotros, y lo elogian por arriesgar su vida al documentar lo que está ocurriendo. Durante esos momentos, cierto fulgor ilumina su rostro. Es una serenidad que no veo otras veces. Como si estuviera convencido de que lo que hace merece la pena. Pero solo sucede durante esos breves instantes; desaparece en cuanto la muerte se adueña otra vez del hospital.

Me duele ser la responsable de que su espíritu de lucha se desmorone cuando, hace tres semanas, él me infundía ánimo con sus palabras en la azotea de su antiguo edificio. Nuestros días juntos están contados, pero no puedo evitar querer conocerlo mejor. En muy poco tiempo, Kenan ha pasado a ser una alegría a la vez que un consuelo para mí. Y me pregunto si seré capaz de hablarle de Khawf alguna vez. Me pregunto cómo reaccionaría.

Hoy, al salir del hospital, concluido mi turno, el cielo del atardecer es un lienzo azul oscuro que atrapa la mirada de Kenan.

–Ey –le digo, y me mira con una amplia sonrisa.

Fuera del hospital y lejos de la dolorosa realidad, Kenan consigue mantener el sosiego. Aunque puedo entrever las fracturas que intenta disimular. Cuando paseamos, solemos hacerlo en silencio, asimilando los dramas que han creado una maraña en nuestras mentes o bien, si ha sido un día muy duro y necesitamos distraernos, conversamos de otros temas. Hoy me ha hablado de su software de dibujo y de que tiene guardada en su portátil una novela gráfica a medio terminar, que le encantaría acabar. Yo le he hablado de mis álbumes de recortes y de mis jarras llenas de flores, y la forma en la que me escuchaba, impresionado, me ha hecho anhelar esa *posible* vida. Me habría encantado poder mostrárselas personalmente, en mi habitación, donde me habría apretado contra sí para luego besarme.

De camino a casa se me ocurre una idea y, antes de darle demasiadas vueltas, la suelto:

–Imagínate que tú y yo escribiéramos un libro juntos.

Se detiene en seco, mirándome con tal intensidad que casi lo noto en la piel.

–¿Tú escribes? –pregunta finalmente.

Asiento con la cabeza mientras jugueteo con las mangas de la bata.

–Bueno, quiero escribir. Tengo un par de ideas para un libro infantil. He pensado que tú podrías ilustrarlo, y yo escribirlo.

Me mira fascinado.

–Cuéntame una de esas historias.

–Es que nunca... le he hablado a nadie de ellas.

Asiente con la cabeza y sonríe con serenidad.

–De acuerdo. Pues vamos a inventarnos una.

Mi corazón se acelera, me alegro de que no haya insistido para sonsacármelas.

–Ya tengo un escenario.

–A ver –sonríe, y seguimos caminando.

–Un océano, pero en vez de ser de agua, es de unos árboles gigantescos que tocan las nubes.

Sonríe y comenta:

–Eso lo puedo dibujar sin ningún problema. ¿Y hojas azules en vez de verdes? ¿Y troncos de color rosa coral?

Mi inseguridad disminuye poco a poco.

–Cuanto más arriba, más grandes son las hojas. ¡Ah! ¡Y hay peces que vuelan siguiendo corrientes de aire, en vez de agua!

–¡Sí! –exclama entusiasmado–. Es la historia de una chica que sueña con ver los océanos de agua.

–Porque aunque sean un mito en su mundo, contienen algo que necesita –añado, casi dando saltos de emoción.

Y así seguimos, soltando una idea caótica tras otra, sin ser conscientes de que hace un rato que hemos llegado a mi casa. Nos quedamos de pie delante de la puerta unos veinte minutos, charlando, hasta que el rumor de un avión irrumpe en nuestra fantasía. Volvemos a la realidad con las manos temblorosas, mirando al cielo con nerviosismo.

En su cara veo un sufrimiento que reconozco. Nunca podremos escribir un libro juntos.

Me pregunto si este dolor en el pecho desaparecerá alguna vez. O irá a peor.

* * *

Por fin, al día siguiente Am tiene noticias de la travesía.

–El barco zarpará dentro de diez días. El 25 de marzo. Quedaremos en la mezquita Khalid a las diez de la mañana. ¿Sabes dónde está?

Asiento con la cabeza. Baba y Hamza iban allí para el rezo del Juma los viernes. Está a diez minutos a pie de casa de Layla.

–Entendido. Traed el dinero o no habrá barco.

Aprieto los dientes.

–Lo sé –digo, y antes de poder preguntar por Samar, sacude la cabeza y se aleja.

Me noto el estómago revuelto, de modo que voy al almacén de los medicamentos a esconderme hasta que el doctor Ziad me necesite.

Mi mente se pone a divagar pensando en el barco y empiezo a crearme expectativas; la promesa de una vida segura me produce un hormigueo en los dedos. La posibilidad de que Layla, por fin, pueda dormir en una cama que no le recuerde que su esposo está detenido. La posibilidad de que la pequeña Salama vaya a dar sus primeros pasos en una casa llena de flores que huele a *fatayer* recién horneado.

Un breve golpe en la puerta del almacén me saca de mis ensoñaciones.

–Ey –saluda Kenan con una sonrisa.

–Hola.

–El doctor Ziad te está buscando.

Me levanto de un salto. El doctor Ziad está en su despacho. Se pone de pie en cuanto entro.

–Salama.

Tiene la cara blanca con un gesto de dolor.

Me pongo tensa al instante.

–¿Qué?

El doctor Ziad mira a Kenan.

–¿Puedes dejarnos un momento a solas? –le pide.

Kenan me lanza una mirada antes de asentir lentamente. Cierra la puerta al salir.

El doctor Ziad apoya las manos sobre el escritorio.

–No te voy a dorar la píldora, Salama, porque no sería justo y tienes derecho a saberlo. –Respira hondo y se echa a temblar–. Un soldado del Ejército Libre de Siria ha pasado por aquí y nos ha dado información sobre los detenidos del ejército. Sobre los que están vivos. Tu hermano está en la lista.

Me quedo sin respiración.

El doctor Ziad se frota la frente, en sus ojos brillan las lágrimas.

–Pero tu padre falleció.

Siento como si me desvinculara de mi cuerpo, y mi boca dice algo en una voz que no reconozco:

–¿Dónde está?

–En la prisión de Sednaya –responde sin mirarme a los ojos.

El suelo se derrumba, y si no llego a agarrarme al picaporte de la puerta me habría venido abajo. Ese es uno de los centros de detención más despiadados de Siria. Está cerca de Damasco, a dos horas en coche de Homs. Estar ahí es peor que estar sentenciado a muerte. Los prisioneros están hacinados en celdas demasiado pequeñas incluso para respirar.

–Lo siento, Salama –musita–. Lo lamento muchísimo. Por favor, cuídate...

–Tengo que irme –lo interrumpo, y salgo a toda prisa, dejando la puerta abierta.

Aprieto el paso hasta llegar afuera y me desplomo sobre las escaleras del hospital, casi sin aliento.

–¡Salama!

Me vuelvo al oír mi nombre y veo a Kenan de pie al final de la escalera.

–Dios mío, estás temblando.

Se quita la chaqueta y me la echa sobre los hombros antes de sentarse a mi lado. Cierro los ojos, inhalando el aroma a limón que desprende, rezando por que esto baste para volver a dejar a un lado la oscuridad. No sé si pasan minutos u horas, pero sé que está sentado a mi lado, sobre los peldaños rotos, a la expectativa.

No dice nada, pero yo necesito ser capaz de pronunciarlo. Necesito decírselo a alguien. Necesito soltar las palabras antes de que me ahoguen.

–Mi hermano –empiezo a decir con la voz ronca–. Hamza. Cuando lo detuvieron con Baba... Layla y yo... creíamos que los dos habían muerto. Queríamos creerlo. Pero Hamza aún está vivo.

Oigo a Kenan inhalar bruscamente.

Hamza está vivo en este mismo instante, y lo están torturando mientras yo estoy aquí sentada, haciendo planes para huir de Siria. Las manos me tiemblan, y me agarro la cabeza, tratando de calmarme.

–Jazmín –murmuro–. La infusión de sus hojas alivia el dolor de cabeza y ayuda a tratar la ansiedad. Jazmín. Jazmín. Jazmín.

En mi fuero interno, sé que debemos irnos a pesar de todo, o acabaremos como Hamza. Eso lo sé. Lo sé. Pero...

Levanto la barbilla de golpe. Layla. Es un secreto demasiado grave para guardármelo. No puedo apilarlo sobre el montón de mentiras que acopio.

Khawf se materializa en el acceso exterior al hospital, observándome con semblante impasible. Me escruta con la mirada, calibrando mi reacción.

–Necesito irme a casa–digo de pronto con la voz ahogada.

La chaqueta de Kenan se escurre al ponerme de pie, pero la cojo a tiempo, antes de que llegue a caer. Todavía no quiero devolvérsela; necesito extender más esta sensación de seguridad que me proporciona.

–Lo siento –susurra.

Cuando lo miro, veo que aún no ha apartado su apenada mirada de mí, y una idea me cruza la mente: podría utilizar mi sufrimiento para convencerlo. Khawf sonríe.

–¿Te das cuenta de la realidad, Kenan? –Contengo el temblor de mi voz–. Tortura. Muerte. Esto está pasando. Y te pasará a ti si no te vas.

–Salama… –empieza a decir, mientras se levanta.

–¡No! –grito, cerrando las manos en dos puños en vez de sacudirlo–. ¿Cómo es posible que no te entre en la cabeza? Tus hermanos nunca lo superarían. Morirías por una causa que a nadie le importa fuera de Siria. Esos comentarios de YouTube están muy bien, pero nadie nos está ayudando. Te pudrirás en la cárcel y te torturarán el resto dc tu vida, y no habrá nadie para salvarte. ¿De verdad vas a echar a Yusuf y Lama a los lobos? ¿Tienes idea de lo que les pasa a los refugiados en Europa?

Carraspea bruscamente.

–Sí…, lo he oído.

Las lágrimas me nublan la vista, y Kenan siente un escalofrío.

–Kenan, crees que estás siendo altruista. –Esta vez mi voz se quiebra–. Pero no es así. Imagínate que Lama y Yusuf llegan a Siracusa y pasa algo y nos separan. O que no llegan a encontrar a tu tío… Yo no puedo velar por su seguridad. Si ni yo misma sé qué estoy haciendo. Podrían secuestrarlos y venderlos fácilmente. Imagínate que pasa eso, mientras tú estás aquí, preso en un centro de detención, donde te van arrancando la vida poco a poco. –Clavo las uñas en las mangas de mi bata–. ¿Es eso lo que quieres?

–¡No, claro que no! –dice en voz alta, y aparta la mirada para frotarse los ojos llorosos con el brazo.

–El barco sale el 25 de marzo –lo informo, rogando haber sembrado la duda en su cabeza y que crezca en su mente como una mala hierba–. Piensa en qué vidas estás poniendo en peligro exactamente.

Las transmisiones sinápticas están fallando en mi cerebro, y solo puedo pensar en ir al encuentro de Layla. Quiero estar lejos de todo el mundo y aullar y llorar y gritar.

–Me voy a casa –anuncio.

Kenan asiente.

–Tengo tu bolsa.

Antes de poder decirle nada más, baja las escaleras. Estoy perdida en medio de mi propia agonía, confío en mi memoria muscular para llegar a casa mientras las lágrimas caen a raudales por mis mejillas. Siento temblores que suben y bajan por mi esqueleto, que fisuran mis huesos. En mi interior se ha desatado una guerra y, al parecer, yo soy la única baja.

–Ya estamos –dice, y casi tropiezo contra su espalda.

–Gracias –digo en voz baja, devolviéndole la chaqueta.

Una parte de mí considera la posibilidad de preguntarle si me la puedo quedar hasta mañana. Mi estupor ante semejante idea alivia un poco la tristeza que siento. Kenan coge la chaqueta y me entrega el bolso.

Repara en el rastro que han dejado las lágrimas en mi cara, y en sus ojos veo que ha tomado consciencia de algo.

–Salama –dice delicadamente, y mis pestañas se agitan.

La manera como dice mi nombre, pronunciando cada vocal y consonante, aun ahora me hace sentir como si brotaran flores en mis venas.

–¿Sí? –pregunto en el mismo tono que él.

Se muerde el labio.

–Por favor, cuídate.

Me rodeo la cintura con los brazos.

–Lo haré.

–¿De verdad?

Su mirada baja de mis pómulos afilados a mis muñecas huesudas. Puede que vuelva a ver los colores, que crea en las palabras de Layla y de Kenan, pero no tienen control sobre mi culpa. Es como si esta me envenenara poco a poco. Buscar la felicidad solo trata los síntomas, pero no el origen de la enfermedad que se agrava por momentos. Mi estómago es incapaz de retener comida demasiado tiempo, y me paso las noches dando vueltas en la cama, sintiéndome impotente, por culpa de las pesadillas o por el insomnio. El resultado es un cuerpo débil que sostiene una mente frágil, a la espera de que se produzca el menor desastre para derrumbarse.

Kenan da un paso más hacia mí, cruzando así el abismo de intimidad que pueda haber entre nosotros y, tal como dictan las leyes de la física, aumenta la tensión. El efecto del sol de la tarde crea un halo alrededor de su cabello castaño. Está saturado de un color dorado; siento que se me corta la respiración.

–Ya existen suficientes personas que te hacen daño –susurra–. No te tortures tú también.

Levanta la mano y roza con los dedos la manga de mi bata. Su respiración es profunda, está más cerca que nunca. Lo miro a los ojos. Veo cierto anhelo en ellos, y yo estoy a un paso del borde de un precipicio.

–¿Te veo mañana? –pregunta con una mezcla de esperanza y nerviosismo.

–Sí –contesto sin aliento.

Y cuando me voy a dar cuenta, ya ha dado media vuelta y se está alejando.

Mi corazón aún late peligrosamente desbocado cuando cierro la puerta de casa y me apoyo en ella. Durante esos segundos de calma antes de que Layla me descubra, la conmoción se hace realidad.

Me echo a llorar a lágrima viva. Como si llevara meses conteniendo el llanto, a la espera de la gota definitiva que las derramase todas. La frustración me destroza.

Unos pasos sordos y apresurados se acercan por el pasillo. Layla se detiene en seco delante de mí.

–¡Salama! –exclama–. ¿Qué ha pasado?

Soy incapaz de hablar, me cubro la cara con las manos y me pego las rodillas al pecho. Se sienta conmigo y me acerca a ella, brindándome su calidez.

Me estrecha, abrazando mi cabeza contra su pecho.

–Cuéntame qué ha ocurrido.

Y entonces se lo suelto todo con la voz entrecortada y llorando a moco tendido. No puedo mirarla. Noto cómo sus brazos se aflojan y su cuerpo se tensa. Se mantiene en silencio un buen rato. De la calle nos llegan unas voces apagadas. No me atrevo a mirarla, perdida como estoy en la abrasadora sensación que me anega.

–¿Quieres que nos quedemos? –le digo entre sollozos.

–Salama. –Su tono de voz es bajo, derrotado–. Mírame.

Con cierta renuencia, consigo mirarla, a esos ojos de color azul oceánico que derraman lágrimas sobre sus mejillas.

–Nos vamos –dice con una voz extraña.

–Pero...

–*Por favor...* Tenemos que marcharnos. Él no querría que nos quedáramos en Siria. –El dolor que intenta inhibir quiebra su voz.

Golpeo la puerta con la cabeza. Sí, Hamza querría que nos fuéramos. *Se lo prometí.*

–Si morimos aquí, eso lo acabará de destrozar –dice–. Salama, deseábamos que estuviera muerto. Pero solo era un deseo. Una parte de nosotras sospechaba que podía no estarlo.

Me aclaro la voz.

Layla mueve la cabeza.

–No puedo... Ahora mismo no puedo pensar en eso, Salama. Si lo hago... –Su voz se quiebra–. Creo que no seré capaz de convencerme para estar bien. –Me coge de las manos–. Hablemos de otra cosa.

Su rostro refleja su desesperación, busca urgentemente algo con lo que distraer la atención para no sucumbir al dolor.

–Háblame de Alemania –le propongo, tomando aire–. Dime qué haremos en Múnich.

Cierra los ojos brevemente, respira hondo y me vuelve a estrechar.

–He pensado que deberíamos abrir un restaurante.

Mi desconcierto me corta las ganas de llorar.

–¿Qué?

Layla asiente con la cabeza, animada por la idea del proyecto.

–Nuestra comida es una delicia, y una vez leí algo en Facebook sobre un restaurante sirio en Alemania que tenía mucho éxito entre la gente de allí. Sería una manera de ganar dinero para que puedas ir a la universidad, y para pagarnos un apartamento, y para las cosas que necesite el bebé. Y también es una manera de que la gente sepa qué está pasando aquí.

Me quedo atónita, su infinito optimismo me ha cogido por sorpresa.

–¿Y una manera de intentar ser felices? –digo con una débil sonrisa.

No me devuelve la sonrisa, pero me besa los nudillos.

–Y una manera de intentar ser felices.

Tiene los ojos inyectados en sangre, pero me mira fijamente; no quiero que este momento termine.

–Pero sabes que seré yo quien se encargue de preparar el *knafeh*, ¿no?

Se le escapa una breve risita.

–Claro. No te creas que las abuelas de Siria te aprecian solo por tu encanto.

Volvemos a sonreír con facilidad.

–¿Sabes?, creo que por eso Kenan... –empiezo a decir, pero callo.

Layla frunce el ceño.

–¿Qué?

–Me acabo de acordar de que... Mama me pidió varias veces que hiciera uno el día que iban a venir a casa –digo lentamente, fragmentos de mi antigua vida flotan a mi alrededor, lejos de mi alcance–. Me preguntó si tenía todos los ingredientes. Insistió mucho. –Suelto una risa de incredulidad–. Y yo ni siquiera... ¡Vaya! Ha hecho falta una guerra y un año entero para que me dé cuenta: ¡creo que a Kenan *le encanta* el *knafeh*!

Layla me aprieta las manos.

–¡Pues no sabe lo que se pierde!

Esta idea me pone triste, y digo:

–No, no lo sabe...

Layla se acuesta temprano, porque quiere estar sola, y yo la arropo bien con la manta. Se coloca de espaldas a mí y se encierra en sí misma; la observo unos momentos antes de ir a mi habitación.

Khawf está en medio del dormitorio. Desde que Kenan me llevó a ver el atardecer, me resulta más fácil lidiar con él. Las visiones que me muestra ya no acaparan tanto mi realidad, y pasamos la mayor parte del tiempo hablando, pensando en cómo afrontar posibles situaciones adversas. Estas conversaciones me ayudan a soportar la culpa, y proporcionan el incentivo que necesito para marcharme.

–No te preocupes –digo cansada, agitándome el pelo mientras me dejo caer sobre la cama–. Pienso marcharme a pesar de todo.

Con los dedos, se da unos golpecitos sobre el codo, y hasta parece compasivo.

–Bien. Porque seguramente no recuperarías el dinero. Por no hablar de que si te...

–... cogen –interrumpo, desplomándome sobre el cobertor–. O me electrocutan. O me torturan. O me violan. O le arrancan el bebé a Layla del útero y lo dejan morir... Sí, ya conozco esos horrores. Ya hemos hablado de ellos otras veces.

Me observa en silencio.

–Es una lástima que eso le vaya a ocurrir al chico del que estás enamorada.

Me agarro a las finísimas sábanas para taparme y ponerme de lado, rindiéndome al miedo que ha invadido mi cuerpo. ¿Seré capaz de apreciar todos los colores de Alemania sin él? ¿Querré hacerlo? Amo a Kenan con lo que queda de mi corazón, así como la esperanza que me ha dado, y no estoy preparada para despedirme de él.

Abrazo el cojín contra mi pecho, concentrando mis pensamientos en su sonrisa y en su mirada amable. En sus palabras.

En él.

Porque si no lo hago, si pienso en Hamza, seré incapaz de respirar. Seré incapaz de vivir.

19

Cuando me encuentro a Kenan al día siguiente, casi se me cae la bolsa con las pastillas de haloperidol que llevo en la mano. Está junto a la cama de un paciente. Se trata de un niño de unos seis años que lleva una venda que le tapa un lado de la cabeza y un ojo. Kenan está agachado hablando animadamente, mientras el niño lo mira fascinado. Como si hubiera olvidado lo que le ha sucedido. Kenan mueve las manos como un director de orquesta, tejiendo historias con sus dedos.

Dejo la bolsa en un armario y me acerco a Kenan, mientras me toco distraídamente el dedo anular. Me reprendo para mis adentros. Puede que sienta que estoy enamorada, pero ¿es real, o son las ansias de evadirme de este horror? Si no fuéramos más que un chico y una chica con una vida normal y corriente, y nos hubiéramos conocido en otra parte, ¿nos habríamos enamorado?

Además, aunque esto sea real, da lo mismo, porque está decidido a convertirse en un chivo expiatorio. El dolor no es nada comparado con la pesadilla que está viviendo Hamza.

Esta mañana he decidido que estoy enfadada con Kenan. Le he entregado mi corazón, y me lo va a partir. A mí, a Yusuf y a Lama. Si en el último mes apenas si he conseguido rascar un poco su armadura, ¿cuánto tiempo necesitaré para desintegrarla del todo? ¿Cuál será su perdición?

–Y rescataron al niño y a la niña de los piratas –relata Kenan al pequeño, que no aparta los ojos de él–. Surcaron los siete mares y, juntos, lucharon contra los monstruos.

–¿Y luego qué? –pregunta el niño.

Kenan se inclina un poco más sobre él, bajando la voz, y avanzo otro paso.

–Bueno –prosigue–, la niña quería poner a buen recaudo el diamante que le había dado su madre. Y el niño quería encontrar a su abuelo. Los piratas tenían la solución para las dos cosas, de manera que...

Deja de hablar y, al darse la vuelta, ve mi cara de pasmo.

–Salama. Buenos días.

–B-buenos días.

No sé si aún tendrá presente que ayer le grité, pero si es así, lo disimula bien.

–¿Cómo estás?

Manoseo con timidez los extremos del hiyab.

–*Alhamdulillah.*

Me mira con amabilidad.

–¿Necesitas algo?

«Te necesito a ti. Necesito que salgas de Siria conmigo.» Sin embargo, digo:

–No.

Sonríe y se levanta para sacarse algo del bolsillo. Me tiende la mano con un papel perfectamente doblado.

–Ábrelo.

Suelto un grito ahogado. Ha dibujado el bosque oceánico. Unos árboles colosales rodean a una niña pequeña, con hojas que revolotean al viento. A su lado hay un pez con rayas a lo largo del cuerpo.

–Es un pez ángel llama –señala–. He pensado que podría tener un amigo del color del fuego. Que le ilumine el camino en la oscuridad.

Se me acelera el pulso y me llevo el papel al pecho.

–Gracias.

Se rasca la nuca, ruborizado.

–Quería animarte un poco después de... Bueno, ya sabes.

–Lo conservaré siempre con muchísimo cariño –digo, logrando esbozar una sonrisa valiente.

Él también me sonríe y luego señala al niño.

–¿Te gustaría escuchar el cuento con él? –me pregunta.

–Sí –respondo riéndome.

De pie junto a aquel niño emocionado, me guardo el papel en el bolsillo y observo cómo Kenan se ilumina. Elige muy bien las palabras, las reviste de fantasía y, en breve, se forma un corro de personas que quieren olvidar el dolor y evadirse a otro universo. Kenan se levanta, subiendo la voz al evocar barcos que surcan el cielo y limones mágicos que te reaniman cuando estás al borde de la muerte. Es cautivador, un narrador nato.

Pero cada palabra añade más pesar a mi corazón, y me retiro poco a poco entre la gente, hasta que solo distingo su pelo desgreñado y su espalda ancha. Me duele en el alma verlo como un condenado a muerte cuando tiene esa capacidad para influir en el mundo.

Doy media vuelta, pero antes de llegar al vestíbulo, Kenan me llama. Las personas que quedan detrás de él hablan entre sí y regresan a sus respectivas camas, con sus familias, con los ojos un poco más alegres. Dos hombres le dan unas palmadas en la espalda, y Kenan les sonríe. Se acerca a mí con cara de extrañado. Me quedo clavada donde estoy, pues cada célula de mi cuerpo ansía que esté cerca.

–¿Ocurre algo?

Un leve dolor reverbera en el fondo de mis ojos, y amenaza con hacerme saltar las lágrimas.

–¿Tú qué crees, Kenan? –susurro.

Todo está escrito en mi cara, sin disimulos, para que pueda leerlo.

Cierra los ojos un instante al comprender lo que pienso.

–Salama –dice en un tono grave, casi ahogado–. Tienes que entender que esto es difícil.

Siento que el suelo se desmorona.

–¿Tú crees que para mí es *fácil* marcharme? ¡Mi madre está enterrada aquí! Mi padre también. Mi hermano... –callo, y me tapo el rostro con las manos, y me fuerzo a hacer varias respiraciones profundas.

«Por favor, Dios mío, deja morir a Hamza. Permítele hallar la paz.»

Cuando vuelvo a mirarlo, me sigue observando angustiado.

–Cuando nos arrebatan todas las posibilidades, nos aferramos a aquello que nos asegura la supervivencia. –Suprimo toda emoción. Mi voz suena calculadora y fría–. El mundo no es un lugar amable y placentero. Nos aguardan para devorarnos y limpiarse los dientes con nuestros huesos. Y eso es lo que harán con Yusuf y Lama. Así que nosotros tenemos que hacer lo que esté en nuestras manos para que tanto él y ella como tú y yo podamos sobrevivir. Sea lo que sea.

El miedo va invadiendo su mirada y, si pensaba hacer algún comentario, cambia de opinión al ver algo detrás de mí, y abre los ojos, horrorizado.

Al volverme veo a Yusuf, con Lama en sus bracitos esqueléticos, y me pregunto cómo habrá sido capaz de traerla desde casa. Kenan corre hacia ellos, su terror se me contagia. Lama tiene los ojos entreabiertos y los labios secos, separados. Kenan la coge en brazos, relevando a su hermano; acuna la cabecita contra su hombro y me mira con los ojos desorbitados.

–Tráela aquí –le indico, señalando una cama amarilla vacía.

La baja con delicadeza, murmurando palabras de cariño mientras le aparta el pelo de la frente; le coge las manitas y las aprieta contra sus labios, rezando. Yusuf está a su lado, pálido de terror, y le tiemblan los labios.

–¿Qué ha pasado? –pregunta Kenan a su hermano.

El niño sacude la cabeza y gesticula con las manos.

Examino la herida de la barriga, pero casi está curada, la piel es rosa y no hay indicios de pus ni de infección.

–Lama, *habibti* –digo, y presiono el estetoscopio sobre su corazón. Late con fuerza contra la caja torácica–. ¿Cómo te encuentras? ¿Dónde te duele?

Se revuelve un poco y parpadea varias veces.

–Me enc... Tengo ganas de vomitar. Y me duele la cabeza.

Le pongo una mano en la frente. Está fría. Piel enrojecida. Labios cuarteados. Dolor de cabeza. Todo cuadra.

–Está deshidratada.

Kenan me mira asombrado y unas lágrimas silenciosas caen por sus mejillas.

–¿Qué?

–Dame su mano –le digo, y lo hace.

Le cojo un dedo y le aprieto la lúnula durante unos segundos hasta que se pone blanca, y Lama se mueve, porque le molesta. Cuando reduzco la presión, la uña tarda un poco en recobrar el tono rosa.

–Sí, deshidratación.

Corro al almacén, cojo una bolsa de suero intravenoso y regreso volando para inyectarle la aguja. Ni siquiera se queja cuando le clavo la punta en la piel.

–Kenan, trae un vaso de agua –le indico, y me mira, desorientado–. Se pondrá bien, *insh'Allah*. Pero necesita beber.

Asiente con la cabeza y regresa al poco rato. La ayuda a beber a sorbitos. Nour se ha enterado de lo que ha ocurrido y le trae una silla a Yusuf. Mientras observa la situación, le da palmaditas en la espalda. Nadie debería vivir así, preocupado por si su hermana se va a morir por falta de agua.

–Con el suero recuperará el líquido que ha perdido. –Me muerdo el labio–. *Alhamdulillah* que no ha sido nada más grave.

Kenan está en silencio, tiene la mandíbula tensa y le tiemblan los hombros. Se levanta y va hacia la entrada principal. Parpadeo, porque su reacción me coge por sorpresa, y lo sigo. Baja a toda prisa las escaleras, pasándose las manos por el pelo.

–Kenan –titubeo.

Se da la vuelta. Parece que sienta dolor físico.

Su voz suena angustiada. Derrotada.

–Ayer, cuando mencionaste lo que les pasa a los refugiados en Europa, al llegar a casa busqué más información. –Permanece un momento en silencio y suelta una exhalación forzada–. Engañan a la gente, les roban..., los dejan solos en mitad de ninguna parte. Cogen a las niñas y... las trafican, o las casan. Y obligan a los niños a realizar trabajos forzados.

Se agacha, dejándose caer como si sus piernas ya no lo sostuvieran, y corro hacia él.

–¡Kenan!

Me arrodillo a su lado.

Se le escapa un gemido ahogado.

–Tienes razón. Le prometí a mi padre que los cuidaría. Que no los perdería de vista. No puedo garantizar que vayan a encontrar a mi tío cuando lleguen a Italia. Si ni siquiera puedo garantizar que Lama sobreviva. Pero es que... también tengo un compromiso con mi país.

Pasa las manos sobre la tierra, y estas se manchan de un marrón rojizo que se le introduce entre la piel agrietada y las uñas.

–Salama, al menos reconoce que esto no está *bien.*

–¡Claro que no está bien! –exclamo–. No es justo y no está bien. Pero *no puedes* abandonar a Lama y a Yusuf.

–Uno tras otro, todo el mundo se va –murmura, y se frota los ojos, manchándose la frente de Siria, de la tierra de nuestros antepasados–. Pronto no quedará nadie para defender el país.

–Eso no es verdad. Tú, más que nadie, puedes cambiar el mundo. ¿Tienes idea de lo que tu imaginación es capaz? ¿No te has dado cuenta de cómo te ve la gente?

Un fugaz destello le ilumina la mirada.

–La lucha *no se ha terminado,* y no solo se lucha desde aquí. La historia de Siria se ha perdido en la memoria de la gente. No saben que este país es una joya. Desconocen todo el amor que alberga. Tú se lo debes. *Nos* lo debes –recalco con pasión.

Se pasa una mano por la cara, luego se aclara la voz.

–¿Y la culpa?

–Tu amor por Siria te guiará. La culpa es solo un efecto secundario. –Sonrío con tristeza–. Sin ese amor, tus historias perderán todo el sentido.

Parpadea y deja caer unas lágrimas antes de enjugárselas con la manga de la camisa.

–No me puedo creer que vaya a hacer esto –susurra.

Mi corazón se ablanda, se desgarra.

–Kenan. Siria no representa solo el suelo en el que estamos, sino también que Lama pueda crecer, que llegue a la adolescencia acompañada por sus dos hermanos; que Yusuf pueda sacar las mejores notas y hablarle a todo el mundo de los limoneros de Homs. Que tú te asegures de que nunca olvidemos por qué luchamos. Que tú y... –callo en seco, conteniéndome para no decir una tontería, algo sobre una *posible* vida.

Una tímida sonrisa asoma, por fin, a sus labios, y noto que me ruborizo.

–Tienes razón –susurra.

Suelto un suspiro de alivio.

Nos quedamos de rodillas sobre nuestro querido suelo sirio, aunque se nos claven los cascotes, aunque el fango nos ensucie los vaqueros. Y en ese momento, el futuro, enmarcado por las crudas realidades que tenemos que vivir, de alguna manera ya no parece tan lúgubre. Los colores brillan.

–Mañana hablaré con Am –digo–. Hoy se ha ido temprano.

Kenan se muerde el labio.

–¿Y si es demasiado tarde? ¿Y si ya no hay sitio?

Niego con la cabeza.

–El dinero lo compra todo, Kenan. Y, si no, te meteré a escondidas en el barco aunque sea lo último que haga.

Se me queda mirando, y pienso que quizá he hablado demasiado. Si lo que siento por él se revela con tanta facilidad en mi semblante, no necesito ponerlo en palabras.

Algo cambia en su mirada. No suaviza su expresión; me permite contemplar cuanto ha pensado sobre mí desde el día que nos conocimos. Hay un pensamiento en cada arruga entre las cejas, en la delicada curva de sus labios, en el anhelo de sus ojos.

Carraspeo y digo:

–Tendrías que volver con Lama.

Creía que eso bastaría para romper el hechizo, pero Kenan sonríe y se inclina hacia mí. Se me corta la respiración, me envuelve su fragancia a limones.

–¿Te importa que hoy no te acompañe a casa?

Asiento con la cabeza.

–Pero ¿me dejarás acompañarte mañana?

–Sí –digo con una exhalación.

Contento con mi respuesta, se levanta y va hacia el hospital, pero antes de desaparecer tras las puertas, le pregunto sin pensar:

–¿Por qué siempre hueles a limón?

Se detiene y se da la vuelta muy despacio, sorprendido.

–Es la colonia de Baba.

20

A Layla se le ocurre que nos llevemos limones por si nos mareamos en el barco.

–Claro –digo–. ¿Cómo no se me había ocurrido?

Se ríe, mirando los tres conjuntos entre los que debe elegir

–Porque estás enfrascada en pleno despertar del amor. Y, al parecer, ahora que Kenan viene con nosotras, más que nunca.

Sigo revisando la lista como si no la hubiera oído, pero tengo muy presente el dibujo de Kenan que guardo doblado en el bolsillo. Un abrigo grueso. Pasaporte y el certificado escolar. En los inicios de la revuelta, llevaba el pasaporte a todas partes por si ocurría algo o si había que huir de improviso.

Reviso el resto de cosas imprescindibles. Ocho latas de atún y tres de judías. Un blíster de paracetamol. Un par de vendas. Cuatro botellas de agua.

–No puedes decirme nada que no sepa –dice Layla, dejándose caer en el sofá tras decidirse por un vestido azul marino y unos calcetines de lana gruesos–. Nunca has podido ocultarme tus secretos. Ventajas de conocerte de toda la vida.

Cierro los dedos sobre el rollo de dólares, y el frágil rostro de Samar se proyecta como un destello ante mis ojos. Me contengo para no vomitar pese a haber comido solo cinco cucharadas de crema de lentejas.

–¿Nos falta algo? –pregunto, y me concentro en el hecho de que Kenan estará en ese barco conmigo.

Layla suelta un suspiro y señala con la cabeza un lápiz de memoria que hay en el suelo, cerca de mí.

Lo recojo.

–Contiene fotos de familia. Así nos llevaremos a Hamza con nosotras. Y a nuestros padres.

Se me forma un nudo en la garganta.

–¿Cuándo lo has hecho?

Mueve la cabeza.

–Hamza recopiló las fotos la primera semana de la revolución.

Me tapo la boca con una mano, las lágrimas escuecen.

«¿Qué te estarán haciendo Hamza?»

–Él sabía que esto iba a pasar –susurra Layla–. O, cuando menos, lo sospechaba.

–Siempre ha sido muy listo –susurro a mi vez.

Miro a Layla. Las lágrimas conceden a sus ojos el aspecto de zafiros. Me tiende sus manos, que cojo entre las mías.

–*Alhamdulillah* –dice–. Corramos la suerte que corramos, tanto nosotras como Hamza, no perderé la fe.

Asiento con la cabeza, aunque tengo un nudo en la garganta por tantos secretos y remordimientos.

* * *

A la mañana siguiente voy en busca de Am en cuanto pongo el pie en el hospital. Lo encuentro en el vestíbulo principal, mirando por una ventana.

–Am –lo llamo, y se vuelve hacia mí.

–Salama.

Saco de mi bolsa un blíster de paracetamol y lo suelto sobre su mano.

–Necesito una plaza más.

Me mira con incredulidad.

–Claro, y la semana que viene, otra. Y otra, y otra...

–No –digo con dificultad–. Solo esta.

Agita el blíster delante de mí.

–No estás en posición de negociar, Salama. El paracetamol no bastará para hacerte un descuento.

–Pero ¡si ya te voy a dar el oro!

Se encoge de hombros, tira la colilla al suelo y la aplasta con el talón de la bota.

–No es suficiente. ¿Qué vale más? ¿Un objeto de oro o una vida?

Quiero decirle lo despreciable que es, cruzarle la cara por la hipocresía que impregna sus palabras. En cambio, musito:

–Un anillo.

Sopesa la propuesta.

–De acuerdo.

El ruido de una colisión remota nos hace sobresaltarnos, pero el momento pasa, y una bandada de pájaros ha echado a volar hacia el cielo salpicado de nubes.

Am juguetea con un cigarrillo. Vuelve a mirarme como si me viera por primera vez.

–¿Qué? –digo a la defensiva con los brazos cruzados.

–¿Siempre has estado tan –pregunta, señalándome– flaca?

Cohibida por el comentario, me ajusto el hiyab, estirándolo para cubrirme bien un hombro. Seguro que le encantaría saber que lo que me ha dejado en los huesos es el sentimiento de culpa por haber actuado mal. Pero antes de poder replicarle, me llama el doctor Ziad. Al volverme, lo veo agitando una mano con gesto alarmado.

Me precipito hacia él con el corazón en vilo.

–Doctor, ¿qué sucede? –pregunto.

Lanza una mirada rápida alrededor para luego llevarme a un rincón del vestíbulo.

–¿Has oído lo que pasó ayer en Karam el-Zeitoun? –pregunta en un susurro, con un hilo de dolor.

Se me seca la boca y niego con la cabeza.

–El ejército... La multitud... –Hace una pausa mirándome con profunda pena, luego respira hondo para proseguir–. Han degollado a mujeres y niños. No se salvó nadie. No hubo ni un solo disparo. A los niños... los atacaron con... –Vuelve a perder la compostura, tiene los ojos llorosos, y las lágrimas empiezan a arder en los míos–. Los atacaron con objetos contundentes, y mutilaron brutalmente a una niña. Los vecinos oyeron los gritos y... El Ejército Libre de Siria lo acaba de confirmar.

Siento ardor en el estómago.

–Nosotros... seremos los siguientes, ¿verdad? –consigo decir.

Se pasa una mano por el pelo y endereza la postura. El horror desaparece de su expresión. Él es el líder de este hospital, quien nos infunde fuerza. Si él se viene abajo, nos desmoronamos todos.

–El ELS se ha hecho con información crítica sobre un ataque planeado sobre las proximidades esta mañana, y han dado la voz de alerta a todos los hospitales. Será lo peor que hayamos vivido hasta ahora.

–¿Peor que los misiles? –pregunto, incapaz de imaginarme qué otra cosa podrían usar.

Asiente con la cabeza, y advierto que los capilares de sus ojos son más pronunciados, más rojos.

–¿Cómo qué? –añado.

Respira tan hondo que el aire se pierde en algún lugar de sus pulmones.

–Ataques que violan la Convención de Ginebra.

Frunzo el ceño.

–¿Y todo lo que han hecho hasta ahora es legal?

–¡No, claro que no! –exclama, frotándose los ojos con las manos trémulas–. Pero esto está prohibido. –El sudor reluce en su frente.

–Pero ¿a qué se refiere exactamente? –pregunto con la voz ahogada.

–Puede que no pase –dice, pero distingo la mentira en el tono.

–Doctor, es el régimen. Si les da la gana, nos pueden tirar una bomba atómica. –Me río sin gracia y me llevo la mano a la frente.

«Gardenias. Alivian la depresión, la ansiedad y el estrés. Gardenias. Gardenias. Gardenias.»

Sus ojos van y vienen de la puerta a mí.

–Salama, para mí eres como una hija. Así que, por favor, no huyas del hospital si esto acaba pasando. Ninguno de nosotros está preparado para afrontar algo así, pero saldremos de esta.

–¿Si acaba pasando qué? –pregunto casi gritando–. ¿Qué le ha contado el Ejército Libre?

Pero no me lo quiere decir.

Oímos un grito desgarrador, y me doy la vuelta, asustada. No había oído un alarido igual en toda mi vida. Las puertas se abren, y una multitud entra en masa. Pero no veo heridos.

–¿Qué está pasando? –grito, tratando de entender.

Decenas de afectados en camillas o en el suelo se convulsionan como si alguien los hubiera electrocutado.

Adolescentes con la cabeza echada hacia atrás, agitando brazos y piernas descontroladamente.

Niños echando espuma por la boca, mirando al techo, sin comprender qué les pasa.

Tengo los pies clavados en el suelo. No entiendo qué ocurre. No lo entiendo.

–Ha sido un ataque químico –oigo decir al doctor Ziad–. Al final han usado gas sarín.

21

Me llevo las manos a la boca, horrorizada. Repaso mentalmente una lista de medicamentos, una lista de *cualquier cosa* que sirva para contrarrestar los efectos del sarín, pero no se me ocurre nada. Nadie está preparado *nunca* para un ataque químico.

–¿Cómo... cómo *demonios* trato esto? –me pregunto, clavándome las uñas en el cuello.

–Atropina –grita el doctor Ziad para que todo el personal médico lo oiga, a medida que se aproximan a las víctimas–. Diazepan para las convulsiones.

Mira hacia atrás y ve que estoy inmóvil.

–*¡Salama!* –grita con fuerza–. ¡Tenemos que actuar ya! Se morirán en cuestión de minutos, ¿lo entiendes? Basta una cantidad mínima de sarín para matar a un hombre adulto. Y estos son niños. *¡Venga!*

Mi mente se activa y el miedo se disipa lo justo para impulsar a mis pies a correr y a mis manos a actuar. Nour me suelta un puñado de jeringuillas en los brazos y me pongo en marcha.

No tenemos medios con los que protegernos contra los agentes gaseosos que afectan al sistema nervioso de los pacientes, solo guantes.

Valoro quién necesita ayuda primero. A más gas inhalado, menos tiempo les queda. Voy derecha a un niño que está agitándose violentamente en el suelo. Aparto a su madre, que llora a su lado. No hay tiempo para explicaciones. Le clavo la aguja en el brazo sin dejar de rezar. Ni siquiera espero a ver si reacciona. Ahora mismo el tiempo es oro. Inyecto a otro paciente, y Nour me releva para practicarle una RCP.

Atiendo a otra niña con lágrimas en los ojos y espuma en la boca, que me mira fijamente sin verme, y temo haberla perdido. «El efecto de las inyecciones intravenosas es rápido», coreo una y otra vez en mi cabeza. Tiene el pulso débil y los ojos entrecerrados. Me pica la garganta al respirar. Procuro no mirarla a los ojos cuando la cojo por el codo para hundir el bisel de la aguja en la vena mediana cubital. Atiendo a la siguiente víctima. Las últimas palabras de Ahmad resuenan en mis oídos. Siento la presencia de su espíritu observándome, pensando que me muevo demasiado despacio para salvar a nadie. Su mirada me arde en la nuca como dos monedas candentes, impaciente porque mis manos son lentas, porque no inyectan el antídoto con la rapidez necesaria

«Se lo contaré todo a Dios.»

Pierdo la cuenta de las personas a las que no consigo salvar. Tienen los ojos negros, cual noche sin estrellas, una expresión de miedo y confusión congelada para siempre en sus rostros. Me doy cuenta de que estoy temblando cuando sacudo con impotencia a una mujer por los hombros para devolverle la vida.

–*No* –ruego apretando los dientes–. ¡Por favor, no te mueras!

Ya no empaña la máscara de oxígeno con su respiración y me mira fijamente con los ojos sin vida. El olor a lejía me arde en la nariz.

Cloro.

No es solo sarín.

«Mierda. Mierda. Mierda.»

Los siguientes cuerpos que toco ya están muertos. No queda nadie con vida. He llegado tarde. Estaban aquí mismo y no he podido salvarlos a tiempo. Me levanto despacio, con las piernas temblando, y miro el desastre a mi alrededor.

Estoy rodeada de cuerpos amontonados, en el centro, sintiendo que me juzgan. Tengo las manos rojas, en carne viva, por la capa de gas que cubre a las víctimas. La misma historia se repite, pero con distintos personajes; el final siempre es el mismo. Aun así, aunque lo sepa, el dolor sigue siendo inconmensurable. Mucho más de lo que soy capaz de afrontar.

La escena se desarrolla ante mí a cámara lenta.

Veo a niños asiéndose a los adultos que los protegen, aullando angustiados. Veo a familias enteras tumbadas, unos al lado de los otros, cogidos de las manos, a la espera de entrar juntos en el cielo. Camino despacio sin apartar la vista de la puerta de salida. Necesito aire. Necesito respirar algo que no sea cloro.

–¡Salama! –Nour me coge del brazo antes de que pueda abrir la puerta–. ¿Qué estás haciendo?

–Salgo un momento –respondo con la voz ronca.

El sarín que he acumulado al tratar a los pacientes se me ha filtrado en la piel y noto que se me empieza a cerrar la garganta. «Dios, cómo quema.»

–No puedes salir sin esto. –Me pone en las manos una mascarilla quirúrgica–. No sirve de mucho, pero algo hará.

«No sirve para nada. Pero ¿cómo íbamos a saberlo? No estábamos preparados para un ataque químico. ¿Qué médico lo está?»

Me derrumbo sobre las escaleras del hospital, temblando de la cabeza a los pies. Han pasado horas sin que me percatase. Empieza a caer la tarde. La muerte nos arrebata cada segundo. El oxígeno vuelve a entrar poco a poco en mis pulmones y entonces vuelvo a pensar en mi familia.

–¡Layla!

Me levanto de un salto, mirando en dirección a mi casa. Está a salvo. Sé que lo está. Porque ninguna de las víctimas era de nuestro barrio, que está a un cuarto de hora de distancia. El sarín no ha alcanzado el hospital, por lo tanto, tampoco mi casa.

Luego pienso en Kenan y en sus hermanos. El pavor me retuerce el estómago. No tengo ni idea de si hoy ha venido. «Por favor, Dios mío, que no haya afectado a su barrio.»

Me quito la máscara, la manoseo, me paseo por el hospital, tratando de establecer un hilo de pensamiento lógico.

«Si les hubiera afectado, los habrían traído aquí. Pero... ¿y si se han muerto allí mismo? Dios mío. ¡Dios mío!»

Respiro hondo y decido que debo comprobar cuanto antes que Layla está bien, y luego ir a casa de Kenan para cerciorarme de que no les ha pasado nada.

–¡Salama! –grita una voz detrás de mí.

Me doy la vuelta al instante y veo a Kenan de pie delante del acceso al hospital, aguantándose contra la cara una tela a modo de mascarilla. Está vivo. Kenan suelta una profunda exhalación, que siento en lo más hondo de mi alma.

Me tiemblan las piernas de alivio, y me dejo caer sobre las escaleras.

–¡Salama! –vuelve a gritar, corriendo hacia mí–. ¿Estás bien? Dios mío, dime que estás bien.

Se agacha a mi lado, retirando la tela con la que se tapa la boca, y su rostro ocupa toda la imagen. Sus ojos verdes y brillantes, su rostro hermoso y honesto.

–Estoy bien –musito–. ¿Y tú? ¿Y Lama? ¿Y Yusuf?

Se apresura a asentir, mientras sostiene las manos a un lado de mi cabeza sin llegar a tocarla, haciendo todo lo posible para contenerse. Aun así, siento su calor, la sangre de sus venas.

–El ataque no fue... cerca de nuestra casa, pero tenía que venir al hospital para asegurarme de que estabas viva –explica, y, como si de pronto se vaciara de toda energía, se deja caer a mi lado.

Huele a humo y a restos de gas y limón. Las piernas me tiemblan de agotamiento, los brazos me duelen: lo único que quiero es tumbarme en estas escaleras resquebrajadas y echarme a dormir para siempre.

Las voces debilitadas de los heridos se filtran a través de las paredes agrietadas del hospital. Cierro los ojos, incapaz de soportar tanto dolor sin plegarme sobre mí misma y llorar hasta morir. ¿Por qué? *¿Por qué* nadie nos ayuda? ¿Por qué nos dejan morir? ¿Cómo es posible que el mundo sea *tan* cruel?

Me abrazo las rodillas y apoyo la cabeza entre mis brazos.

–Estoy cansada –susurro.

–Yo también –contesta Kenan.

Niego con la cabeza.

–No. Estoy harta de todo. De que nos estemos asfixiando y a nadie le importe un bledo. Estoy harta de que no seamos siquiera una preocupación menor. De no tener ni los derechos humanos básicos garantizados. Estoy *muy cansada,* Kenan.

Noto que me mira, pero cuando levanto la cabeza, fijo la vista en el horizonte que asoma entre los edificios derribados. Todo es azul y gris.

–Y también siento rabia –añado.

Entonces me doy cuenta de que la rabia siempre ha estado ahí, que ha ido creciendo lentamente, pero con firmeza. Que surgió hace tiempo, el día que nací bajo el peso de una dictadura que siguió ejerciendo su presión hasta romperme los huesos. Esa rabia se prendió como una leve llama el día que Mama y yo nos cogimos de las manos para rezar mientras las voces guturales de los manifestantes resonaban contra las paredes de la cocina de nuestra casa. Ese día, cuando se llevaron a Baba y a Hamza, la rabia se fundió con mis huesos, sus llamaradas treparon por el miocardio, descomponiendo las células a su paso. Se ha ido acumulando día a día, con cada cuerpo que yace ante mí. Y ahora arde a fuego vivo, restallando por todo mi sistema nervioso.

–Mañana es el aniversario de la revolución –digo, y Kenan se agita un poco–. Quiero ir.

En cuanto esas dos palabras brotan de mis labios, aguardo a que me aborde la consabida sensación de pavor y arruine la determinación. Pero no sucede. No. *Ya no aguanto más.*

Veo a Khawf con el rabillo del ojo, pero me niego a mirarlo, pues sé que no me respaldará. Esta decisión es mía, no está regida por él, así que opto por mirar a Kenan, cuyos ojos están cargados de emoción.

–¿Estás segura? –me pregunta, y casi sonrío.

Asiento. Esta decisión me da serenidad. Quiero unir mi voz a la de mi pueblo. Ahuyentar mis penas cantando. Llorar a nuestros mártires. Tal vez sea la última vez que vaya a sentirme parte de Siria antes de marcharme. No quiero seguir viviendo con miedo.

Kenan se pone en pie, esquivando mi mirada, y luego dice en un tono bastante duro:

–Has dicho «revolución».

Me miro las deportivas.

–Bueno..., es que es lo que es.

Se toca con nerviosismo la manga de la chaqueta antes de volverse hacia mí.

–Déjame acompañarte a casa.

Levanto la cabeza para mirarlo.

–¿Y Lama y Yusuf?

–Confía en mí. No me ofrecería a acompañarte si no supiera que están a salvo –dice–. *Insh'Allah.*

–Entonces voy buscar la bolsa.

Me levanto para dirigirme hacia la puerta y, al asir el picaporte, mi mano se agarra con fuerza, mis músculos se paralizan. La rabia está ahí, pero no ha disipado el peso de los muertos que cargo a la espalda.

–Ya voy yo a buscarla. Está en el almacén de los medicamentos, ¿verdad? –dice Kenan con delicadeza.

Cuando abre la puerta para entrar, la tos y los gemidos de los heridos me provocan una contracción en la garganta, hasta que vuelve a cerrarse, y se silencian.

Caminamos sin pronunciar palabra hacia mi casa, pero me doy el gusto de mirarlo, de fijarme en cómo arquea los hombros. Diría que en su mente también se gesta una tormenta. Las escenas de hoy están resquebrajando su decisión de abandonar Siria. No obstante, debe de saber que en esta ecuación la respuesta correcta no existe. Marcharse es el mal menor. El mundo no es lo bastante seguro para que sus hermanos se aventuren solos, y, si les pasara algo, Kenan quedaría destrozado. Pero tengo que saberlo..., tengo que oír esas palabras *de su boca* una vez más.

Al llegar a la puerta de entrada, apoya la cabeza contra la pared acribillada de balas.

–Aún piensas venir con nosotros, ¿verdad? –susurro, y me mira.

–Sí –dice en voz baja.

De un empujón, se aparta de la pared y se pasa una mano por el pelo. Tiene la mirada vidriosa. Da una patada a una piedra suelta, que rebota y repiquetea patéticamente contra unos escombros.

–Lo que pasa es que... –añade, y suelta un bufido tenso–. Salama, me siento tan impotente... Voy a dejarlos atrás. Y después de lo que ha pasado hoy. –El dolor abrasa su mirada–. Siria me necesita, y la voy a abandonar.

Niego con la cabeza.

–No, no la vas a abandonar. Lo que está haciendo aquí nuestra gente..., las protestas..., es una hazaña hermosa y muy necesaria, pero no sirve para cambiar la mentalidad de nadie. Y desde fuera podremos ayudar *mucho*. Podrías ponerte en contacto físicamente con la gente que comenta tus vídeos. Necesitamos tu voz, tu talento para crear historias, para amplificar lo que está pasando aquí. Esa puede ser tu forma de luchar.

Me mira fijamente, su tez adquiere un leve tono rosado.

–Además, *volveremos* –le aseguro, no sin cierta duda–. *Insh'Allah*, volveremos a casa. Plantaremos limones. Reconstruiremos las ciudades y seremos libres.

Me doy la vuelta para contemplar el sol poniente y luego miro el azul crepuscular que poco a poco va consumiendo la luz.

La noche cae deprisa, pero sé que no será eterna. Este manto de oscuridad no durará eternamente. Su maldad no durará para siempre. En especial mientras conservemos la fe, y la historia de Siria corra por nuestras venas.

–Salama –susurra Kenan.

Mis alveolos se quedan sin aire por el modo como me mira. Una forma de mirar que solo conocía por los libros, que solo había visto en las películas. Jamás pensé que la experimentaría en la vida real, y mucho menos en estas circunstancias.

Se acerca más, me toca el borde de la bata, y todo se detiene. Las hojas secas que revolotean a nuestros pies, la brisa fría, el canto de los pájaros... Todo. Incluso mi mente.

Mi corazón se desplaza del tórax al esófago cuando pinza con sus largos dedos la parte superior de mi bolsillo.

–Tienes razón. Volveremos –susurra, y entonces me atrevo a levantar la vista.

Me siento embriagada por su forma de contemplarme. Tan próxima, tan bondadosa, tan hermosa.

Siento por primera vez la necesidad de tocarle las mejillas, de acercarlo a mí y sentir su barba incipiente en las palmas de mis manos. La necesidad de olvidar todo este dolor.

Baja sus ojos esmeralda a mis labios durante unos segundos, y luego aparta la mirada.

–Salama –murmura.

Y se marcha.

La vida se reanuda, las hojas crujen. Y yo ansío más.

* * *

–Entonces ¿vas a ir? –pregunta Layla en un susurro.

Estamos abrazadas, con mi cabeza apoyada en su hombro. No nos hemos movido de este rincón del sofá desde que he llegado a casa. Las piernas todavía nos tiemblan un poco por el terror de la jornada.

–¿Crees que no debería?

Layla mueve la cabeza.

–En absoluto. Es tu camino en la vida. Además, eres la hermana de Hamza: no me sorprende en absoluto. Pero ¿por qué te has decidido?

Le aprieto el brazo y me muerdo el labio.

–Hace ya tanto tiempo que esto me afecta... Odio el régimen, pero una parte de mí..., una parte cobarde..., creía que si no iba a las manifestaciones y si los militares vencían antes de que pudiéramos coger el barco (Dios no lo quiera), quizá no me torturarían. Y soltarían a Baba y a Hamza. Pero ahora... Baba está muerto, y Hamza... –me interrumpo–. Una parte de mí quería que las cosas volvieran a ser como eran. Que siguiéramos viviendo con miedo. Y *detesto* esa idea. –Levanto la cabeza y veo compasión en los ojos de Layla–. Me siento como una hipócrita.

–Salama, es humano sentir miedo. Y no eres una hipócrita.

–Eso espero –musito–. Sería capaz de cortarme las venas por Siria si mi sangre fuera a salvarla. Si morir supusiera restaurar la justicia al pueblo..., no me lo pensaría dos veces.

–Lo sé.

Cierro los ojos.

–Esto será lo más cerca que estaré de la... Es mi forma de pedir perdón por marcharme.

Layla apoya la mejilla sobre mi cabeza.

–Lo sé.

Tras guardar silencio unos minutos, digo:

–No sé qué pasará mañana. Pero si no..., si..., por favor, si pasa, acude a Am. Coge ese barco. Vive por mí y por Hamza. Dale una buena vida a la pequeña Salama. –Me echo hacia atrás y la tomo de las manos con fervor–. *Prométemelo.*

Respira profundamente, armándose de valor.

–Solo si me juras que harás todo lo posible por no morir. Que regresarás, *insh'Allah.* –Su voz se ablanda, quizá demasiado–. Salama, por favor. No te conviertas en mártir. Lucha por la vida.

Sus palabras caen como piedras en el fondo de un lago, y empiezo a notar el escozor de las lágrimas.

–Te lo prometo.

Me suelta las manos.

–Yo también te lo prometo.

* * *

Cuando cierro la puerta de mi habitación, Khawf me está esperando junto a la ventana.

–Esto es un error –dice; se muestra exasperado conmigo–. Estás a punto de marcharte. ¿Por qué te empeñas en ponerte en peligro?

Suspiro y me siento en la cama.

–Sé que no quieres que me meta en líos, pero no hay ningún lugar seguro en Siria. Podría caer una bomba sobre esta casa ahora mismo.

Está de pie delante de mí, con los brazos cruzados.

–Eres boba si crees que mañana no van a desplegar todo su arsenal en las manifestaciones.

Asiento con la cabeza.

–Tienes razón. Y tú no me dejarás en paz en ningún momento. Así que hagamos un trato.

Se pone derecho. No parece que sienta pavor, sino más bien interés.

Levanto la barbilla.

–Muéstrame la peor situación posible.

Se ríe.

–¿Cómo dices?

–Enséñame lo peor que podría pasarme. Hasta ahora me has mostrado el pasado. Revélame el futuro. Muéstrame el dolor de Layla. Si soy capaz de lidiar con eso, me dejarás en paz toda la noche. Y no me amenazarás.

Inclina la cabeza a un lado, le brillan los ojos.

–Te enseñaré cómo te detienen. Cómo torturan a Kenan. Cómo matan a Yusuf y a Lama. ¿Quieres que te muestre *todo* lo que podría disuadirte de acudir a la manifestación mañana?

Noto un sudor frío en la frente.

–Sí.

Me examina durante un momento, y luego levanta los dedos.

–No me eches a mí la culpa si eso te destroza. Puede que ahora sean alucinaciones, Salama. –Se inclina sobre mí hasta que estamos cara a cara–. Pero la posibilidad de que pase es *muy* real.

Cuando noto el temblor en las manos, las cierro en puños.

–Hazlo –titubeo.

Sonríe con satisfacción y chasquea los dedos.

22

El día siguiente pasa volando. El sabor a bilis me quema la garganta. No he pegado ojo en toda la noche, y mi cabeza pesa como un plomo tras las escenas que Khawf me mostró anoche. Me froto los ojos para acallar los alaridos de tortura que aún retumban en mi cabeza. Los músculos extraoculares me duelen de tanto llorar, pero me mantengo firme.

–¿Tenéis lista la maleta? –pregunta Am cuando le entrego el blíster de paracetamol–. No os llevéis nada que pese. Es un barco de refugiados, no un crucero.

–Ya lo sé –le suelto de mala gana.

Miro alrededor, a mis pacientes, que están por todas partes, con los ojos rojos, tos convulsiva...

–¿Cómo vamos a cruzar los controles fronterizos del ejército? –pregunto.

Mira de soslayo para asegurarse de que nadie nos pueda oír.

–Conozco a los guardias. Algunos quieren hacer dinero. Les da igual dejar pasar a la gente mientras les paguen el precio que piden.

La repugnancia me provoca un sabor peor que el de la bilis.

Am se encoge de hombros.

–Es un negocio, Salama.

Resoplo con desprecio.

–Llámalo como quieras, pero no me mientas.

Durante la pausa, me retiro al almacén de los medicamentos y me pongo a leer las etiquetas para calmarme.

–Ey –oigo a Kenan en el umbral.

Se me acelera el corazón, y suprimo la imagen de él recibiendo una paliza, con sangre brotando de las cuencas de los ojos.

–Hola.

–¿Puedo pasar?

Juguetea con el borde del suéter. Se le marcan las arrugas de la cara, va despeinado y también tiene pinta de haber dormido poco. Seguramente la decisión de irse le esté pasado factura.

–Claro –respondo, indicándole con la mano el espacio vacío delante de mí–. ¿Cómo está Lama?

Se sienta y se apoya contra uno de los armarios.

–Está mucho mejor. *Alhamdulilla*. Tiene el pulso normal, yo mismo se lo he tomado. Procuramos que beba mucha agua. Y Yusuf respira mejor ahora que ella está bien. –Se tira de los dedos y añade–: En cuanto a lo de esta noche..., quiero que me prometas algo.

–¿Qué?

–Que estaremos juntos. Pero, si a mí me pasa algo, tú sálvate. Si ves que me cogen, corre. ¿Entendido?

No. Eso no me gusta.

–Kenan...

Su rostro es todo intensidad.

–Salama, prométemelo.

Cuando no digo nada, repite con mayor firmeza:

–*Salama.*

–Vale –musito, pero aborrezco el mero hecho de pensarlo–. Yo me encargaré de que tus hermanos encuentren a tu tío si... –Me quedo callada. No puedo pronunciar esas palabras–. Y si me pasa algo a mí, por favor, cuida de Layla.

–Lo haré. –Chasquea los nudillos–. Le he explicado a Yusuf dónde vive, en caso de que los dos nos... –dice, dejando también en el aire sus palabras.

–Claro.

No deja de mirarme y, de pronto, siento la necesidad de taparme la cara. Pero no lo hago, sino que me aclaro la voz y cojo una caja de medicamentos.

–¿Qué es eso? –pregunta.

–Mi preferido –respondo, aliviada de poder apartar la atención de sus ojos–. Epinefrina. Un fármaco mágico para el corazón. Puede salvar muchas vidas.

–¿Cómo se administra? –pregunta en un tono de voz grave, y siento que yo misma necesitaría una dosis ahora mismo.

–Directamente en el corazón. Pero en realidad da igual en qué parte del cuerpo. Es intravenoso y el efecto es instantáneo.

Asiente con la cabeza, pero insiste en mirarme, y yo empiezo a sospechar que quizá tenga algo en la cara.

–Hmmm, ¿tengo...?

–¿Cómo es posible que siempre te brillen tanto los ojos? –me interrumpe.

–¿Qué? –pregunto, riéndome.

–Cuando te conocí, pensé que era cosa de la luz que había en ese momento. Pero no es eso. Porque este cuarto tiene una iluminación espantosa, y aun así tus ojos parecen miel derretida.

Me quedo sin respiración. Él se sonroja y entonces mira hacia la puerta.

–Perdona –balbucea–. No pretendía ser tan directo.

–No pasa nada –susurro, manoseando la caja de epinefrina.

¿Que tengo los ojos bonitos? Hacía tiempo que no oía algo así.

Nos llegan voces a través de la puerta abierta.

–Lo han matado. Han asesinado al hombre que repartía rosas.

–¿Ghiath Matar? –dice una mujer afectada.

–Sí. Solamente ofrecía flores a los militares. Su mujer está embarazada. Ha salido en Facebook. Lo han torturado hasta la muerte.

La caja de epinefrina se me escurre entre los dedos y cae al suelo con un golpe sordo. Kenan cierra los ojos, y su pena se traduce en un gesto de dolor. Cuando vuelve a abrirlos, se levanta y se queda de pie en la puerta.

–Quedamos en la pastelería Al-Ameer, ¿vale?

Asiento y se aleja. Mi corazón recobra el ritmo normal, pero la tristeza hace que me salten las lágrimas. Echo la cabeza hacia atrás y respiro hondo.

–¿Estás pensando en retractarte? –pregunta Khawf, que se me acaba de aparecer.

–No –murmuro con la voz trémula, pero no de terror–. Los odio.

–Lo sé –responde Khawf amablemente–. Y debo decir que esa rabia te sienta muy bien. –Permanece un momento en silencio y añade–: Lo que te mostré anoche, Salama..., todos esos escenarios podrían hacerse realidad.

Me cuesta tragar, pero mi deseo de ser más fuerte que el horror al que me enfrento pesa más que cualquier otra cosa. Me da sosiego.

–No te diré que me emociona la idea de ir a una manifestación esta noche, pero ¿estás preparada para hacer frente a las consecuencias?

Asiento, moviendo despacio la cabeza.

–Es el precio que hay que pagar por un futuro libre, Khawf. Es el precio que Hamza paga todos los días. Soy siria. Este es *mi* país, y, como los limones que han crecido aquí a lo largo de los siglos, la sangre derramada no nos detendrá. Tengo fe en Dios. Él me protegerá. Me han cebado a la fuerza con opresión, pero no pienso seguir aceptando ese trago amargo. Pase lo que pase.

23

Las expectativas me ponen los pelos de punta mientras me abro paso entre la multitud que se apresura hacia el lugar de la manifestación.

La plaza de la Libertad.

La luna se cierne sobre nosotros, mostrándonos el camino con su delicado trazo. Con su luz y las sencillas linternas a pila improvisadas lo distingo todo bien. Hombres jóvenes me adelantan apresuradamente, algunos llevan grandes pancartas pintadas de rojo.

Los fragmentos de conversaciones que me llegan están cargados de esperanza y determinación; la gente se siente orgullosa de seguir en pie un año después. Me pregunto cuántas muertes hacen falta, cuántos traumas más, para derribar su espíritu. Su fe es sólida. Su fe en Dios y en la revolución. Y ahora que saben en qué consiste la verdadera libertad, no pueden regresar a la oscuridad.

Supuestamente, la plaza se ubica en una zona bajo jurisdicción del Ejército Libre de Siria, de modo que estaremos a salvo durante buena parte de la noche. Pero el Gobierno siempre acaba apareciendo. Me cubro la cabeza con la capucha para que nadie me vea la cara. Aunque en la oscuridad cuesta identificar los rasgos de nadie, es preferible asegurarse. A fin de cuentas, tampoco es que importe demasiado: a los ojos del ejército no hay inocentes. Nos matarán a todos, nos manifestemos o no. Para ellos, la idea de libertad es contagiosa, y deben aniquilarnos antes de que se extienda.

Intento no pensar en Layla ni en el momento en el que nos despedimos. Pensaba que no me permitiría venir. Pero ocurra lo que ocurra esta noche, no me arrepentiré.

Khawf está de pie a mi lado, imponente, como un presagio de muerte.

–Recuerda el trato –le digo, y pone los ojos en blanco.

–No hablaré contigo cuando el chico esté presente. Pero no te creas que no se da cuenta. Ya sospecha algo.

Al llegar a la plaza, oímos las primeras voces de protesta. Son graves, arraigadas en lo más profundo de unas almas heridas, cada una de las cuales ha seguido su propio camino para llegar hasta aquí y congregarse, fuertes y unidas. Cada una de estas personas es muy consciente de que cada palabra puede ser la última que pronuncie.

–Eso no lo sabemos. Y aunque sea como dices, es solo una sospecha –replico, mientras avanzo con cautela entre los manifestantes, hasta llegar al sitio donde Kenan me había citado.

Es un lugar aislado, cerca de la acción, pero no demasiado, por si tenemos que salir corriendo. Me apoyo contra una pared con un enorme trozo de hormigón desintegrado por el golpe de un proyectil. Fragmentos de cristal crujen a cada paso.

–De acuerdo. Pero asegúrate de que la capucha te tapa la cara. –Khawf mira alrededor–. Más vale prevenir que curar.

Estiro el cuello para ver a la multitud congregándose como una misma alma, una misma vida. Veo a niños en el umbral de la adolescencia, sin rastro de miedo en sus rostros. Aquí el temor no tiene cabida. Jóvenes que han crecido a la sombra del terror que dominaba a sus padres y están decididos a hacer suyo este país. Viejos cansados de ser pisoteados por la dictadura, que han esperado toda su vida para ser testigos de una chispa que desate el fuego que arrase a su paso esta tiranía.

El miedo muere aquí.

Un chico de mi edad, o más joven, pasa por delante de mí. El resplandor de las linternas se proyecta contra su pecho desnudo. Sus costillas sobresalen allí donde hueso y piel se tocan. Lleva la palabra «libertad» escrita en el pecho con carbón.

–¡Ey! –grito inesperadamente.

Se vuelve hacia mí.

–¿No tienes miedo? –le pregunto en voz alta.

Me mira un instante antes de responder:

–Siempre. Pero no tengo nada que perder.

Da media vuelta y se mete entre la gente, abriéndose paso hacia el centro de la manifestación. Este lugar funciona de forma diferente que el hospital, donde la muerte se adhiere a las baldosas del suelo. Aquí la vida brilla con tal intensidad que suprime cualquier asomo de duda. Me invade una sensación de paz.

Mis pulmones agradecen una bocanada de aire fresco. La presión de mi pecho se desvanece, y me siento más ligera. La cabeza me da vueltas, y noto en la lengua las ansias de cantar y corear consignas. Khawf sigue a mi lado, pero sin decir palabra, observando a la masa con interés.

Un hombre en el meollo de la multitud da unos golpecitos a un micrófono. Su voz retumba, y la gente empieza a dar voces y a aplaudir a rabiar. Los vítores sofocan sus palabras, pero capto la esencia: está relatando lo sucedido en el último año. Es increíble pensar que llevamos trescientos sesenta y cinco días así. Aquí el tiempo transcurre de manera diferente. Es por culpa de la pena que sentimos. Cada día que pasa es como un año y, a medida que transcurre, tenemos la esperanza de que la siguiente jornada sea mejor.

Veo a mucha gente preparando los teléfonos para grabar. Algunos sacan de sus chaquetas papeles con el lugar y la fecha de hoy anotados, junto a algunas frases como: «Vete al infierno, Asad», «Vamos a por ti», «No le tenemos miedo a nadie, solo a Dios» o «Asad es un asesino».

Una en concreto me llama la atención. Es un antiguo poema, escrito en letras rojas tachonadas a la perfección:

«Cada limón engendrará un hijo, y los limones jamás se extinguirán.»

Los limoneros siguen creciendo, floreciendo, alimentando la revolución. Recuerdo la limonada que solía preparar Mama en verano. Casi paladeo su sabor agridulce, y se me hace la boca agua solo con pensarlo. Ansío en lo más profundo esos limones recién cogidos del árbol y la mirada de cariño de Mama al darme la limonada. Sacudo la cabeza para acallar la nostalgia.

Aquí no tiene cabida.

Tengo los nervios agitados, como si me hubiera inyectado adrenalina. Las manos me tiemblan sin parar, así que me las froto. Me consuelo observando el bloque de hormigón sobre el que espero a Kenan, pero cuando miro abajo, veo restos de marcas rojizas sobre el gris. Respiro hondo y bruscamente y me obligo a clavar la vista al frente.

La bandera de la revolución ondea bien alto sobre nuestras cabezas, y me hace pensar en el día en el que podamos ondearla en las escuelas y cantar con orgullo el himno nacional. Cuando este nos represente en todo el mundo. Por ahora, esta bandera es nuestro escudo contra los fríos inviernos, contra las bombas que caen del cielo, contra las balas que desgarran nuestros cuerpos. En la muerte es nuestra mortaja, envuelve nuestros cadáveres, de regreso a la tierra que juramos proteger.

Todas las voces se unen en una sola, más fuerte que la vida. «Qué dulce es la libertad» empieza a flotar en el aire, mientras las cámaras de baja calidad la captan para retransmitirla por todo el mundo. He oído esta canción en incontables ocasiones. Está en todas partes. Es el abecé de la revolución. Se la enseñamos a nuestros hijos en cuanto aprenden a hablar. Las paredes de los hospitales resuenan con las voces agotadas de los pacientes. Es el bálsamo para sus heridas. Muchos la tararean inconscientemente sobre la mesa de operaciones. Está arraigada en nuestras neuronas, nada podrá arrebatárnosla jamás.

Canto suavemente, mi voz contrasta con la de la multitud, profunda y resonante, que retumba en el cielo sobre nosotros. Es una oración cantada.

–Salama.

Su voz me inunda como la luz del sol. Me vuelvo, tratando de contener la sonrisa. Vamos vestidos igual, con unos vaqueros viejos y una sudadera con capucha. Lleva el pelo peinado hacia atrás, mojado como si hubiera metido la cabeza en un cubo de agua.

–Ey –saludo con naturalidad, recordando su escrutadora mirada en el almacén de medicamentos hace unas horas, así como sus palabras, que han acabado alojadas entre mis costillas y endulzando un corazón roto. El corazón que lo ama.

–¿Cómo estás?

Su mirada se desliza tímidamente de mi rostro al suelo. Quizá él también esté pensando en el momento que compartimos en el almacén.

–Bien –susurro.

–¿Cómo se encuentra Layla?

Su muestra de interés reconforta mi corazón marchito.

–Asustada por mí, pero bien.

Callo un momento y saco a colación un tema que precipitará los niveles de serotonina:

–¿Se han puesto contentos Lama y Yusuf cuando les has dicho que vas a venir con nosotros?

Kenan sonríe.

–Tanto como no lo habían estado en mucho tiempo. Lama se ha echado a llorar, y Yusuf no me soltaba.

–¿Yusuf aún no...? Es decir... –No sé cómo hacer la pregunta sin que suene insensible.

–No –dice con pesar–. Aún no habla.

En algunos aspectos, Yusuf me recuerda a mí. Quizá en su cabeza se aloja un huracán al que no sabe cómo hacer frente. Khawf es una carga que nunca he mencionado a nadie. Y necesito hacerlo desesperadamente. La soledad me asfixia y me provoca ganas de llorar. Es una presión acumulada que se abre paso a través de mi piel y de mis huesos.

–En Alemania buscaremos ayuda profesional –le digo.

Se rasca la nuca.

–¿«Buscaremos»?

Me entran ganas de llorar y respiro hondo. ¿Por qué nos andamos con rodeos? Yo sé exactamente qué siento por él, y su expresión no miente: sé que siente lo mismo.

–Porque no nos iremos cada uno por su lado una vez allí, ¿no?

Se vuelve hacia mí. Desliza las manos en los bolsillos y, con una mirada esperanzada, empieza a decir con delicadeza:

–Salama, jamás querré...

De pronto, la multitud se exalta entre vítores y damos un respingo, profundamente sonrojados. El hombre con el micrófono empieza otra canción en un tono grave y serio. Me fijo en que Kenan no ha traído la cámara.

De pie, observamos en silencio cómo se enardecen los ánimos. Entre canción y canción, rezamos por las almas de los mártires y por los encarcelados que sufren. Me enjugo una lágrima. Qué solo debe de sentirse Hamza.

Al cabo de un rato, Kenan dice:

–¿Ves los colores?

Esbozo una sonrisa.

–Sí.

Miro los árboles que flanquean un lado de la calle. Las hojas adornan los troncos, ascienden formando espirales hasta la copa.

–Hay vida en las cosas más pequeñas y simples. Entiendo por qué está ocurriendo esto. Para conseguir la libertad hay que pagar un precio alto. Se paga con...

–Sangre. Más de la que jamás habríamos imaginado –termina mi frase con resentimiento.

–Eso es –asiento con la voz ronca.

–Pero eso ya lo sabías –declara, mirando al frente–. ¿Crees que vale la pena?

La gente corea cinco versos más de la canción.

Pienso en el soldado rubio del Ejército Libre de Siria, que se mostraba en paz pese a estar a punto de perder un brazo. «Aún me queda el otro, ¿no?»

–No lo sé. Quiero que valga la pena. Quiero pensar que la hierba que crecerá sobre las tumbas de los mártires infundirá vida a una generación que pueda ser lo que quiera. Pero no sabemos cuándo pasará. Podría ser mañana, o dentro de varias décadas.

–Para eso tenemos la fe, Salama. Nuestra obligación es luchar, vivir y allanar el camino.

Admiro la confianza que transmite.

–¿Cuál es tu canción preferida? –me pregunta de pronto.

Me pilla por sorpresa.

–Hmmm... *Qué dulce es la libertad.*

–La mía también.

–Baba la cantaba a todas horas antes de que se lo llevaran. Su mirada se transformaba al entonarla, y no sonaba nada mal, porque tenía la voz de un canario.

–Ibrahim Qashoush era muy ocurrente.

–Todas sus canciones son extraordinarias.

Ibrahim Qashoush fue uno de los cimientos de la revolución. Un hombre sencillo de Hama que escribió buena parte de las canciones que nos infundieron fuerza para seguir luchando.

–Que en paz descanse –dice Kenan en voz baja.

Al mencionar su muerte, se me encoje el corazón como si acabara de enterarme de la noticia. Las fuerzas del ejército lo arrestaron. Le cortaron la garganta y le arrancaron las cuerdas vocales con brutalidad, hasta casi decapitarlo. Luego lo arrojaron al río Orontes, donde lo hallaron muerto.

–*Ameen* –susurro.

«¡Queremos libertad! ¡Queremos libertad! ¡Queremos libertad!»

La multitud corea cada palabra con la fuerza que han cultivado a lo largo de cincuenta años. Kenan se une a ellos cantando en un tono firme, fuerte, mientras sostiene en alto el iPhone para captar cada segundo. Me acerco más a él, hechizada por su voz.

Con el rabillo del ojo, veo a Khawf de brazos cruzados. Se da cuenta de que lo he visto y me guiña un ojo.

Hago una mueca.

–Esto está durando más de lo que esperaba –le digo a Kenan.

Deja de grabar y se vuelve hacia mí para escucharme.

–¿En qué momento empezaremos a correr para salvar la vida? ¿Cuándo vendrán por nosotros?

–Estamos bajo jurisdicción del Ejército Libre de Siria. Si el enemigo entra, el ELS será su primer objetivo, y te aseguro que, si ocurre, nos enteraremos.

Asiento sin decir nada, pero mis oídos están atentos a las posibles frecuencias letales de los aviones. No puedo engañarme y fingir que estoy segura de que mañana veré salir el sol.

Me llevo la mano al cuello y siento la contracción de los músculos al tragar. Esta simple acción me hace sentir viva y más consciente de mi entorno. Podría oír el aleteo de una mariposa si me lo propusiera.

–¿Estás bien? –oigo la voz de Kenan como si resonara en todas partes.

Asiento sin decir nada y, por suerte, no insiste.

–Esto es muy estimulante –le digo, esperando que no descubra mi mentira–. La verdad es que no pensaba que fuera a motivarme tanto.

–Sí, cada vez que cuelgo un vídeo de una protesta en YouTube y leo los comentarios, tengo la sensación de que estoy participando en un cambio crucial. No soy un político importante, ni un activista famoso, ni nada parecido. Si me muero, dudo que nadie en el mundo se entere. Sería una mera cifra. Aun así, tengo la sensación de que estoy contribuyendo a cambiar la mentalidad de mucha gente. A mostrarles la verdad. Aunque solo llegue a verlo una persona. ¿Sabes lo que quiero decir? –Me mira con timidez.

–Claro que sí –le aseguro, y sonrío–. Yo, cada vez que suturo a una persona y alivio su dolor, aunque sea momentáneamente, siento que he hecho algo útil. Porque esta personas *no son* meras cifras. Tienen vidas y seres queridos, y pienso que, *quizá*, mi ayuda les puede haber servido de algo. La gente tiene miedo de que la olviden. Pero es un miedo irracional, ¿no te parece?

Se rasca la nuca esbozando una media sonrisa que podría inspirar una novela, y noto un revoloteo en el estómago. Baja la vista a mis manos con cicatrices, pero ya no me las tapo con las mangas. Hace unas semanas que ya no me afecta. Hasta hace poco las detestaba porque me recordaban todo lo que he perdido, pero ahora son un testimonio de mi fuerza.

Respiro hondo y agradezco que el aire no esté impregnado del olor a sangre. Sopla una brisa liberadora, y veo el mundo a través de los ojos de Kenan. Y me maravilla. De verdad. Es como esa fascinación por el océano. Imponderable. La misma agua azul y espumosa puede ser algo divino y convertirse en un infierno en cuestión de segundos.

–Creo... –empiezo a decir, pero no me da tiempo a terminar la frase.

Percibo la sensación de alarma antes de que mi oído registre el sonido. El timbre de la muerte tiene un matiz único.

–Tenemos que... –intento de nuevo, pero no consigo pronunciar las palabras.

24

Una bomba cae a dos manzanas de distancia, y el suelo retumba y se agrieta.

La canción se interrumpe como si alguien hubiera apagado un televisor, y enseguida se desata el pánico.

Entonces, una avalancha de recuerdos se despliega ante mis ojos, como si mi cuerpo se negara a creer que estoy reviviendo una situación del pasado. Aunque sabía muy bien que esto podía pasar, a mi cuerpo no le importa.

Agito la cabeza. Si no me muevo, moriré. Si dudo, dictaré mi sentencia de muerte.

–¡Tenemos que irnos de aquí ya! –oigo gritar a Kenan.

Por delante de mí pasan corriendo tantas figuras que empiezo a verlas borrosas. Una mano tira de mí en el sentido contrario al estallido. Sigo a Kenan a trompicones, rezando por que no me suelte. La multitud corre, nos adelanta, nos empuja, casi nos separa en medio de la urgencia, pero él me sujeta con fuerza. La prisa se vuelve desesperación, me concentro en no tropezar y caer.

–¡Salama! –grita Kenan entre el caos y el estruendo.

No puede volverse para mirarme porque si lo hace nos caeremos los dos.

–¡Corre! –grito a mi vez para que no se detenga.

–Tengo que salir de aquí –repite a voz en grito un hombre que avanza a contracorriente–. Tengo que salir, *por favor*. ¡La bomba ha caído en mi casa!

Sigo corriendo pese a la asfixia de la histeria colectiva.

Cae otra bomba y el cielo se ilumina. Esta vez más cerca. Los gritos desgarran la noche. Me fallan las rodillas.

–¡Salama!

Noto la mano de Kenan apretándome con fuerza la muñeca. Se detiene en medio de la estampida para ayudarme. La gente nos esquiva en su huida. Kenan me coge por los hombros para levantarme. Su mirada me infunde determinación.

–Salama –dice con una tranquilidad inquietante–. No te dejes llevar por el pánico. Y no me sueltes.

Asiento. Me coge de la mano y reanudamos la carrera en medio de la multitud. Oigo disparos y otra bomba. Imagino que es un enfrentamiento directo con el Ejército Libre. Kenan da un giro a la derecha, separándonos de la masa, y nos colamos por unos callejones. Los gritos no cesan, y no solo provienen de la manifestación. Las bombas han derribado edificios sobre niños que dormían en sus casas, y se oye a sus madres pidiendo desesperadamente que alguien las ayude a sacarlos de los escombros. La culpa me desgarra por no acudir en su auxilio, pero si lo hago puedo darme por muerta.

Reconozco los alrededores. La casa de Layla queda lejos, pero conozco otro sitio donde refugiarnos.

–¡Espera! –grito.

Kenan se detiene en seco. Lo adelanto, lo cojo de la otra mano y, mientras echamos a correr, digo:

–Ya sé dónde podemos ir.

–¿Dónde? –grita por encima del estrépito.

–A mi antigua casa.

–Pero tenemos que darnos prisa: el ELS puede haber perdido ventaja.

–Y quizá haya francotiradores.

Se me encoge el estómago.

–Incluso es posible que las fuerzas militares hayan entrado.

Miro atrás.

–Tienes que deshacerte del teléfono.

Dios no quiera que nos cojan y encuentren los vídeos que ha grabado. Lo desollarían vivo.

Cierra la mano sobre la mía. Nuestros pasos retumban contra el pavimento agrietado.

–No puedo.

–Pero...

–No te preocupes. Si nos pillan, no permitiré que te hagan daño.

Me muerdo la lengua para no replicarle. Solo lo dice para sentirse mejor. A los ojos del mal, no hay inocentes.

Por suerte, no nos cruzamos con nadie, pero las bombas caen cada vez más cerca. Tiro de él para correr más deprisa, y mis pulmones se resienten. Es como si inhalara fuego cada vez que respiro. Me muerdo el labio para estar más presente y correr más deprisa.

La gente ha empezado a salir atropelladamente de los edificios, aterrorizada, con los ojos desorbitados. En la calle no están más seguros, pero no tienen adónde ir. Oigo a niños que lloran y personas que suplican compasión. Nos cruzamos con un hombre que lleva un bebé en brazos, y su mujer corre a la zaga. Se apartan al vernos, y no miro atrás para ver adónde se dirigen. Rezo por que el sentido común los empuje a huir.

–¡*Por favor,* Dios mío, sálvanos! –musito.

Un proyectil cae cerca; la explosión arroja fragmentos de vidrio, que nos alcanzan, rozándonos la ropa y la piel, pero seguimos corriendo. Siseamos por las punzadas, pero hemos soportado dolores más agudos.

La bomba ha hecho saltar por los aires un barrio al que solía ir a comer *knafeh*. Vuelvo a tropezar y toso por el polvo de los escombros. Kenan me levanta con manos fuertes y firmes. Vuelvo a tirar de él y seguimos corriendo. Trato de no pensar en las personas que respiraban junto a nosotros hace apenas quince minutos. Cómo pueden cambiar radicalmente las cosas en un cuarto de hora. Inhibo el llanto de un bebé en mi cabeza: sé que es producto de mi imaginación.

Por fin, cuando estamos lo bastante lejos del ataque, reducimos el ritmo y cogemos aire. Aunque me resisto, acabo soltando la mano de Kenan, que se adelanta para ponerse a mi lado. Respiramos costosamente, las costillas crujen a medida que nuestra sangre anémica intenta proporcionar suficiente oxígeno. Sudo y tiemblo e intento concentrarme en estabilizar la respiración.

Kenan guarda silencio, aunque hablar tampoco es un consuelo. Oímos las bombas a lo lejos. Cada una cava un nuevo agujero en mi pecho. No quiero contemplar su rostro. No quiero ver su expresión de tristeza, rabia o desesperación. Porque sé que me asustará, o me desalentará, y no me lo puedo permitir. Camina alicaído y, con cada grito que oímos, se encoge aún más.

Avanzamos por mi antiguo barrio, donde, siglos atrás, se alzaba mi edificio de apartamentos. Todas las tiendas que había han desaparecido y es casi imposible leer los carteles. Ya no queda nadie dispuesto a rescatar a su familia o su negocio. No hay ni un alma en las calles, lo cual me da escalofríos. Es un lugar encantado, los fantasmas de sus habitantes reclaman a gritos la justicia que se les negó. Han saqueado las tiendas, su mobiliario está desperdigado aquí y allá, y las ventanas, rotas, y han desvalijado la farmacia donde realicé las prácticas.

Mi antiguo edificio está a la vuelta de la esquina. A medida que nos aproximamos, se me acelera el corazón.

No había vuelto desde julio.

Mis huellas están por todas partes. Acuden a mi mente imágenes fugaces de mí misma a los diez años, riendo, bajando del autobús con mis amigas, corriendo a casa con la mochila a cuestas, oscilando a cada paso. Y a los quince años, sin poder apartar los ojos de un libro, llegando tarde a las sesiones de estudio. Y la Salama de diecisiete años pasea de la mano con Layla, Shashed y Rawan. Contentas con la compra compulsiva del día, cada una con un delicioso *shawarma* de un restaurante que había a pocos metros de allí. Todas estas vidas pasan ante mí como una ráfaga. Fugaces resplandores de luz iluminan mi rostro sano y optimista. Camino con seguridad y con la mirada radiante. La calle entera cobra vida, las flores se abren a los lados de la acera, los tenderos anuncian sus mercancías, y en el aire revolotean pétalos de lirio, cargados de aroma a *yasmine elsham.*

–*¡Salama!* –Una voz interrumpe mi ensoñación como un jarro de agua fría.

Parpadeo y la oscuridad reemplaza la alucinación. Inhalo bruscamente.

–Salama –repite Kenan, y me vuelvo hacia él–. ¿Todo bien?

Está preocupado. Tiene la ropa cubierta de hollín y cortes en brazos y cara. Mira con inquietud a nuestro alrededor para averiguar qué estaba mirando.

–Sí –respondo casi sin voz. Carraspeo y vuelvo a probar–: Todo bien. Es que me desconcierta estar aquí, otra vez en casa.

Duda antes de sonreírme con un gesto comprensivo.

–Ni me imagino lo difícil que tiene que ser.

Claro que se lo imagina, pero es tan poco egoísta que antepone a sí mismo todo lo demás.

–Vamos –digo, adelantándolo.

Siento la presencia de Khawf a mi lado.

–Tu trauma está enraizado aquí –murmura–. ¿Ves por qué tienes que irte de Siria, Salama?

Asiento con un movimiento rápido, disimulando el llanto, pensando en que a pocos pasos de aquí encontré el cuerpo malogrado de Mama.

25

Cuando me hallo ante las ruinas de mi antiguo edificio, me sorprende lo irónico de la situación. He venido a refugiarme al lugar donde mataron a Mama. Trato de no tropezar con los escombros y pedruscos que hay por todas partes. Cuando paso por encima de unos muebles rotos, no puedo evitar pensar en las personas que vivían aquí conmigo. No hay lugar seguro sobre el que poner el pie.

–Es justo aquí.

Señalo la parte de arriba de un montón de cemento y ladrillo. Kenan se adelanta para subirla, y yo lo sigo; los bordes puntiagudos de los cascotes se clavan contra la suela de mis deportivas. Aguanto el dolor y procuro no cortarme con los cristales que hay por todos lados. Abajo, oculto a la vista, se encuentra nuestro escondrijo, a la sombra de un armario enorme. Es como el ojo del huracán, el centro que ha resistido a la catástrofe. Como si el edificio entero, con la memoria de las generaciones que vivieron allí, hubiera decidido ofrecernos un hogar para esta noche.

Saltamos y caemos pesadamente.

La luz de la luna nos guía, lo cual es de agradecer porque nos permite distinguir dónde podemos sentarnos sin clavarnos nada. Kenan barre un poco el suelo con el pie y se sienta, apoyándose contra una pared rota. Su respiración es irregular. Es para darme de tortas: estaba tan absorta en mis problemas que ni se me había ocurrido preguntarle cómo estaba. Apoya la cabeza contra el cemento con los ojos cerrados y la frente empapada en sudor.

–Ey –digo tímidamente–. ¿Estás bien?

Se pasa una mano por la cara y consigue esbozar una sonrisa, aunque menos radiante que de costumbre.

–Sí –murmura–. Solo estoy recobrando fuerzas, no te preocupes.

Me inclino hacia él y le pregunto:

–¿Me dejas tu teléfono?

Asiente y me lo da. Lo abro para proyectar el brillo de la pantalla sobre su rostro.

–¿Qué haces?

–Asegurarme de que estás bien.

Accede a mi revisión y mira directamente a la luz. Las pupilas se contraen, lo cual indica que no hay muerte celular en su cerebro.

–Parece que todo está bien –digo después de unos segundos.

Deslizo un instante la mirada de sus ojos a sus labios. Él hace lo mismo, pero su mirada permanece algo más sobre mis labios. Las palpitaciones me golpetean en los oídos.

«Salama, jamás querré...»

Me pregunto cómo iba a terminar esa frase.

Se mueve un poco, levanta la mano a unos centímetros de mi mejilla, para luego bajarla otra vez a un lado.

–Perdona –susurra–. No quería...

–No pasa nada –murmuro a mi vez, devolviéndole el teléfono, y me siento a su lado.

Kenan vuelve a apoyar la cabeza contra la losa. Me froto el cuello y miro al cielo. Si la situación no fuera tan grave, este lugar sería precioso. Ante nosotros se extiende la oscuridad, el resplandor plateado atenúa la luz de las estrellas más próximas. Es el mismo cielo que otras personas ven en sus países. Pero mientras nosotros lo contemplamos desde aquí, sin saber si el siguiente suspiro será el último, el resto de la gente duerme en sus camas, en paz, tras dar las buenas noches a la luna.

Khawf aparece entre las sombras.

–Solo he venido a mirar. –Hace el gesto de cerrar sus labios con una llave y se apoya en la pared–. Aunque el silencio es aburrido.

Inspiro profundamente y me vuelvo hacia Kenan.

–Quiero pensar que vale la pena –digo–. La revolución. Pero tengo miedo.

–Yo creo que sí –responde con una leve sonrisa–. Muchos imperios han caído a lo largo de la historia. Se levantan, se desarrollan y mueren. Nada dura para siempre. Ni siquiera el dolor.

–Eso es el lado bueno –susurro.

Aparta la mirada con cierto pudor.

–¿Sigues colgando vídeos en YouTube?

–Sí.

Abre el teléfono; la luz dura de la pantalla le ilumina media cara.

–Creía que –empiezo a decir con pies de plomo–, ahora que has decidido marcharte, no te arriesgarías y a lo mejor dejarías de grabar las manifestaciones.

Khawf hace una mueca.

–Directa al grano, ¿eh, Salama?

Kenan deja el móvil y me mira.

–¿Cómo?

–Quiero decir que...

–Salama, ya he tomado la decisión de irme. ¿No te parece lógico que haga algo para sentirme menos culpable hasta que llegue el momento de coger el barco?

–No, si te expones a que te detengan.

–¿Por qué no puedes apoyarme al menos en esto? –pregunta exasperado.

–Porque no te pones en riesgo tú solo, sino que arrastras a tus hermanos contigo. Eres egoísta.

–Pues yo creo que no es asunto tuyo. –Su voz es cada vez más fría.

–Bueno, ahora Siria es un país libre, ¿no? ¡Puedo decir lo que me dé la gana! –replico.

Kenan refunfuña con cara de fastidio.

–Pero ¿qué más te da? Es mi vida, mi familia, es asunto mío, Salama. ¿Por qué, en vez de oponerte, no me aplaudes por estar haciendo algo útil, por ínfimo que sea?

Me lo quedo mirando. La indignación me recorre la columna como una corriente de agua fría.

–Tú vida –repito en voz baja. Ahora mismo lo estrangularía–. ¿*Tu* vida?

Me pongo de pie, las manos me tiemblan. Me las llevo al pecho en dos puños. La indignación deriva en intensa frustración. Ya no aguanto más. Todas las personas que conozco están muertas, torturadas o a punto de abocarse a lo uno o lo otro.

–Salama –dice con cautela.

Me entran ganas de reírme.

–*Tu* vida.

Me paso una mano por la cara, caminando en círculos, mientras las palabras se acumulan en mi boca antes de dirigirme a él.

–¿Cómo *te atreves*? –susurro, temblando de rabia–. *¿En serio* vas a fingir que si te pasara algo no me afectaría?

Separa los labios.

–Las fuerzas militares no podrían relacionarnos...

Suelto una breve carcajada.

–¿Te crees que *eso* es lo que me preocupa?

Parece desconcertado, incluso asustado.

–*No puedes* hacerme esto. –Las palabras salen de mí como de una presa rota, trabadas–. No puedes seguir grabando las manifestaciones, porque te juro por Dios, Kenan, que si te detienen..., que si te matan, ¡*nunca* te perdonaré!

Los ojos se le llenan de lágrimas.

–No digas eso.

Me dejo caer de rodillas delante de él. Respiro de manera entrecortada, la desesperación me oprime el pecho.

–*No te perdonaré,* Kenan. ¡No puedes entrar en mi vida y mostrarme los colores y hablarme de tus sueños y echarlo todo a perder cuando quedan *seis* días para irnos!

–¿Porque podrían detenerme? –dice con la voz quebrada.

–¡Porque me he enamorado! –exclamo con el corazón a mil.

Me escuecen los ojos, las lágrimas caen por mis mejillas acaloradas. Él también se echa a llorar, dos ríos de lágrimas caen formando gotas en su mentón. Las tapa con el brazo, pero su labio inferior tiembla.

Me niego a apartar la mirada, a obtener una respuesta distinta de la que quiero oír.

–No puedes hacerme esto –digo a media voz–. Mi corazón no lo soportará.

Retira el brazo de sus ojos, que brillan.

–Yo también te quiero.

Lo dice en un tono suave y tranquilo, pero es lo único que oigo. Aunque ahora mismo un huracán arrasara Homs, solo oiría su voz. Cada músculo tenso y cada célula nerviosa se relajan, y siento que me hundo más y más, notando el cosquilleo de las briznas de hierba.

–Entonces hazlo por mí –le ruego–. *Por favor.* Hazlo por mí.

Quiero acercarme y abrazarlo, pero no puedo. No llevo su anillo en el dedo, no estamos comprometidos.

Él tampoco me abraza, pero veo por su expresión que es lo que más desea ahora mismo. No obstante, se inclina hacia mí, hasta que entre nosotros no queda espacio ni para que crezca una flor.

–Salama –dice en un suspiro.

El corazón me da un vuelco, luego se recobra, pero vuelve a brincar.

Bajo la luz plateada, Kenan parece un ser mágico, magnificado por la generosidad y belleza de su alma. No se merece la crueldad de este mundo.

–No grabaré más.

Me llevo una mano abierta a la boca y me enjugo las lágrimas de alivio.

–Gracias.

–No llores –me pide con una sonrisa.

–Pero ¡si tú también estás llorando!

Se le escapa la risa, y me arranca una sonrisa que destensa la rigidez de mis músculos faciales. Pero el momento se disipa en cuanto veo que Khawf está decidido a cumplir su promesa. Parece entretenido.

–Vaya, pues lo has conseguido –dice riéndose entre dientes.

Kenan baja la mirada a mis dedos inquietos.

–Salama, ¿puedo preguntarte algo?

–Claro –respondo con un ligero gesto de dolor, preocupada.

–Me he dado cuenta de que a veces te sobresaltas –empieza a decir despacio–. Miras aquí y allá como si buscaras a alguien. Y luego, eh..., lo que ha pasado antes. ¿Estás... bien?

«Aquí está.» Tenía que pasar tarde o temprano. Me muerdo la lengua, y esta vez Khawf se echa a reír.

–¿Se lo vas a contar, Salama? –pregunta–. ¿O tienes miedo de que ya no te quiera?

Siento un escalofrío, y un peso se instala entre mis costillas, doblegándolas. Noto la punzada del estómago vacío por culpa de los nervios. ¿Cómo le cuento lo de Khawf? Quiero hacerlo. Llevo queriendo confesárselo desde el día que me enseñó el atardecer. Es como un susurro en mi cabeza.

Me quedo mirando las cicatrices de mis manos, mis ojos recorren los cortes plateados.

–¿Salama? –dice Kenan, cada sílaba impregnada de preocupación.

Alzo la vista y trato de respirar de forma regular. Khawf es una parte esencial de mi vida; a lo largo de los últimos meses, me ha convertido en quien soy. No negaré que me sentaría como una patada en el estómago que Kenan se alejara de mí tras contárselo, pero si queremos forjar una vida juntos, no puede basarse en mentiras.

–Es que... –empiezo a decir, y me aclaro la voz–. No. No estoy bien.

–¿Qué quieres decir? –pregunta en un tono asustado. Asustado por mí.

Vuelvo a sentarme en mi sitio, tiro de una plantita que crece entre el cemento agrietado y la enrollo entre mis dedos. Suelto las palabras deprisa, como quien arranca una tirita, revelando mi secreto.

–Desde julio he tenido... visiones. Bueno, más bien alucinaciones.

Guardo silencio sin apartar la vista de las hojitas, y solamente oigo a Khawf, que aplaude lentamente con cara de impresionado y cierto brillo de orgullo en la mirada.

Sin levantar la cabeza, miro a Kenan con timidez y veo su gesto de sorpresa.

–¿Visiones? –pregunta, y mira a unos metros de allí, desde donde Khawf nos observa–. O sea, que ves cosas que... –titubea.

–Que no son reales –añado para terminar la frase–. Y, sobre todo, a una persona.

Khawf se pone derecho y se sacude el polvo del traje.

–Dios mío, ¿vas a presentarme? –dice.

Prosigo sin hacerle caso:

–Khawf. Está en mi vida desde que murió Mama. Ese día me caí y me di un golpe en la cabeza y, no sé, supongo que la contusión y el trastorno de estrés postraumático han afectado a la interacción entre el lóbulo frontal y el córtex sensorial, pero no lo sabré a ciencia cierta hasta que me examinen.

Kenan parece estupefacto.

–¿Khawf?

Asiento y tiro la planta, procurando mantener un tono de voz tranquilo.

–Me muestra recuerdos. Y remordimientos.

Me abstengo de mencionar el grado de trauma que sufro luego. No hace falta que conozca todos los detalles. Respiro hondo.

–He aprendido a convivir con esto –prosigo, y suelto una bocanada de aire–. Ahora ya lo sabes.

Me abrazo a las rodillas y entierro la cabeza entre mis brazos para ocultar unos ojos llorosos. Tengo el corazón en un puño, porque no sé qué dirá. Me ha costado mucho tiempo asimilar la presencia de Khawf, y no tengo ni idea de si Kenan será capaz de aceptarla. Si seguirá viéndome *a mí* y no a una persona atormentada por sus errores.

Se queda un rato sin decir nada, cosa que le concedo. Necesita asimilar lo que acabo de contarle, comprender qué representa para él. Para mí misma. Para nosotros.

–Salama, mírame –me pide con delicadeza.

Lo miro a través de los pliegues de las mangas de la bata, aunque no sin reservas.

–No me voy a ir a ninguna parte. –Sonríe–. Tú eres mi Sheeta.

La alegría vuelve a reinar en mi corazón y, aunque me siento algo cursi, lo digo igualmente:

–Tú eres mi Pazu.

Kenan desvía la mirada, una sombra se proyecta sobre sus mejillas. Se lleva una mano a la frente y, de pronto, se vuelve hacia mí.

Parece nervioso, pero no del mismo modo que hace un momento.

–Salama, quiero hacer las cosas bien. Aunque no tengamos a ningún miembro de la familia para que nos supervise las citas. Aunque Khawf ronde por aquí. Y no quiero esperar a llegar a Múnich para hacerlo. No quiero hacerlo en un barco. Quiero hacerlo aquí. En nuestro *hogar*.

Mi temperatura interna asciende.

–¿A qué te refieres con *hacerlo*? –balbuceo.

Traga saliva, nervioso, y desliza una mano en un bolsillo. Cuando la abre, sobre la palma reluce un anillo.

–Quiero casarme contigo. Si tú aceptas.

–*¿Qué?* –suelta Khawf.

–*¿Qué?* –exclamo emocionada.

Se debate entre sonreír o no.

–¿«¿Qué?» en plan bueno o en plan malo?

Me quedo boquiabierta.

–Es que... ¡no me esperaba que fueras a pedírmelo *aquí*!

–¿Cómo no iba a proponértelo en el aniversario de la revolución? –Le brillan los ojos–. Llevo una semana planeándolo.

–Eres imposible –digo, y suspiro, llevándome las manos a las mejillas.

Kenan se muerde el labio.

–Ya esperaba que fueras a decirme algo así. Salama, tú y yo vivimos la vida segundo a segundo. Puede que vivamos para coger el barco a Siracusa. Tal vez nos instalemos en Múnich. Quizá aprendamos alemán, pintemos nuestro apartamento en esos tonos vivos que hace tiempo que no vemos en Homs, construyamos una vida. Una vida *extraordinaria*. Tú acabarías siendo la farmacéutica por la que se pelearían todos los hospitales, y yo me dedicaría a mis ilustraciones. Correríamos nuestras propias aventuras... –Se traba y aparta la mirada con timidez–. Escribiríamos un libro. Juntos. Pero... también es posible que no sobrevivamos. Tal vez acabemos enterrados aquí. Puede pasar *cualquier cosa*, y yo no quiero seguir esperando. Nadie sabe qué sucederá en el futuro. Pero yo sé *lo que siento*. Y sé lo que *tú sientes*. Así que tratemos de ser felices aquí, en Homs. Casémonos en *nuestro* país. Creemos un hogar aquí antes de hacerlo en cualquier otra parte.

Sus palabras ilustran todo un universo de «posibles» y «quizás» que hacen parecer que pueda suceder de verdad. Y yo estoy tan desesperada por ese universo que lo siento arder en mi interior.

Sostiene el anillo en alto y, con la mirada indecisa y las mejillas sonrosadas, me pregunta:

–Salama, ¿quieres casarte conmigo?

Lo miro fijamente. Con cualquier otra situación de mi vida, disecciono todas las posibles consecuencias hasta el último detalle antes de decidirme. Pero con esta, la decisión es fácil y sencilla. Y pienso que seguramente esto sea lo que se siente cuando se está en paz.

Sin embargo, incluso respirar puede ser doloroso a veces, y si acepto, llevaré a Kenan, Yusuf y Lama en mi corazón para siempre.

Será real.

Me quedo mirando el anillo y en ese instante sé que no me importa la incertidumbre. Solo que lo quiero, que en medio de la oscuridad que nos rodea, él ha sido mi única alegría. En medio de toda esta muerte, ha conseguido que recobre las ganas de vivir.

La respuesta sale sola de mis labios.

–Sí –susurro, limpiándome las lágrimas, sintiendo que mi corazón se ilumina–. *Sí.*

26

Los rayos de sol me despiertan de una sacudida. Tardo un instante en entender que no estoy en casa. Un pájaro pasa volando sobre mí, una silueta a contraluz del cielo azul. Lo sigo con la mirada.

Sin embargo, así es: estoy en casa.

A mi lado, Kenan cambia ligeramente de postura mientras duerme, y lo miro. Su torso asciende y desciende de manera estable, lo cual me reconforta. Hace un gesto de dolor, y espero que se deba a que el suelo se le clava en la espalda y no a una pesadilla. Tiene el pelo más largo que cuando lo conocí, y la barba es más pronunciada. Me pregunto cómo sería pasarle los dedos entre el cabello.

Me pongo algo nerviosa cuando pienso en lo que sucedió anoche. Saco el anillo del bolsillo y lo sostengo en alto, admirándolo a la luz del día. No quería ponérmelo en la oscuridad, pues no lo habría visto brillar en mi dedo. Es oro rosa, con una línea de incrustaciones de oro blanco en el centro, dispuesta a la perfección para asemejar minúsculos diamantes. Es hermoso y sencillo, y justo el que yo habría escogido de haber estado en la tienda.

–Era de mi madre –dice Kenan, y doy un respingo.

Se incorpora. Los ojos le brillan, y un rubor matinal tiñe sus mejillas.

El anillo parece, de pronto, más pesado.

–Es precioso –susurro–. No... no sé qué más decir.

Kenan sonríe con tristeza.

–No tienes que decir nada.

–Siento mucho lo de tus padres –digo, moviendo la cabeza–. Me habría... me habría encantado conocer a tu madre.

Se toca los dedos, inquieto.

–La verdad es que no acababa de entender por qué decidí ser técnico de animación en vez de estudiar medicina, pero aun así me apoyó. A pesar de todo, me conocía bien. Solo con verte en la boda de tu hermano supo que estábamos hechos el uno para el otro. –Su mirada se ilumina por un instante, luego sacude la cabeza–. Le habría encantado que llevaras su anillo.

–Es un honor.

Lo deslizo en mi dedo, esperando que se ajuste. Pero no. Mis dedos son todo piel y huesos, y me queda muy suelto.

–¿Es demasiado grande?

–Sí –suspiro, y entonces pienso en mi collar. Se lo muestro–: Pero tengo esto. Me lo regalaron mis padres cuando terminé secundaria.

Lo mira de cerca.

–Combinan a la perfección.

Paso la cadena por dentro del anillo, que emite un brillo hermoso.

–¿Qué te parece?

–Precioso.

Pero no está mirando al anillo.

Me sonrojo y vuelvo a guardarlo bajo el jersey.

Se rasca la nuca.

–Nos queda una semana, y sé que dije que quiero casarme en Siria, pero no te pregunté si tú...

–Por supuesto –lo interrumpo–. Quiero que sea una de las últimas cosas que haga en Siria. Que sea algo bueno.

Sonríe de oreja a oreja.

–¿Cómo es el dicho: «No pospongas las buenas acciones»? –digo con una sonrisa.

Siento la mente liviana de alegría por haber tomado una decisión sin darle antes mil vueltas, por dejarme llevar por mis sentimientos.

–Casémonos hoy –le propongo.

Kenan se ríe y se levanta.

–¿Por qué no vas a ver antes a Layla?

Suelto un grito ahogado, me inclino para ponerme de pie torpemente.

–¡Dios mío, debe de estar preocupadísima!

Kenan asiente y dice:

–Vamos.

No se oye nada más aparte de nuestras respiraciones, lo cual significa que, con suerte, al otro lado de las ruinas de mi edificio ya no correremos peligro. Me dispongo a trepar por los escombros cuando Kenan me detiene.

–¿Me dejas? –pregunta–. Por favor.

Asiento sin decir nada. Kenan se levanta entre las ruinas. Avanza poco a poco, mirando a lado y lado, hasta que desaparece de mi vista. Luego lo oigo saltar al otro lado y caer de pie con un gemido. Pasan unos minutos y no oigo nada, salvo los pájaros.

–Vale, es seguro –grita y, segundos después, salto a su lado.

A la luz del día, los efectos del desastre de anoche se aprecian mejor: desde las tenues columnas de humo que ascienden al cielo hasta el silencio sepulcral que se impone. Avanzamos con una mueca: la realidad araña nuestro escudo de felicidad.

Me vuelvo para echar una última mirada a mi antiguo hogar, y se me encoge el corazón. Me pregunto si regresaré o si será la última vez que lo vea.

Cuando llegamos a casa de Layla, Kenan insiste en que puede volver solo a la suya sin peligro.

–Tengo que ver cómo están mis hermanos. Lama no se ha recuperado del todo.

Me muerdo la lengua.

–Estaré bien, Salama –se ríe–. Nos vamos a casar hoy. Voy a estar *más* que bien.

Agacho la cabeza para ocultar mi rubor.

–Ya, pero es que... Bueno, le daré la noticia a Layla y luego vemos qué hacemos.

Me guiña un ojo.

–¿Nos vemos en el hospital?

Asiento y entonces se me ocurre una idea.

–¿Por qué no traes a Yusuf y a Lama? Bueno, si les apetece. A lo mejor a Yusuf le iría bien para distraerse de..., en fin, de todo. Estoy segura de que les encantaría asistir a la boda.

Kenan me mira con una sonrisa tan tierna que su calidez me recorre las extremidades.

–Sí –dice en voz baja–. Se lo preguntaré.

Abro la puerta y la cierro al entrar. Layla está sentada en el recibidor con las piernas estiradas y su barriga abultada. Tiene la cabeza inclinada hacia un lado y los ojos cerrados.

Me agacho a su lado.

–Layla –susurro, y le doy un susto.

–*¿Qué...?* –dice como aturdida, parpadeando varias veces antes de fijar la vista–. ¡Salama! ¡Oh, *alhamdulillah*!

La abrazo, inhalando su fragancia a margaritas.

–¿Qué pasó ayer? –pregunta.

–Ahora te lo contaré, pero no puedes interrumpirme hasta que acabe.

Pone cara de curiosidad, pero parece cansada.

–Vale.

Pongo a Layla al corriente de todo. Viniendo de ella, tiene mérito que no pronuncie ni una palabra hasta el final. En cuanto termino, me coge del brazo y suelta un «¡Ay, Dios mío!». Le enseño el anillo y ahoga un gritito.

–*¿Cuándo ha sido?* –me pregunta emocionada.

No puedo evitar sonreír.

–Hace nada.

Se desarma con otro «¡Ay, Dios mío!», pero consigue calmarse para decir:

–¡*Te lo dije*, te dije que un día de estos alguien te echaría el guante y no volvería a verte!

Me río.

–Tú siempre serás mi prioridad.

Se ríe entre dientes, aunque no suena igual de animada que siempre.

–Muy bien. En ese caso, te doy mi aprobación. Y ¿quién os casará?

Me toco el hiyab con nerviosismo.

–Había pensado en el doctor Ziad. En el hospital. Así habría testigos.

Layla suspira.

–Perfecto.

Respiro hondo.

–¿Qué te parecería que Kenan se mudara aquí con sus hermanos? No... quiero tenerlo tan lejos.

Layla sonríe de oreja a oreja.

–¡Claro! Más vale que estemos todos juntos hasta que nos vayamos.

Resoplo al sentir que me he quitado un peso de encima.

–Muy bien. Bueno, sabes que quiero que estés presente, ¿verdad? ¿Puedes venir?

Suelta una ligera risa y se pasa la mano por la barriga.

–¡Ojalá! Pero la pequeña Salama no me lo está poniendo fácil. Me está dejando sin energías.

Le pongo la mano en la frente. No está muy caliente.

–Estoy bien. Solo un poco cansada.

–¿Cómo no vas a estarlo? ¡Si has dormido en el recibidor! –la riño.

La ayudo a llegar al sofá. Se acomoda bajo el cobertor y luego se da cuenta de mi gesto de decepción.

–Salama, me encantaría ir. –Me aprieta la mano–. Si pudiera, me arrastraría hasta allí. Pero ahora, ni eso puedo hacer.

Me invade un sentimiento de culpa. No debo comportarme de manera egoísta.

–Ya lo sé. Es que nunca me había imaginado mi boda sin ti. Se me hace raro.

Hace una mueca.

–Podría pedirle a Kenan celebrarla al llegar a Alemania. O esperar a mañana. A mí no me importa.

Layla niega con la cabeza.

–No. Hoy. Te vas a casar hoy. No sabemos si... –se interrumpe–. No vas a aplazar tu felicidad por mí. Además, podemos hacer otra ceremonia en Alemania. Y entonces, por supuesto, yo seré el centro de atención, aunque tú seas la novia.

Me echo a reír, y mi tristeza se atenúa al proyectar en mi mente la hermosa escena que describe. Falta tan poco para irnos que nuestros sueños reprimidos vuelven a aflorar y crecen como hiedra entre las grietas. Me imagino a las dos eligiendo los vestidos que nos vamos a poner, y uno a juego para la pequeña Salama, que tendrá los ojos de su madre y el pelo de su padre. Cogerla en brazos será como estar cerca de Hamza. La imagino asiéndome con fuerza el pulgar con su dedo regordete, respirando con su naricilla un aire que no esté contaminado de humo y muerte.

La época que habrá vivido en Siria será un sueño que tuvo en el útero. Una historia que solo existirá en las que su madre y yo le contaremos. Hasta que un día pueda regresar a su país y cultivar limones.

Le hago un masaje en los hombros. Noto que los tiene tensos y huesudos, y un jarro de agua fría cae de pronto sobre mi ensoñación.

–Gracias –murmura con los ojos a medio cerrar–. Vete al hospital.

Al ver que no me muevo, repite:

–¡Vete! Yo no me moveré de aquí.

Layla me toma de la mano mirándome al mismo tiempo con los ojos entornados.

–Estoy tan feliz por ti... Me siento tan orgullosa de ti... Tus padres y Hamza también lo estarían. Mira cómo has cambiado.

Le estrecho la mano una última vez antes de coger la bata, que hoy será mi vestido de novia. En Alemania llevaré uno de verdad. Y Layla estará presente. Sana y salva.

27

Kenan llega al hospital con Lama y Yusuf. La niña mira con los ojos muy abiertos, fascinada, mientras que él más bien tiene un gesto de curiosidad, sin sombra de tristeza, lo cual me da una idea de lo niño que realmente es.

–Ey –saluda Kenan, y se le iluminan los ojos al verme.

–Ey –sonrío emocionada.

–Ey –repite Lama, y deslizo la vista de Kenan a su hermana.

Parece más fuerte, la vitalidad realza sus rasgos.

–¿Cómo estás, Lama?

–Bien –responde, y mira a su hermano mayor, que le devuelve la mirada–. Gracias por salvarme la vida.

Oh, ya albi. Ay, corazón.

Le tiendo la mano y me la coge suavemente; tiro de ella y le doy un abrazo.

–Gracias por ser tan fuerte.

Se ruboriza y me suelta para hundir el rostro en un costado de Kenan con timidez. Él se ríe, pero en sus iris brillan las estrellas, y yo no doy crédito a la paz absoluta que estoy experimentando ahora mismo, en el hospital.

Miro discretamente a Yusuf, que tiene la vista fija en el suelo, al parecer resuelto a no hacerme caso.

–*Salam*, Yusuf –le digo, levantando la mano para saludarlo.

Me lanza una mirada rápida y enseguida la aparta. Tiene las manos en los bolsillos y el ceño un poco fruncido.

Miro a Kenan, temiendo haber hecho algo mal, pero él niega con la cabeza.

–Está un poco celoso –explica, y suspira–. Cree que las cosas van a cambiar y que tú me vas a apartar de ellos. –Luego, en un tono más alto, añade–: Pero le he dicho que los únicos cambios que va a haber van a ser para bien; ahora tendremos tres parientes más.

Yusuf se encoge de hombros, todavía evitando mirarnos a los ojos.

Kenan vuelve a suspirar.

–Ya se le pasará.

–No te preocupes. En nada, nos llevaremos genial.

Oigo al doctor Ziad hablando con un paciente en el extremo derecho del vestíbulo.

–¿Nos casamos? –pregunta Kenan con una sonrisa.

Me pongo roja.

–No tengo planes para hoy, así que vale.

Vamos hacia el doctor Ziad, que está acabando de atender al paciente. Va despeinado y tiene los hombros caídos de agotamiento. Pero al darse la vuelta y verme, sonríe.

–¡Salama! Buenos días.

–Buenos días, doctor –saludo.

Miro a Kenan y veo que está igual de cohibido que yo.

El doctor Ziad nos mira y pregunta:

–¿Va todo bien?

Me sudan las palmas de las manos y los nervios me revuelven el estómago.

–Sí. Quiero... Doctor Ziad, quiero pedirle un favor.

Se pone derecho.

–Claro. Cualquier cosa.

–Es que..., o sea..., resulta que... –farfullo.

Kenan decide intervenir:

–Le he pedido a Salama que se case conmigo, y queríamos saber si usted podría oficiar la boda –explica con claridad, pero con la cara y las orejas rojas.

El doctor Ziad nos mira antes de echarse a reír de alegría. Algunas cabezas se vuelven hacia nosotros, y me muero de vergüenza.

–Es... Es... –balbucea el doctor Ziad, sorprendido por este momento de felicidad. Nunca lo había visto así. Se frota los ojos y vuelve a reír–. ¡Es una noticia maravillosa! Salama, ¿cuándo os habéis...?

Jugueteo con las puntas del hiyab.

–Es una larga historia, pero... –miro a Kenan– fue el destino.

Kenan sonríe.

–Y ¿queréis hacerlo aquí? ¿Ahora? –pregunta el doctor Ziad con una sonrisa amplia como una luna creciente.

Asiento con la cabeza.

–No sabemos qué pasará. Y usted siempre ha sido para mí como un padre.

De pronto, su fatiga se desvanece y parece diez años más joven.

–Será un honor para mí oficiar la boda.

No puedo contener la sonrisa que tira de mis labios hacia arriba. Es como si estuviera viviendo un sueño. Poco a poco empiezan a florecer brotes de esperanza en mi corazón, sus pétalos se abren para recibir el sol. Ojalá Layla estuviera aquí conmigo, de la mano. Pero me agrada que Lama y Yusuf hayan podido asistir y que puedan ser testigos de algo que no sean las escenas traumáticas que se viven a diario en el hospital.

Un grupo de gente empieza a formarse a nuestro alrededor, caras pálidas que observan con curiosidad. Algunos pacientes nos felicitan, y Kenan les da las gracias inclinando la cabeza. En circunstancias normales, no me habría gustado esta invasión a mi intimidad, pero merece la pena ver algo distinto del dolor y el sufrimiento en los rostros de estas personas. Pillo a Am acechando entre la congregación, juzgándome con la mirada. Aparto la vista.

Estamos de pie ante el doctor Ziad, que ya se ha tranquilizado un poco.

Empieza con un breve discurso sobre encontrar la felicidad en medio de la adversidad. Todo el mundo guarda silencio. A continuación, leemos la Al-Fátiha juntos, y Kenan pronuncia los votos matrimoniales, repitiendo las palabras del doctor Ziad. Yo doy el sí en voz baja.

Y ya estamos casados.

Me he casado con una bata de laboratorio, un jersey tres tallas grande, con el hiyab cubierto de polvo y unos vaqueros sucios de barro. No tenemos pastel, ni un atuendo adecuado para la ocasión, ni siquiera ropa limpia. Pero da igual. Da la sensación de que todo sucede como una serie de instantáneas. Trato de recordar cada palabra que se ha pronunciado, cada gesto, cada mirada, pero me está costando. Kenan parece deslumbrado, como si se paseara por una ensoñación. Nos miramos con timidez.

Nada me estropeará este momento. Merezco disfrutarlo y ser feliz.

La gente aplaude y algunos hasta nos vitorean. El rostro de Lama parece una luna llena, y no deja de saltar, mientras que Yusuf esboza una sonrisa tímida, como si no pudiera evitarlo.

Nour, con los ojos brillantes, se abre paso entre la gente para cogerme de las manos y besarme en la mejilla.

El grupo se dispersa poco a poco, y el doctor Ziad pide al personal que reanuden su trabajo, pero la energía que ahora mueve el hospital es otra. La esperanza cultivada con tanto cuidado no solo existe en mi corazón.

–Mi despacho está vacío –nos dice en voz baja el doctor Ziad–. Estoy seguro de que tenéis cosas de las que hablar en privado.

–Gr-gracias, doctor –balbuceo con timidez.

–Te mereces toda la felicidad del mundo, Salama. –Me sonríe con ternura, y me recuerda a Baba–. Enhorabuena a los dos, os deseo toda la dicha y bendición de Dios.

Da un apretón de manos a Kenan antes de salir a toda prisa para atender sus obligaciones.

–Yo me quedo un rato con los niños –se ofrece Nour.

Les sonríe, y Lama le devuelve la sonrisa. Yusuf se sienta encorvado en una silla de plástico, pero parece menos tenso que al llegar.

Por suerte, todo el mundo está demasiado ocupado para fijarse en que nos escabullimos. Kenan cierra la puerta del despacho con delicadeza, levantando partículas de polvo.

El jersey me da calor. «¿Debería decir algo? ¿Dónde pongo los brazos?» Los balanceo de una forma extraña durante unos segundos, y luego paro.

–¿Salama? –dice, y me doy la vuelta poco a poco.

Avanza hacia mí y, de pronto, está más cerca que nunca.

Levanto la cabeza para mirarlo, y me sorprende advertir la ausencia de tensión en su rostro. Distingo los puntitos de color avellana en sus ojos y, si me concentro, hasta podría contarlos. Tiene el pelo alborotado de anoche y de todas las veces que se lo ha tocado esta mañana. Me fijo en una cicatriz superficial que le parte la ceja y me extraña no haberla visto antes. Es como si lo viera por primera vez. No dice nada, se limita a sonreírme con cariño y, antes de que pueda responderle, pasa sus brazos por debajo de los míos y me atrae hacia sí. Suelto un grito ahogado y, tras unos instantes de duda, le echo los brazos alrededor de los hombros. Hunde la cabeza en el hueco del hiyab, estrechándome con fuerza. Mis nervios tintinean; un millón de pensamientos me pasan por la cabeza, agolpándose en mi mente.

De pronto una calma nos envuelve, y toda agitación se disipa. Me siento en paz. Puedo respirar, y aspirar su esencia. Huele como solía oler Siria. El aroma a limón de los parques mezclado con el olor a tierra y escombros. Es un olor familiar. Murmura unas palabras que no entiendo, suenan apagadas por la tela del hiyab.

–¿Qué? –susurro.

–Nada –dice en un tono más alto, pero un poco grave, como si se contuviera para no llorar.

Al poco, dice:

–Perdona por no haberte podido ofrecer una boda apropiada.

Me aparto y lo miro a los ojos con curiosidad.

–¿Crees que estoy disgustada?

–No lo sé –dice tímidamente, con una mano en la nuca–. Sé que las circunstancias son desafortunadas y que no puedo mantenernos. Pero te prometo que lo haré. Mi familia tiene algo de dinero ahorrado, y también tierras. Aunque ahora mismo no puedo recurrir ni a lo uno ni a lo otro. *Maldita sea*, tendría que haberte regalado algo. Un vestido, a lo mejor. Deberías haber tenido un vestido de novia al menos. Me da tanta, tanta...

Lo interrumpo poniéndome de puntillas y cogiéndole la cara entre las manos. Me mira fijamente.

–Yo quiero un matrimonio, no una boda –sonrío–. Además, así es *muchísimo* más romántico.

–¿De verdad? –me pregunta, dudando.

–¡Por supuesto que sí! Una boda en plena revolución. ¿No te parece un buen argumento para una historia?

Me sonríe a su vez.

–La verdad es que sería una trama magnífica.

–Exactamente. Soy una farmacéutica con experiencia, Kenan. Yo puedo mantenernos a los dos, y tú puedes ser amo de casa y dibujar –le digo con una sonrisa, de broma.

–Ja, ja, ja.

Vuelvo a poner los talones en el suelo, y separo las manos de sus mejillas antes de que empiecen a sudarme.

–Quería preguntarte... –digo, jugando con el dobladillo de la bata– si os gustaría mudaros con Layla y conmigo.

Durante un instante, los dos aguantamos la respiración.

–Es que... tenéis ese boquete enorme en el balcón, y supongo que la casa no se calienta –aclaro.

Se ríe entre dientes, cogiéndome las manos, y se pone a dibujar suaves círculos sobre mis palmas.

–¿Cuál es la verdadera razón?

–Esa, entre muchas otras –digo, ruborizándome.

–Vale. –Sonríe–. Me llevaré a Yusuf y a Lama a casa, recogeremos nuestras cosas y vendremos a buscarte cuando acabes el turno.

–Muy bien.

Haciendo acopio del valor que me queda, me pongo de puntillas y le doy un beso en la mejilla. Se queda paralizado, se le corta la respiración. Me dice adiós farfullando y se dirige hacia la puerta antes de volver a mirarme.

–Hasta luego.

–Hasta luego.

* * *

Khawf me espera en el almacén de los medicamentos. Doy un brinco al verle.

–No me esperabas en un día tan alegre, ¿verdad? –me dice, torciendo los labios con desaprobación.

Cierro la puerta y suspiro.

–¿Y ahora por qué estás disgustado? Estar casada con Kenan me motiva más que nunca a marcharme de Siria.

–Eso es verdad –asiente–. Pero también entraña riesgos.

–¿Qué quieres decir?

Se acerca a mí.

–Si mataran (Dios no lo quiera, claro) al hermano o a la hermana de Kenan, o, peor, los detuvieran, ¿te irías igualmente?

Noto cómo el miedo repta hasta mi estómago.

–En cinco días pueden pasar muchas cosas –prosigue con naturalidad–. ¿A quién elegirías? ¿A Layla o a Kenan? –Sus ojos brillan–. ¿O a ti misma?

Carraspeo.

–Ya es suficiente con que abandone a mi hermano, ¿no?

Se da unos golpecitos en el mentón.

–Es verdad. Pero, si ocurre otra desgracia, ¿romperás la promesa? ¿Preferirás entonces morir en Siria que arriesgarte a vivir?

–No –respondo.

Se acerca más. Su aliento es gélido, pero hay una sombra de preocupación en su mirada.

–Espero, por tu bien, que no. Sería una lástima tener que enterrarte aquí.

28

Las palabras de Khawf me pesan durante todo el día. Mi corazón vive en conflicto, tratando de aferrarse a briznas de felicidad. La esperanza es un fantasma que ronda mi cuerpo.

Alguna que otra persona me felicita durante el turno. Los destellos de alegría son fugaces, es como intentar atrapar la niebla. Nour vuelve a abrazarme con fuerza, y yo intento absorber su alegría.

–¡Sabía que le gustabas! –exclama, mientras camina a mi lado.

–¿Lo sabías?

–Sí. Siempre te observa mientras trabajas. No como un maníaco... –dice con consideración, y añade–: como si fueras la única persona que existe.

Me sonrojo.

–Ah. Pensaba que nadie se había dado cuenta.

–Ha sido agradable distraerse del flujo constante de pacientes. ¡Es un milagro que no hayamos perdido la cordura!

–¿Sabes que en algunos países occidentales, y en otros donde la gente tiene una vida normal, el personal médico puede acceder a terapia si les afecta el trato con los pacientes?

–¡Qué mundo más raro! ¿Cómo se pronuncia? *Teee-raaa-piaaa?* –pregunta con sarcasmo.

Le sonrío de buena gana.

–*Alhamdulillah* que mantenemos el buen humor.

–Hace falta mucho más que eso para derrumbarnos –dice, y me guiña un ojo antes de apresurarse a atender a un niño que llora.

Mientras la observo alejarse, siento que sus palabras me han calado hondo. Cuando soy consciente de lo que siento, espero encontrarme con el corazón hecho añicos por culpa de las palabras de Khawf y de los ataques del ejército, pero no es el caso. Quizá fuera así al principio, pero ahora una vela alumbra la oscuridad e ilumina mi camino con la promesa de una vida.

–Felicidades, Salama –dice Am detrás de mí, y doy un respingo.

Va vestido con una chaqueta marrón desgastada, y la sombra de la barba asoma en su rostro.

–Gracias –le digo, aunque la palabra me sabe a serrín.

–¿Está al corriente, el feliz recién casado, de que has perdido tus principios morales? –Su sonrisa es todo menos amable.

Me quedo paralizada.

–¿Me estás amenazando?

Levanta las manos y exclama:

–¡No, por Dios! Tú y yo tenemos un acuerdo. Pero creo que tengo derecho a asustarte cuando has estado a punto de destrozarme la vida.

Tiende la mano en el aire. Busco el blíster de paracetamol en el bolsillo y lo dejo sobre la palma de su mano. Entonces hago de tripas corazón y, antes de que se aleje, le pregunto:

–¿Cómo está Samar?

Se detiene y se vuelve hacia mí con la espalda rígida. El desprecio enturbia su mirada.

–Creía haberte dicho que esto es un negocio...

–No me importa –lo interrumpo, y aunque noto el ácido corroyéndome el estómago, persevero–. Puedo haber hecho algo terrible, pero sigo teniendo conciencia.

Veo una vena palpitándole en la frente.

–Mi hija está bien –responde con calma–. Ya le han quitado los puntos. No hay infección.

Suelto un suspiro de alivio desde lo más profundo, el ácido del estómago se atenúa.

–Le ha quedado una cicatriz. Así siempre nos acordaremos de ti y de tu «conciencia».

En cuanto se aleja, mi estómago vuelve a autofagocitarse antes de precipitarme al lavabo para vomitar.

* * *

Cuando acaba mi turno y salgo, Kenan me está esperando con Lama y Yusuf delante de las escaleras del hospital. El niño carga a la espalda con una mochila de Spider-Man desgastada y da patadas a las piedras; Lama, cogida de la mano de su hermano mayor, lleva una mochila de Barbie que tiene los bordes deshilachados. Kenan carga con una bolsa negra.

Mi corazón se ensancha al verlos, y bajo corriendo las escaleras.

–Hola –saludo, y Kenan me sonríe–. Cuánto tiempo sin vernos.

Me pongo a su lado y acaricio el cabello castaño claro de Lama.

–Os he echado de menos.

La niña sonríe y balancea la mano que sujeta la de Kenan.

–A ti también –le digo a Yusuf, sin levantar la vista del suelo.

Se niega a mirarme. Otra piedra rebota contra la escalera. Miro a Kenan confusa. Después de la ceremonia, su hermano estaba de mejor humor, y creía que le duraría el resto del día.

Kenan mueve la cabeza apenado.

–Está disgustado porque hemos dejado el apartamento –explica en un tono grave–. Demasiados cambios en un día.

–Ah.

Con la mano que tiene libre, le alborota el pelo. Yusuf se la aparta, pero no puede disimular que el gesto le ha gustado: está encantado de recibir atención de su hermano.

–¿Estás bien? –le pregunta, y Yusuf se encoge de hombros.

Kenan suspira, se vuelve hacia mí y coge a Lama en brazos.

–No sabes cuánto te lo agradezco. Nuestro barrio se ha convertido en uno de los más difíciles de defender después del ataque químico. No creo que hubiéramos podido pasar mucho más tiempo allí.

Me tapo la boca con la mano, angustiada. Escruto el cielo naranja pálido en busca de aviones.

–Vamos.

La conversación de Lama llena el silencio de camino a casa; parece que ya ha superado la timidez. Me pongo a su lado y me mira. Aunque tiene la piel más oscura que Kenan, comparten la misma intensidad.

–¿Cuántos años tienes? –me pregunta de pronto.

Su interés me hace gracia y sonrío.

–Dieciocho.

Frunce el ceño, concentrada para calcular cuánto mayor que ella soy.

–Kenan tiene diecinueve –dice al fin.

–Lo sé.

–Y te has casado con él –comenta con naturalidad.

–Así es.

–¿Por qué? Siempre está con el portátil. A veces tengo que gritarle hasta tres veces para que me oiga.

Lo dice en un tono tan solemne que me echo a reír, y Kenan también, sorprendido por su propia carcajada. Yusuf se adelanta y coge a Kenan por el borde del suéter.

–¿Por qué os reís? –quiere saber Lama.

Extiendo la mano para acariciarle una mejilla.

–Perdona. Es que eres muy mona.

Arruga la nariz mientras se debate entre analizar el cumplido o aceptarlo. Decide aceptarlo.

Miro a Yusuf y sonrío.

–Me gusta tu mochila. Spider-Man mola. ¿Es tu superhéroe preferido?

Por primera vez desde que lo conozco, la mirada de Yusuf se ilumina; asiente apretando los labios y coge las correas de la mochila. Me parte el corazón. Es evidente que se ha visto obligado a madurar tan deprisa que se aferra a cualquier cosa parecida a la inocencia que ha perdido. En circunstancias normales, a los trece ya habría cambiado la mochila de Spider-Man por los videojuegos y partidos de fútbol con sus amigos en algún callejón. Su desarrollo emocional es una planta que alguien olvidó regar, y ahora intenta captar toda el agua posible.

Una multitud surge de mi vecindario. Hombres y mujeres jóvenes, y adolescentes, cargados con pancartas y carteles de camino a una manifestación. Kenan los sigue con la mirada. Su mandíbula se tensa. Le toco el codo al instante, en un intento desesperado para mantenerlo conmigo. Para que no rompa su promesa.

La exaltación se desvanece de sus ojos en cuanto me mira, y yo vuelvo a respirar. Con la otra mano aprieto el anillo. Kenan se fija en el gesto y se queda contemplando las cicatrices.

En cuanto distingo mi casa a lo lejos, saco las llaves. De pronto, al caer en la cuenta de que vamos a vivir bajo el mismo techo, me pongo nerviosa.

Vamos a vivir juntos.

¿Dónde dormirá? Layla les dejará su habitación a Lama y Yusuf. Quizá ella pueda dormir conmigo en la mía, y Kenan en el sofá.

Estaría a unos pasos de mí. Al otro lado del pasillo.

–Layla –llamo al entrar, alejando las mariposas de mi estómago–. ¡Kenan y yo estamos en casa con su hermano y su hermana!

Al obtener silencio por respuesta, se me ponen los pelos de punta. Seguro que está bien. Soy una paranoica que ve peligro en un instante de silencio.

–Pasad. Todavía estará durmiendo.

Entran con timidez, y Kenan cierra la puerta. Todo parece demasiado real. Con su estatura, Kenan ocupa todo el espacio del estrecho pasillo, mientras Yusuf observa, asomándose por detrás de su hermano con curiosidad. Kenan deja a Lama en el suelo y les pide se quiten los zapatos, mientras yo voy a por Layla.

La encuentro sentada en el sofá del salón con la mirada perdida. Está contemplando la marina como si tratara de discernir cada pincelada. Su pelo cae a mechones sobre sus hombros, y tiene una mano apoyada sobre la barriga.

–¡Layla! –exclamo, y salta del susto.

–¡Salama! ¡Me has asustado!

–Te estaba llamando. ¿Va todo bien?

Me mira con una sonrisa inquietante.

–Sí, todo bien.

Me acerco a ella.

–¿Estás segura? ¿Por qué me miras así?

Se aparta el pelo detrás de la oreja.

–Nostalgia por los buenos tiempos. ¿Recuerdas cuando lo pinté? –Señala la marina con la cabeza.

–Claro.

Me sonríe levemente.

–¿Recuerdas lo mucho que la detestaba cuando la terminé?

–¡Los colores están mal! –gritaba con la frente y las mejillas manchadas de azul marino.

Llevaba siete horas pintando, no se había levantado de la silla para beber ni para comer. Su delantal de margaritas estaba embadurnado de una variedad de matices de azul y gris. Me había llamado con un ataque de pánico, incapaz de formar palabras con sentido al teléfono.

–¡Los tonos! Argh. ¡Es un desastre!

Yo me reí al ver el estado en el que se encontraba el salón. Había salpicaduras de pintura por toda la capa de látex que cubría el suelo para protegerlo. Los muebles estaban amontonados contra la pared para que Layla tuviera espacio para crear. Estaba de pie en el ojo del huracán, contemplando el lienzo, que sostenía en alto con los ojos llorosos y el pelo recogido en un moño deshecho.

–¿Lo dices en serio? –exclamé, acercándome a ella con cuidado de no tropezar con los botes de pintura–. Pero ¡mira!

–¡Lo estoy mirando! –se lamentaba–. ¡He tardado siete *horas en acabarlo, Salama!*

Le quité cuadro de las manos para dejarlo sobre la repisa de la chimenea. La hice ponerse en medio del salón, delante de la marina.

–No los has mirado bien. Cierra los ojos.

Eso hizo.

–Piensa en una tormenta a punto de desatarse en el mar. En medio de ninguna parte. Sin barcos a la vista. Ni personas. Imagina los colores que ningún ser humano vería. La tormenta rugirá y se desatará sobre las olas y no habrá nadie para presenciarlo. O quizá no se desate, y el cielo se despeje y brille el sol.

Respiró hondo.

–Y ahora, abre los ojos.

–Has capturado una escena que nadie ha visto nunca –le dije sonriendo–. Y lo has hecho con la imaginación.

Se volvió hacia mí con una sonrisa radiante y dijo:

–Gracias.

–¿Te acuerdas? –vuelve a preguntar Layla desde el sofá y, de pronto, noto un extraño nudo en la garganta.

–Sí.

–Conseguiste convertirlo en uno de mis cuadros preferidos.

Hay algo en su voz que no identifico. Algo melancólico.

–Entonces ¿por qué estás tan triste?

Mueve la cabeza.

–No estoy triste. Quiero que sepas que eres una persona extraordinaria. Tienes la capacidad de cambiar la vida de los demás.

–¿Salama?

Oigo a Kenan detrás de mí. Doy un brinco y me pongo delante de Layla para taparla. Tiene el ceño fruncido, y no me quita los ojos de encima.

–*¡Kenan!* –lo regaño–. ¿Qué haces? ¡Layla no lleva puesto el hiyab!

–¿Layla? –repite.

–¡Sí! –le digo, haciéndole señas para que se vaya–. Layla, ponte un pañuelo o algo.

–No tengo nada –responde en un tono taciturno.

–¡Pues busca algo! –le digo exasperada.

Kenan está cada vez más desconcertado. Entonces separa los labios.

–Salama.

Miro por encima del hombro para ver si Layla ha encontrado un chal, un mantel, cualquier cosa. Rebusca entre los cojines con una mueca de fastidio.

–*Salama* –insiste Kenan, ahora con la voz más firme, y lo miro.

–¿Qué? –le suelto–. ¿Por qué sigues ahí?

Duda un instante y dice:

–He venido porque te he oído hablar y nadie te contestaba. Pensaba que había pasado algo.

Ahora *yo* estoy desconcertada.

–*¿Cómo?* Si estoy hablando con Layla.

Se me acerca con delicadeza, como si se aproximara a un ciervo herido.

–No, no estás hablando con Layla.

Dejo caer los brazos pesadamente a los lados.

–¿Perdona?

Kenan me coge las manos entre las suyas, cálidas.

–Salama, aquí no hay nadie. Layla no está. No la veo.

29

Me echo a reír.

Kenan me mira con un gesto entre triste y aterrado.

–¿Cómo vas a verla, si estoy yo delante, tonto?

Se pasa una mano por el pelo.

–Poniéndote delante de mí no tapas precisamente el sofá.

Me doy la vuelta al instante y veo a Layla sentada, con las manos sobre su barriga de embarazada. Veo su cabello caoba y sus ojos azul profundo. *La veo.* Puedo olerla y tocarla.

–¿Layla? –le digo en un tono aterrorizado.

Y ella responde con una sonrisa triste:

–Lo siento, Salama.

Un nuevo miedo me transporta a un oscuro abismo y me derrumbo de rodillas delante de ella.

–Kenan –digo con voz hueca–. Te lo *suplico.* Por favor, dime que la ves. Dime que ves su cara y el vestido azul que lleva puesto.

Kenan se desplaza a mi lado.

–No la veo –dice en voz baja–. Solo hay un sofá.

Layla me acaricia la mejilla.

–Soy real en tu corazón, Salama.

Mi voz sale entrecortada.

–No. *No* es verdad.

Layla se muerde el labio y en sus ojos asoma un hilo de lágrimas.

–¿Recuerdas el tiroteo de octubre?

Me siento vacía. Como un árbol quemado.

Layla prosigue y, con cada palabra, tiro de un hilo, y de otro, y de otro... hasta que los hechos se desvelan del todo.

–Fui a hacer la compra a la tienda al final de la calle. Había un francotirador. No sobreviví. Sangraba, pero pudieron trasladarme hasta casa en el último momento. Fallecí frente a la puerta.

Me tiemblan las manos, la agonía astilla todo mi esqueleto, y suelto un grito ahogado.

Yo estaba en el hospital cuando ocurrió. Layla murió sin que pudiera cogerle la mano. Fragmentos de mis recuerdos me llegan a ráfagas, a través de la fantasía que yo misma construí. *Fui corriendo a casa, pero no llegué a tiempo. Layla volvía del supermercado cuando un francotirador le disparó en la cabeza. Y con otra bala le atravesó el útero. El rastro de sangre sobre la acera agrietada es suyo. Era espeso, se resistía a disolverse en la tierra. Y así, sin más, me la arrebataron. Me arrebataron a Layla y a mi sobrina. Y me quedé sola.*

El funeral de Layla fue precipitado, ese mismo día. Algunos vecinos me ayudaron a lavarla y envolverla en una tela blanca, y la enterramos junto a sus padres.

Pero lo había olvidado todo.

Cuando me desperté al día siguiente, Layla estaba sentada a los pies de mi cama con una sonrisa pícara y... lo olvidé todo.

No: alteré la realidad.

Layla me cubre las mejillas con las manos y siento un escalofrío. Porque puedo *sentir* sus manos.

–No fue culpa tuya, ¿me oyes? *No rompiste* la promesa que le hiciste a Hamza.

Mis sollozos son secos, me atraviesan dolorosamente el pecho, y soy incapaz de decir nada coherente. He vivido *sola* desde octubre. A lo largo de cinco meses mi mente ha creado una ficción para reprimir la agonía.

La miro a la cara para memorizarla. La necesitaba en mi vida. Necesitaba ese alivio y esa seguridad cuando mi mundo entero desapareció. Los escasos momentos de felicidad que vivía con ella daban sentido a la vida. Sé que los merecía, así que creé *la vida que podría haber sido.* Layla me ha ayudado a superarlo todo poquito a poco. Es tan real como cualquier otra cosa.

Me acaricia las mejillas con los pulgares y sonríe; sus ojos azules brillan más que las estrellas.

–Sabes que estoy en el cielo. Y la pequeña Salama también. –Pone su mano contra mi pecho–. Llevas la *fe* aquí dentro. Tú vivirás por mí, por tu padre y por tu madre, por Hamza. Salvándote cumplirás lo que le prometiste.

–No te vayas –le suplico–. Por favor.

Me coge la mano entre las suyas y me besa los nudillos.

–Ahora tienes una familia, Salama. No estás sola.

Noto una mano pesada y consistente sobre el hombro. Tan distinta de la de Layla, que es más como una nube que susurra entre mis manos. Parpadeo con los ojos anegados en lágrimas y, al darme la vuelta, veo la mirada afligida de Kenan.

–Salama –susurra–. No pasa nada. Estás bien.

Miro alrededor. El salón parece sombrío, y los colores, apagados. La alfombra árabe junto al sofá tiene una gruesa capa de polvo. La atmósfera es fría, transmite sensación de abandono. Entonces recuerdo que me produjo esta misma sensación el día que Kenan me acompañó a casa después de operar a Lama. No parece la casa que Layla y Hamza crearon con pedazos de su alma. No es como la he visto a lo largo de los últimos meses. Solía ser más acogedora y luminosa gracias al toque de mi hermana.

Entonces me doy cuenta de que llevo un rato sin pronunciar una palabra. La impresión me ha obligado a retirarme allí donde Layla existe. En mi cabeza.

Kenan me acerca a él, y le permito abrazarme por la espalda. Se vuelve un muro firme sobre el que apoyarme, y mis músculos se relajan.

–Salama –dice Layla en voz baja, y el mundo vuelve a iluminarse.

Está de pie delante de mí, acunando mis mejillas con sus manos, pero es como si no me tocara. Apenas si noto el contacto.

–No es culpa tuya –me dice.

Me cuesta tragar.

–Hamza no querría que cargaras con la culpa. Yo no te considero responsable. Ni yo ni nadie –me dice con una expresión intensa.

Asiento sin decir nada.

Contenta con mi respuesta, respira hondo y, cuando parpadeo, desaparece.

Kenan afloja el abrazo, pero le cojo las manos para ponerme de cara a él y abrazarlo con fuerza. Hundo el rostro en su suéter, inhalando la fragancia a limón.

–Tú eres real, ¿verdad? –suspiro, por fin–. Por favor, dime que eres real.

Me levanta la cabeza y veo que todavía hay estrellas en sus ojos.

–Soy real –asegura con firmeza.

Me toma la mano y la aprieta contra su pecho. Noto los latidos bajo las costillas, y las vibraciones se propagan por mi piel. Cierro los ojos unos instantes para disfrutar de la sensación. Creo que jamás podré separarme de él.

Asiento con la cabeza y aprieto los labios para contener el llanto cuando veo a Lama y a Yusuf asomados al salón.

Kenan también los ve, y su expresión cambia. Les hace señas para que se acerquen y se pone de rodillas para poder abrazarlos sin soltarme la mano, de forma que el abrazo es torpe, aunque decidido a no deshacerse.

–¿Dónde está Layla? –pregunta Lama, mirando alrededor con una curiosidad que se vuelve temor al verme los ojos rojos.

Kenan hace una mueca de pena y me mira. Asiento con la cabeza.

–Layla está en el cielo –le dice con calma.

Lama frunce el ceño.

–Pero dijiste que íbamos a vivir con Salama *y* Layla.

Kenan aparta la mirada al no encontrar las palabras adecuadas para explicárselo. Pero, de repente, Yusuf abre mucho los ojos al comprender la situación, y me mira. Su rostro expresa diversas emociones.

Y en ese lugar silencioso que compartimos, me comprende. Ya no me ve como esa chica con los nervios de acero que salvó a su hermana. Ni como esa chica que se enamoró de su hermano y se lo arrebató. Se ve en mí, igual que yo me vi en él.

Kenan encuentra las palabras para explicar la situación con delicadeza, y Lama lo escucha. Sin embargo, yo no.

Porque estoy enfrascada contemplando la ventana, donde una ligera brisa mueve la cortina y un rayo de sol la atraviesa y cae sobre la alfombra árabe.

30

Me he quedado tumbada en el sofá, en el sitio de Layla, casi toda la noche. Kenan me preguntó si prefería estar sola, pero no quiero. Ahora no. He estado sola los últimos cinco meses, y pensar que podría volver a estarlo me pone los pelos de punta. Sola. Hablaba con las paredes. Me reía con las paredes. Lloraba con las paredes. Ahora veo y oigo a personas reales, personas que respiran.

Mientras Lama y Yusuf cenan una humilde lata de atún, caigo en la cuenta de lo ingenua que era. Layla nunca comía conmigo; daba por hecho que lo hacía cuando yo estaba en el hospital. Eso debería haberme puesto sobre aviso. Su contacto físico, sus costumbres, todo eran reproducciones de mis recuerdos más vívidos. Todo, recuerdos que amplifiqué hasta materializarlos.

Ahora que sé que está en el cielo, he hallado la paz. Lo único que lamento es no haber estado con ella en los instantes finales de su vida.

Recuerdo el último día que pasé con ella. Con la amiga real.

Estábamos sentadas sobre la alfombra árabe, en el salón, justo delante del sofá, y no paraba de reírse recordando el día que salimos a las afueras y el coche se quedó atascado en la arena.

–Estabas convencida de que Hamza te mataría por destrozarle el coche –decía, riendo con las manos en la barriga. Estaba de tres meses, y aún no se le notaba mucho.

–Subestimé la profundidad del suelo –dije, sonriendo.

Layla y yo quisimos improvisar e ir en coche a la casa de verano de mis abuelos. Pensando que cogía un atajo, acabamos atascadas en una zanja cuando empezaba a hacerse de noche.

–Me lo pasé tan bien ese día... –decía con los ojos radiantes–. Es verdad que tuvimos que aguantar a Hamza gritándonos una media hora larga, mientras desatascaba el coche, pero ¿te acuerdas de las estrellas?

Parecían limones maduros, en el cielo, listos para recolectar, y tan cerca.

–Sí, me acuerdo.

–Espero que algún día podamos volver a verlas así. –Layla se dio unas palmaditas sobre la barriga, que yo misma había arropado con una manta–. Si no es en Siria, en otro lugar del mundo.

Layla quería marcharse, pero le daba demasiado miedo pronunciar las palabras. Me froto la frente, exhausta, y me hundo sobre el cojín que, no sé cómo, aún huele a su fragancia de margaritas. Mi hiyab cuelga, suelto, de mi cabeza, aunque aún me envuelve el cuello. Todavía me da vergüenza quitármelo. Pero me quito el collar y hago correr arriba y abajo la alianza sobre la cadena.

–Ey –dice Kenan con la voz grave. Está de pie en la entrada del salón.

–Hola.

–Lama y Yusuf se han quedado dormidos en tu cama.

Kenan parece nervioso, cosa que a mí me pone tensa. Ha estado en mi habitación, y no soy capaz de recordar si estaba desordenada. Espero que no.

Se arrodilla delante de mí e, instintivamente, me tapo más con la manta.

–Siento mucho lo de Layla –susurra.

Se me forma un nudo en la garganta. Le tiendo la mano y, cuando la toma, me la llevo a la mejilla, feliz de sentir su consistencia. Tiene unos dedos callosos que evidencian una vida dura, pero son cálidos porque corre sangre por sus venas.

–Estoy bien, Kenan. A lo mejor es el estado de *shock*, pero... creo que es el proceso de aceptación. Y Layla está bien, que es lo único que le he deseado siempre.

Me acaricia la mejilla con una leve sonrisa y, al sentir el contacto de su piel, me derrito. Entonces me viene una idea a la cabeza.

–¿Y ahora qué motivo tengo para irme de Siria? –susurro, y deja de acariciarme–. Iba a marcharme para cumplir el deseo de Hamza. Pero ahora... He perdido a Mama y a Layla. He roto mi promesa.

Kenan entrelaza sus dedos con los míos, se lleva mis manos a los labios y las besa.

–Salama, no puedes quedarte aquí.

Me mira aterrorizado.

–Sabías que Khawf era una alucinación, pero creías que Layla estaba viva –murmura–. Estoy preocupado por ti. Si te quedas aquí, donde murió, todo irá a peor. No podrás ayudar a nadie si no te recuperas.

Cierro los ojos unos instantes, recordando la alucinación junto a las ruinas de mi casa. Cuando mi mente reconstruyó mi barrio.

–No me pienso ir de Siria sin ti –prosigue–. Tú misma lo dijiste, la lucha no está solo aquí. Tú haces tanta falta fuera del país como yo. Y yo no puedo quedarme de brazos cruzados viendo cómo sufres, sin saber cómo ayudarte.

Su tono es suplicante; su expresión, desesperada. Como lo estaba yo cuando le pedí que dejara de grabar. No puedo hacerle esto. Quedándonos aquí no ganaríamos nada. Y yo volvería a romper la promesa que le hice a Hamza. Aún estoy viva, y él querría que siguiera estándolo.

–Vale –susurro.

Su rostro se relaja de alivio. Pero algo en su mirada me hace pensar que quiere decirme otra cosa. Espero, pero en vez de hablarme, se saca algo del bolsillo y me entrega una hoja de papel plegada.

–Te he hecho otro dibujo.

Mi corazón se dispara, pero no despliego el folio. Una sensación incómoda me crispa los nervios y el estómago me da un vuelco. Kenan se mostró muy comprensivo cuando le conté lo de Khawf, no vaciló en ningún momento. Pero lo previne al respecto. Lo de Layla es otra historia

–Kenan, ¿qué estás pensando? –le pregunto en voz baja.

Me empiezan a sudar las palmas de las manos.

Me mira, y su nuez se retrae.

–Entiendo lo que has pasado con Layla. No había día que no deseara volver a ver a mis padres. Y he vivido los efectos del estrés postraumático, y los he visto en Lama y, sobre todo, en Yusuf. Ahora sé cómo tratarlo, y he aprendido a ayudar a superarlo. Las heridas de Lama, el estado de *shock* de Yusuf, mis pesadillas. Pero, Salama, los efectos que *no* conozco me asustan. –Su respiración es trémula–. No sé cómo hacer frente a esto. No sé qué decir ni cómo ayudarte. He llegado a un límite, hay cosas que están *fuera de mi alcance*.

Se echa el pelo hacia atrás y parpadea. Es muy joven, y vivir con la presión de tres personas y un país entero es demasiado.

–Con tu presencia me basta. –Sonrío–. Te lo prometo. Tú me devuelves a la realidad.

Me devuelve una sonrisa que primero es incierta, pero luego se hace genuina.

–Buscaremos ayuda al llegar a Alemania.

Cree que podría volver a pasarme. Y así es. De modo que accedo.

–A ver qué has dibujado –digo, y, al desplegar la hoja, me encuentro con una ilustración de... mí.

Me ha dibujado como Sheeta, con la blusa amarilla y los pantalones rosas. Estoy sentada, con un hiyab de color rosa pálido, sobre el ala de un avión. Y a mi lado...

–Ay, Dios mío, ¿eres tú? –exclamo

Sonríe con timidez.

–Sí. Como Pazu.

Saca otro papel.

–Este es otro boceto de nuestra historia. He ilustrado con todo detalle la casa en la que viviría nuestra protagonista. He pensado que la comunidad se construiría sobre los árboles. Como un pueblo entero suspendido en el aire.

–Que cultivaría sus propias flores y cosechas en las ramas de los árboles. ¡El árbol proporcionaría sus propios nutrientes para alimentar a las plantas!

Kenan sonríe, entusiasmado.

–Es una idea magnífica.

Pasamos el resto de la tarde tejiendo nuestra historia, añadiendo elementos.

* * *

Kenan se queda dormido antes que yo. Cuando empieza a dar cabezadas, me levanto del sofá para que pueda estirarse a gusto. Al principio se opone, pero el sueño lo acaba venciendo. Lo arropo con la manta, y el recuerdo de haberlo hecho otras veces por Layla cuando estaba viva –y en mis alucinaciones– hace que se me salten las lágrimas.

Parece estar en paz mientras duerme, y las arrugas de preocupación alrededor de sus ojos se suavizan. Sus pestañas son extraordinariamente largas, tanto que le rozan los pómulos.

Lo observo unos minutos más, y siento cómo se me expande el corazón de amor por él.

–Saldremos adelante –susurro en la noche, deseando que capture mi deseo.

Es lo mínimo que nos merecemos. Una vida en la que no tengamos que escrutar azoteas, ni que sentir alivio porque el techo no nos ha sepultado esa noche.

Nos merecemos una historia de amor que no acabe en tragedia.

Puesto que mi cama y el sofá están ocupados, el único lugar libre es el dormitorio de Layla y Hamza. Me quedo de pie delante de la puerta con los dedos sobre el picaporte. Cojo aire y la abro con un clic.

Me recibe una corriente de aire frío. En la habitación todavía huele un poco a la fragancia de margaritas de Layla, y a la colonia de Hamza. O quizá sea una alucinación.

No enciendo la luz, prefiero esperar a que mis córneas y cristalinos se adapten a la oscuridad. Paso un dedo sobre los muebles olvidados. Una gruesa capa de polvo cubre el edredón, la cómoda, el armario y la mesita de noche. No había puesto un pie aquí en cinco meses. El dormitorio ha pasado a ser una reliquia, una parte de mis recuerdos que no quería resucitar. O quizá sea imposible volverla a la vida. Como Layla. Como Hamza.

Me siento en su cama, lo cual me hace sentir extrañamente aliviada. Como si una parte de ellos aún estuviera presente. Cierro los ojos un breve instante y sé que, cuando los abra, estará delante de mí.

Y así es.

Las manchas rojas sobre los hombros de Khawf parecen amapolas. Sus ojos son dos fragmentos de hielo azul que brillan en la oscuridad. Me mira con media sonrisa de satisfacción.

–Tú lo sabías –murmuro.

No estoy sorprendida. La lesión de mi cabeza y todo lo que representa –la pena, el estrés postraumático– han creado en mi subconsciente capas que jamás pensé que pudieran existir.

Khawf se encoge de hombros.

–Era bastante entretenido ver hasta qué extremo llegaban tus delirios.

No digo nada; miro la ventana que hay al lado. Las cortinas no están corridas del todo, dejan pasar algo de la luz de la luna. Pronto estaremos a salvo. Y no tendré que mirar por la ventana y fingir que el mundo no está en llamas.

Khawf se acerca a mí, y lo miro.

–¿Tú en qué crees, Salama? –me pregunta con tranquilidad.

Una fugaz sombra cruza su rostro, y un atisbo de sonrisa asoma a sus labios.

Se me seca la boca.

–¿Qué quieres decir?

Saca un cigarrillo. El rollo blanco titila hasta ser casi traslúcido y luego vuelve a ser opaco.

–Crees en tu religión. Crees en ti. En Kenan. En Layla, cuando estaba viva. Crees que esta revolución será un éxito, con toda la gente que se está sacrificando por ella.

–Sí.

Da una calada.

–¿Creías en Layla, en la *alucinación*?

Asiento en silencio.

–¿Crees en mí? –dice, ensanchando la sonrisa.

Frunzo el ceño.

–Estás delante de mis narices. Claro que sí.

Da un golpecito al cigarrillo para hacer caer la ceniza, pero se desintegra antes de llegar al suelo. Tiene la mirada perdida. Me observa, pero mira más allá.

–Ahora existo. Pero no siempre existiré.

Me pongo derecha. Ya sé que no siempre estará en mi vida. Pero oírselo decir me alegra tanto como me entristece.

–¿Por qué?

Tira el cigarrillo de un capirotazo y va hacia la ventana.

–El miedo y la muerte campan a sus anchas en Siria. En ti se intensifican, por eso me ves. Lo normal es suponer que no vivirás estos horrores en Alemania. ¿Qué sentido tendría acompañarte?

Me pongo de pie, atando cabos.

–Quieres decir que... en cuanto me suba a ese barco... Cuando me vaya...

–*Yo* también me iré –termina por mí.

Da media vuelta y nos miramos durante unos instantes.

En este momento parece tan real como si alguien lo hubiera tallado la noche anterior y se hubiese transformado en carne y hueso.

–Y ¿adónde irás?

Me doy cuenta de lo absurdo de la pregunta, pero Khawf no se ríe. Su semblante es solemne; su mirada, ancestral.

Acorta la distancia que nos separa y alzo la barbilla para mirarlo.

–A todas partes –responde, y, en cuanto parpadeo, desaparece.

31

Kenan me acompaña al hospital a la mañana siguiente. Los niños se quedan en casa. Me he cerciorado de que Lama tenga una botella de agua a mano. Kenan está conmigo en todo momento: habla con los pacientes y ayuda a los médicos cuando hace falta. Aún nos estamos recuperando del ataque químico y hemos perdido a personas en mitad de la noche, pero la presencia de Kenan me ayuda a respirar.

Mi mente se pone en piloto automático un rato cuando le relato la conversación que tuve anoche con Khawf. En menos de una semana me libraré de él. Y en dos estaré en Europa, en una nueva ciudad, rodeada de personas que no hablan mi lengua. Homs parecerá estar a años luz. Pero llevaré conmigo todas las heridas que he sufrido, todas las bombas que han caído, todas las vidas que se han perdido. Y llevaré conmigo la agonía de Hamza, sin saber jamás si está vivo o muerto. Y cuando todo ese dolor penetre en el hueso, raspará el endostio y entrará en la cavidad medular hasta alcanzar la médula ósea.

A pesar de todo, en Siria, la lucha continúa.

Las protestas se han extendido por otras ciudades. Hama, Douma, Ghouta, Deirez-Zour. El pueblo está indignado por la escalada de bombardeos que estamos sufriendo en Homs. Las pancartas de Kafranbel son las más bonitas y ocurrentes. Me pregunto cómo se sentirá el resto del mundo, me pregunto si duermen por la noche sabiendo que nos están matando mientras dormimos. Cómo permiten que esto pase.

Kenan desliza su mano sobre la mía de regreso a casa, y dejo de pensar en todo salvo en él. Le robo miradas furtivas. Todavía no me ha visto sin el hiyab, y eso que estamos debidamente casados. Tampoco me lo ha pedido, y no hemos hablado del grado de afecto físico con el que nos sentiríamos cómodos. Puede que nuestra historia de amor sea poco convencional dadas las circunstancias, pero ¿por qué no aferrarnos a esos pequeños momentos de felicidad? Quiero crear un hogar y ser feliz en Homs antes de irnos. Mis últimos recuerdos no tienen por qué ser solo angustia y pena por todo lo que he perdido.

Estamos los cuatro sentados en la cocina, cenando algo sencillo, mientras repasamos la lista de las cosas que nos vamos a llevar, cuando Kenan me mira como si acabara de acordarse de algo.

–Salama, ibas a pagarle el pasaje de Layla a Am, ¿no?

Dcjo cacr la cuchara con un estrépito sobre el plato de atún que llevo un rato removiendo, sin comer, desde hace cinco minutos.

–Es verdad. Ya no tendré que hacerlo.

Esto representa quinientos dólares más de ahorro. Dudo que Am lo prefiera frente al anillo de oro que le prometí por el pasaje de Kenan, que es más valioso. Miro la mesa con tristeza, deseando poder abrazar a Layla ahora mismo.

Kenan se aclara la garganta.

–¿Qué más nos falta?

Me alegro de la distracción.

–Algo para el mareo. Layla sugirió usar limones.

–Me parece muy buena idea –dice Kenan con amabilidad–. Mañana pasaré por la tienda, a ver si tienen. Sigue haciendo bastante frío, así que alguno encontraremos de aquí a que nos vayamos.

Después de cenar, rezamos la Isha juntos. Lama y Yusuf tardan un poco en irse a la cama, y yo me escabullo al baño para lavarme la cara.

En el espejo intento ver a la persona que Kenan ve, con los ojos bonitos, pero solo veo a una chica de mejillas hundidas y barbilla prominente. Yo *era* guapa. Mi piel aceitunada resplandecía de vitalidad, era suave. Mi cabello, de un castaño más profundo que la corteza de un árbol silvestre, casaba con mis ojos, algo de lo que estaba bastante orgullosa. Tiro del hiyab. Cae sobre el cuello, y el moño se deshace solo. El tono castaño se ha desvanecido; viéndolo suelto sobre los hombros, parece descolorido.

En esa *posible* vida, estaría guiñando un ojo al espejo, admirando el contraste del lápiz de ojos azul con el marrón chocolate del iris, y las clavículas asomando a través del vestido sin hombros. Kenan se sonrojaría si me viera, incapaz de apartar la mirada.

«Bueno, al menos este es mi jersey preferido», pienso con tristeza. De un granate suave. Suspiro profundamente, sacando el collar para que el anillo de oro brille sobre la tela de algodón, y me armo de valor para salir sin el hiyab.

Un parpadeo de luces del salón llega hasta el pasillo, proyectando sombras cambiantes en el suelo. Kenan debe de haber encendido las velas. Asomo la cabeza por el hueco de la pared, y de pronto me siento cohibida.

Kenan está sentado en el sofá con un codo apoyado sobre el brazo contrario, contemplando la marina. La luz de las velas le ilumina el rostro de forma mágica, cubriéndolo de una tonalidad dorada. De repente el jersey me da calor.

Nota mi presencia, se vuelve hacia mí y me sonríe.

–¿Qué hacías? –me pregunta en un tono un tanto seductor. La noche y la tenue luz de las velas me ocultan a sus ojos–. ¿Me estabas *observando*?

–Puede –digo, agarrándome a los bordes de la pared.

Kenan sonríe.

–Tengo que decirte que ahora soy un hombre casado. A mi mujer no le gustará nada que una desconocida me mire con intenciones.

El calor de mi cara se extiende las raíces del pelo. «Mi mujer.»

–Pero si insistes, ¿qué tal si lo haces más de cerca? –dice, dando unas palmaditas al asiento del sofá.

Aclaro la voz, metiéndome el pelo detrás de la oreja, y emerjo poco a poco de la penumbra.

Su sonrisa se desvanece con una brusca inhalación y se queda con la boca abierta.

La sosegada respiración de ambos inunda el silencio. Me cuesta mirarlo, así que bajo la vista a la alfombra y recorro los dibujos de las espirales. Un minuto entero pasa antes de que diga:

–Salama.

Su voz es entrecortada, y me provoca una ola de escalofríos por toda la espalda. Me rodeo la cintura con los brazos y él se levanta para acercarse hasta que queda a un suspiro de mí. Su fragancia a limón impregna el breve espacio que nos separa.

A continuación me levanta la barbilla para mirarme a los ojos. Siento como si, en lugar de corazón, tuviera un sol que extendiera sus ardientes zarcillos por todo el sistema vascular.

–Eres muy hermosa –murmura. Su tono, su tacto, su mirada expresan veneración y fascinación–. Muchísimo.

Se me escapa una risa nerviosa.

–No hace falta que me des coba.

–No lo estoy haciendo –responde, confuso. Enrosca los dedos en mis rizos y yo agito las pestañas–. Ojalá pudieras verte como yo te veo.

Sostiene en alto un bucle de mi pelo.

–Tienes un cabello precioso.

Me roza el rostro con los dedos.

–Y una cara bellísima.

Aprieta una mano contra mi pecho, sobre el anillo de bodas.

–Y un corazón hermoso.

Me tiemblan las piernas, doy un traspié y choco de espaldas contra la pared. Me coge por la cintura para que no caiga.

–Pero puedo ser más concreto si quieres –susurra.

–Adelante –balbuceo.

Sus ojos verde jade reflejan esa fascinación. Entonces me estampa un beso en la frente.

–Me gusta tu frente.

Esto me hace reír, y alivia mi agitación.

–Me gusta tu risa. –Sonríe–. No, me he equivocado. *Me encanta* tu risa.

Con un suave suspiro, lo cojo distraídamente por los hombros y lo acercó a mí. Contento con mi avance, me besa la nariz.

–Me encanta tu nariz.

Luego, las mejillas.

–Me encantan tus mejillas.

Luego, la palpitación de mi cuello.

–Me encanta tu cuello.

Siento un cosquilleo en los labios antes de que se rocen con los suyos, y cuento los segundos que faltan para que se toquen, pero se detiene.

–¿Qué más te encanta? –susurro, al fin, con los ojos entornados.

Kenan sonríe y dice:

–Tus labios.

Y me besa. Es un beso delicado, vacilante, que desata un caleidoscopio de colores al otro lado de mis párpados. Cojo su cara entre mis manos, que apenas si noto por el efecto embriagador del beso. Siento que existo bajo un dosel, donde el tiempo se ha detenido y se lleva todas mis preocupaciones.

Salvo una.

Mi mala conciencia me aparta de los brazos de Kenan, y apoyo las manos sobre su pecho.

Kenan se interrumpe y me suelta al instante, mirándome con preocupación. Levanta las manos y se disculpa:

–Perdona. He ido demasiado lejos.

Le digo que no con la cabeza, el corazón me va a mil.

–No, no es eso.

Un estremecimiento sacude mi cuerpo, respiro de manera entrecortada, intento regular la actividad pulmonar. No puedo ocultarle ni un segundo más lo que le hice a Samar. De lo contrario, ese secreto acabará colándose en los momentos de felicidad.

–Tengo que contarte algo –le anuncio, y me siento en el sofá.

Se sienta conmigo, haciendo restallar los nudillos, nervioso.

–Has dicho que soy fuerte. Y que tengo un corazón hermoso. –Me concentro en mis manos, que hasta hace unos segundos tocaban su piel–. Pero no lo soy. Hice... una cosa. Fue una decisión impulsiva, y me arrepiento muchísimo.

Kenan se acerca más.

–¿Qué hiciste?

Hago de tripas corazón y se lo cuento todo. Desde lo de que no podía pagar el barco hasta cuando puse la vida de Samar en peligro. No me ahorro ningún detalle. Cuando termino, tengo los ojos cerrados y noto las punzadas de las lágrimas que asoman.

–Si pudiera volver atrás, lo haría –musito.

Kenan busca mi mano con la suya, la aprieta con fuerza y me insta a mirarlo. Veo pesar en su mirada, pero también comprensión.

–¿Por eso has perdido tanto peso? ¿Por eso vomitabas tantas veces? –pregunta.

Se me forma un nudo en la garganta. Cómo no iba a darse cuenta.

–Sí –respondo con la voz entrecortada.

Me acerca a él y me dejo caer sobre su pecho.

–Ya has pagado tus deudas –susurra, rodeándome con un brazo, y me da un beso en la frente–. Samar está viva, tú la salvaste, y eso es lo que importa.

–Pero...

Mueve la cabeza con un gesto decidido.

–Somos humanos, Salama. Cuando nos sentimos acorralados, nos vemos abocados a tomar decisiones que en circunstancias normales no tomaríamos. Cuando hiciste eso, estabas pensando en Layla. No digo que esté bien, pero ya has sufrido bastante. Salvaste su vida y, después de ese incidente, has salvado la de muchas, *muchas* personas.

Contengo un sollozo y hundo la cara en el tejido cálido de su suéter, aspirando profundamente su olor.

Me levanta la cabeza, me aparta el pelo de la cara y el contacto despierta mariposas en mi estómago. Me mira con un gesto solemne.

–No pasa nada.

Apoyo la frente contra su pecho, y se me escapa un suspiro de alivio.

–Te quiero –murmuro.

32

—Hoy hablaré con mi tío para saber cuándo irá a Siracusa –dice Kenan, mientras encojo los hombros para ponerme la bata de laboratorio–. Veré si tienen limones en la tienda que hay al final de la calle y, si no, pasaré por la de al lado del hospital.

–Vale. Ten cuidado –digo, reprimiendo un bostezo.

Nos acabamos quedando dormidos en el sofá de madrugada, cuando nuestros cuerpos, faltos de sueño, ya no aguantaban con la exigua energía que nos quedaba. Pero hoy, para desayunar, he conseguido engullir un bocadillo pequeño de atún que me ha preparado Kenan. Solo con eso he notado que tengo más energía.

Me da un beso en la mejilla.

–Te veo al acabar el turno.

Cuando llego al hospital, el doctor Ziad me pide que supervise a algunos pacientes a los que el sistema respiratorio les ha quedado bastante afectado por la inhalación de gas sarín. Anoche fallecieron otros tantos, la mayoría niños. Sus rostros han quedado congelados con una expresión petrificada. Trago para evitar devolver el desayuno. Reparto agua y administro antibióticos y anestésicos hasta el mediodía.

Cuando, al acabar, paso por el vestíbulo principal, encuentro al doctor Ziad solo, y noto algo extraño.

–Doctor, ¿va todo bien? –pregunto.

No le he anunciado que me marcho, no sé cómo decírselo, y el sentimiento de culpa me retuerce el alma.

Hace una mueca.

–El ataque químico ha debilitado las defensas del ELS. Les está costando mucho resistir contra los tanques de las fuerzas militares.

Me quedo pasmada.

–¿Qué significa eso?

–Significa que ya podemos empezar a rezar. El ELS está haciendo lo que puede, pero ahora solo les queda confiar en Dios.

Cierro los ojos y bisbiseo una súplica.

El doctor Ziad sonríe con tristeza.

–Si morimos, Salama, al menos lo haremos haciendo lo correcto. Moriremos como mártires.

«Y veré a Layla, a la pequeña Salama, a Mama y a Baba otra vez. Y con suerte, a Hamza también.»

–La muerte no me asusta, doctor –digo a media voz–. Lo que me da miedo es que me cojan con vida.

Le da un escalofrío y asiente:

–*Insh'Allah* que no ocurra.

Un paciente lo llama, y acude a atenderlo; yo me quedo pensando. Está claro que el doctor Ziad cree que nos quedan días, si no momentos, de frágil seguridad antes de que todo se derrumbe.

Tengo que encontrar a Am. Miro en todas las habitaciones del hospital antes de localizarlo en la puerta de atrás, mordiendo un palillo.

–Am –saludo, y se yergue.

–¿Qué?

Resoplo y pregunto:

–¿Has oído lo que dicen?

Seguramente sí. La gente habla. Entre nosotros hay miembros del Ejército Libre de Siria. Se encoge ligeramente de hombros.

–Algo he oído.

–¿Y si las fuerzas militares irrumpen antes del 25? –pregunto en voz baja, no sea que yo misma invoque ese suceso.

Am suspira.

–Salama, yo solo soy la persona encargada de conseguir el barco. No soy militar ni tengo influencias. Si eso pasa, tengo bastante más que dinero que perder, pero hay cosas que no puedo controlar. Y esa es una de ellas.

–¿No podemos irnos antes? –pregunto–. ¿Hoy, por ejemplo?

Niega con la cabeza.

–Conozco a los guardias de los puestos fronterizos. Conozco sus horarios y sus turnos. Los que nos van a dejar pasar estarán allí el 25. Ponemos en peligro nuestras vidas si tratamos con guardias desconocidos. Algunos podrían detenerte y llevarse tu dinero, además de a ti. No hay ninguna ley que los responsabilice de nada.

Ante mis ojos aparecen destellos del horror que Khawf me mostró el día antes de la manifestación, y contengo un grito ahogado.

Se acerca a mí, y veo en su rostro un gesto compasivo que me sorprende.

–Salama, has hecho todo lo que estaba en tus manos. El resto está en las de Dios. En la Providencia. Si tu destino es llegar a Múnich, llegarás aunque todas las fuerzas armadas arrasen esta ciudad. Y si no lo es, no llegarás ni con un jet privado que te recoja en la mismísima plaza de la Libertad.

Estoy atónita. Creo en lo que dice a pies juntillas, como cualquier musulmán. El destino dispone sus hilos, pero nosotros los movemos con nuestros actos. Que crea en el destino no significa que considere que deba ser un agente pasivo. No. Yo lucho y lucharé lo que haga falta por mi vida. Layla luchó por la suya. Kenan lucha por la suya. Y pase lo que pase, aceptaremos las consecuencias, pero sabiendo que hemos hecho todo lo posible. Hacía tiempo que no oía esas palabras, y algo en mi interior se remueve al oírselas decir precisamente a Am.

–Gracias –le digo en voz baja, y pienso en comentarle que al final seremos solo cuatro personas en el barco, pero las palabras no consiguen traspasar esa niebla de dolor.

–En la mezquita Khalid, a las diez de la mañana –me recuerda–. Solo quedan tres días.

Asiento con la cabeza y siento que mi decisión se afianza.

Las palabras de Am me dan fuerza para el resto del día, hasta que las piernas empiezan a temblarme de agotamiento.

* * *

Cuando el cielo se vuelve de un naranja radiante, me siento en las escaleras rotas del hospital, dejando vagar mis pensamientos. Encuentro serenidad en el silencio. Por suerte, hoy no ha habido víctimas de bombas ni de ataques militares. Por un momento, esto me desconcierta: es la primera vez que cesan los ataques.

Una horrible intuición me dice que las fuerzas militares deben de estar tramando algo, pero en cuanto veo salir a Kenan, aparto de mi mente esa idea.

Se anima al verme, y yo no puedo evitar sonreírle. Se sienta a mi lado con las piernas estiradas delante de él, y apoyo la cabeza en su hombro.

–¿Un día largo? –pregunta.

–Sí.

Entrelaza sus dedos con los míos y se los lleva a los labios. Siento el calor de su aliento en mis manos, y me besa las cicatrices.

–Gracias por el gran esfuerzo que haces. Gracias por salvar vidas –susurra.

Las lágrimas acuden a mis ojos y lloro. Me han dado las gracias otras veces, pero siempre en momentos de terror absoluto, cuando no era capaz de asimilar las palabras. Nadie me lo había dicho nunca en un momento de calma. Nadie que conozca los horrores que afronto, la brega del día a día, nadie ha entendido de verdad lo que hago y me ha dicho esas palabras.

Siento que mi alma se ensancha de amor por él.

Al ver las lágrimas se asusta.

–¿Qué ha pasado? ¿He dicho algo que no debía?

Muevo la cabeza frotándome los ojos.

–No, estoy bien.

Al ver que sigue con cara de preocupado, le echo los brazos al cuello para abrazarlo.

–Estoy bien, de verdad. Es que me has hecho pensar en algo.

–¿En qué? –responde con la voz ahogada contra mi hombro.

–Creo que quiero quedarme en el hospital estos últimos tres días. Y ayudar a tantas personas como pueda antes de irme.

Se aparta y dice:

–¿Te refieres a quedarte de noche?

–Tú no tienes por qué acompañarme. Lama y Yusuf te necesitarán.

Hace restallar los dedos.

–Supongo que estás al corriente de que las fuerzas militares están estrechando el cerco. Si consiguen entrar en esta parte de la ciudad, vendrán directamente aquí y... –dice atropelladamente, y luego se queda callado.

Sonrío y le toco la mejilla, pensando en lo que el doctor Ziad me ha dicho esta mañana.

–Kenan, también irán de casa en casa, echarán puertas abajo, robarán y destruirán lo que puedan, violarán y matarán. O nos detendrán. Ya lo sabes. Así que, si he de morir, quiero morir en el hospital haciendo algo para ayudar. No escondiéndome en casa.

Sé que Layla estaría orgullosa de mí. Ojalá pudiera decírselo.

Kenan esquiva mi mirada y parpadea. La tensión de sus labios me dice que se está conteniendo para no llorar.

–Muy bien –dice al fin, cogiendo mis manos entre las suyas–. Pero no nos separaremos. Traeré a Lama y Yusuf, y estaremos juntos hasta que llegue el barco.

Y me enamoro todavía más de él. No me atrevía a pedirle que se quedara conmigo. No quería que tuviera que elegir entre sus hermanos y yo. Lama y Yusuf son parte de él. Son su responsabilidad, y yo soy una recién llegada a su vida, que intenta encajar. Y eso que me ha hecho bastante sitio.

–Pues no nos separemos –asiento.

Me da un beso rápido en la frente antes de ponerse de pie.

–Estaré aquí en una hora.

Le cojo la mano y la estrecho.

–Ten cuidado.

Me sonríe. Echo de menos su mano en cuanto me suelta, y lo observo mientras cruza la verja y se da la vuelta para decirme adiós y luego desaparecer entre las ruinas.

Suspiro. Miro al cielo y rezo una rápida plegaria por él.

–Layla –murmuro cuando distingo las primeras estrellas–. Mama. Baba. Espero que Hamza esté con vosotros. Os imagino sentados juntos riendo, comiendo y bebiendo. Os quiero y os echo mucho de menos. Pero... aún no estoy lista para ir con vosotros. Quiero que conozcáis a Kenan más adelante. Cuando seamos ancianos, después de una vida juntos. Todavía me quedan muchas cosas que hacer. Tengo fuerza para seguir adelante. Lo sé. Porque sé que es lo que vosotros querríais.

Respiro hondo, y me embarga una sensación de serenidad. Nunca habría pensado que estar a un paso de la muerte me llenara de sosiego. Ya he cumplido con mi parte. Ahora seguiré luchando por lo que merezco y, pase lo que pase, lo aceptaré.

La brisa susurra entre las hojas que brotan en los árboles y, aunque siento la presencia de Khawf, no dice nada, y yo tampoco.

Momentos después, me levanto para volver a entrar al hospital.

33

Lama y Yusuf se quejaban por tener que mudarse otra vez, hasta que Kenan les prometió que les daría todas las chucherías que quisieran una vez llegáramos a Alemania. Ahora se están instalando en una de las salas dispuestas para los niños que tienen parientes recuperándose en el hospital.

Algunos duermen, un par lloran a ratos y otros no dejan de mover las piernas. Kenan encuentra sitio para Lama y Yusuf en un rincón. Lama se queda dormida en cuanto Kenan la tapa con la manta. Yusuf se ha acostado a su lado, con los ojos abiertos como un búho.

Me mira y le sonrío. Aparta la vista y, pese a la tenue luz que entra por la puerta abierta, distingo un rubor.

Kenan se asegura de que los dos están bien tapados y calientes antes de salir y cerrar la puerta.

–¿No tienes sueño? –le pregunto, mirando el reloj del pasillo–. Son casi las diez.

Mueve la cabeza.

–No puedo dormir mientras mi mujer trabaja.

Ha vuelto a decirlo. «Mi mujer.»

Se da cuenta de que me he puesto nerviosa y se ríe con picardía.

–Mi mujer –repite.

Me detengo, tapándome la cara con las manos, incapaz de mirarlo sin arder en llamas. Me coge por las muñecas para acercarme a él.

–Mírame –susurra.

–Si lo hago, se me va a parar el corazón –respondo, mirando al suelo, y luego miro detrás de él y alrededor–. No podemos hacer esto aquí. Podría pasar cualquiera.

Reacciona cogiéndome de la mano para llevarme hasta la mitad del pasillo. Me siento como debería sentirme en la vida *que podría haber tenido*. Como una adolescente que se escabulle con el chico que le gusta, con el corazón a mil. Entramos en el almacén de los medicamentos, cierra la puerta y me pone de espaldas contra esta.

No me toca, no me obliga a mirarlo, pero está a un milímetro de mí.

–¿Me mirarás ahora? –pregunta con una voz grave y ronca que me acaricia la piel.

Alzo la vista y veo en sus ojos que está disfrutando. Es un atisbo de la persona que es cuando la revolución no lo obliga a crearse un escudo y ocultar partes de él. Me echo a reír al darme cuenta.

–No esperaba precisamente esta reacción –dice, levantando las cejas.

–Eres un ligón, ¿verdad? –le digo, riéndome por lo bajo.

Mueve la cabeza, riéndose a su vez.

–¿No te habías percatado hasta ahora?

Lo miro con curiosidad.

–Salama, llevo tirándote los tejos desde que nos conocimos. Supongo que era demasiado sutil.

–¿Y tienes algún otro as bajo la manga? –pregunto envalentonada por la intimidad del espacio.

Ahora mismo, este lugar minúsculo existe fuera de la realidad. Como todos los momentos que pasamos juntos.

Una sonrisa tímida asoma a sus labios. Agacha la cabeza. Cierro los ojos por instinto, a la espera de sentir sus labios sobre los míos, pero no me besa, sino que apoya la frente contra la puerta, al lado de mi cabeza, con su cuerpo contra el mío.

Curiosamente, esto resulta aún más íntimo.

El jersey me da muchísimo calor, me aprieto lo más que puedo contra la puerta, hasta que tengo la sensación de que voy a fundirme con ella.

–He pensado tanto en el tiempo que nos han robado... –susurra, y yo casi suelto un suspiro. Su voz está cerca–. Si las cosas no fueran como son, ya llevaríamos tiempo casados. Haríamos un viaje en coche por Siria. Visitaríamos todos los pueblos y ciudades. Conoceríamos la historia viva de nuestro país. Te besaría en las playas de Latakia, te cogería flores en Deir Ez-Zor, te llevaría a la casa de mi familia en Hama, haríamos un picnic en las ruinas de Palmira. La gente nos miraría y pensarían que nunca habían visto a dos personas tan enamoradas.

Soy incapaz de moverme. De respirar. Espero que jamás deje de hablar.

–Querría haber hecho tantas cosas... –lamenta, y apoya la frente sobre mi hombro. Y en un tono melancólico añade–: Pero haberte conocido, quererte... Tú me has hecho entender que existe una salvación. Que nos merecemos ser felices en esta larga noche.

Por fin, se aparta y me mira con tal intensidad que podría hacerme llorar.

–Gracias por ser mi luz –susurra.

Y ya no espero a que me bese.

Le rodeo el cuello con los brazos y lo acerco a mí. Es un beso agradable, y me infunde la esperanza de un futuro en el que me despertaré entre sus brazos, sin pesadillas que nos arrastren a las tinieblas. Simplemente los dos en una casa de la que hagamos un hogar, con un jardín repleto de flores y cuadernos de bocetos a medio terminar.

Me levanta la barbilla para mirarme profundamente a los ojos y dice:

–Todo saldrá bien.

–*Insh'Allah* –susurro.

Cogidos de la mano de camino al vestíbulo nos cruzamos con el doctor Ziad. Nos sonríe sin decir nada y aprieta el paso para atender a un paciente. Supongo que le reconforta ver que tengo a alguien en quien apoyarme.

Esa noche, Kenan me asiste en el hospital. Aprende deprisa y, una vez le enseño a cambiar vendajes sin malgastar gasa, es capaz de hacerlo solo.

Nos echamos miraditas furtivas y sonrisillas antes de ponernos otra vez a trabajar. Es una sensación muy extraña.

Cuando el ritmo del hospital decae, nos sentamos en el suelo contra una pared, vencidos por el cansancio. Como todas las camas están ocupadas, me hace una seña para que apoye la cabeza en su regazo, y accedo; estoy demasiado cansada para que me dé vergüenza hacerlo. Entro en un estado de disociación de la realidad, no estoy dormida, pero tampoco despierta. Me encuentro en algún lugar intermedio. Es como si mi cuerpo y mi mente fueran incapaces de descansar del todo.

Por la mañana, a una hora temprana, un estruendo próximo nos sobresalta a todos. Como si cayera metralla. O como el cañón de un tanque perforando un edificio. Me levanto atropelladamente, con el corazón en la boca, y Kenan se despierta con un grito ahogado.

–¿Qué pasa? –pregunta alarmado.

–No lo sé.

Otro estrépito. Esta vez más cerca. Los pacientes que pueden moverse corren a protegerse contra las paredes y en el interior de los pasillos del hospital. Niños y niñas lloran, y voces aterrorizadas resuenan en el techo.

–Kenan, levántate –le digo con la voz hueca. El apremio me revuelve por dentro–. ¡Levántate! ¡Tenemos que ir a por Lama y Yusuf!

Sea lo que sea que esté ocurriendo fuera, se dirige hacia aquí y, cuando llegue, arrasará el hospital.

34

Kenan me coge con fuerza de la mano, pero antes de poder dar un paso, las puertas se abren de golpe y cinco soldados irrumpen en el hospital. Los uniformes militares desprenden hedor a muerte, llevan rifles colgados al pecho, pero no enarbolan la bandera del Ejército Libre de Siria. Uno de ellos saca una pistola y dispara a una paciente a modo de ejecución. Es una niña pequeña con un parche en el ojo y dos gomas del pelo dispares.

Me detengo en seco y agarro a Kenan del brazo, viendo cómo la niña se desploma. Un charco de sangre engulle su cuerpecillo, manchando su corto pelo negro.

Una mujer grita. El alarido me desgarra las entrañas. Cae de rodillas junto a la niña y la abraza con fuerza, suplicando que esté viva.

–*¡Te'eburenee!* –gime desolada.

Otro disparo, y la madre se viene abajo con el cuerpo de su hija, que vuelve a caer al suelo con un golpe sordo.

–¿Alguien más quiere decir algo? –grita el soldado.

Los lamentos de terror se acallan al instante, para ser reemplazados por gemidos contenidos. Tengo el corazón desbocado, no puedo concentrarme, hago un sobreesfuerzo para pensar. ¿Y el resto de la unidad? El ejército nunca enviaría a cinco soldados solos al territorio del ELS. ¿Vienen detrás?

Los soldados se dispersan, abriéndose paso con arrogancia entre los pacientes, golpeándolos en la cara o dándoles culetazos en las heridas.

–¿Duele? –se burlan.

Rezo por que el ELS llegue antes que el resto de los soldados.

El brazo de Kenan se tensa. Sé que está pensando en Lama y Yusuf. Están al final del pasillo y seguramente se habrán despertado con los demás niños.

Me acerca a él muy despacio.

–Quítate la bata –me dice tan bajo que casi no lo entiendo.

El terror me hiela la sangre. Ser chica y farmacéutica me convierte en un blanco especial. Me acusarán de ayudar y curar a los rebeldes. Me torturarán con los mismos instrumentos médicos que yo uso para salvar vidas. Me violarán.

Kenan se desplaza a conciencia hasta que llega a taparme. Tiro suavemente de las mangas hacia abajo.

Pero mientras lo hago, veo a una niña de unos siete años encogida de miedo contra la pared cuando un soldado pasa por delante de ella. Lleva el brazo en cabestrillo y la cabeza vendada. Tiene los ojos desorbitados. En su rostro veo a Ahmad. Veo a Samar. Veo que esto podría pasarle a Lama y a Yusuf. Veo una última brizna de inocencia a punto de extinguirse.

Y sin pensarlo, actúo.

Cojo una palangana del suelo y la arrojo contra el soldado. En cuanto le golpea la espalda, cae al suelo con un gran estrépito.

Un silencio se impone en el vestíbulo, que se rompe cuando el soldado gruñe de dolor. El brazo me tiembla a medida que el hombre se vuelve poco a poco hacia mí.

Mejor yo que la niña.

Me mira de arriba abajo, y un temblor se apodera de todo mi cuerpo.

–¿*Acabas de tirarme* eso? –grita.

Al oír su tono, Kenan cierra la mano sobre la mía y tira de mí, pero el soldado es más rápido. Me coge del otro brazo y me arranca de sus manos. Me doy la vuelta para distinguir fugazmente la conmoción y el pavor en los ojos de Kenan cuando el soldado me empuja con violencia contra la pared.

Aprieta su antebrazo contra mi cuello para inmovilizarme; si aprieta un poco más, me estrangulará.

–Te crees muy valiente, ¿verdad? –dice, escupiendo las palabras.

Con el rabillo del ojo, veo a dos soldados sujetando a Kenan. Tiene el gesto crispado de furia, los maldice y los insulta. Uno le da un culatazo en la cara, y un chorro de sangre brota de su mejilla. Intento ir hacia él, pero el soldado me vuelve a empujar contra la pared. Lo hace con tal fuerza que casi me deja sin respiración.

–¿Tú trabajas aquí? ¿Te encargas de curar a estos rebeldes? ¿A todos estos traidores? –pregunta con desdén.

–Suéltame –mascullo, sin saber de dónde me viene el valor.

Pero no temo morir. Khawf me ha mostrado las peores consecuencias. Y lo que tengo delante no es un hombre, sino un animal con piel humana.

El soldado se ríe y me suelta. Antes de que pueda darme cuenta, un intenso dolor me atraviesa un lado de la cabeza, y vuelve a empujarme contra la pared. Gruño, cierro los ojos, tratando de reubicarme en medio de la descarga. Tardo unos segundos en percatarme de que me ha pegado con la parte metálica del rifle. Me paso el brazo sobre los labios y descubro que están cubiertos de sangre. Me duele al respirar, el aire entra y sale en resuellos. Pero me atenaza más el pavor que veo en los ojos de Kenan.

–No me des órdenes –me espeta el soldado.

–¡Te voy a *matar*! –le grita Kenan con la sangre de la mejilla goteando en el suelo.

El soldado se vuelve hacia él y apunta con el cañón del arma a la sien de Kenan.

–*¡No!* –grito.

Se detiene, pero mantiene el arma apretada contra su frente. La expresión de Kenan no es de miedo por sí mismo. Sino por mí. El soldado me mira.

–¿No?

Lo miro fijamente con la mirada llena de odio, llorando.

Y con los ojos brillantes añade:

–¿Qué te parece si dejo vivir a tu novio para que pueda ver lo que te voy a hacer, eh?

Siento que me asfixio de rabia.

–Tenemos que darnos prisa –le dice un compañero en voz baja, tirando de Kenan, que intenta zafarse. Kenan lo insulta y el soldado le pega en la cara–. Los rebeldes podrían estar cerca. Y el ejército no llegará a tiempo. Tenemos que ganar todos los minutos que podamos antes de que...

–Hay tiempo –interrumpe el soldado, y me agarra con fuerza.

Mi mente reacciona en cuanto me toca, y empiezo a retorcerme y a dar patadas.

Detrás de nosotros, los pacientes observan horrorizados el macabro espectáculo y nadie se atreve a moverse. Ni a decir nada. Y no se lo reprocho.

El soldado me hunde el cañón del rifle bajo el mentón. Huele a sangre y a humo, y me hace toser.

–*Vete al infierno* –mascullo, negándome a darles la satisfacción de verme temblar.

Sonríe y hunde más la boca del cañón del rifle, hasta casi perforarme la piel.

En cuestión de medio instante, el arma cae al suelo con un estrépito, y me aprieta el brazo con tal fuerza que podría matarme. Es más grande que yo y está bien alimentado, mientras que yo sobrevivo del aire. Me empuja contra una cama vacía y grito, clavándole las uñas en la cara. Me coge las dos muñecas con una mano para inmovilizarme, mientras se incorpora sobre mí. Apesta a rancio, a tabaco y a sudor.

–¡Suéltala! –grita Kenan, pese al arma que le apunta a la cabeza. Otro soldado se le acerca por detrás para darle un golpe en la espalda con el rifle.

Escupo a la cara del soldado. Mi saliva roja se escurre por su piel; se limita a reírse y a limpiarse con una mano, mientras me aprieta más las muñecas con la otra.

–Vuelve a pegarle –ordena, y Kenan da una sacudida hacia delante al recibir otro golpe y suelta un gemido de dolor que sale de lo más profundo de sus pulmones.

–No cedas, Salama. –La voz de Khawf penetra en mi mente. No lo veo, pero el tono es firme y me provoca una descarga de adrenalina que aplaca la confusión del pánico–. *No cedas.*

–Hacía tiempo que no se me resistía alguien. Me gusta –se mofa el soldado.

Recorre mi cuerpo con la mano libre. La repugnancia me hiela la sangre. Levanto de golpe una rodilla para apartarlo, pero se anticipa haciendo presión con la suya sobre mi muslo, hasta que veo las estrellas. Siento un dolor agudo en el muslo, debe de haberme magullado la piel.

Entonces oigo el sonido metálico del cinturón, la cremallera al bajar, y tomo consciencia de la situación. Me retuerzo, grito hasta quedarme ronca. Pero él sigue como si nada, con una perversa mirada de gozo y la boca apretada; desliza una mano bajo mi jersey y me toca la piel desnuda. Contengo un grito, pero reacciono instintivamente dándole un cabezazo. La rabia me subleva, impide que el miedo me paralice, me instiga a luchar. Estoy a *dos* días de tener una vida segura. He perdido a Mama, a Baba, a Hamza, a Layla y a la pequeña Salama. He aprendido a ver los colores y he encontrado mi versión de la felicidad. *Me lo debo* a mí misma.

Moriré o iré a Alemania, pero *no* permitiré que este animal me toque. Se echa hacia atrás tambaleándose, aullando de dolor con la mano en la frente, y yo me desplomo en la cama. La cabeza me da vueltas. ¿Será suficiente? Mis ideas son difusas, espesas, densas como la miel, y estoy desorientada. Noto cómo la sangre me palpita contra el cráneo, contra los huesos. La poca energía que me queda me abandona. No puedo pensar ni moverme, y temo que disparen a Kenan si intento algo más. Los gritos de Kenan y de los soldados se atenúan y veo borroso.

Cuando la visión se estabiliza, veo al soldado furioso; ha perdido todo el buen humor. Tiene una fea roncha abultada en la frente. Casi me da la risa. Saca un puñal de la cartuchera, me levanta por los hombros y presiona la hoja con fuerza contra mi yugular.

–A ti hay que sacrificarte como a una *perra* –gruñe, y me lo desliza por el cuello.

El tiempo transcurre despacio. Se deshilacha, hebra a hebra, por las costuras rojas. Y con cada una, pienso en Karam el-Zeitoun. Y en cómo, hace solo unos días, masacraron allí a unos niños exactamente así. Los imagino suplicando, chillando por salvar la vida. No eran más que niños.

Pienso en Baba y en Hamza, y en cómo preferirían morir mil veces antes de ver cómo me torturan así.

Pienso en Mama y en sus manos delicadas cepillándome el pelo hacia atrás, diciéndome que soy la niña de sus ojos y de su corazón.

Pienso en Layla, en su risa exuberante, en sus ojos oceánicos.

Y pienso: «Ya está. Así es cómo voy a morir.

«Por fin oleré las margaritas.»

Pero me suelta y vuelvo a caer sobre la cama.

Todo se vuelve negro.

* * *

Me despierto sobresaltada, notando un peso en la garganta, que empiezo a arañar frenéticamente.

–¡Eh, eh! –dice una voz, y alguien me agarra de los brazos–. ¡Cuidado, Salama!

Entreabro los ojos, y la escena se define poco a poco. Reconozco la cara de preocupación de Kenan.

–Estás a salvo, cariño –murmura–. Estás a salvo.

Inhalo aire con fuerza. Tengo una tela áspera alrededor del cuello. Es gasa. El estómago se me retuerce al recordar el filo del puñal contra mi piel. Cortándome el cuello. Sacudo la cabeza para hacer desaparecer la imagen. Me llevo las manos a la cabeza y, al notarla descubierta, me altero.

–El hiyab –resuello, temblando.

Kenan duda un momento antes de cogerme las manos.

–El doctor Ziad te ha vendado el corte. Ha tenido que darte unos puntos. Ahora estás en su despacho sola conmigo, no te preocupes. No entrará nadie. –Suelta un fuerte suspiro–. *Alhamdulillah,* estás a salvo.

Mi respiración se estabiliza. Vuelvo la cabeza para escrutar la sala, donde no hay nadie más aparte de nosotros dos. El escritorio del doctor Ziad, con el desorden de papeles amarillos y jeringuillas de siempre, está apartado contra la pared, y la cama en la que estoy acostada se encuentra en el centro. La puerta y las persianas están cerradas. Es de noche.

Kenan está sentado en una silla de plástico a mi lado, con un gesto de alivio, pero agotado. Tiene un moratón alrededor del ojo izquierdo, un corte suturado en el labio inferior y hematomas incipientes por todo el rostro. Tiene los ojos vidriosos por efecto de la adrenalina, y lleva un jersey verde botella limpio, sin restos de sangre.

–¿Qué ha pasado? –murmuro por miedo a hablar más alto. No puedo dejar de mirarle la cara. Le han hecho daño–. ¿Estás...? Te han herido.

Se mueve un poco.

–El doctor Ziad me ha examinado. Tengo un traumatismo leve, nada más.

Habla como si no fuera grave; está intentando quitar hierro a la situación..

–¿Leve? –repito en voz alta–. Te ha golpeado en la espalda. Y en el pecho. ¿Te encuentras bien?

Responde con una profunda inhalación, y veo que le tiemblan las manos.

–¿Tienes sed? –me pregunta.

Toso y entonces me doy cuenta de que estoy sedienta.

Se levanta y, moviéndose con cuidado, se acerca al escritorio del doctor Ziad para coger una botella de agua y me ayuda a beber.

–Has dormido casi todo el día –dice, sosteniendo la botella–. Después de lo que te hizo ese soldado... Había sangre por todas partes. Creía que... te había matado. Pero en ese momento el doctor Ziad irrumpió con diez soldados del Ejército Libre. Se había escabullido por la puerta de atrás y consiguió ponerse en contacto con ellos. Tres se rindieron, todos menos el que te hizo daño a ti y otro. Los del ELS eran más. Ya están muertos –dice en un tono frío y satisfecho.

Extiende el brazo y me estrecha los dedos.

–El doctor Ziad actuó en cuanto te vio y consiguió detener la hemorragia. Entonces te despertaste. ¿No te acuerdas? –Como no le respondo, prosigue–: Te dio algo para dormir. El corte no es profundo. No seccionó ninguna arteria, *alhamdulillah*, pero necesitabas sangre. Uno de los soldados del Ejército Libre se ofreció a donar la suya.

Siento un escalofrío. He estado a un paso de la muerte.

–¿Por qué estaban aquí?

–Consiguieron entrar por algún puesto de control debilitado. Y decidieron lanzarse a una bacanal de asesinatos en el hospital antes de que llegara el resto del batallón.

–Eso significa que el combate está cada vez más cerca.

Asiente con tristeza.

–El ELS tiene mucha esperanza. Cuentan con una fe robusta y con bastantes armas. Aun así..., no las tengo todas conmigo.

–Yo tampoco –digo y, soltando un grito ahogado, pregunto–: ¿Y Lama? ¿Y Yusuf?

Me pone una mano sobre el hombro para tranquilizarme.

–Están bien. Los soldados no llegaron al cuarto de los niños. Están durmiendo y... –Se le quiebra la voz y calla, con lágrimas en las mejillas.

–¿Qué? –pregunto presa del pánico, poniéndome en lo peor.

Se sienta sobre el borde de la cama y hunde los brazos bajo mi espalda para acercarme a él.

–Casi te pierdo –dice con sollozos entrecortados y secos, agitando los hombros–. Dios mío, me sentía *tan* impotente... Cuando te cortó el cuello... No... No puedo enterrarte, Salama. No puedo.

Me estrecha contra su pecho, y me fundo en su abrazo, a punto de llorar.

–Pero hemos sobrevivido.

Me empieza a estampar besos en las mejillas, en la frente, y me da uno suave en los labios.

–Que ella me entierre a mí antes que yo a ella –murmura en una oración–. Por favor.

Le cojo la cara entre las manos y le limpio las lágrimas.

–Te...

–Te quiero –se me adelanta, y sonrío.

Con apenas dos palabras rompe la maraña que me oprime el corazón. Kenan es así de mágico. Y yo estaré bien. *Estaremos* bien. Tengo que creérmelo. Tengo que ver los colores, y no cerrar los ojos a la belleza y a la esperanza.

Incluso en los momentos más difíciles.

–Cuéntame algo bueno –susurro, y me echo a un lado para hacerle sitio.

Se acuesta con cuidado, y nos ponemos uno de cara al otro con las piernas enroscadas.

Entrelaza sus dedos con los míos y me besa los nudillos.

–Quería dibujarte incluso antes de conocerte.

–¿Qué quieres decir?

–Mi tío vive en Berlín. Recuerdo haber visto fotos de la ciudad en Google hace unos años. La arquitectura es brutal. Hay un monumento, la Puerta de Brandeburgo... Siempre he fantaseado con llevar allí a mi mujer, y dibujarla sentada en el centro. Como si lo hubieran construido para ella.

En este oasis de calma, sus palabras cobran vida en mi mente. Nos imagino paseando por Berlín cogidos de la mano, él con el maletín de dibujo colgado al hombro. Me imagino escogiendo claveles en una floristería para hacer una corona. Y los días en los que el sol asomara entre las nubes, derramando los rayos sobre el campo, nos recordarían a Homs. A casa.

–Me encantaría –murmuro.

Kenan me suelta la mano para enroscar un mechón de mi pelo en su dedo.

–Es como si te conociera de toda la vida, Salama.

Sonrío.

–En Homs todo el mundo se conoce. Es probable que nos cruzáramos alguna vez.

–¿De niños? Me pasaba la mayor parte del tiempo en el parque con mis amigos, jugando al fútbol o poniéndome perdido en la arena.

–Vaya, entonces seguro que no coincidimos. Porque yo me pasaba el tiempo en el balcón cuidando plantas o jugando a las *Barbies* con Layla.

–Puede que suene cursi –sonríe–, pero estoy seguro de que

nuestras almas se encontraron antes que nuestros cuerpos. Creo que de ahí nos conocemos.

Noto cómo el calor asciende a mi rostro. Lo que dice es una idea de nuestra religión. Las almas existen más allá de los cuerpos. Pero oírselo decir me pone roja la cara y las orejas.

Se ríe por lo bajo.

–Venga, cuéntame algo bueno.

Le tiro del puño de la manga para darle a entender que aprecio que me distraiga cuando me pongo nerviosa.

–Studio Ghibli me inspiró para escribir –empiezo a decir, y me mira con fascinación–. Después de ver *El castillo en el cielo* a los diez años, mi mente se volvió hiperactiva. Un día pensé: ¿y por qué no escribo yo historias así?

–¿Y escribías?

Respondo que no con la cabeza.

–Nunca llegué a terminar ninguna. Porque empecé a ir a la escuela. Pero nunca las olvidé. Sobre todo cuando me apasioné por la botánica.

–¿Me contarías alguna? –me pregunta, arrimándose más–. Si no quieres, no pasa nada.

Debo de haberme recuperado, porque noto la sangre agolpándose en mi cara, y el corazón a mil por hora.

–Es muy cursi.

–¿Cursi? –Parece ofendido–. ¿Cómo te atreves a decir que las historias de mi mujer son cursis?

Reprimo la risa. Soy consciente de que este momento de felicidad se agotará, pero quiero saborear cada segundo. Quiero mantener el sufrimiento a raya un rato más.

–Muy bien.

35

Los pájaros cantan cuando me despierto de súbito, acurrucada contra el torso de Kenan, que me rodea con su brazo en una posición protectora. Noto el miedo reptar bajo mi piel, inesperado e inoportuno, y se me acelera el corazón.

«¿He tenido una pesadilla?»

Me incorporo y me separo de Kenan, rezando por que no se mueva. Masculla en sueños algo ininteligible.

No recuerdo si he tenido un sueño agitado, pero la ansiedad no se ha disipado. Es más, está escalando. El corte en el cuello me escuece un poco al volver la cabeza. Me quedo de pie, tratando de localizar la bata de laboratorio. La veo colgada de la silla del doctor Ziad. Mojo una punta de la tela, y me froto con ella la barriga, allí donde me tocó el soldado. Froto frenéticamente, cada vez más fuerte, para eliminar los restos de sus células, hasta que mi piel se abrasa y protesta.

–Buenos días –murmura alguien desde un rincón de la sala.

Ajusto la vista a la escasa luz matinal que se filtra a través de las persianas y distingo el contorno de Khawf.

–Buenos días –susurro, dejando caer la bata al suelo.

Sale de la penumbra. Su traje ondea como el mar en una noche sin luna.

«Eso explica el pavor.»

–Ah, ¿sí? –pregunta con recelo.

–¿Qué quieres decir?

Khawf mira alrededor y, de pronto, avanza hacia mí. Su voz suena apremiante, no arrastra las palabras como de costumbre.

–Si cinco soldados del ejército han conseguido sortear los controles fronterizos del ELS, ¿qué significa eso?

El miedo es una emoción despiadada. Tiene la capacidad de distorsionar los pensamientos, de hacer una montaña de un grano de arena.

–Escúchame con atención –prosigue. Si no lo conociera bien, diría que parece preocupado–. Significa que este hospital ya no es un lugar seguro. Será el primer lugar que ataquen. Ya sea con soldados o con bombas. Sabes perfectamente que los hospitales siempre son un blanco, y a este se le ha agotado el tiempo.

Las venas y los capilares de mis manos se contraen.

–Significa que os tenéis que ir *ya*, si no... –calla, esperando que reaccione, pero no me muevo.

Con el corazón a mil, intento entender por qué actúa así. Hay algo distinto en él, en el tono y en la manera en la que me mira. Casi es como si hablara con alguien que no está hecho de un fragmento de mí.

Khawf gime, apretando la mandíbula.

–Nunca aprenderás. Muy bien.

Y chasquea los dedos.

El despacho del doctor Ziad se transforma en un cementerio. Me encuentro ante cuatro lápidas resquebrajadas sobre cuatro túmulos improvisados. Son el mío, el de Kenan, el de Lama y el de Yusuf. Al fondo está el hospital destruido.

Antes de poder asimilar lo que acabo de ver, el escenario cambia bruscamente. Estoy de pie en la costa ante un cielo gris, contemplando cómo un barco repleto hasta los topes de refugiados se aleja en el mar. Las olas rompen sobre la arena, empapándome las deportivas, y la nariz me escuece por la brisa salada. El sonido de misiles retumba en mis tímpanos, y el cielo se ilumina con un resplandor rojo anaranjado, engullendo la tristeza. Los árboles se incendian y los gritos de los heridos se elevan con las columnas de humo.

Mi futuro desaparece en el mar.

–*¡Esperad!* –grito a los del barco, y me arrojo a las aguas invernales, siseando al contacto con el frío glacial.

Cae una bomba, y el impacto aniquila todo a su paso, creando una corriente de aire caliente que me hace caer de rodillas en el Mediterráneo. Temblando, miro sobre el hombro para ver la estela de otro misil.

Está a segundos de distancia. Abro la boca para volver a gritar y...

Doy un traspié y me golpeo la espalda contra la puerta del despacho del doctor Ziad. Me deslizo hasta el suelo, sollozando en silencio contra la manga del jersey. Muerdo la tela entre resuellos. Khawf se agacha delante de mí.

–La muerte se adueñará de este hospital –susurra–. ¿Recuerdas qué te dijo el soldado? ¡Piensa, Salama! ¡Piensa!

«El ejército no llegará a tiempo. Tenemos que ganar tiempo antes de que...»

Tengo el corazón a punto de estallar. Y estallará. Khawf cambia de gesto con una sonrisa de alivio, y asiente. Su mirada oculta palabras que se niega a expresar, pero espera que lo haya entendido.

Parpadeo y desaparece. Me pongo de pie apoyándome en la puerta y cojo el hiyab.

–Kenan, despierta –digo con la voz ronca.

Todavía noto la acritud del humo en la garganta.

Kenan se incorpora con la mirada desorientada.

–¿Qué... qué ha pasado?

–Nada –respondo, ajustándome la bata de laboratorio–. Tenemos que salir del hospital.

Se frota los ojos.

–¿Cómo?

Me echo la mochila a cuestas.

–No tengo tiempo para explicártelo. Vete a buscar a Lama y a Yusuf. Nos vemos fuera. Tenemos que irnos ahora mismo.

Al abrir la puerta, veo a médicos y pacientes comenzando el día. Me apresuro a buscar al doctor Ziad. Por suerte, Kenan me sigue sin rechistar.

El corazón me late dolorosamente y, con cada segundo que pasa, tengo la certeza de estar más cerca de la muerte. Tras buscar desesperadamente al doctor en un par de salas y por el vestíbulo, lo encuentro en el almacén de los medicamentos.

–¡Doctor! –exclamo con un grito ahogado–. Tenemos que evacuar el hospital.

–¡Salama! –dice con un sobresalto–. ¿Estás bien? ¿Cómo te enc...?

Me adelanto, cojo unas cajas de paracetamol y amoxicilina de los estantes y las introduzco en mi bolsillo.

–¡Doctor! ¡Coja todos los medicamentos que pueda y marchémonos de aquí!

Mi actitud lo desconcierta cada vez más.

La desesperación me impide ordenar mis pensamientos para formar frases coherentes.

–Tenemos que... Seguramente habrá... Todos los demás hospitales....

El doctor Ziad levanta una mano para intentar calmarme.

–Salama, tranquila...

Inhalo profundamente y retengo el aire en los pulmones. En un tono de calma forzada explico:

–Si las fuerzas militares han podido llegar al hospital, significa que están a un paso de aquí. Ayer, uno de los soldados dijo algo así como que tenían que ganar tiempo antes de que el ejército hiciera *no sé qué*. Puede que vayan a bombardearnos. O cualquier otra cosa. Pero tenemos que irnos de aquí.

No puedo explicarlo. Está a punto de pasar algo. Khawf tiene razón.

¿Adónde irías?

A todas partes.

El doctor Ziad parece afectado, pero no reacciona. No tenemos *tiempo*.

–Hace tres horas que no consigo establecer contacto con el ELS –dice.

El estómago me da un vuelco.

–Tenemos que irnos.

Asiente, corre a coger una caja de cartón vacía y, usando el brazo como una pala, empieza a meter medicamentos en ella.

–Salama, avisa a todo el mundo de que hay que evacuar el hospital ahora mismo.

Sin perder un instante, me precipito a los pasillos en dirección al vestíbulo.

–¡Atención! –grito, y todas las caras se vuelven hacia mí, algunas me reconocen–. ¡Que todo el mundo salga del hospital *ahora mismo!* ¡No es seguro!

Durante unos segundos, todos se miran entre sí con inquietud.

Siento una profunda frustración. Son reacios a escucharme porque soy adolescente. Para algunos no es fácil desplazarse porque les faltan miembros, y otros tienen viales inyectados. Muchos son niños y ancianos.

–¡El ejército va a bombardear el hospital! ¡Tenemos que irnos!

Kenan frena con un chirrido de las zapatillas detrás de mí, con Lama y Yusuf de la mano. Está horrorizado.

–¿Van a bombardearnos? –pregunta sin aliento.

A la luz del vestíbulo veo que tiene el ojo izquierdo hinchado, apenas abierto, y el moratón, más oscuro.

–¿Dónde está el doctor Ziad? –gime un paciente desde la cama–. Él sabrá mejor si...

–¡El doctor Ziad ha dicho que tenemos que evacuar el hospital! –le suelto.

No estoy dispuesta a esperar a que me hagan caso, de modo que agarro a Kenan por el brazo y echo a andar tirando de él. Lama y Yusuf lo siguen, aterrorizados.

Este movimiento produce un efecto en el resto de la sala. Las madres son las primeras en levantarse; cogen a los niños y salen corriendo por la puerta.

Se desata el caos. La gente se moviliza entre empujones. Los médicos ayudan a los postrados a ponerse en pie. Agarro a Kenan con más fuerza. No pienso soltarlo.

En cuanto llegamos a la puerta, oigo al doctor Ziad bramando a la aglomeración:

—¡Evacúen el hospital!

Su tono provoca otra reacción de urgencia, y los pasos de la gente retumban por los pasillos. Bajamos en masa por las escaleras y cruzamos las verjas del hospital. Mientras cruzamos la calle, lanzo una mirada al cielo en busca de aviones. La multitud se agolpa contra mí, y la violencia del pánico casi me hace soltar a Kenan. Noto un fuerte hormigueo por todo el brazo, pero lo ignoro. Veo de reojo a Am abriéndose paso entre la gente, y me invade una sensación de alivio. Tras pasar por delante del primer edificio, tiro de Kenan hacia un lado, avanzamos a contracorriente para refugiarnos detrás de un muro derribado, y lo suelto.

Respiramos con furia mientras nos miramos. Hace un día radiante, y el sol me calienta el hiyab. Lama y Yusuf están asustados y desconcertados, y no apartan los ojos de Kenan. Él los mira con una sonrisa para reconfortarlos.

Vuelvo la vista hacia el hospital, y al no ver al doctor Ziad entre el tumulto que emerge en tropel del edificio, se me acelera el corazón. Entonces caigo en la cuenta.

Los recién nacidos que están en incubadoras se han quedado dentro.

El estómago me da un vuelco y me apoyo en la pared para no caerme. Tengo que regresar. Tengo que salvar a los bebés. Pero el miedo hace que me pesen las piernas, una parte de mí grita que me quede, que me ponga a salvo. La otra reproduce el rostro ceniciento, pálido, de Samar mientras retengo su vida para negociar.

Aprieto los dientes, dejando a un lado el miedo y, sin pensarlo dos veces, me separo del muro y echo a correr hacia el hospital.

–*¡Salama!* –grita Kenan.

Cruzo la calle a toda prisa, abriéndome paso entre la multitud, atravieso el patio de entrada y subo de vuelta las escaleras.

El vestíbulo está vacío, es una escena insólita. Hay sábanas por el suelo, camas volcadas por el pánico. Dos figuras aparecen por el pasillo. El doctor Ziad lleva una enorme caja de cartón, que sostiene en equilibrio bajo un brazo, y dos bultos más bajo el otro. El hiyab blanco de Nour ondea cuando me adelanta con dos recién nacidos.

El doctor Ziad se detiene y me entrega los bebés que él lleva. Están envueltos en sábanas blancas y finas, cada uno del tamaño de una barra de pan. Tienen la piel enrojecida, la boca minúscula, y unos dedos apenas visibles.

–Aquí dentro hay otro –dice el doctor Ziad entre resuellos, dejando la caja en el suelo.

Las arrugas alrededor de los ojos se le acentúan. Miro en la caja y veo un bebé sobre un montón de cajas de medicamentos.

–¿Puedes cargar con la caja? Tengo que...

–Démela a mí. –Kenan se detiene en seco a mi lado, jadeando.

Acomoda la caja bajo su brazo, da media vuelta y se dirige a la salida. El doctor Ziad regresa derecho a la sala de incubadoras.

–¡Doctor! –grito, sin moverme–. *¡Doctor!*

Pero el doctor Ziad no se vuelve.

–*¡Salama!* ¡Vamos! –grita Kenan desde la entrada.

Y aunque los ojos se me llenan de lágrimas, sujeto bien a los bebés y, entre sollozos, echo a correr hacia Kenan.

En cuanto cruzamos la calle, oímos el estruendo.

Es un avión. Llegamos al muro desde el que nos observan Lama y Yusuf, muertos de miedo.

–No –digo con la voz entrecortada, a la vez que me vuelvo para mirar el hospital, estrechando a los bebés–. ¡*Salga ya,* doctor, se lo ruego!

De la puerta principal del edificio siguen emergiendo pacientes, personas que ayudan y personal médico. En el último instante lo veo. Lleva la bata de laboratorio rasgada y la distancia parece insorteable.

–¡*Yalla!* –suplico–. ¡Por favor, Dios mío!

Un silbido ensordecedor atraviesa el aire.

–¡No! –grito, con los brazos temblando–. *¡Corra, doctor!*

Kenan me agarra y me agacha la cabeza en el momento en el que la bomba estalla sobre el único lugar de Homs que albergaba una cierta esperanza. El suelo retumba y se resquebraja como si hubiera un terremoto. El impacto me ha provocado un zumbido en los oídos y ha levantado una cegadora nube de humo y detritos que me asfixia.

En cuestión de instantes, las columnas del hospital se desploman y alaridos de angustia sacuden el cielo anegado de polvo. Los rezos y los gritos de la gente son desgarradores.

–¿Estáis bien? –pregunto a Kenan.

Cuando el polvo se disipa un poco, distingo su imagen.

–Sí –responde, y tose haciendo una mueca de dolor.

Se vuelve hacia Lama y Yusuf para comprobar que están a salvo.

–Kenan, coge a los bebés –le pido–. Tengo que ir a buscar al doctor Ziad.

Niega rotundamente con la cabeza.

–Yo...

–Salama, dámelos a mí –dice Nour, y siento alivio al verla. No está herida–. No pueden quedarse aquí. Necesitan aire limpio.

Algunos ya sufren por no estar en la incubadora.

Detrás de ella, dos personas se ofrecen a ayudar, de manera que entrego el bebé a una, y la segunda coge la caja de cartón con el otro.

–Si encuentras al doctor Ziad... –dice Nour, pero no termina la frase, le tiembla la voz–. Dile... que estaremos en su casa.

Asiento y me levanto, aunque las rodillas me tiemblen. El desastre me arroja a otro torbellino de desesperación. El hospital donde transcurrían mis días ya no existe.

Ahora es un cementerio.

El edificio ha quedado reducido a piedras. Entre las ruinas hay voluntarios tratando de retirar escombros desesperadamente. Cuando estoy más cerca, oigo los débiles gritos de la gente atrapada en el interior. Se me encoge el corazón de dolor. Su agonía me hace olvidar por qué quiero irme de Siria.

Khawf aparece entre el humo, con las cejas levantadas, sin un rasguño.

–Salama, no puedes hacer nada –dice con frialdad–. Ni se te ocurra replantearte la decisión de salir del país. El hospital ha desaparecido. Tu lugar de trabajo está en ruinas. Aquí ya no te queda nada. Tu familia está muerta, o encarcelada. ¿Verdad que no quieres ser la siguiente?

Miro hacia otro lado con lágrimas en las mejillas y avanzo con dificultad, aunque las piernas me tiemblen de miedo.

–¡Doctor Ziad! –grito entre los gemidos–. ¡Doctor!

El polvo se asienta poco a poco. Los rayos de sol penetran a través de las columnas de humo. El zumbido en mis oídos se reduce y, cuando grito su nombre por cuarta vez, oigo una respuesta débil:

–¡Salama!

Miro alrededor desesperadamente, y corro torpemente hacia la verja de la entrada. Me encuentro al doctor Ziad sentado en el bordillo. Tiene un corte en la frente, y un hilillo de sangre le cae por la mejilla. Está cubierto de ceniza, y se ha chamuscado las puntas del pelo y la bata.

–¡Doctor! –exclamo, y me dejo caer de rodillas delante de él–. ¿Está herido?

Inhala una bocanada de aire y abre los brazos despacio para mostrarme a dos recién nacidos acurrucados en un recodo de cada brazo.

–He tenido que escoger entre los niños. –Se queda callado, pálido, con la mirada vacía–. He cogido a estos dos y he echado a correr. Pero... no oigo sus latidos.

Me duele al tragar.

–He intentado salvarlos –murmura, mientras las lágrimas caen por sus mejillas–. He tenido que *escoger*. Los demás se han quedado. Han asesinado a *recién nacidos*.

Me enjugo las lágrimas.

–Están en el cielo, doctor. Ya no sufren.

Levanta a los bebés y da un beso en la frente a cada uno.

–Perdonadnos –susurra–. Perdonadnos por nuestros errores.

Me siento a llorar a su lado. Eran prematuros, y las probabilidades de sobrevivir sin las incubadoras eran bajas. Pero aun así..., *aun así*.

Después de unos minutos digo:

–Nour ha llevado a los otros bebés a su casa. Creo que han sobrevivido.

Me mira.

–Gracias.

Niego con la cabeza.

–Hacemos lo que se debe hacer. No hace falta que nos dé las gracias.

Me entrega un bebé. Es una niña envuelta en una mantita rosa. La acerco a mí. ¿Habría sido así de chiquitina la pequeña Salama? Siento un escalofrío. Consigo ponerme de pie con cuidado. El rostro de la recién nacida está inmóvil, pero si cierro los ojos puedo imaginarme que duerme.

–Salama –dice el doctor Ziad, y lo miro.

Extiende un brazo y le devuelvo al bebé con delicadeza.

–Hoy has salvado a muchas personas –dice después de un instante de silencio–. Si no hubieras pensando con tanta agilidad..., si no hubieras tenido ese pálpito..., ahora no estaría aquí, delante de ti. –Suelta un fuerte suspiro–. Tendría que haber sospechado que algo pasaba cuando no podía establecer contacto con el ELS, pero tenía la mente nublada después del ataque de ayer.

–Somos humanos. No podemos esperar que usted lo prevea todo.

Su sonrisa se entristece.

–Ojalá mi mala conciencia opinara como tú.

–¿Qué va a hacer? –le pregunto, señalando el hospital–. ¿Adónde irá la gente?

Tiene la espalda encorvada, se le han echado los años encima y solo veo abatimiento en su mirada. Mira alrededor, al hospital arrasado, tratando de asimilar el panorama.

–Levantaremos uno nuevo –murmura.

A continuación se endereza, y adopta una actitud resolutiva, sobreponiéndose a la tristeza.

–En otras ciudades, como en Gouza, están construyendo hospitales subterráneos. Construiremos túneles y laberintos bajo tierra. Podrán bombardearnos, pero no nos doblegaremos.

Su resiliencia es una lección de humildad.

–Que Dios lo proteja –murmuro.

Siento que no debería irme de Siria sin decírselo. Se preocuparía mucho si nunca más volviera a verme.

–Doctor, me marcho de Siria. Mañana.

El gesto de sorpresa cede a la pena, pero sé que no me juzga.

–Ha sido un honor y un privilegio trabajar contigo, Salama. Que Dios te mantenga con vida y sana. Por favor, no olvides rezar por nosotros.

Me escuecen los ojos, pero consigo asentir. El doctor Ziad se aleja con los dos cuerpecillos en brazos, como si fueran sus propios hijos.

* * *

La casa de Layla resulta inquietante. Es como si supiera que mañana me marcharé. Tan pronto entramos, Kenan cojea hasta el sofá. Nos hemos ido del hospital cuando ya no nos sosteníamos en pie. Él ha retirado escombros hasta que los brazos han empezado a temblarle. Ya estaba débil de la paliza de ayer, y ha soportado el dolor hasta que el agotamiento ha hecho mella.

Con caritas asustadas, Lama y Yusuf se quedan a su lado. Me apresuro a encender las velas.

–Estoy bien –dice Kenan, cerrando los ojos, respirando de forma rápida y entrecortada–. Solo necesito un momento para recuperarme.

–¿Podéis ir a por un vaso de agua? –pregunto mientras abro la mochila para buscar el paracetamol. Sé que había un blíster en alguna parte.

Yusuf corre a la cocina, coge con un tazón agua de lluvia del cubo y regresa al salón sin perder un instante.

–Toma –dice bajito.

Los demás nos quedamos helados.

Kenan es el primero en reaccionar; el sobresalto ha relajado la tensión de su rostro. Con la mano trémula, deja el tazón sobre la mesa de centro, sin contraerse del dolor, y abraza a su hermano con fuerza. Lama y yo nos echamos a llorar de alegría.

Entonces Lama estrecha con fuerza a Yusuf en sus brazos, ahogando los sollozos contra el hombro de su hermano.

–Kenan, tómate el paracetamol –digo en voz baja, entregándole el comprimido, que se traga con el agua.

Lama y Yusuf se apartan un poco, aunque sin alejarse mucho de su hermano, mientras yo lo ayudo a tumbarse. Kenan coge al niño de la mano.

–A lo mejor debería lesionarme más a menudo –le dice con una sonrisa.

Yusuf se sonroja, y Kenan se pone a hablar de formas ridículas de hacerse daño, que les hacen reír. Hace un esfuerzo al hablar, y fuerza el tono para aparentar soltura. Trata de distraerlos de la devastación que acaban de presenciar. Han asistido a la reducción de un refugio a cenizas.

–¡O que se me zampe una ballena! –les dice.

Lama se ríe nerviosamente, y Yusuf no puede evitar sonreír.

–No es muy convincente, ¿no? –dice Kenan pensativo–. ¡Pues me resbalaré con una piel de plátano, como en los dibujos! ¿Qué os parece?

Yusuf le da un golpe en el brazo.

–¡Eres muy raro!

Los ojos de Kenan se iluminan de alegría.

–Pues a mí me gusta ser raro.

Están un rato así hasta que Kenan los convence de que se vayan a dormir. Cuando se dirigen a mi habitación para acostarse, veo la esperanza renovada en sus miradas. Los ayudo, arropando las frazadas sobre sus cuerpecillos para cerciorarme de que el frío no las atraviese. Beso a Lama en la mejilla y sonrío a Yusuf. Aunque duda un instante, me devuelve la sonrisa. El corazón se me ensancha.

–Buenas noches –les susurro–. Dormid bien; mañana será un día importante.

Cierro la puerta suavemente, cruzo el pasillo de puntillas y me detengo cuando llego a la puerta del dormitorio de Layla y Hamza. Mis dedos vacilan sobre el picaporte de latón. No me hace falta entrar. Con haberlo hecho una vez fue suficiente.

Apoyo la cabeza contra la puerta y susurro:

–Adiós.

Cojo las dos bolsas que preparé con Layla y me dirijo al salón. Kenan tiene los ojos cerrados, pero los abre al oírme entrar y sentarme en la alfombra, delante del sofá. Tiro del hiyab y se desliza, me paso los dedos por el pelo y hago una mueca al tocarme la cabeza. El corte del cuello me escuece, pero no me atrevo a tocarlo aunque esté vendado.

–¿Cómo estás? –pregunta a media voz.

–Sobrevivo –respondo en el mismo tono–. ¿Y tú? ¿Te duele mucho?

Cambia de postura despacio.

–El paracetamol ayuda.

–Menos mal que hemos quedado con Am temprano.

–Hablé con mi tío hace unos días, y me dijo que hoy cogerá un avión a Siracusa. Que nos esperará en la orilla. En el peor de los casos, que lo llamemos.

La seguridad está tan cerca que casi puedo saborearla. Saco la memoria USB de la bolsa de Layla y paso el pulgar sobre la carcasa metálica con una sonrisa.

«Gracias, Hamza.»

–Como acordamos, solo vamos a pagarle quinientos dólares y el collar de oro, ahora que Layla... –me interrumpo y respiro hondo.

Kenan me pasa los dedos por la mejilla. Su caricia es reconfortante.

Lo miro con los ojos llorosos antes de rebuscar en la bolsa de Layla y sacar el collar de oro. Lo meto en el bolsillo interior de mi bolsa y cierro bien la cremallera. Superviso el contenido una vez más. Ocho latas de atún, tres de judías, una caja de paracetamol, mi certificado escolar y el pasaporte, calcetines y una muda.

–Yo tengo los limones –dice Kenan, señalando la cocina con la cabeza–. Están en la nevera.

–Gracias. –Me pongo en pie de un salto y corro a buscarlos–. ¿Y tu cámara? –le pregunto mientras dispongo los limones en la bolsa.

–La destruí la noche del ataque químico –dice con una mueca de lástima.

Me quedo boquiabierta.

–No pasa nada. Antes subí todos los vídeos a YouTube.

Le estrecho la mano con fuerza.

–Ay, Kenan.

Me mira con una sonrisa triste.

–Solo es una cámara.

–Te regalaré una nueva.

Se ríe ligeramente y me besa los nudillos. Cuando me acaricia la mejilla, parpadeo varias veces.

–Perdóname –murmura en un tono cargado de culpa.

–¿Por qué?

Tensa la mandíbula.

–Por lo que pasó en el hospital cuando te..., cuando pasó aquello.

Muevo la cabeza. El terror de aquella niña me recordó a Samar. A mi pecado.

–No podía permitirlo... No podía permitir que le hiciera daño a esa niña.

–Lo sé –susurra–. No pasa nada. Hiciste lo que tenías que hacer. Me alegro de que estés sana y salva. –Me roza el vendaje del cuello con los dedos–. Puede que te quede una cicatriz.

Asiento, manoseando las mangas de mi jersey. Necesito consuelo, de modo que le pregunto:

–¿Te daría igual?

Suelta una risa incrédula.

–Mi mujer tiene una herida de guerra. Es una campeona.

Muevo la cabeza y le digo con una sonrisa:

–Pues no es la única que tengo.

Levanta las cejas.

–¿Te refieres a las de las manos? Esas me encantan.

Sonrío más todavía.

–Aquí. –Le cojo la mano y la llevo a la base del cráneo, debajo del pelo–. ¿La notas?

–Sí... –Recorre la rugosidad suavemente, tocándola con cuidado. Tiene los ojos muy abiertos, fascinado–. ¿Te duele?

–No. Es del día que la bomba mató a Mama. Cuando empecé a ver a Khawf.

Frunzo el ceño. Cuando Khawf me advirtió de que iban a bombardear el hospital fue como si me quitaran una venda de los ojos que ignoraba que tenía. Ahora veo con más claridad que antes, pero no sé qué estoy viendo.

–¿Estás bien? –pregunta Kenan, y parpadeo.

Desliza los dedos más abajo e introduce uno en la alianza.

–Sí.

Mi respuesta disipa su mirada de preocupación.

–Y a ti, ¿te importa que tenga *esto*? –me pregunta, señalando sus labios partidos–. Puede que me quede una cicatriz. Sé que te enamoraste de mí por mi cara bonita...

Me río y paso el pulgar delicadamente sobre los puntos, justo en el borde del labio inferior. Parpadea varias veces.

–Supongo que ya me las arreglaré.

Luego cambia de expresión, se incorpora y me toma de las manos.

–Pase lo que pase mañana, todo va a salir bien. Incluso si... –Respira hondo y apoya su frente en la mía–. Debes saber que eres mi vida incluso en la muerte.

Se me para el corazón. Una vez, dos veces. Yo no tengo palabras para hacerle una promesa eterna que desafíe al mundo. Así que me limito a darle un beso en los labios, en silencio.

Kenan suspira y, a continuación, dice:

–Cuéntame algo bueno, Sheeta.

Me sonrojo.

–¿Estás tratando de distraerme de lo que ha pasado hoy?

–Y de mí mismo –responde, y sonríe.

Suspiro a mi vez y le digo:

–Esta te gustará. El día que tenías que venir de visita a mi casa, yo iba a preparar un *knafeh*.

Se echa hacia atrás con un brillo distinto en la mirada, como si la luz de las velas hubiera quedado atrapada en ella.

–¿Sabes hacer *knafeh*?

–Desde la masa de sémola hasta el queso, pasando por las gotitas de agua de azahar que rocío sobre los pistachos y las almendras –susurro, y me toco la frente–. Está todo aquí.

Veo felicidad genuina en su rostro, ya sin rastro de dolor.

–Eres perfecta –declara.

Me río, entrelazando los dedos con los suyos.

–Tú tampoco estás mal.

Y en esas últimas horas que pasamos en Homs, mi corazón herido se recupera en silencio. Célula a célula.

36

Normalmente en mi barrio la existencia transcurre en un limbo repetitivo. El viento arrastra las risas y el frágil llanto de los niños entre las tristes ruinas. La esperanza anima las conversaciones de los manifestantes que pasan por delante de mi casa, pisando la grava. Un padre consuela a su hija dándole su ración de comida. Las flores de los jazmines abren sus pétalos al sol. Crecen sobre un suelo regado con sangre de los mártires. Y así vivimos durante un tiempo.

Luego, cuando el rugir de los aviones perfora las nubes, las piedras de la acera tiemblan. Entonces pasamos de vivir a sobrevivir.

Hoy no es diferente. Pero hoy me despido de la persona que he sido. De la Salama de antaño.

Kenan, Lama y Yusuf están preparados frente a la puerta, serios. Hemos quedado con Am en media hora. De pie, ante la puerta de mi habitación, siento que me invade la nostalgia. Pese a su aspecto miserable y vacío, esta casa ha sido mi hogar. Al menos durante una temporada.

No estará vacía mucho tiempo. Alguna familia que haya perdido la suya quizá se refugie aquí o, si las fuerzas militares acaban invadiendo Homs, la saquearán. Trato de no pensar en eso. Me dirijo al salón y me quedo en la entrada para lanzar una última mirada a la marina de Layla. Suspendida en la penumbra, las olas parecen moverse, como si lamieran los bordes del marco. Y en ese momento, se concibe una historia en mi cabeza.

–Vamos –digo, volviéndome hacia ellos antes de que me falle el valor.

Salimos de casa con todo cuanto nos queda en el mundo dentro de las mochilas, y cierro la puerta.

–Adiós –susurro, y beso la madera pintada de azul.

Kenan desliza su mano en la mía.

–Volveremos.

Asiento con la cabeza.

Lama va entre Yusuf y Kenan. Nos ponemos en marcha juntos, los pájaros nos despiden con una dulce melodía.

La mezquita Khalid está a diez minutos de aquí. Tomamos la segunda bifurcación de la calle, en dirección contraria al hospital. A medida que andamos, trato de recordar cada árbol en flor y edificio abandonado que pasamos. Aquí y allá veo la bandera de la revolución pintada en espray sobre las columnas metálicas de algún garaje o de algún muro. La calma de estos últimos y frágiles momentos solo se ve perturbada por los grupos de gente delante de las tiendas de comestibles y los soldados del ELS que pasean por la calle. Su presencia es tranquilizadora, y digo una rápida oración para que sus manos no vacilen, para que su amor por este país y su gente los conduzca a la victoria.

La mezquita Khalid está en el centro de un espacio abierto de edificios de apartamentos medio derrumbados. Pasamos con cuidado sobre el asfalto partido, entre los trozos sueltos y cables eléctricos rotos. De cerca, los muros de la mezquita están rascados, y las ventanas, resquebrajadas, así como las escaleras que conducen a la puerta principal. Está entreabierta. Al otro lado, los escombros cubren la alfombra de color verde oscuro sobre la que unos hombres rezan en diversas posiciones de oración.

–¿Qué hora es? –pregunta Kenan.

Yusuf y Lama están sentados en un escalón con las piernas colgando. Yusuf le susurra algo a su hermana, y ella se acerca más para escucharlo antes de asentir.

–Faltan quince minutos –respondo con los nervios a flor de piel.

Me quedo mirando el rostro de Kenan y cuento los cardenales que decoran su piel. Tiene siete en total, y el ojo contusionado ahora es de un tono ciruela. Aunque parece alicaído, sus pupilas van de un lado a otro para retener el azul del cielo en su memoria.

–Kenan.

Lo tomo de la mano para atraerlo hacia mí.

Parece desolado, incapaz de disimular que se muere de pena. Y yo no sé qué decir para reconfortarlo. Es la misma angustia que me parte el corazón. Lo rodeo con el brazo y apoyo la cabeza contra su cuello.

–Siria vive en nuestros corazones –le digo en voz baja–. Y nunca nos abandonará.

Me abraza y me da un beso sobre el hiyab.

Permanecemos unos momentos en esta posición, meciéndonos, contemplando nuestra ciudad. Los quince minutos pasan despacio. Hay movimiento de gente entrando y saliendo de la mezquita, y mi ansiedad empeora con cada minuto que transcurre. ¿Y si Am no se presenta? ¿Y si le ha pasado algo?

Si no aparece, lo más probable es que los cuatro cavemos aquí nuestras propias tumbas.

Mi paranoia se aplaca cuando oigo el débil sonido de un coche que se acerca. Es un viejo Toyota gris, con manchas de barro en los laterales y el parabrisas sucio. Pese a estar lejos, distingo a Am sentado al volante. Se detiene en seco, derrapando, justo delante de nosotros.

–Entrad –ordena, con un cigarrillo colgando de los labios–. Vamos justos de tiempo y llegamos cinco minutos tarde.

–*Tú* has llegado cinco minutos tarde –replico, cruzándome de brazos.

Me fulmina con la mirada.

–¿Quieres ponerte a charlar o quieres marcharte? Vamos, subid y... –Pero se queda callado, empieza a contarnos y, frunciendo el ceño, pregunta–: ¿Y Layla?

Me entran ganas de llorar, mientras intento soportar la sensación de vacío en el estómago mirando hacia otro lado. Am pone cara seria.

–Un pago menos –dice, y aunque no hay malicia en el tono, siento unas tremendas ganas de pegarle.

Kenan me pone una mano sobre el hombro, me mira y asiente. Abro la puerta con indecisión, y Yusuf es el primero en subirse, seguido de Lama y Kenan. Cuando entro, la niña se desplaza para sentarse en el regazo de su hermano mayor. Dejamos el asiento de delante vacío, preferimos estar juntos.

Am da marcha atrás. Veo sus ojos reflejados en el espejo retrovisor. Cuando el coche enfila la calle, miro por la ventanilla y me echo a temblar por las expectativas y la tristeza. Pasamos por calles estrechas, aproximándonos cada vez más a los límites fronterizos del Ejército Libre de Siria.

–¿Esos moratones son de cuando los soldados entraron en el hospital? –pregunta Am, mirando a Kenan por el retrovisor.

–Sí –responde él en un tono cargado de culpa.

–¿Eso nos puede traer problemas? –pregunto, rodeando sus manos con las mías, anclándolo a mí.

Am conduce con una mano y, con la otra, tira la ceniza del cigarrillo por la ventana.

–Habría sido preferible no tenerlos, pero los guardias no nos harán preguntas siempre y cuando les paguemos. En unos minutos llegaremos al primer puesto de control.

Mis músculos se tensan, mi corazón se acelera, y cuando miro a Kenan, veo el mismo pavor en sus ojos. Que no hayan detenido nunca a Am no significa que no lo vayan a hacer hoy. La gente cambia de opinión. Los soldados con los que trata podrían decidir que ya no quieren hacer negocios con él.

Por fin, salimos de Homs. Nos cruzamos con un tanque decorado con la bandera de la revolución.

Algo más adelante se distingue el control fronterizo. Lo reconozco por el enjambre de soldados y la apretada hilera de coches. Cuanto más cerca estamos, más se oyen las voces, y, luego, unos gritos. Me vuelvo para observar, despacio, por miedo a llamar la atención. Am da un volantazo brusco hacia el extremo contrario de la carretera y, desde la ventanilla, veo a tres soldados dando patadas a un hombre tirado en el suelo. Doy un salto con cada golpe que le asestan, y Kenan me estrecha la mano.

–No mires –sugiere en voz baja, y aparto los ojos mientras me clavo las uñas en las rodillas.

Oigo los alaridos de dolor del hombre y se me cierra la garganta.

«Por favor, Dios mío. No permitas que nos arresten si cruzamos el control –rezo desesperada–. Por favor, es mejor que nos maten.»

Am se detiene ante un soldado con unas gafas militares ahumadas. Tiene el pelo negro peinado hacia atrás y parece aburrido. Am baja la ventanilla y saluda.

–Buenos días. ¿Cómo va?

–Muy bien –responde el soldado, y ladea la cabeza para inspeccionar el asiento de atrás.

En cuanto establece contacto visual, esquivo su mirada para concentrarla en mis rodillas. Tengo demasiado miedo para mirar a Kenan y a sus hermanos para saber si han reaccionado igual.

–Baja la ventanilla de atrás –dice el soldado, y Am se ríe, nervioso.

–¿Es necesario? Tenemos que...

–¡Bájala! –ordena el soldado.

El mecanismo chirría.

Tengo el corazón en un puño. El soldado apoya los dos brazos sobre el borde de mi ventanilla. Soy muy consciente de los golpecitos que da con el rifle contra el techo, y el corte del cuello empieza a escocerme.

–¿Adónde vais? –pregunta.

Los cuatro nos quedamos quietos.

Carraspeo y, antes de poder hablar, me dice:

–Mírame cuando te hable.

Lo dice en un tono tranquilo, pero no hay duda de que está recubierto de agresividad. Muy despacio, vuelvo la cabeza hacia él.

–A Tartús –contesto, y mi voz se quiebra.

Hace una mueca extraña, como si le hiciera gracia la respuesta.

–¿A Tartús? Y ¿a qué vais allí?

Está jugando conmigo como un gato con un ratón. Se fija en la gota de sudor que se desliza por mi mejilla.

–A ver a la familia –miento, rezando por que no me lo note en la voz.

Sonríe con todos los dientes, pero no hay cordialidad.

–A la familia.

Lo dice burlonamente, como si compartiera un secreto conmigo. Me mira directamente a los ojos, esperando intimidarme. Pero resisto. Al final, señala a Kenan con la cabeza y pregunta:

–¿Y a ti qué te ha pasado?

Cierro los ojos un breve instante. «Por favor, que nos maten.»

Kenan ladea la cabeza, tratando de armarse de todo el orgullo posible. Le aprieto la mano, rogándole que lo pase por alto.

–Me asaltaron –responde forzando un tono educado.

–Pues te dieron una buena, ¿no?

–Sí –responde Kenan, apretando la mandíbula.

–¿Seguro que no te pegaron por manifestarte, para darte tu merecido? –pregunta el soldado a la ligera, y casi se me para el corazón.

Yusuf y Lama se quedan quietos como estatuas. Incluso Am se sobresalta antes de cambiar de posición.

–Yo nunca llevaría a criminales en mi coche –dice, como si la sola idea lo ofendiera.

Kenan pone cara de póquer, pero percibo su tensión.

–Por supuesto que estoy seguro.

–¿Y si registro vuestras bolsas para asegurarme de que no representáis una amenaza para este país?

No llevamos nada que pueda incriminarnos, pero eso es irrelevante. Si quisiera, podría alegar que los limones son bombas. O que la memoria USB con las fotos de mi familia contiene información clasificada.

Pero sé muy bien lo que está haciendo. La tortura no es solo un método físico.

Le entrego la bolsa temblando, dejando mi destino a su merced.

Nunca veré el Mediterráneo.

La coge de mala manera y abre la cremallera. Luego la agita con violencia para vaciar el contenido, y todo cae, chocando, rodando, contra el suelo. Por suerte, el pasaporte y el certificado escolar, así como el collar de oro, están ocultos en el bolsillo pequeño. No hace ningún comentario al respecto de lo extraño del equipaje para ir a ver a la familia. Porque en realidad sabe adónde nos dirigimos.

–Todo en orden –anuncia con indolencia, y suelta la mochila en el suelo–. Recoge tu mierda.

Lanzo una mirada a Kenan antes de abrir la puerta para agacharme a recolectar mis pertenencias del suelo.

Hiervo de rabia por la humillación. Los vaqueros se me han ensuciado de barro, y me pincho las manos con unas piedras punzantes. Un limón se ha alejado del coche rodando. Tras recuperarlo, me enderezo, inhibiendo una mirada de odio. El soldado espera con un brazo apoyado sobre la puerta abierta, repasándome de arriba abajo. Mi repugnancia es tal que podría ahogarme.

Vuelvo a mi sitio, y cierra la puerta con tal fuerza que doy un respingo.

–Dame el dinero –exige a Am, que no espera a oírlo dos veces.

El soldado cuenta los billetes y, una vez satisfecho, se los mete en el bolsillo del pecho. A continuación, introduce un brazo por mi ventanilla y tira de un extremo del hiyab, que, al deslizarse un poco, deja a la vista mi flequillo.

–Estarías más guapa sin esto –dice con una sonrisa ladeando la cabeza, a la espera de una respuesta.

Por el modo como se mueve Kenan, sé que está a punto de estallar, que es capaz de hacer algo insensato, de modo que tengo que intervenir.

–Gracias –respondo, cuando lo que me apetecería es arrancarle los ojos.

–Que os lo paséis bien con... «la familia» –dice el soldado, y golpea la parte trasera del coche.

Am aprieta el acelerador, y las ruedas chirrían, dejando una nube de polvo a nuestro paso.

Cuando estamos lo bastante lejos, todos soltamos un suspiro de alivio, y, con un escalofrío, vuelvo a cubrirme el flequillo.

–¿Estás bien? –se apresura a peguntar Kenan.

Asiento con los ojos cerrados; luego apoyo la cabeza en su hombro y enrosco mi brazo con el suyo.

–Estoy bien –digo a media voz–. Da igual todo, lo importante es que salgamos de aquí.

–Uf, por poco –dice Am, rebuscando en el bolsillo para sacar otro cigarrillo arrugado.

–¿Cuántos controles quedan? –pregunto, inhalando profundamente la fragancia a limón de Kenan.

–Unos quince o veinte.

Kenan suelta un grito ahogado y yo refunfuño.

–No os preocupéis. Este suele ser el más complicado, porque es el primero al salir de Homs. Los demás están muy cerca entre sí, y son más... laxos.

Casi bufo de indignación por lo poco convincente que suena mientras subo la ventanilla para no exponerme a coger frío.

–¿Cómo es que nunca has intentado marcharte? –pregunto a Am sin rodeos.

–No es asunto tuyo.

Lo miro con furia por el espejo, y me devuelve la misma mirada.

–Aquí me gano bien la vida, ¿vale? El negocio de los refugiados está en alza.

Le lanzo una mirada de indignación.

–Me da igual lo que pienses –masculla, porque sabe exactamente lo que estoy pensando–. Puedes decir de mí lo que quieras, pero esa es la realidad.

Cuantos más puestos de control cruzamos, más crece mi ansiedad. En uno, nos hacen esperar dos horas. En otro, obligan a salir del coche a Am para cachearlo y a mí me acosan. Más adelante, se burlan de Kenan y lo insultan. Y, en la última, un soldado insinúa abiertamente que se va a llevar a Lama. Solo a la niña.

–Es muy guapa para ser tan pequeña –nos dice con una mirada lasciva, y Kenan se pone blanco como la cera.

Lama se acurruca contra su hermano mayor, con los bracitos temblando.

Am consigue distraer al soldado haciéndole preguntas sobre la economía de Siria. Cuando por fin nos deja pasar, Am mira a Lama por el espejo retrovisor.

–¿Te encuentras bien? –le pregunta.

Lama se encoge en el regazo de Kenan, abrazada a él. Veo compasión en los ojos de Am. Lama tiene la misma edad que Samar.

Superado el último control, conducimos una hora sin parar hasta Tartús. El olor a mar nos llega antes de verlo, a través de la ventanilla delantera medio bajada.

El Mediterráneo.

Y justo al otro lado, una vida segura…, pero no libre. La libertad queda atrás, siento el dolor de la tierra al bajar del coche. Extenuadas, las malas hierbas se enroscan en mis tobillos, suplicándome que me quede. Murmuran historias de mis antepasados. De hombres y mujeres que pisaron el mismo suelo que ahora tengo bajo los pies. Cuyos descubrimientos, cuya civilización, abarcaron el mundo entero. Cuya sangre pervive en mis venas. Dejo una huella profunda sobre el mismo suelo donde la suya se borró hace siglos. E imploran conmigo: «Es tu país». Este suelo nos pertenece a mí y a mis descendientes.

Avanzo unos pasos en dirección al mar, inhalando un aire frío y salado que me purifica.

Hoy el Mediterráneo está furioso. Bajo el inquieto oleaje se fragua una tormenta. Sus aguas rugen y se arremolinan. Percibo los vestigios de quienes pisaron esta arena antes que yo y arrojaron piedras a las profundidades, tratando de dar sentido a lo que sucede en Siria desde hace más de cinco décadas.

–El barco está justo ahí –indica Am, y miro hacia donde señala.

Si hubiera tenido alguna expectativa, me habría desmayado.

Llamarlo «barco» es decir mucho. Debió de ser blanco en otra época. Ahora está sucio y maltrecho, lleno de rascadas marrones y oxidadas que ocultan el color original. Flota inocentemente a poca distancia de la orilla. No soy experta en náutica, pero puedo distinguir al menos diez posibles riesgos. Uno de ellos es la cantidad de gente a bordo. En ese momento, un niño de pecho se echa a llorar, y otro se le une. Un movimiento en falso, y el barco se volcará.

–¡Hemos llegado justo a tiempo! –Am abre el maletero del coche y saca cuatro chalecos salvavidas idénticos a los que llevan puestos los demás pasajeros. De color naranja, para ser visibles.

Lanza los suyos a Lama y a Yusuf.

–Pero ¿qué mierda es esto, Am? –le pregunto cuando consigo recuperar la voz.

Kenan está de pie, sin moverse, sin apartar la vista del barco.

–¿Qué? –pregunta, mientras ajusta bien el chaleco de Lama.

–¿Cómo que «qué»? –suelto enfadada–. Esto es un maldito barco de pesca, ¿no?

–Sí. ¿Y qué?

–¡Pues que no tiene capacidad para transportar a un pueblo entero! Ahí hay más personas de las que puede llevar.

–¿Qué esperabas, un crucero? –Se da la vuelta y me lanza el chaleco. Lo cojo al vuelo–. Disculpe que no hayamos podido ofrecerle uno que esté a su altura, majestad.

–Sabes exactamente lo que quiero decir. ¡Ese barco es una bomba de relojería!

–Llegaréis –me dice con firmeza–. No sois la primera remesa que enviamos. Este barco ha hecho el viaje incontables veces.

Miro a Kenan con impotencia. «¿Qué hacemos?»

Detrás de él se alzan, imponentes, las montañas de Tartús. ¿Y al otro lado? El infierno. Y la muerte. Entonces me doy cuenta.

–Si nos quedamos, moriremos seguro –dice Kenan en un tono grave–. Y si cogemos el barco *hay posibilidades* de no morir. No podemos quedarnos. Nada nos garantiza ni siquiera que podamos regresar a Homs.

Prefiero ahogarme.

–El barco zarpará sin vosotros –advierte Am.

Me quedo mirando el chaleco salvavidas antes de ponérmelo, y luego ayudo a Kenan a ajustarse el suyo. Me coge por la nuca y me acerca hacia sí para apoyar su frente en la mía.

–Ten fe, mi amor –susurra.

Lo agarro por la muñeca y asiento. Los ojos de Kenan se llenan de lágrimas cuando vuelve a mirar las montañas de Tartús.

–Estamos listos –anuncio a Am, inspirando ruidosamente por la nariz.

–El dinero y el oro –reclama.

Lo saco todo de la mochila y se lo doy. Todo, salvo el anillo.

Cuenta el dinero en voz baja, para luego guardarlo en la cartera.

–Muy bien, ya podéis iros –nos dice, como si nos ahuyentara.

–¿Subimos al barco y ya está? –pregunto.

–Sí.

Se monta en el coche y lo arranca.

–El capitán del barco me ha visto y, como no volvéis conmigo, sabe que habéis pagado. ¡Id!

Trato de que no se me note la inquietud que esto me causa. Todo parece tan... ¿fácil?

Al ver que no nos movemos, Am suspira fuerte y musita una plegaria pidiendo a Dios paciencia.

–Salama, confía en mí. Te juro por la vida de mi hija que este barco os llevará a Europa. ¡Id!

Si de algo estoy segura, viniendo de Am, es de que quiere a su hija.

–Claro que si la hubieras dejado morir, no tendría hija por quien jurar nada. Dios no quiera que te permitan volver a trabajar –masculla, pero lo oigo.

Cierro los ojos y respiro hondo.

Doy media vuelta y voy derecha a él. Se queda quieto.

–Sé que casi arruino tu vida. Pero tú querías aprovecharte de mí. Tampoco eres un santo. Al menos yo tengo remordimientos.

Me alejo sin intención de escuchar su respuesta. Al segundo, el coche arranca y se aleja.

–Vamos –les digo a Kenan, Yusuf y Lama.

Kenan se limpia los ojos, y dejamos atrás las montañas. Dejamos atrás la tumba de Layla. Dejamos atrás a Mama y a Baba. A Hamza.

Tomo la mano de Lama, y Kenan, la de Yusuf. Avanzamos por el agua, que bate contra nuestras rodillas como si así nos advirtiera. Pero no prestamos atención. No queremos escuchar.

37

Cuanto más cerca estamos del barco, más parece que la gente vaya a caer por la borda. La persona a cargo –el capitán, supongo– nos recibe de mal humor, y ayuda a Yusuf y a Lama a subir. Mientras trepamos torpemente al barco y buscamos sitio, rostros demacrados, fríos y vacíos nos observan. Los pasajeros resoplan con fastidio al ver que contribuimos a abarrotar un barco ya atestado.

En cuanto localizamos un hueco, nos sentamos con la espalda apoyada en la cubierta. Siento alivio y mis piernas se debilitan; me castañetean los dientes, de modo que me acurruco contra Kenan. Me rodea los hombros con el brazo y me acerca más a él. Tenemos los vaqueros y los abrigos empapados hasta las rodillas. Lama se abraza a Yusuf, sin dejar de temblar. Su abrigo tardará en secarse, de modo que saco de la mochila un jersey y se lo tiro a Yusuf, rezando por que no muramos de hipotermia.

–Tápala con el jersey. No es gran cosa, pero algo hará.

–Gracias –murmura Yusuf.

El cielo es gris, del mismo color que el mar, y si la situación no fuera tan nefasta, habría disfrutado este tiempo. No estaría desnutrida, e iría vestida con un abrigo y una bufanda, y tendría una taza de té caliente en las manos.

Observo vagamente a las personas que viajan con nosotros. Hay más niños que adultos. El corazón se me encoge al ver a una mujer embarazada y, antes de que me pille mirando, aparto la vista. Kenan se queja en voz baja y, por un instante perverso, doy las gracias por la distracción.

–¿Te encuentras mal? –pregunto, volviéndome para mirarlo.

–Estoy bien.

Pero cierra los ojos y respira profundamente. Espero que la contusión no le duela demasiado.

–¿Puedes... darme un paracetamol?

–¡Claro!

Rebusco a toda prisa en la mochila y saco un comprimido, que le entrego discretamente. Se lo mete en la boca sin pensarlo dos veces y se lo traga sin agua. Empieza a afectarle la extenuación de haber estado retirando escombros pesados después de recibir una paliza y sin haber dormido suficiente. Por no hablar de la ropa mojada, que no ayuda.

Kenan ve mi cara de preocupación y sonríe, me abraza y dejamos de temblar un poco.

–Estoy bien. No te preocupes. El doctor Ziad me ha examinado. –Se señala la cara, que aún está hinchada y llena de hematomas–. Solo son moratones molestos.

–¿Tienes náuseas? ¿Dolor de cabeza? –Saco el teléfono y proyecto la luz sobre sus ojos. Reaccionan con normalidad.

–No, doctora Salama –dice cual paciente aplicado–. Solo quiero estar aquí sentado con mi esposa. –Me frota una mano contra el brazo–. Tienes frío.

Me relajo. En realidad solo está cansado.

–Un poco –reconozco, pero estoy contenta de estar entre sus brazos.

–¿Quieres que te cuente algo bueno?

–Sí, por favor.

–Tengo una idea para otra historia.

Alzo la vista para mirarlo y detecto una cierta emoción en su mirada. La tensión de sus cejas ha disminuido.

–Cuéntame.

–Se me ocurrió antes de irnos de casa. Mientras contemplaba el cuadro de Layla.

–Es una pintura preciosa.

Le doy unas palmaditas en la mejilla, y la apoya contra mi mano.

–Es la historia de una niña que se encuentra unos retratos mágicos, que la transportan a universos alternativos. Pero para pasar al otro lado debe sacrificar algo valioso. –Guarda silencio unos instantes y luego dice suavemente–: Esta historia no quiero ilustrarla: quiero animarla.

Sonrío.

–¿*Otra* colaboración?

–Sería un honor trabajar con la genio en persona otra vez.

–Échame unas cuantas flores más y trato hecho.

Se ríe ligeramente. Me alegro de poder apartar su mente del pavoroso viaje hasta aquí.

–Salama, amor de mi vida. Mi cielo, mi sol, mi luna y mis estrellas, ¿me concederías este deseo mortal?

Hago como si me lo pensara, pero las orejas me arden.

–Vale, de acuerdo.

–¡Vamos a zarpar! –anuncia el capitán, y volvemos a la realidad.

El murmullo de voces se interrumpe y, como si nos hubiéramos puesto de acuerdo, todos miramos hacia la orilla.

El barco empieza a alejarse de la costa, basculando suavemente, las olas golpean la quilla, en busca de grietas por donde filtrarse. Yo sé nadar. Baba y Hamza me enseñaron. Kenan me ha dicho que él, Lama y Yusuf también. Pero prefiero no tener que poner a prueba nuestras capacidades. Al menos, hoy.

Por una vez, el runrún de mi cerebro se detiene. Solo oigo el sonido del mar y el lamento de mi tierra. Levanto la cabeza para ver bien Siria.

Mis ojos recorren la costa, en un intento desesperado de retener el paisaje antes de verlo desaparecer. En ese momento, en la playa distingo a una niña de ocho años riendo, corriendo, con un vestido rosa que no encaja con la escena. Una larga melena castaña y rizada cae sobre sus hombros. Cuando me ve, sonríe. Reconozco esa cara, y el diente que le falta, porque tengo fotos de cuando tenía ese aspecto. Diez años cambiarán el brillo travieso de esa mirada. En diez años aprenderá a sobrevivir. En diez años, llevará la tierra de Siria bajo las uñas. Y pese a ser farmacéutica, sabrá que algunas heridas nunca sanan.

Parpadeo y desaparece.

Oigo una canción. Una de las de la revolución, en la que se compara Siria con el cielo. *El cielo*. La escucho como si la oyera por primera vez. Asimilo las palabras y las grabo en mi corazón. Entonces me doy cuenta de que no es una alucinación, que la gente del barco está cantando. A medida que más voces roncas se unen, levantando la melodía hacia las nubes, se me forma un nudo en la garganta. Casi oigo el rastro de las lágrimas al caer por sus mejillas y noto el sabor en la boca, salado como el mar.

Enseguida, mi voz se une a las suyas, y canto llorando en silencio, entre lágrimas que caen sin parar sobre la cubierta, penetrando la madera vieja. Incluso Yusuf canta, con cierta ronquera por falta de costumbre.

Al final de la canción, todos los pasajeros miran Siria a medida que va desapareciendo en el horizonte. Kenan se apoya sobre mi hombro para ver mejor, y sus lágrimas mojan mi mano. Lo contemplo y pienso que ahora nosotros somos Siria. Tal como le dije. Nuestra pequeña familia es cuanto nos queda para recordar nuestro país. Lo abrazo llorando, y él llora también.

Miramos nuestra tierra sin parpadear, y no apartamos la mirada hasta que desaparece.

38

Tardo un poco en darme cuenta de que hace más frío. Lo atribuyo a la adrenalina que fluye indolentemente por mi sangre, que se reactiva cuando Kenan me roza u oigo el golpe de una ola contra el casco. Los demás pasajeros están acurrucados entre sí, con los rostros bañados en lágrimas, cada cual perdido en su propia agonía. Se frotan las manos para entrar en calor. Me consuela ver que Lama está bien pese al rigor del clima. Pero Kenan me preocupa. Tiene los ojos entornados y cabecea como si tuviera sueño.

–Ey –susurro, desplazándome un poco a un lado para dejarle espacio–. Apóyate en mi hombro y duerme un rato.

Alza la vista y mueve la cabeza para indicarme que no, pero cuando lo agarro del jersey por el pecho, no opone resistencia. Mi hombro huesudo no es el cojín ideal, pero al menos el hiyab es blando.

–Salama –musita–. Estoy bien...

–Chis. Estamos a un paso de comer *knafeh*. Sueña con eso.

Suspira y tarda tres segundos en dormirse. Rezo por que el paracetamol le alivie el dolor.

Miro el cielo, observo cómo sus colores cambian a un gris oscuro, indicio de que mi antigua vida concluye para dar paso a otra incierta. Me distraigo viendo cómo las nubes se disipan lentamente al ponerse el sol, como doncellas a la zaga de su reina. La luna sale y ocupa su lugar, arrojando su inquietante resplandor sobre las aguas negras. Las olas se agitan suavemente contra el barco, su vibración se extiende a lo largo de la estructura de metal hasta alcanzar mi piel.

La gente se ha ido quedando dormida. Y aunque mi mente está más exhausta que nunca, me encuentro en alerta. No puedo evitar contemplar las estrellas que asoman en medio de la oscuridad. La última vez que vi las constelaciones, fue con Kenan desde las ruinas abandonadas de mi antigua casa. Y pensar que eso sucedió hace menos de una semana... Parece que hayan pasado años. Siglos.

Me concentro en las estrellas, conectando líneas imaginarias entre ellas, hasta que distingo el hilo plateado que mi mente pretendía evocar.

Está aquí. Bajo la mirada y lo veo sentado en el borde del barco, con las piernas colgadas, dentro del agua, de espaldas a mí.

–Una noche tranquila –observa, y siento un escalofrío.

A mi pesar, se ve hermoso bajo la penumbra de la luna. El corazón me da un vuelco.

–¿Qué haces aquí? –pregunto de mala gana–. ¿No decías que tu lugar estaba en Siria?

Se vuelve de cara a mí, metiendo las piernas en la embarcación.

–¿Tantas ganas tienes de librarte de mí?

–Perdona por no haber tenido tiempo de llorar tu ausencia porque he estado aterrorizada desde que salí de casa –le reprocho, aun cuando estoy en este barco gracias a su persuasión, gracias a que recuperé el control sobre mi mente.

Sonríe.

–¿Me has mentido? –pregunto.

¿De veras mantendrá su promesa y me dejará alguna vez en paz? Me da escalofríos pensar en levantarme un día cualquiera, ya en Alemania, y encontrarlo merodeando a los pies de la cama.

Mueve la cabeza.

–Todavía estamos en aguas sirias. –Lo fulmino con la mirada–. No estaré contigo en Siracusa. Te lo prometo –suelta con una carcajada.

Pienso en lo que ha dicho.

–Eso no es verdad –murmuro–. Tú eres parte de mí, eres parte de todas las personas de este barco.

Señala hacia la oscuridad.

–Y de todas las que el mar se ha llevado. Y de todas las que ahora son huesos y polvo. –Suspira–. Así es. Te lo dije cuando me preguntaste adónde iría. Estoy en todas partes. Pero no te acompañaré físicamente, como en Siria.

Siento otro escalofrío.

–En todas partes –repito, saboreando la palabra.

La respuesta a su existencia siempre ha estado ahí.

Veo la historia tejida en sus iris.

–En todas partes. He despertado en el alma del ser humano desde el albor de los tiempos. Me han llamado de muchas maneras en innumerables lenguas. En la tuya, soy Khawf (Miedo). En inglés, Fear. En alemán, Angst. Los humanos han escuchado mis susurros, han prestado atención a mis consejos y han probado mi poder. Estoy en todas partes. En el aliento de un rey ejecutado por su pueblo. En los últimos latidos de un soldado que se desangra solo. En las lágrimas de una muchacha encinta que fallece en el umbral de su casa.

Aparto la mirada limpiándome las lágrimas con el brazo. Layla. Mi hermana.

–No fue culpa tuya –dice Khawf con delicadeza.

–¿Y por qué siento como si lo fuera? –digo en voz baja, dejando correr las lágrimas por mis mejillas.

La pena no es permanente. Va y viene. Te arrastra y te suelta como las olas del mar.

Sonríe con tristeza.

–Porque eres humana. Porque, al fin y al cabo, el corazón es tan tierno que es fácil magullarlo. Porque *sientes.*

Se me escapa un grito grave.

–Pero no es culpa tuya. ¿Recuerdas lo que dijo Am? Si tu destino es llegar a Múnich, llegarás, aunque todo el mundo se oponga. Porque es tu destino. Y no era el de Layla. Ni el de tus padres, ni el de Hamza.

El destino. Una palabra compleja con puertas que conducen a innumerables caminos, todos controlados por nuestras acciones. Y así, me aferro a mi fe, a la convicción de que Layla y yo hicimos lo imposible por sobrevivir. De que está en el cielo..., viva, con la pequeña Salama. De que la veré, *insh'Allah,* cuando llegue el momento. De que veré a Mama, a Baba y a Hamza.

–En lo más hondo de mí, sé que no es mi culpa –murmuro, alzando la vista al cielo engastado de perlas. Daría lo que fuera por abrazar a Layla ahora mismo–. Pero mi mente tardará en aceptarlo. Y eso duele. Más de lo que soy capaz de soportar. Pero es que... la echo tanto de menos...

–Lo sé.

De pronto, Khawf se pone de pie, y mi corazón da un brinco al verlo en equilibrio sobre la barandilla, a un suspiro de caerse. Pero mantiene la postura recta, en perfecto equilibrio.

–Has crecido mucho este último año, Salama. ¿Sabes?, yo te apoyo. Has superado tantas adversidades que todas las veces me has dado una lección de humildad. Puede que no me consideres un amigo, pero yo a ti sí.

–¿Te vas? –pregunto con un vacío en el estómago.

Se ríe y me mira.

–¡Pareces descorazonada!

–No lo estoy –murmuro.

Sin embargo, me envuelve un velo de melancolía. De no ser por Khawf, ahora estaría soterrada en algún lugar en Homs, y nadie me recordaría. Si Layla no se me hubiera aparecido, nunca habría tenido el valor de vivir por Siria. De luchar por mi país.

Se aparta el pelo a un lado. Sus ojos tienen el tono de los pétalos de hortensia.

–Yo ya he hecho mi trabajo. Te he metido en este barco. Lo que pase a partir de ahora está en tus manos. Pero sea lo que sea, estoy orgulloso de ti.

Extiende una pierna hacia atrás y hace una breve reverencia.

–Adiós –susurro.

Y cuando parpadeo, desaparece.

Me quedo mirando el espacio que Khawf ocupaba hace un instante, pensando que quizá vuelva a aparecer, pero no. Levanto las manos y me las miro para ver si advierto alguna diferencia en mi alma. Pero esa diferencia está en la levedad que ahora siento en el corazón. Algo ha cambiado en el aire también. Como si la realidad se agudizara y volviera a su lugar.

Kenan cambia de postura, levanta la cabeza; abre y cierra los ojos varias veces.

–Ey –susurro inclinándome sobre él.

Le pongo una mano en la frente. Está caliente, aunque no demasiado.

–¿Cómo te encuentras?

Hace una mueca de dolor.

–Estoy un poco mareado.

Lama y Yusuf están profundamente dormidos, con las cabezas apoyadas en sus respectivas mochilas, de lo cual me alegro. Si estuvieran despiertos, lo estarían pasando mal con las náuseas.

–Deja que te dé un limón.

Saco de la bolsa de Kenan un chuchillo y un limón, que corto en porciones para luego entregarle una. Yo también mordisqueo otra, saboreando la acidez.

Vuelvo a sentarme junto a Kenan.

–¿Cómo tienes la espalda? ¿Y el pecho? ¿Y la cabeza? Vi lo que te hicieron los soldados.

Muerde el limón, hace unas muecas y tose.

–Están bien.

–Kenan.

Suspira.

–El paracetamol me ha hecho un poco de efecto, pero todavía me duele todo.

Es aconsejable no tomar más de un gramo de paracetamol cada cuatro horas, o hay riesgo de sobredosis. Kenan se ha tomado un comprimido hace menos de dos horas, antes de dormirse.

Decido distraerlo.

–Khawf se ha ido.

–¿Para siempre?

–Más o menos.

–Vaya, me alegro –dice con satisfacción–. Porque ahora ya puedo decirte que no me caía bien.

Me tapo la boca con la mano, riéndome en silencio.

–¿Tenías celos de él?

Esboza una ligera sonrisa.

–De hecho, le habría pegado por incordiarte, pero no quería que pensaras que me molestaba. Ni recordarte su existencia cuando no estaba.

–Oh, mi héroe.

Sonríe.

–Lo intento.

Me acurruco un poco más contra su cuerpo y nos terminamos los trozos de limón.

–Cuéntame algo bueno, Salama –murmura, apoyando su cabeza sobre la mía.

–Este último año –empiezo a contarle con calma– Siria ha sido un país gris. Las calles y los edificios destruidos, los rostros cenicientos de los hambrientos. A veces, incluso el cielo. Teníamos una vida *literalmente* en blanco y negro, que alternaba con un rojo intenso. Así como había quien era capaz de ver más allá de estos colores, yo olvidé que existían. Olvidé que la felicidad era posible. Pero el día que me mostraste aquel atardecer en la azotea de tu casa y vi el rosa, el lila, el azul... sentí... como si viera los colores por primera vez.

Lo miro: los ojos le brillan de emoción.

–Imagínate cómo será en Alemania –prosigo–. Imagina pintar nuestro apartamento de azul, como el cuadro de Layla. Y he pensado que, en una pared, podríamos dibujar un mapa de Siria.

–Me encanta la idea –dice enseguida–. Te quiero.

Sonrío. Sé que Layla estaría pletórica en este momento, que sus ojos brillarían con lágrimas de felicidad si pudiera verme así. Porque aunque esté abandonada a mi suerte en medio del Mediterráneo y aunque el agua fría me cale hasta los huesos, no permito que el terror tome las riendas, elijo pensar en un futuro donde estoy viva. Donde estoy a salvo.

* * *

Me despierto sobresaltada. ¿Cuánto tiempo habré dormido? El efecto del limón debe de haberse agotado, porque tengo el estómago revuelto y unas horribles ganas de vomitar.

Las figuras de los pasajeros suben y bajan, y sus voces suenan débiles. Me froto los ojos, me quejo por las náuseas, y al abrirlos de nuevo, todo vuelve a su lugar. Ya debe de haber amanecido, pero el sol está oculto tras las nubes. Alguien me sacude, y me vuelvo hacia Kenan.

–¿Qué? –pregunto medio aturdida.

Un grito me saca de mi estupor.

Kenan me agarra por el hombro con fuerza.

–Salama, el tiempo ha ido a peor –explica en un tono contenido que no reconozco.

Reprimo un escalofrío, y estiro el cuello para ver cómo está el mar. Las olas chocan con ímpetu contra el casco, ayudadas por el viento, agitando la embarcación, agitando mi calma.

–Somos muchos en el barco. Y es viejo. No está preparado para tanta gente. No tenemos tiempo –dice Kenan con serenidad, pese a estar aterrorizado a ojos vista.

«No lo entiendo. Este barco ha hecho el viaje incontables veces. ¡Am me lo juró!»

Kenan tira de mí. El tono del cardenal del ojo es ahora mucho más oscuro.

–Cuando el barco se hunda, tienes que mantenerte lo más cerca que puedas de mí, ¿de acuerdo? –dice con firmeza.

Lama llora, y no es la única. Los gritos, los ruegos y los rezos son tan ensordecedores que no me extrañaría que se oyeran desde tierra firme.

–¿A qué distancia estamos de Italia? –pregunto.

–El capitán está enviando una señal en este momento –explica Kenan–. Pero aunque vengan, tardarán horas. Y ya estaremos en el agua.

Le pongo la mano en la frente. Está caliente.

–El agua está helada. Estás agotado, y es posible que tengas fiebre. Si te zambulles, no sé cómo podría afectarte.

«Puede sufrir una hipotermia.» El corazón me late con tal fuerza que me duele el pecho.

Kenan mueve la cabeza.

–No tenemos alternativa.

–¿Y no hay botes salvavidas?

–Salama, esto es un barco de pesca. No está preparado para pasar tantas horas en alta mar. *No hay botes salvavidas.*

Debo de parecerle angustiada, porque me cubre una mejilla con la mano y me atrae hacia sí.

–Ten fe –susurra–. Lo conseguiremos. Mantente cerca de mí y *ten fe.*

Asiento, llorando mis últimas lágrimas. Kenan se endereza y mira a Yusuf y a Lama, que están paralizados de miedo.

–Escuchadme –les dice con asombroso aplomo–. Quiero que no os separéis, y que una vez que estemos en el agua, pataleéis para manteneros rectos, ¿vale? Los chalecos harán el resto.

Es importante que no os dejéis llevar por el pánico. Respirad hondo; *insh'Allah,* no nos pasará nada.

Lama se agarra a Yusuf y los dos asienten sin decir palabra. Ato la mochila al interior del chaleco y se me precipita el alma a los pies: sé que si nos caemos al agua el pasaporte y el certificado no sobrevivirán. El cielo parece más próximo, como si también amenazara con hundirnos con sus sombrías nubes grises.

Cuando la mayoría de los pasajeros están de pie, Kenan nos dice que hagamos lo mismo. El barco se inclina peligrosamente a babor, perdemos pie y caemos todos al suelo. La gente grita. Al ver a una madre histérica, estrechando a un bebé contra el pecho, miro hacia otro lado. No puedo ayudar a nadie. Mi cabeza bascula con cada vaivén del barco, el agua nos ha empapado a todos, y el riesgo de volcar es inminente. Cojo a Kenan de la mano, y Lama y Yusuf se pegan a él. El barco da un bandazo y la gente se agolpa contra nosotros.

Estamos a la expectativa. «¿Saltamos? ¿O esperamos a que la embarcación se hunda? ¡Piensa, Salama, piensa!»

De pronto, una voz punzante como un cristal resuena en mi cabeza, advirtiéndome de que no salte.

«No lo hagas. –Es la voz de Khawf–. Sería un suicidio. No sabes qué te espera en el agua. El barco es más seguro. Cuanta más gente salte, menos fácil será que se hunda. No saltes.»

Cierro los ojos y respiro por la nariz, visualizando mis margaritas. Khawf no está *aquí,* está en mi cabeza, haciéndome dudar antes de tomar *cualquier* decisión. Pero esta no es manera de sobrevivir..., esta no es forma de vivir.

–Kenan –digo, con lágrimas en las mejillas, pues *el fin está cerca*–. Tenemos que saltar. Cuando el barco se sumerja, creará una corriente contra la que no podremos nadar.

Me mira y asiente solemnemente. Las olas que golpean la quilla amenazan con ser violentas. Quizá una bomba habría sido mejor.

De pronto, un hombre salta al agua con su hija a la espalda. La niña solloza sin soltarse, mientras él nada con todas sus fuerzas para alejarse del barco. Pasan exactamente cinco segundos y el resto de los pasajeros emula la acción.

Kenan me aprieta la mano con fuerza. Asentimos con la cabeza.

–Ahora –dice.

39

El frío me recuerda al diciembre pasado, cuando volví del hospital empapada de agua y nieve. Layla estaba en el sofá ataviada con *toda* la ropa que tenía. Me acurruqué junto a mi alucinación y me dormí, creyendo que entraba en calor, pero el frío me seguía calando los huesos, penetrando en mi cuerpo.

Pese a reconocer la sensación, este frío no me hace dormir. Al contrario, envía una onda sísmica tras otra a todo mi cuerpo. Me hundo en el mar y abro los ojos en el azul oscuro que se extiende kilómetros ante mí.

El frío brega conmigo. Mi corazón se para, la tráquea se contrae y siento tanto frío en las extremidades que es como si ardieran. Antes de poder gritar, el chaleco me devuelve bruscamente a la superficie.

–*Mama* –grito sin pensar–. ¡Mama, *sálvame*!

Doy patadas en el agua, el miedo se disuelve en histeria. Me ahogo entre sollozos interrumpidos cuando recuerdo que en el Mediterráneo hay tiburones.

–Mama –salmodio, aferrándome a esa única palabra, que se expande y me baña de pies a cabeza–. Mama. *Mama.* Por favor, *por favor*, sálvame. *Por favor.* ¡Ya no puedo más!

Doy patadas al agua, desquiciada, pensando en ahuyentar a los tiburones, como si fuera a servir de mucho contra esas criaturas de dientes afilados y ojos desalmados. Mi mente está en blanco. Se me ha olvidado mi nombre y con quién estaba. Con quién tengo que estar. Solo pienso en que voy a ser arrastrada a las profundidades.

–¡Salama!

Una voz penetra la histeria que me domina. Intento girarme hacia ella torpemente, con lágrimas calientes en las mejillas. El frío me abrasa las costillas. Duele al respirar.

Unas figuras borrosas se vuelven nítidas, y distingo a una persona basculando arriba y abajo con ojos desorbitados. Es Yusuf. Y detrás de él, Lama.

Recupero el ritmo cardíaco. Sí. No puedo rendirme. Mi familia está aquí. Yusuf. Lama. Y Kenan.

Kenan.

¿Dónde está Kenan?

–¡Lama! ¡Yusuf!

Con la presión del agua, debemos de habernos soltado las manos. Alrededor, los demás nadan buscando a sus seres queridos entre gritos reconocibles contra el gélido viento. Mi mochila sigue sujeta al interior del chaleco.

–¿Dónde está Kenan?

–No lo sé –dice Lama llorando.

–*¡Kenan!* ¿Dónde estás? –grito.

«Que esté vivo, Dios mío, por favor. Ya lo ha pasado bastante mal.»

Giro a un lado y a otro con impotencia, mis ojos van de un cuerpo al siguiente, pero solo veo desconocidos.

–Tenemos que apartarnos del barco –advierto.

Miro hacia atrás y veo que empieza a hundirse. Lama y Yusuf asienten y, aunque con dificultad, me siguen. Seguimos llamando a Kenan. Nado con torpeza, salpicando, el chaleco salvavidas no me deja moverme con facilidad. Hago un último esfuerzo, busco el barco con la mirada, pero no veo a nadie.

–¡Allí! –exclama Lama, señalando una figura que flota.

Tiene los brazos abiertos como si abrazara el mar, y la cabeza, inclinada a un lado. Nado hacia él. Le aparto el pelo de la cara para cerciorarme de que es Kenan.

–¡Ay, gracias a Dios! –exclamo, estrechándolo contra mí–. Está aquí. ¡Es él!

Aunque resulta raro, trato de tomarle el pulso. Es más débil de lo que me gustaría. El golpe del agua fría debe de haberle hecho perder el conocimiento. Pero no puede estar mucho rato así. Tiene la cara helada.

–¿Está bien? –pregunta Yusuf.

Levanto la cabeza de Kenan. Los músculos del cuello están completamente relajados.

–Está inconsciente –explico, y, en ese momento, oigo cómo el barco se hunde. Pero ahora no puedo pensar en eso–. Kenan. ¡Despierta!

Después de darle bofetadas y rezar a Dios durante unos minutos, abre los ojos, parpadeando varias veces, farfullando incoherencias.

–Ey –le digo suavemente, cogiéndolo por las mejillas.

Le examino una mano para saber si tiene los dedos azulados.

–Ey –susurra a su vez.

–Estamos en el agua. El barco acaba de hundirse. Estabas inconsciente. No te puedes quedar dormido. ¿Me has oído?

–Sí –dice aletargado, y pone una mueca de frío.

–Muy bien, escuchadme –aviso, pasando el brazo por el interior del chaleco de Kenan–. Tenemos que ir hacia donde están los demás y preguntarle al capitán si ha podido establecer contacto con la guardia costera italiana.

–Tengo frío –dice Lama resoplando.

–Para eso tenéis que moveros. Que la sangre fluya. Si no, os quedaréis dormidos, y eso no es bueno.

Musitan un «sí» y nadamos poco a poco hacia el grupo de supervivientes. Un hombre agita el agua buscando a su hijo pequeño desesperadamente. Pasamos junto a cuerpos que flotan; no sé si son cadáveres o personas inconscientes, pero no puedo detenerme para averiguarlo.

–... podido contactar y los he avisado, pero no sé cuándo llegarán –explica a gritos el capitán a la multitud desquiciada–. Estamos lejos de la costa. Tardarán en llegar hasta nosotros. Al menos unas horas.

El endeble atisbo de esperanza que les quedaba en los ojos se extingue como una llama agonizante. A nadie le importa un grupo más de refugiados sirios, extraviados en medio del Mediterráneo. No somos los primeros ni seremos los últimos. ¿Qué más da si un centenar se ahogan? Será un buen titular que dará pie a una manifestación insignificante o a una campaña de donación para luego caer en el olvido, como la espuma del mar. Nadie recordará nuestros nombres. Nadie conocerá nuestras historias.

–K-Kenan –titubeo–. ¡N-n-no te duermas!

Asiente con la cabeza, pero le está costando la vida mantenerse despierto. Tiro de él hacia mí e intento animarlo a mover las piernas. El chaleco es lo único que lo sostiene en la superficie, y a duras penas. Las nubes se concentran más, hasta que estamos rodeados únicamente de cielo y mar. No nos llega ni un triste rayo de sol.

–Lama. Yusuf. No paréis de moveros –les pido, tartamudeando–. Van a venir a ayudarnos.

–Estoy cansada –gime Lama, meneándose lo justo en el agua.

Yusuf sigue dando patadas y moviendo los brazos durante un minuto, hasta que se rinde.

–*No* –le grito, acercándome más, sin soltar a Kenan del brazo–. ¡Seguid *moviéndoos*!

Yusuf coge a Lama de las manos para agitárselas, creando así una ondulación en el agua.

–Todo va a salir bien –balbuceo, concentrándome en las palabras para desviar la atención de la hipotermia, que empieza a desactivar, una por una, todas mis células. Matándome lentamente. Procuro no pensar en los tiburones.

–*Todo va a salir bien.*

Algunos ya se han rendido al frío. Los gritos y llantos se han ido atenuando, y no me hace falta mirar para saber que el Mediterráneo se ha cobrado sus vidas.

–Lama, dime algo.

Me paso la lengua por los labios y la sal me quema la garganta. Me quema la herida del cuello.

–Estoy bien –responde con una vocecilla apenas audible.

–¿Y tú, Yusuf?

–También –murmura.

Cojo a Kenan por los hombros y lo sacudo. Se asusta.

–Kenan, no te atrevas a dormirte.

–No me dormiré –dice, y tose y patalea unos momentos.

Me pone una mano en la nuca, sobre el hiyab mojado, y apoya la frente contra la mía.

El oleaje ha ido alejando a Yusuf y a Lama de nosotros, así que nadamos hacia ellos y formamos un círculo cogidos de las manos.

–Bien –digo para animarlos–. ¡N-no dejéis de mover las piernas!

Creamos pequeños cúmulos de espuma sobre la superficie del agua a medida que la sangre se activa lentamente en nuestras venas. Tengo la ropa pegada al cuerpo, no dejo de temblar. El hiyab se desliza y cae, pero sigo moviendo las piernas.

–Kenan, mira los colores –le digo, y alza la vista hacia el horizonte.

Solo se divisa un cielo y un mar grises.

Aunque no como el gris de Homs.

Es un gris como el de la marina de Layla, con algún trazo azul entre las pinceladas.

Intento distinguir otros tonos, pero el gris se empeña en alojarse en las células de mis arterias retinianas. Aparto la vista para concentrarla en mi familia, en memorizar sus rostros.

–¿Os acordáis de cómo iluminan las calles con linternas por el Ramadán? –balbuceo, y los tres me miran–. No penséis en el frío. Pensad en lo calentito que vendían el pan. Recién salido de la tahona.

Kenan se une:

–Lama. Yusuf. Pensad en cuando íbamos al campo. A la casa de Jedo. Y cogíamos albaricoques. Y yo me subía al árbol y te los tiraba, Lama. Yusuf, ¿te acuerdas de esa vez que te encontraste aquel nido de palomas?

Yusuf asiente pese a que le castañetean los dientes.

–En verano, Layla y yo íbamos a la casa de campo de sus abuelos o a la mía –susurro–. Nos bañábamos en la piscina. Jugábamos con las gallinas. Incluso montábamos a caballo. Su abuelo nos llevaba a casa de un vecino que los criaba.

Lo recuerdo tan bien... Tenía quince años y empezaba a llevar el hiyab. Este ondeaba al viento al cabalgar por el campo, con Layla a mi lado, a lomos de otro. Nuestros gritos de alegría se oían por encima del retumbar de los cascos.

Kenan sigue animando a Lama y a Yusuf a moverse y a hablar, a recordar el pasado, a mantener la esperanza por el futuro, donde nuevos recuerdos los aguardan. Se vuelve hacia mí y sostiene mi mano en alto.

–Salama, nos vamos a comer un *knafeh*. –Tiene las mejillas mojadas, y sé que no es solo agua de mar. Roza los labios contra mis nudillos con cicatrices–. Si no es en Alemania, será en el cielo.

Asiento tragándome las lágrimas.

Seguimos hablando, tratando de concentrarnos en algo distinto del frío. Rememoramos nuestras vidas pasadas. Visualizando nuestro país, trazando una imagen que nunca veremos.

La de una Siria que jamás conoceremos.

Un interminable manto verde cubre las colinas, donde el río Orontes irriga de vida el suelo, en su orilla crecen las margaritas. Los árboles dan limones dorados como el sol, manzanas dulces y tersas, y ciruelas maduras que relucen como rubíes. Las ramas crecen bajas para brindarnos sus frutos. Las aves cantan a la vida y revolotean en el cielo azul.

El campo se desvanece poco a poco a medida que el asfalto remplaza la hierba, y el runrún del gentío en el mercado sofoca los gorjeos esporádicos. Los tenderos venden vestidos de satén, suntuosas alfombras árabes de color amatista y preciosos jarrones de cristal. Los restaurantes están abarrotados de familias y parejas que aprovechan un hermoso día de sol, sentados ante bandejas de carne asada y cuencos rebosantes de tabulé. La *azan* suena alto desde los minaretes, y los fieles se reúnen para rezar en las espaciosas mezquitas, de compleja arquitectura, en pie desde hace siglos. Niños y niñas corren entre las ancestrales ruinas, en cuya caliza está escrita la historia de sus antepasados. Y aprenden la historia de los imperios que otrora convirtieron su país en el corazón vibrante de una civilización. Visitan las tumbas de sus guerreros y recitan la Al-Fátiha por sus almas y recuerdan sus historias. Manteniéndolas vivas en su memoria. Se enorgullecen de sus abuelos, que sacrificaron su vida para que sus descendientes pudieran crecer en un país que respira un dulce aire de libertad.

Sumida en el sopor de la hipotermia, sueño con esa Siria.

Una Siria cuya alma no esté encadenada ni sea cautiva de aquellos que se complacen en destruirla. A ella y a sus descendientes. Una Siria por la que Hamza luchó y derramó su sangre. Una Siria con la que Kenan sueña y que ilustra. Una Siria en la que Layla quería criar a su hija. Una Siria donde yo habría encontrado el amor y la vida y la aventura. Una Siria a la que yo regresaría, al final de toda una vida, para pisar el suelo donde me crié. La Siria que es mi hogar.

Pierdo la noción del tiempo a medida que transcurre el día. La oscuridad acaba por imponerse, y ya no me queda energía. Mis labios dejan de moverse. El frío ha penetrado en cada nervio. No sé si Kenan también ha dejado de hablar o si he perdido la habilidad de escuchar. Necesitaría las últimas fuerzas que me quedan para recordar dónde estoy y que necesito respirar.

De pronto, a lo lejos, distingo el brillo de una luz. Parpadeo, las pupilas me duelen por la intensidad del resplandor. Vuelvo a parpadear.

«¿Estoy muerta?»

Epílogo

Un lila pálido surge en el horizonte a medida que el sol se abre paso en la oscuridad. El amanecer de septiembre en Toronto adopta muchas tonalidades del espectro, pero últimamente parece que prefiere pasar del lila a un azul radiante, a medida que las estrellas se apagan en silencio.

Estoy en el balcón, bañándome en el suave resplandor del alba, mientras contemplo el rincón donde cultivo un humilde jardín. Margaritas. Madreselva. Peonías. Lavanda. Las planté y las cultivo yo misma, cuido sus raíces y pétalos con cariño, y les susurro palabras de amor.

–Eres tan bonita... –arrullo a una margarita que despliega tímidamente los pétalos sobre las cicatrices de mis manos–. Qué orgullosa estoy de ti.

Una suave brisa me lleva a echarme la manta sobre los hombros. Aunque lleve un pijama de franela, el frío del Mediterráneo no se ha disipado del todo.

Hace cuatro meses que Kenan y yo vivimos en Toronto, y todavía no me he acostumbrado al frío. Es distinto de Berlín, pero en ambas ciudades se respira la misma calma los sábados por la mañana; una calma que de vez en cuando se altera con el estruendo remoto de algún avión. Nos costó dos años superar el terror que nos sobrevenía cada vez que oíamos ese rumor. Y a veces, todavía se nos olvida, y el trauma nos sorprende, porque de pronto nos tiemblan las manos o nos miramos con pavor.

–Ah, estás aquí –dice Kenan, y sale con dos tazones de té de *zhoorat*.

Lo miro y le sonrío.

Él se ha vuelto más resistente al frío, así que puede salir con un simple pantalón de pijama y una camiseta blanca. Está despeinado y todavía se le nota el sueño en los ojos. Nos costó tiempo y mucho esfuerzo, pero ambos tenemos ahora un peso saludable. Al entregarme el tazón y fijarme en sus bíceps, las mejillas se me encienden.

–Gracias –susurro, pues no quiero perturbar la paz.

Se sienta a mi lado. Ajusto la manta para que nos cubra a los dos y apoyo la cabeza contra su hombro.

–Te has levantado temprano –dice en voz baja–. ¿Has tenido una pesadilla?

A veces, los horrores se cuelan en nuestro sueño como el veneno de la belladona. Cuando ocurre, Kenan se despierta sobresaltado, resollando para coger aire y con la frente sudada. Le llenan la cabeza de paranoias, como que Lama y Yusuf no pueden salir de Homs, o están ahogándose en el Mediterráneo. Y hasta que no llama a su tío, en Alemania, para hablar con ellos, no se queda tranquilo. O hasta que no lo abrazo y le acaricio el pelo mientras le susurro «algo bueno». Entonces se duerme otra vez sobre mi pecho.

Y aunque Khawf ha desaparecido de mi vida como un sueño febril, las pesadillas han persistido. Su veneno me paraliza, y me quedo atrapada en mi mente, gritando. En ocasiones, a Kenan le cuesta despertarme del todo, convencerme de que estoy aquí *de verdad*, pero siempre está ahí para abrazarme y calmarme, para traerme de vuelta.

Kenan entrelaza sus dedos con los míos y me da un beso en la sien.

–Nos prometimos que nos lo contaríamos todo, Sheeta.

Me vuelvo hacia él con los ojos tiernos. Así es. Y cuando no encontramos las palabras, otras personas nos ayudan. Una sala tranquila con una mujer comprensiva que nos mira por encima de unas gafas redondas. Nos sonríe con amabilidad, y el brillo de sus ojos me recuerda a Nour. Cuando la conversación se hace difícil, solo tengo que recordar cómo solía decir «teee-raaa-piaaa» para aliviar mi abatimiento.

Tan pronto nos instalamos en Berlín con su tía y su tío, el trauma que sufrimos dio paso a un dolor sobre el que cada día era más difícil hablar. Layla, Mama y Baba están enterrados en Homs. Durante un tiempo, se me olvidó respirar por la agonía de pensar en la vida de Hamza en Siria.

Me toco la cicatriz del cuello distraídamente. Así como el cabello tapa la de la cabeza, esta no pasa desapercibida. Parece una gargantilla. Y cuando mis pensamientos se vuelven oscuros, casi puedo sentir que me estrangula. Kenan me mira y se da cuenta.

Deja el tazón y baja la cabeza para besarme la cicatriz. Lo abrazo por los hombros y lo estrecho.

–¿Tienes planes hoy? –murmuro.

Se echa atrás con las mejillas sonrosadas.

–He quedado con Tariq para confirmar que las admisiones a la universidad estén en orden.

–De todos los futuros que imaginé, vivir y asistir a la universidad en Toronto no era uno de ellos.

Sonríe.

–No está mal como giro inesperado.

Todo ha sido posible gracias a un amigo de Hamza. Poco después de empezar la revolución, un buen amigo suyo de secundaria se fue a Canadá a estudiar Medicina. Puesto que era ciudadano canadiense, se ofreció a avalar nuestra mudanza a Toronto. Gracias a su ayuda, podemos seguir estudiando, encontrar trabajo y vivir en buenas condiciones y a salvo. Nos pusimos en contacto cuando restablecí mi cuenta de Facebook en Berlín, donde amigos y familiares lejanos nos ofrecieron toda clase de ayuda.

Cuando Tariq nos lo propuso, Kenan y yo nos sentamos a analizarlo desde todas las perspectivas. Tenemos mejor nivel de inglés que de alemán. En cuanto al mundo de la animación, en Canadá hay más salidas, y yo me enamoré al instante del programa de Farmacia de la universidad. Yusuf y Lama se estaban adaptando bien a la escuela y a la vida en Alemania, y sus tíos se volcaron en ellos como si fueran sus propios hijos. Primero nos marchamos Kenan y yo. Somos demasiado jóvenes para ocuparnos de dos niños. Sé que a él le duele en el alma estar separado de Lama y Yusuf, pero el hecho de ser refugiados limita nuestras posibilidades, aunque también sé que nuestras circunstancias son bastante mejores que las de muchas otras familias sirias, porque nosotros contamos con apoyo familiar. Las personas sin parientes, que viven en la diáspora, suelen separarse, dispersarse entre varios países, en función del que las acoja.

Kenan no ha cambiado la foto de Lama y Yusuf que tiene en su pantalla de bloqueo, pero en ha puesto una de nosotros dos en el fondo de pantalla. Los llama todos los días, y está preparando un viaje a Alemania para ir a verlos.

–No me puedo creer que en una semana empiecen las clases. –Muevo la cabeza–. No me puedo creer que estemos aquí tomando *zhoorat* tres años después.

–Yo no me puedo creer que estés conmigo. –Me besa el anillo y luego, la cicatriz de la muñeca–. ¿Cómo he podido acabar con alguien que está tan por encima de mí?

Suelto una risa.

–Porque me engatusaste con tus historias del Studio Ghibli.

–Miyazaki no utiliza guiones en sus películas –sonríe–. Los diálogos se le ocurren sobre la marcha.

Finjo desconcierto, abanicándome con la mano.

–¡No me digas!

Se ríe y nos terminamos el té. Cuando la luz del sol inunda el cielo, regresamos dentro.

Es un apartamento pequeño de una habitación, pero es nuestra casa. Por el suelo aún quedan cajas por vaciar. Tariq y sus amigos nos lo amueblaron, y yo tuve que meterme en el baño a llorar de gratitud durante diez minutos antes de poder hablar con nadie.

Sobre la mesa del comedor están esparcidos los cuadernos de bocetos de Kenan, con las ilustraciones de nuestras historias. Y, al lado, una sartén con *knafeh*. En la sala de estar está colgado, en un marco de madera, el retrato a carboncillo que hizo de mí en la Puerta de Brandeburgo. Las paredes son un lienzo al servicio de nuestra imaginación; hemos salpicado el blanco con varios tonos de azul. En una pared hay un mapa de Siria que Kenan aún no ha terminado, y en otra yo he escrito un poema de Nizar Qabbani, porque mi caligrafía es mejor que la suya. Se trata de unos versos que leí en la manifestación celebrada por el aniversario de la revolución.

كل ليمونة ستنجب طفلاً ومحالٌ أن ينتهي الليمونُ

«Cada limón engendrará un hijo,
y los limones jamás se extinguirán.»

Dejamos los tazones en el fregadero mientras hablamos sobre los diversos elementos narrativos utilizados en *La princesa Mononoke*. Abro la despensa para sacar una barrita de cereales. Los armarios de la cocina están abarrotados a más no poder de paquetes de arroz, *freekeh*, humus en lata y *kashk*. Me termino la barrita hasta la última miga antes de tirar a la basura el envoltorio.

Cuando Kenan saca un pollo del congelador para descongelar, me maravillo de que tengamos un pollo *entero*.

Mientras que Hamza no.

Rastreo a diario las páginas de Facebook y Twitter que publican periódicamente las últimas noticias de los prisioneros liberados de los centros de detención sirios, y de los presos. Busco el nombre de Hamza hasta que empiezo a ver borroso. Pero nunca aparece. Y en mi fuero interno rezo para que sea un mártir. Rezo por que esté con Layla en el cielo, lejos de este mundo cruel.

Aparto la mirada y noto la mano de Kenan sobre la mejilla.

–Ey –susurra, pues sabe qué estoy pensando–. No pasa nada.

Respiro hondo, noto un escalofrío y asiento. Voy a la sala de estar. Para distraerme, valoro si leer un libro de farmacia o ponerme con un vídeo nuevo. Cuando llegamos a Berlín, Kenan reanudó su activismo donde lo había dejado y, después de unos cuantos vídeos más, empezó a captar la atención del mundo. Yo practicaba inglés ayudándole, escribiendo artículos y grabando vídeos sobre todo aquello a lo que hicimos frente en Homs. Entrelazaba sus historias con las mías, aunque al principio era difícil. Tanto que, a veces, a los cinco minutos de iniciar un monólogo, me echaba a llorar al recordar el tacto frío de la piel de un cadáver.

Kenan me coge de un brazo y me hace girar hasta caer sobre su pecho, sorprendida.

–¡Kenan! ¿Qué haces?

Sonríe sosteniendo en alto el móvil, mientras suena una canción romántica en inglés que no conozco.

–Bailar con mi mujer.

Estoy a punto de llorar. Creamos distracciones en momentos de dolor. Para recordarnos el uno al otro que seguimos aquí.

Lanza el teléfono sobre el sofá, junto a su portátil, para poder mecerme al ritmo de la música.

–Voy en pijama –mascullo, apoyando la frente en su clavícula.

–¿Y qué? Yo también.

Enrosca un dedo en un rizo de mi pelo, que ahora llevo corto, a la altura de la barbilla.

–Estás guapísima en pijama.

–Tú también.

Y se ríe. A lo lejos se oye el rumor de un avión, y no me pasa por alto el modo como, por una fracción de segundo, su mano se tensa en la mía.

–¿Qué opinas de la nueva incorporación a la familia? –Y tiro de él hacia mí.

Mira al balcón.

–Ya hace dos meses que la tenemos y solo ha salido una hojita verde.

Me río.

–Los limones crecen despacio, Kenan. Hemos plantado un *árbol.* Hace falta paciencia, como con todos los cambios.

Me sonríe de lado.

–Me encanta que hables de cambios.

Suelto una risita nerviosa, y apoya la frente sobre mi hombro, tarareando la canción.

Mis ojos se desvían de sus hombros a la maceta azul de cerámica bajo los rayos del sol. Las semillas han brotado de la tierra combatiendo la gravedad. Me hacen pensar en Siria. En su fuerza y en su belleza. En las palabras de Layla y en su espíritu. En Mama, Baba y Hamza.

Me hacen pensar que, mientras los limones crezcan, la esperanza no se extinguirá.

Nota de la autora

Esta historia es sobre aquellas personas que no tienen más elección que abandonar su hogar.

La idea surgió cuando vivía en Suiza, donde, cuando alguien se enteraba de que era siria, exclamaba: «¡Ay, Siria! Y ¿en qué situación se encuentra ahora?». Me di cuenta de que la gente no sabe qué está pasando en mi país. Pocos sirios han tenido ocasión de contar su historia. El mundo conoce los hechos duros y fríos trasmitidos por los medios de comunicación y narrados en los libros. El tema suele girar en torno a los partidos políticos enfrentados y reducen a sus habitantes –a los muertos, las víctimas, los huérfanos y los desplazados– a meras cifras.

Esta novela indaga en la emoción humana que existe tras el conflicto, porque no somos cifras. Durante años, mis compatriotas han sido torturados, asesinados y desterrados de su país, a manos de un régimen tiránico, y esas personas merecen que contemos sus historias.

Quería que la mía estuviera exenta de la limitación a la que se prestan los estereotipos. Esta intención se observa en Salama y Layla, dos chicas que llevan hiyab y son espíritus libres que viven la vida hasta la última célula de su cuerpo. Se observa en Kenan, que rechaza la masculinidad tóxica y se ocupa de su familia con cariño. En cómo cada personaje está orgulloso de ser la persona que es y de sus orígenes, y cómo está dispuesto a arriesgarlo todo por la libertad. En esta historia de amor consentida he querido aludir a los clásicos de Jane Austen. En pocas palabras, se observan unos modelos que rara vez se han mostrado antes.

A fin de arrojar luz sobre la realidad de Siria de la manera más clara posible, he tenido que tomarme alguna que otra libertad literaria en cuanto a la cronología de los hechos en la vida de Salama. Así, pese a que la revolución se inició en marzo de 2011 y pese a que las fuerzas militares respondieron con brutal violencia, no empezaron a bombardear a la población civil hasta junio de 2012. En la novela he comprimido la cronología entre ambos incidentes, de manera que suceden durante el tiempo que dura el embarazo de Layla. Por otra parte, Ghiath Matar fue detenido el 6 de septiembre de 2011 en su ciudad natal, Daraya, y su cuerpo mutilado fue devuelto a su familia cuatro días después. Su hijo, al que nunca llegó a conocer, ya que en ese momento su esposa estaba embarazada, lleva su nombre. Ghiath Matar tenía veinticuatro años. Y aunque en el capítulo veintidós hago una alusión a la mascare de Karam el-Zeitoun, en realidad no se produjo hasta el 11 de marzo de 2012. Fue una de las innumerables masacres que el régimen ha cometido contra personas inocentes.

Ahora bien, todos los hechos que se relatan son reales. El niño que dice «Se lo contaré todo a Dios» antes de morir existió. Estas historias han sucedido, y otras como estas siguen sucediendo mientras leéis estas palabras.

Sin embargo, a pesar de las atrocidades que afrontan mis personajes, espero que podáis ver más allá de su trauma. Representan a todos los sirios que tienen esperanzas y sueños, y una vida que vivir. Una vida que *se nos debe*.

Este libro fue muy difícil de escribir, pero procuré hilar un mensaje en cada página, en cada línea, en cada letra.

Ese mensaje es la esperanza.

Y *espero* que lo llevéis en el corazón.

Glosario

Adhan: Llamada diaria a la plegaria en la fe musulmana.

Al-Fátiha: Primera sura o capítulo del Corán, libro sagrado del islam.

Booza: Helado típico de la cocina árabe.

Habibi: Querido/Querida.

Halaweteljebn: Rollos de queso.

Halloumi manakeesh: Pan de pita con queso Halloumi.

Hayao Miyazaki: Director, productor, animador, guionista, director e ilustrador de anime japonés. Cofundador de Studio Ghibli, junto con Isao Takahata.

Hiyab: Tipo de velo, consistente en un pañuelo de cabeza usado por numerosas mujeres musulmanas, que a menudo también cubre el cuello.

Insh'Allah: Si Dios quiere.

Isha: Última plegaria del día.

Knafeh: Postre típico de la cocina árabe, dulce y de textura crujiente, con queso akawi.

Rezbhaleeb: Pudin de arroz libanés.

Souq Al-Hamidiyah: El mercado más grande de Siria y el más céntrico de Damasco, situado dentro de la vieja ciudad amurallada, al lado de la ciudadela.

Shishbarak: Pasta rellena con carne de cordero y una salsa de yogur y menta. Receta originaria del Líbano, se consideran los raviolis de la cocina árabe.

Wara'aenab: Hojas de parra rellenas.

Índice

Zoulfa katouh

Es licenciada en Farmacia y actualmente está cursando un máster en Ciencias del Medicamento. Es trilingüe en inglés, árabe y alemán. Zoulfa reside actualmente en Suiza, donde encuentra su inspiración en los pintorescos escenarios del Studio Ghibli.

Desde que su madre le regaló un ejemplar de *Ana de las tejas verdes* cuando tenía ocho años, descubrió la belleza de los libros. Pronto empezó a leer a escondidas bajo el pupitre del colegio mientras los profesores hablaban de matemáticas y física. Su imaginación creció y un día se animó a escribir las historias que frecuentaban su mente. Y nunca dejó de hacerlo.

Bambú Exit

Ana y la Sibila
Antonio Sánchez-Escalonilla

El libro azul
Lluís Prats

La canción de Shao Li
Marisol Ortiz de Zárate

La tuneladora
Fernando Lalana

El asunto Galindo
Fernando Lalana

El último muerto
Fernando Lalana

Amsterdam Solitaire
Fernando Lalana

Tigre, tigre
Lynne Reid Banks

Un día de trigo
Anna Cabeza

Cantan los gallos
Marisol Ortiz de Zárate

Ciudad de huérfanos
Avi

13 perros
Fernando Lalana

Nunca más
Fernando Lalana
José M.ª Almárcegui

No es invisible
Marcus Sedgwick

Las aventuras de George Macallan. Una bala perdida
Fernando Lalana

Big Game (Caza mayor)
Dan Smith

Las aventuras de George Macallan. Kansas City
Fernando Lalana

La artillería de Mr. Smith
Damián Montes

El matarife
Fernando Lalana

El hermano del tiempo
Miguel Sandín

El árbol de las mentiras
Frances Hardinge

Escartín en Lima
Fernando Lalana

Chatarra
Pádraig Kenny

La canción del cuco
Frances Hardinge

Atrapado en mi burbuja
Stewart Foster

El silencio de la rana
Miguel Sandín

13 perros y medio
Fernando Lalana

La guerra de los botones
Avi

Synchronicity
Víctor Panicello

La luz de las profundidades
Frances Hardinge

Los del medio
Kirsty Appelbaum

La última grulla de papel
Kerry Drewery

Lo que el río lleva
Víctor Panicello

Disidentes
Rosa Huertas

El chico del periódico
Vince Vawter

Ohio
Àngel Burgas

Theodosia y las Serpientes del Caos
R. L. LaFevers

La flor perdida del chamán de K
Davide Morosinotto

Theodosia y el báculo de Osiris
R. L. LaFevers

Julia y el tiburón
Kiran Millwood Hargrave / Tom de Freston

Mientras crezcan los limoneros
Zoulfa Katouh